U0535034

珠市口 1938

邱振刚 著

北京联合出版公司

目录

序幕／001

第一章　正气／007

第二章　治伤／023

第三章　魔窟／038

第四章　求生／059

第五章　抗争／082

第六章　获救／097

第七章　新生／117

第八章　线索／138

第九章　心机／156

第十章　画饼／170

第十一章　裂缝／184

第十二章　夜探／198

第十三章　入伍／212

第十四章　踏勘／226

目录

第十五章　陷阱 ／240

第十六章　毒饵 ／259

第十七章　战前 ／274

第十八章　巧遇 ／290

第十九章　转机 ／306

第二十章　使命 ／323

第二十一章　重任 ／335

第二十二章　密访 ／351

第二十三章　游园 ／368

第二十四章　暗室 ／386

第二十五章　重启 ／402

第二十六章　血战 ／419

序幕

1921年，北平，春。

每天早上，天刚亮，在前门外的珠市口，那些卖绫罗绸缎、金银首饰、南北杂货的大铺子和戏园子、饭庄子还没打开店门做生意的时候，就会有三个孩子，从路东的胡同里出来，到路西穿过煤市街去上学。三个孩子中有两个男孩、一个女孩，都是七八岁的年纪。他们穿得都体面，锃亮的皮鞋踩在还没什么行人的路面上格外响亮，身后还各自跟着一个仆人，替他们提着书包、水壶和墨盒。他们向北到了大栅栏，就往西穿过煤市街，再沿着前门西河沿街往西去厂甸小学上学。煤市街虽说和大栅栏、珠市口隔着不远，却像是两个世界。大栅栏、珠市口那边，沿街的都是大商铺大字号，这煤市街上，却是挤满了大杂院，就连个二荤铺子都没有，只有一口蒸馒头的大锅，和一堆估衣堆在路边，只要扔上两个铜板，就能拿走一个热气腾腾的大馒头或者一件估衣。这里是穷人聚居的地方，他们也只买得起这两样。

三个孩子自然管不了这里污水遍地、街面杂乱，其实，他们去上学，根本不用进煤市街，完全可以一直往西，但他们却每次都拐到煤市街上来走一阵子。而且，他们每回路过最大的那家煤店，都会放慢些脚步，他们盼着能见着那些运煤进城的大骆驼。这些骆驼都是在房山、门头沟那一带的煤矿拉了煤，走上两天才能到北平城外，如果运气不好，城门已经闭了，只能在城外待上一宿。这些孩子，当然也去过西郊的动物园，但那里的动物都是关在笼子里的。哪像这里的骆驼，可以伸手摸它们的毛和铃铛。

三个孩子里，瘦瘦的名叫穆立民，是天祥泰绸缎庄东家穆世轩的儿子；壮实一些的，名叫阮化吉，是奎明戏院的少东家；那女孩名叫潘慕兰，她父亲是大饭庄子正和楼的老板。

这天下午放学后，三人路过煤市街一个大杂院的门口时，看到一个比自己大一些的男孩正在门口写字。但他不是用毛笔端端正正地在宣纸上写小楷，而是用一根干树枝在地上写。这大孩子没穿鞋，身上的衣服虽然洗得很干净，但一点儿也不合身，一看就是捡回家后又洗干净的。三人看了几眼，阮化吉说："穆立民，你看人家写的这千字文，比咱们在纸上写得都好。"

穆立民点点头，问这个大孩子在哪里上学。这个大孩子摇摇头，说自己没上过学。三人不信，潘慕兰就问他为什么没上过学就会写字，还写得这么好。他说家里没钱送他上学，但自己喜欢读书，就经常到附近小学的教室外听老师上课。"我知道你们都是厂甸小学的，全南城就数你们这个小学好。我看见过你们在教室里上课。"他指着潘慕兰说，"你叫潘慕兰，你上学不专心，老师讲课时，你老在本子上画画。"

他又指着阮化吉说:"我也知道你,奎明戏院就是你们家的。你也不好好上课,净在上课时折纸飞机。有一回,老师上完课往外走时,你还用纸飞机去扔老师,都戳到老师头发上了。"最后,他对穆立民说:"你上课比他们都认真,但你也有一样不好,你太爱看闲书了。遇到不爱上的课,你就偷偷看闲书。照我说,闲书回家再看,上课还是要听先生的。"

三个孩子互相看了看,吐了吐舌头。这时,从远处走来一个穿得破破烂烂的中年女人,怀里抱着一堆衣服。这大孩子叫声妈,从这女人怀里接过一些衣服。他对三个孩子说:"好了,我该回去帮我妈洗衣服了。"

这孩子抱着衣服进了院子,穆立民朝他喊着:"你叫什么名字?"

"我姓苏,叫顺子。"

"苏顺子,礼拜天我们若去永定门外放风筝,你也来吧。"

苏顺子转过身,摇摇头,说:"我得帮我妈干活儿,或者上街捡煤核。"

这时,他已经走进院子里,朝外招招手,就和他妈一起把衣服往大盆里一放,洗了起来。

三个孩子后来又看见过这个大孩子好几回,他不是在地上写字,就是拿着一本又脏又破的课本在看。有时三个孩子还能从大杂院敞开的大门看见他在里面洗衣服。

开春时节的一个礼拜天,穆立民他们在永定门城楼外面的空地儿上放风筝。这风筝是三个孩子凑钱在琉璃厂"风筝哈"买来的大沙燕儿,足有半个八仙桌大小，着实精致。他们刚把风筝放到天上，正好有几个蓝眼睛大鼻子的洋孩子从南苑打完猎，骑着自行车进城。这几个洋孩子背着猎枪，车把上挂着滴着血的野兔、山鸡，看见穆立民他们正玩得开心，相互使个眼色，就跳下车来抢穆立民和潘慕兰手里的风筝线轴。洋孩子们比穆立民他们足足高出一个头，阮化吉上来和他们对打，结果三个中国孩子都被他们踹倒了。洋孩子举着线轴哈哈大笑，开始手忙脚乱地把风筝收回来。穆立民从地上爬起来，抓住最凶的那个洋孩子就在他手上咬了一口。这洋孩子惨叫起来，手一松，风筝拖着线轴飞远了。他一见到手的风筝又没了，登时急眼了，大吼一声，抓过猎枪就瞄准了穆立民。他嘴里念念有词，眼瞪得通红，旁人虽然不知道是哪国话，但肯定不是什么好词儿。他举着枪，朝穆立民越逼越近，枪口眼看都戳到穆立民太阳穴了。三个中国孩子吓得一动不动，眼看那个洋孩子就要扣动扳机，一块砖头不知道从哪里飞来砸中他的手臂。他惨叫一声，疼得把猎枪扔了出去，结果猎枪撞在地上走火了，只听砰的一声，子弹在城墙上打出一个煤球大小的洞来。

几个孩子都吓了一跳，扭脸一看，苏顺子正攥着一块砖头，站在不远处。那个洋孩子捂着胳膊哭喊起来，嘴里飞快地嚷着一大串谁也听不懂的洋文。城门外的巡警听到这边有动静，大声喊叫着赶了过来。穆立民低声对苏顺子喊道："快，赶紧跑！"这时，潘慕兰和阮化吉才醒过神来，在巡警手边钻过去，又钻进城门，进了城。

四个孩子一口气跑到天桥，四周全是来游玩的市民，他们这才放下心来，背靠着一棵大树，大口喘着粗气，心还在扑通扑通地狂跳着。

等呼吸平稳了一些,潘慕兰回想着刚才的情形,哇的一声大哭起来。阮化吉脸色惨白,一直摇头,一句话也说不出来。穆立民对苏顺子说:"你救了我,我得带你见见我奶奶和我爹、我娘。"

四个人一起去了穆立民家。穆立民向穆家长辈说完事情的经过后,阮化吉补了一句说:"那一枪要是打在人的头上,非得把脑浆子打出来不可。"穆老夫人这天由贴身丫鬟袖儿陪着去茶馆里听评书了,穆夫人听完,吓得脸都白了,腿脚哆嗦个不停。穆世轩稍一沉吟,就派天祥泰绸缎庄最干练的伙计周双林去煤市街把苏顺子的母亲请了过来。

穆世轩取了五十块大洋交给苏顺子母亲,说,大恩不敢言谢,这点钱也谈不上报答救命之恩,只是略表心意。穆夫人则说,家里还有空房,他们母子可以搬进来,以后每月给他们十块大洋,他们什么活儿都不用干。苏顺子的母亲瞟了一眼托盘里的两大封银圆,苦笑着摇头拒绝了,说:"顺子,你告诉他们几位,咱们为什么会来北平。"

原来,苏顺子一家是山东陵县人,他们所在的那个村子向来有外出事厨的传统,苏顺子的父亲也是从小就到济南学了一手鲁菜手艺。后来,他们有不少同乡来北平的大饭庄当大厨,没几年就攒了一大笔钱。苏顺子的父亲心动了,也到了北平。本来苏顺子的父亲跟他娘儿俩说,在北平苦熬上三年,攒够能自己开一家饭铺的本钱就回来。可他父亲竟然一去不回,如今已经有五年音讯全无了。苏顺子说完,他母亲说:"穆太太,您是好心帮我们,可我们来这北平,不是来享福的,是来找顺子他爹的。我们娘儿俩要是真住进您府上,可没法再满北平城找他爹了。眼下我们娘儿俩,仗着我会洗洗补补,顺子也懂事,

005

能捡煤核捡废纸挣钱,日子倒也过得下去。"

穆世轩说,自己店铺里的伙计,加上宅子里的仆佣,一共三十多人,这些人可以一起帮他们找人。穆夫人看了看潘慕兰,朝穆世轩使个眼色,穆世轩明白她的意思,低声说:"她家的正和楼倒是个鲁菜馆子,但正和楼向来以海味为主,后厨多来自烟台一带,没听说有从济南来的。"

穆夫人劝苏顺子的母亲把大洋收下,她却坚辞不受。苏顺子看了一会儿,过去扶着母亲的胳膊,说:"妈,咱们回去吧。"穆立民赶紧到自己母亲耳边说了几句,穆夫人点点头,说:"苏家大姐,我敬佩你们行得正立得直,但苏少爷救了立民的命,这恩我们可不能不报。要说这恩也不是轻易能报答得了的,您看这样行不行,苏少爷也想念书,我们家替他把厂甸小学的学费交了,以后呢,还请他陪着立民上学放学,我们这儿里里外外的衣裳,也都归了包堆,全送到您那儿,这两样加起来,每月给您十块大洋的工钱。这您可千万别推辞了,我说的这个数,大概也就是个行情价。"

苏顺子的母亲眼泪汪汪的,摸着苏顺子的头顶,说:"这孩子,就是好念书,在地上捡起来个有字儿的纸,都要看上半天。"

穆世轩和穆夫人见她点头了,互相看了看,都松了口气。但苏顺子的母亲坚持每月最多要三块大洋,再多就不答应了。

第一章

正 气

在北平永定门城楼上,一丛毛茸茸的绿意从砖缝里钻了出来。它仿佛有些胆怯,就像是怕事的孩子,身体是收拢的,不敢向四周蔓延。一阵暖融融的风吹来,又有一些雨点从天空飘落,这一小丛青草才慢慢把身体舒展了一些。突然,一只厚实沉重的马靴从天而降,把它的身体毫不留情地踩压成一抹绿色的液体。一只只马靴从它的尸体上踩过,那是一队趾高气扬的日本兵。这丛青草失去了生命,但在砖缝里,在日本兵看不到的地方,生命还在蓄积着,等到阳光照下的时候,它们会一批批、一丛丛地从地底昂起头来,它们会连接成片,直到把大地披上绿装。

那时,北平的春天就真的到来了。

就像华北平原上所有地方一样,每到春天,北平城内外总会被风沙频频光顾。1938年春的某一天也是一样。这天清晨时分,天刚蒙蒙亮,就有一阵阵狂风裹着黄沙,吹打着北平城。整个城市就像是陷在风沙阵里一样，四下里看起来都是昏黄一片。

北平珠市口东南的校尉营胡同里，有一处三进带左右跨院的四合院，这里本来是一位清廷官员给自己外室买的私宅。这人当初官居二品，为官多年，干的又是铁路、洋务一类的肥差，攒下的家底儿颇为厚实，所以买给外室的宅子规模自然不小。后来，这官员跟随末代皇帝溥仪去了天津，又去了东北，担任了伪满洲国的部长，这所宅子就被充了公，改成了一所小学。

这天，西厢房里正在上国文课。教室里坐了二十五六个学生，每人都恭恭敬敬地端坐着，面前摆着课本、墨水瓶、钢笔，偶尔有几个学生桌上还有狼毫毛笔和砚台。若是有学生不好好上课，顺着窗户望出去，就能看到永定门城楼的楼顶。那位教书先生约莫二十六七岁，白净，清瘦，身上的蓝布棉袍虽然已经泛白，却洗得干干净净，胡须也刮得看不见一丝青楂。只是他虽然年轻，却垂着两个青乌色的眼袋，可见经常熬夜。院子外的街上，时不时就有一阵大喇叭的广播声传进来，无非都是"日中亲善""共建王道乐土"之类。这位先生皱皱眉，满脸轻蔑地朝外扫了一眼，继续拿起粉笔，在黑板上写着——

天地有正气，杂然赋流形。下则为河岳，上则为日星。于人曰浩然，沛乎塞苍冥。

皇路当清夷，含和吐明庭。时穷节乃见，一一垂丹青。在齐太史简，在晋董狐笔。

在秦张良椎，在汉苏武节。为严将军头，为嵇侍中血。为张睢阳齿，为颜常山舌。

或为辽东帽,清操厉冰雪。或为出师表,鬼神泣壮烈。或为渡江楫,慷慨吞胡羯。

或为击贼笏,逆竖头破裂。是气所磅礴,凛烈万古存。当其贯日月,生死安足论。

他刚刚开始写时,身子还站得笔直,一只手握笔,一只手倒背在身后,样子颇为潇洒。眼看黑板渐渐写满,他也开始颤抖起来,倒背的手握成了拳头,两行泪水更是夺眶而出。他的学生看不到他的神色,却看到他抖得越来越厉害,渐渐小声嘀咕起来。终于,黑板写得满满登登,他伸出袖子擦擦泪水,转过身来,对学生们说:"你们谁知道这首诗?"

这些学生刚上三年级,自然不知道这首《正气歌》,就一起摇着头,有个别胆大的学生说:"先生,今天不是该学课本上这篇《论语》里的《季氏》吗?"

这位先生微微一笑,指着黑板说:"先学这篇吧。"他看着满屋的学生,说:"你们有谁知道这首诗吗?"

有个学生马上举起手。这先生露出满意的神色,指了指这个小男孩,说:"周子笠,你来说一下。"

男孩站了起来,说:"苏先生,这是文天祥丞相的《正气歌》。您只写了一半。"

姓苏的教书先生点点头,说:"你怎么知道我只写了一半?"

"我爹爹在家里教我背过。"

"那你能给同学们背一下吗?"

这男孩挺直身体,闭上眼大声背了起来。背完黑板上的这部分,他又继续背着——

"地维赖以立,天柱赖以尊。三纲实系命,道义为之根。嗟予遘阳九,隶也实不力。楚囚缨其冠,传车送穷北……"

姓苏的先生听他背完,长叹一口气,说:"这首《正气歌》,是每个中国人都应该会背诵的。当年文天祥丞相写这首诗时,正值山河沦陷,生灵涂炭。"

这时,外面传来一阵喧哗声,几个端着刺刀的日本兵冲进了院子,他们身后还跟着十几个穿着伪华北临时政府治安军制服的伪军士兵。带头的日本兵旁边是一个穿着长袍马褂的颇为富态的中年男人,这男人是学校的方校长,他嘴里不停说着什么,似乎在劝阻这些日本兵。日本兵自然不理会他,继续向这间教室大步冲来。

教书先生冷笑几声,似乎对这即将到来的危险视而不见,继续讲课:"周子笠同学刚刚背的这句'传车送穷北'里,'穷北'就是北平。当年,文天祥丞相在广东五坡岭以残破之师抵抗蒙古铁骑,不幸兵败遭俘,被押解到了北平。当年的北平,叫作元大都。蒙元上到皇帝,下到群臣,许以高官厚禄,纷纷劝降文丞相。但文丞相铮铮铁骨,誓死不降,在死牢中写下了这首流传千古的《正气歌》……"

只听砰的一声响,教室门被人一脚踢开,几个日本兵和伪军士兵冲了进来。一个身穿黑色中山装、胸口别着伪华北临时政府徽章的男人用枪口指着那教书先生,说:"你就是苏慕祥?"

方校长急得满头大汗,还没等那教书先生回答,就跺着脚说:"苏老师啊,我不是让你在国文课上讲点风花雪月的诗词文章就行了吗,你怎么讲起这《正气歌》来了!"他不等苏老师回答,就转身不停地朝日本兵和伪军士兵鞠躬作揖,说:"各位,这位苏老师知道错了,他马上就讲别的,不讲这《正气歌》了。他是良民,大大的良民!"

苏老师指着黑板,说:"方校长,您的好意我心领了,我给自己改名'苏慕祥',就是为了表达对文丞相的仰慕之情。如今国难当头,文丞相的《正气歌》、陆放翁的《书愤》、于少保的《石灰吟》、岳武穆的《满江红》、孔明先生的《出师表》,才是我想讲的。至于那些风花雪月的东西,恕我讲不出口!"

那个伪华北临时政府官员打扮的男人用鼻子哼了哼,说:"现如今,你讲什么都晚了!再说了,要抓你,也不因为你讲了这些酸文假醋的东西!"

他话音未落,两个日本兵就踏上一步,一个人用刺刀抵住苏慕祥的胸口,另外一个人把他的双手绑了起来。

苏慕祥被抓走了,方校长和学生们都涌到了校门口,看着他被塞进卡车的车厢,此时,卡车上已经有十七八个被绑着双手的中国人了。

那个刚刚背《正气歌》的男孩问:"方校长,苏先生还能回来吗?"

方校长神色茫然,喃喃地说:"被日本兵抓走的,有几个能活着回来?"

011

学生们大声喊着"苏老师",哭成了一片,女生们哭得格外难过。几个学生摇晃着方校长的胳膊,喊着:"方校长,您想想办法,救救苏先生吧!"

方校长摘下眼镜,擦着脸上的泪水,缓缓摇了摇头。

卡车沿着前门大街一路向北,到了景山后街又转过车头,朝阜成门方向开去。苏慕祥望着越来越远的北海白塔的尖顶,刚刚被抓上车时的义愤慢慢散去,开始思忖起自己眼下的处境。看卡车的行驶路线,很快就可以从阜成门开出城,难道日本人真的会把这一车人都弄到城外去杀害?

他正琢磨着,发现有人碰了碰自己的后腰。他扭脸一看,是一个穿着灰布长衫的男人。这人比自己矮了半头,也戴着眼镜,镜片还挺厚,他脸色白皙,身形瘦削,显然也是个知识分子。他的脸上有一条长长的血痕,膝盖处还有显然来自日本兵皮靴的脚印,看来他在被抓上车时遭到了毒打。

"您在正毅小学教书?"这个身形瘦削的男人问。

苏慕祥点点头,这男人又说:"您是教国文课的吧,我也是,鄙人辛国槐,国家的国,槐树的槐,在兵马司小学教国文。"

苏慕祥说:"在下苏慕祥,仰慕的慕,吉祥如意的祥,正毅小学国文教员。"

旁边的几个人想朝他拱手,但胳膊抬不起来,只稍稍动一下,就疼得龇牙咧嘴。这几个人都自我介绍了,他们大体都是国文教员,还有两个报馆的记者,那个胳膊受伤最严重的,自称是生物课教员。众人都很惊诧,辛国槐说:"老兄,我这就不明白了,我们这些教国文课的,都是不甘做亡国奴,更不愿我华夏后代受日本人的奴化教育,学上一脑袋的歪理,这才把那些弘扬民族气节的历代诗词文章传授给学生们,我们也因此被日本人盯上了。您这生物课——"

那位生物课老师苦笑一声,说:"普天之下,难道只有国文老师有一腔热血吗?前几天,我在课堂上,拿起一块泥巴,说这块泥巴看着不大,却隐藏着大量微生物。那位日本督学——你们各自学校里也都有日本督学吧?"

教员们都点点头。原来,日军占领北平后,迅速在北平各学校里推行奴化教育,强令中国学校教授日语,还要采用日本人编写的教材。并且,日军还扶持成立了"新民会",编造出一套旨在诱骗北平民众甘当日军奴仆的"新民主义",往各学校里派出了督学,强行要求各学校用"新民主义"代替三民主义。

"哼,这些督学,权力比校长还大,心比煤球还黑,教员的教案他们要检查,教员上课时讲不讲'新民主义'他们也要检查。见到年轻漂亮的女教员,他们青天白日的就往自己办公室里拉,真是一群禽兽!"

生物课老师接着说:"那人本来在教室外巡查,听到我讲到这里,从外面走了进来,从我手里拿过那块泥巴,说,这里面藏着不计其数的低等生物,就像是四亿中国人住在中国的土地上一样……"

"岂有此理!""真是胡说八道!""这群侵略者,太看不起我们中国人了……"

卡车上的人马上叫嚷起来。生物课老师继续说着:"我当时也气坏了,从他手里抢过那块泥巴,朝地上一摔,摔成了好几块,我拿起其中一块,说,这里面也有很多低等生物,就像一亿日本人住在四个小岛上一样。"

"您说得太棒了!"

"那个日本人肯定觉得像挨了一耳光一样,痛快!"

"就该这么说,哪能任由日本人这么糟蹋我们中国人!"

人们纷纷议论着,苏慕祥说:"您这么说,那个日本督学肯定要报复您。对了,您如何称呼?"

"在下姓夏,名达之。"生物课老师转向苏慕祥,接着又对四周的人说:"大伙儿说的没错,今天上午,几个鬼子兵闯进教室,把我绑到这辆车上。"

其余几个人陆续说了自己被绑上车的经过。原来,他们都在课堂上不肯按照日本人编写的教材上课,还在学生中宣讲爱国精神。

听这几个老师说完,卡车角落两名戴着鸭舌帽的记者朝他们说:"各位真不愧为人师表,有各位这样的老师,把中国人的志气一代代地传下去,全北平的儿童就不会被日本人给教坏了!"

夏达之问他们为何被日本人抓来,一个戴灰色鸭舌帽的记者说,日本人在虎坊桥开设赈济处,向穷人发放粮食,要求城里各报馆派记者去大力宣传此事。"我到了那个赈济处,那里早围满了穷人,可日本人那口煮粥的大锅,只放了一两把米粒,煮出来的粥就像清水一样。

那些发给穷人的粮食,更是掺杂了起码一半的树皮、树根,甚至还有老鼠屎。我按此写了报道,结果就——"说着,他扭身示意大家看他被绑着的双手。

另外那个戴棕色鸭舌帽的记者说:"老兄,我和你何其相像啊。"他说,日本人在广安门开了家医院,说是北平的病人可以免费看病,他们同样找了大批记者去报道此事。可病人们领到药后发现,无论患了何种疾病,日本人发下的药片,全都一模一样。有胆大的病人吃了药片,病情不但没有缓解,还上吐下泻,更加严重了。还有人因为吃了日本人的药送了命。自己也是因为如实报道了此事,才遭到了日本人逮捕。

这两名记者也说了自己的姓名,他们一个名叫焦恩绶,一个名叫黄一杰。

夏达之问:"两位大记者,你们见多识广,你们猜,日本人这是要把我们送到哪里去?"

这两人对视了一眼,都露出茫然的神色。黄一杰犹豫了片刻,说:"日本人要在北平推广奴化教育,让我们世世代代当他们的奴才,他们最恨的,就是我们这些人。说不定——"

这时,卡车已经出了阜成门,到了城外,道路变得坑洼不平,卡车上的人也被颠得摇晃个不停。苏慕祥见他欲言又止的神情,笑了笑,说:"黄兄,你是想说,咱们被日本人忌恨,说不定要杀了咱们,对吧?"

黄一杰点点头,说:"这些鬼子,个个杀人不眨眼,咱们看来真的要为国捐躯了。"

车上的人沉默了，他们都是敢在日本督学的眼皮底下向学生宣扬爱国精神的。当初，他们就想到，自己这种行为肯定不为日本人所容，每次上课，都是把脑袋拎在手里。眼下，随着自己离北平城越来越远，心里还是慢慢有了些惧意。

北平城外的温度向来低于城里，每年初春，城里的树木草丛慢慢泛起绿意的时候，城外还是一片灰黄干枯。城外的风也比城里大一些，这时北风正把荒草吹得簌簌作响，给这个春寒料峭的荒郊野外更增添了一丝凛冽的寒意。有人从卡车边沿探出身子望向远处，只见远处的山峦上空，一轮红日仍耀眼夺目。

卡车上那些被绑着手的乘客陷入了沉默。忽然，他们发觉卡车的速度慢了下来。众人正在诧异，忽然，有人惊呼起来："你们看，后面又来了一辆车！"

只见在山路上，又是一辆卡车高速追了过来，众人看得清楚，车里站满了荷枪实弹的日本兵。

"妈的，看来鬼子真想杀咱们，咱们可不能坐以待毙，非跟他们拼了不可！"

"对，杀一个够本，杀两个赚了！"

"老子还没杀过人，头回杀人就是杀鬼子，痛快！"

就在人们大声议论的时候，这辆卡车停了下来，另一辆卡车也开到了跟前。车上的日本兵纷纷跳下车，亮出了刺刀，把第一辆车团团围住。其中一个军官打扮的举着手枪，朝车上大声喊叫着什么，还不停地挥舞着刺刀。

"妈的,老子绝不任人宰割!"辛国槐咬牙切齿地说着,抬起右腿,就要朝离车最近的日本兵扑过去。

"先别轻举妄动!"苏慕祥撞了一下他的后腰,低声说着。他的声音四周的人都听到了,几个也打算和鬼子拼命的人都扭脸看着他。

"吆西。"那个军官打扮的嘴里说着什么,并朝旁边的一个日本兵晃了晃手枪。"嗨!"那日本兵大声答应着,收起刺刀,跳上卡车,取出一条条长长的黑色布条,一一蒙住了苏慕祥等人的双眼。

虽然被突然蒙上双眼是挺让人不明所以的,但大家想这总比被当场枪杀能接受。而且,如果即将被杀,这些鬼子大概也不会多此一举蒙住大家的双眼。

卡车重新行驶起来,人们被蒙住双眼,听觉似乎变得灵敏了,每个人都听得出来,那辆装满日本兵的卡车一直跟在后面。而且,人们渐渐感觉四周越来越安静,空气也变得湿冷起来,卡车的颠簸也更加频繁剧烈,看来卡车已经开进了深山。

"这些鬼子,会不会找个偏僻地方,把咱们都活埋了吧?"一个声音颤抖着说。

"这些禽兽杀人不眨眼,他们下得了这个手!"

"鬼子心再黑,也吓不住老子!"

"等一停车,咱们就跳车往四面八方跑,总有人能跑出去!"

苏慕祥听了一会儿,说:"各位,你们听我说——"

人们安静下来,苏慕祥说:"鬼子把咱们眼蒙上,肯定没安好心,但是，咱们都被绑着手，还蒙着眼，跑不了几步，就都得被鬼子开枪打死——"

有人大声说："死就死，我们敢在讲台上骂鬼子，就不怕死！"

苏慕祥说："咱们是不怕鬼子，可犯不着随随便便就把自己的命给弄没了，对不对？能把命保住，留着以后和鬼子干，留着以后亲眼看着鬼子被赶出中国，不比白白死了强？"

人群里没人大声嚷了，有人说："苏先生说得有道理，咱们听他把话说完。"

苏慕祥说："等到车停了，咱们看清楚情况再说下一步的事儿。鬼子是有可能想把咱们都弄死了，活埋也好，开枪打咱们也好，那也等车停下再说。要真是这样，咱们就互相把脸上的布条扯下来，分头朝四个方向跑。"

"苏先生，您的办法好，就听您的。"黄一杰说。接下来人们结好了对子，然后一声不吭地等着卡车停下来。

这时，人们觉得卡车似乎在爬坡，有人站不稳，在车上趔趄起来。而且，车速也愈发慢了，还有树枝不时抽打在人们的额头上。从卡车内部传出的发动机轰鸣声越来越嘶哑，看来这辆车已经不堪重负了。终于，两辆卡车都停了下来。

这时，一阵脚步声从远处传来，有几个人跑了过来。"把脸上的布条扯下来，都下车！"其中一人喊着。卡车上的人知道终点到了，互相扯下了黑布条。人们看到，自己正身处在一道极狭窄的山路上，这条路只比卡车略宽。看来，鬼子不会马上杀了自己，人们心想。

这条山路位于一道颇为陡峭的山坡上，刚刚卡车发动机那一阵如老牛喘气般的吼叫，就是因为这里坡度太大。苏慕祥他们看到，刚来到车旁的几个人，领头的是一个穿着羊皮坎肩、头戴羊皮帽子的中年汉子，其余几个人都是一身短打扮，嘴里斜叼着一根烟卷，手里攥着一根黑不溜秋的东西，仔细看才看出来是皮鞭。那个汉子上下打量着这群从卡车下来的教员、记者，脸上掠过一丝不太满意的神色。这神色只是一闪而过，他朝山路另一端努努嘴，对苏慕祥他们说："各位，到地方了，走吧。"

教员们远远望去，只见山坡上空空荡荡，看不到什么，就嘀咕起来，不愿挪动。有个日本兵急了，猛地端起刺刀，恶狠狠地盯着他们，嘴里大声嚷叫着。

那汉子瞟着他们，说："各位，放心，死不了，跟我来吧。"说着，他顺着山路往上走去。日本兵都亮出了刺刀，把他们团团围住，只在往山上去的方向留了个口子。

苏慕祥打量了一下四周的情形，低声说："朝山上走吧，留在这儿更危险。"说完，大步朝山上走去，别人也跟着他，出了日本兵围成的圈子。

这道山路虽然陡峭崎岖，但不算长，只有两三百米。等到了山顶，他们朝下一看，都倒吸一口凉气，惊呆了。

这天，珠市口大街上，所有店铺的门都是紧紧关着的。本来就没几家店铺按照日军特务机关处和伪华北临时政府的要求开门营业，因为这恶劣的天气，更没哪家铺子打开门板做生意了。天祥泰绸缎庄是这一带最大的铺面，门脸儿比一般的铺子宽出了一倍都不止，这会儿门板正被人从里面卸下了一道。店堂里面黑魆魆一片，一个清瘦的长脸儿汉子从里面探出身子，慢慢迈过门槛，站到了街面上。这人就是天祥泰绸缎庄的伙计周双林。他一脸愁眉不展的神色，佝偻着身子，先是把门板装回去，又使劲揪了揪自己冻得生疼的耳朵，这才一手放在嘴边呵着热气，一手拎着一件大号的藤编食盒，朝着北边鲜鱼口的方向快步走去。

他一边垂着头走，一边嘴里叹着气。他走了一阵子，路边有住在附近的街坊走过，三三两两地和他打着招呼。住在施家胡同的孙六婶正拿个黄釉粗瓷大碗要去天桥的粥厂打粥，见他这副神色，有些纳闷儿，说："双林，你怎么大清早就这么没精神，跟还没睡醒似的。"

"六婶，我就是刚睡醒。"他苦笑着说。

"不对，看你这脸色，更像丢了魂儿的。"孙六婶往上迈了一步，低着嗓子说，"双林，你家少爷，我可有阵子没见着了。"

周双林挤出一丝笑容，说："六婶，少爷在燕京大学念书，那是洋人开的学校，功课多，轻易也不回来。"

孙六婶惦记着打粥，狐疑地看了他几眼，就扭脸儿走开了。她自言自语地说："这兵荒马乱的年月，还惦记着上学，有钱人家的事儿，咱可真闹不明白。"

她嘟哝着走远了，周双林看着她的后影，摇摇头，又继续朝北走。其实，他脸色这么难看，的确就是因为孙六婶说的事儿。天祥泰绸缎庄的少爷穆立民已经连着两个礼拜没回家了。老夫人和夫人都担心起来，催着他到那个洋人办的燕京大学里看看怎么回事儿。其实，三天前他已经抽空去了趟燕京大学，把穆立民平时上课的教室和住的宿舍都找遍了，可是连个人影儿都没见着！少爷的同学说，穆立民已经好几天没在学校出现了，按照校规，学校里会发电报到他家里查问情况。当时一听这事儿，他就急坏了，要是让老夫人和太太知道穆立民失踪了，她们非得当场昏死过去不可。这三天他一直惦记着这事儿，已经急得起了一嘴的大泡。

这天，他到了那家常去买早点的二荤铺子门口，刚踩上台阶，那幅油迹斑斑的蓝布棉门帘子就被人从里面掀开了。他脑子里还想着少爷的事儿，头也没抬，嘴里说着"劳驾"，就想从这人旁边绕过去。

"你是周双林兄弟吧？"那人一侧身挡住他，微微作了个揖，轻声说。

周双林点点头，抬眼一看，这人围着一条围巾，把大半张脸捂得严严实实，但也看得出来，他长得五大三粗，四十出头的年纪。他穿着灰布夹袄，头上戴着一顶大号的棉帽子。这帽子一般在最冷的三九天才有人戴，如今已经出了正月，早过了戴这帽子的时候了。

周双林没见过这人，也回了个礼，说："我是周双林，这位爷，您怎么称呼？"

这人先是看看四周，又拽了一下周双林的胳膊，把他拽下台阶，到了墙根儿。他又朝着周双林身后望了望，这才压低声音说："是你们家少爷让我来找你的！"

周双林又惊又喜,说:"少爷他人在哪儿,他还好吧?"

"穆少爷一切都好,他有事儿要找你,你今天下午能出来一趟吗?"

周双林赶紧点头。

那人又说:"行,那你下午两点到天桥来!"

周双林刚要问"天桥那么大,那么多耍把式卖艺的,我怎么找你",那人一转身,就从墙根儿旁边的墙角拐了出去,一眨眼就不见了。

虽然不认识这人,但这人肯定是少爷派他来找自己的,想到这里,周双林心里马上如释重负。

第二章

治 伤

这天下午,周双林到了天桥。自从日本兵占了北平,天桥这儿往日那种人山人海热闹非凡的景象再也见不着了。这天也是,偌大的天桥,只有零零星星几个卖艺的摊子,摊子前也没什么人,整个市场可以一览无余。那些撂地摆摊儿的摊主穿得都是破衣烂衫,一个个面带苦相,脸色灰暗,看得出来,他们一定是连下一顿的饭钱都没有,这才出来挣这份儿辛苦钱。只要有一个人在他们的摊子前匆匆走过,他们就狠狠盯上一阵子,盼着这人能给自己扔下点儿小钱。

周双林看得清楚,早上的那个汉子不在这里。他心事重重的,在一个表演吞宝剑的艺人前看了一会儿,又站在一个表演皮影戏的棚子前看。皮影戏讲的是武二郎醉打蒋门神的故事,在那道白布后面举着皮影的,是一老一少,老的大概五十出头,穿着件到处露着棉絮的破袄,腿上的棉裤更是又脏又破,早就看不出本来的颜色了。旁边的姑娘二十左右,留着乌黑油亮的大辫子,身上的碎花棉袄虽然也有些破旧,倒是洗得干干净净。两人一声不吭,把各自手里的武二郎和蒋门神耍得有板有眼。眼看着武二郎已经把蒋门神踢倒在地，动作却慢了下来。舞着武二郎的那姑娘小声对那老汉说："爹，我要不动了，我肚子饿。"那老汉一脸难色，周双林从怀里摸出两张毛票儿，放到棚子前反着放的铜锣里。那里本来只有两三个铜钱，那老汉见到毛票儿，高声喊道："谢谢这位爷！"又扭脸对那个姑娘说："闺女，待会儿爹给你买烧饼吃。咱爷儿俩，从早上吃了那块儿窝头后，到现在还水米没打牙呢。"

"唉！"那姑娘脆生生地答应着，这才把手里的武二郎舞得起劲儿了。周双林心里一阵苦笑，心想要不是自己在天祥泰绸缎庄当伙计，老板一家人都仁义，自己的命也不比这吃不上一口热饭的爷儿俩强。这时，他只觉得肩膀被人轻轻拍了一下，回头一看，是一个围着围巾的男人。这人轻声说："周大哥，你要是想见你家少爷，请跟我走一趟。"话音未落，这人就转过身，飞快地朝着天坛西墙根方向走去。周双林看这人的大棉帽子就是上午那人，于是赶紧跟在他后面。

眼瞅着快到天坛西墙下了，那人却右拐向南，一直钻进了天坛西胡同。这南城的胡同，尤其是到了南城城墙下这一片，可和北城的胡同没法比。北城的胡同里住的大都是殷实人家，门户规整，地面整洁，房屋也以四合院为主，南城这一带可就没那么讲究了，房屋破败，遍地脏水，偶尔几个像样点的四合院，也变成鱼龙混杂的大杂院了。两人歪七扭八地乱转了一通，那人一闪身，进了旁边的一处院子。周双林连忙跟进去，只见这里冷冷清清，四周的屋檐下虽然也晾着些衣裳，却不见人影。那人一声不吭，进了西厢房。周双林见房内一片昏暗，不知里面是凶是吉。他想起少爷，把心一横，就跟着推门进去了。他刚一站定，还没来得及查看屋里的情形，只听吱呀一声房门被关上，接着自己后腰一凉。周双林虽然从来没有见过枪，更从没被枪顶着过，但他马上知道，顶着自己后腰的，是一把枪。

苏慕祥站在山坡的顶上，只见面前是一个黑黝黝的山洞，陆续有蠕动着的黑色物体从山洞里爬出来。在山洞外，站着两排端着刺刀的日本兵，在日本兵身后，还有两大群身穿治安军服的伪军士兵。洞口处已经停了十多辆卡车，每辆车的车厢里都装满了煤块。这时，那辆把他们运来的卡车因为减轻了负担，慢慢开了过来，一直开到了山洞外。那些蠕动的物体围在卡车旁边，这时苏慕祥才看清楚，他们都是人，只不过每人都衣衫褴褛，从头到脚沾满了煤渣，几乎已经看不出人形了。他们每人都推着一辆手推车，车上装满了煤。他们围在卡车四周，把车上的煤一铲子一铲子地铲上车。谁的动作稍微慢一些，那些鬼子兵或者伪军士兵就会抡起手里的鞭子重重地抽打过去。有个苦力格外瘦小，他的动作刚有些慢，还没等几个日本兵、伪军士兵围过去，他就突然哆嗦起来，站立不稳倒在地上。手推车也倒在一旁，里面的煤块散落了一地。

"这是饿的。"站在苏慕祥身后的辛国槐喃喃地说着。

别的苦力刚要过去，几个日本兵狞笑着用刺刀把这几个人逼开，然后用力把刺刀捅了下去。那人被刺穿了，钉在地上，一股鲜血从他的胸口喷出，一直喷到卡车上。他又抽搐了几下，就一动不动了。

刚刚来到的教员、记者都惊叫起来，但那些从山洞里陆续走出来的苦力，却只是稍微愣了一下，就像是没看见似的，继续把手推车里的煤块推到卡车旁，他们没有任何表情，卸完了煤，就像是机器一样，慢慢转过身，又朝山洞里走去。

新来的十几个人，互相看了看，眼神里一片绝望。毫无疑问，他们接下来也要过这样的日子了。果然，那个穿着羊皮坎肩的汉子走到他们面前，重新上下打量了他们一番，冷笑了几声，说了一句"跟我来吧"，就转身朝山洞方向走去。看样子，他就是这里中国人的头儿了。

"这是去哪儿？"辛国槐颤着嗓子说。他还没说完，一个叼着烟卷儿的男人猛地抡起鞭子朝他抽了过来，他脸上被抽出一条血口子，半个肩膀都被抽得剧痛起来。

"你凭什么打人？"黄一杰迈上一步，盯着这人说。

"哟呵，还有人打抱不平。"这人用鞭子的一端戳着黄一杰的下巴，说："听说今天来的苦力里有记者，说的就是你吧？老子告诉你，这方圆几十里都没有人家，老子捏死你，就像捏死一只臭虫！"

那个名叫焦恩绶的记者是这些人里年纪最大的，他赶紧凑过来，赔着笑脸说："这位爷，他还年轻，不懂事，您别跟他一般见识！"

说着，他伸手拽了一下黄一杰的衣襟，低声说："别争了，先保住命要紧！"

这男人喝道："那还不赶紧跟着四爷过去！"

那个"四爷"晃动着身子，走到洞口旁的一个窝棚外，朝里面指了指。众人跟了过去，弯腰朝里一看，一阵腐臭传了出来。有人嘀咕着：

"就让我们住在这里?"

"住在这儿还不知足?别给脸不要脸!"那个叼烟卷儿的男人吓了一声,说,"滚进去每人拿一把铲子,赶紧开始干活!"

苏慕祥他们钻进窝棚,见里面堆着一些铲子,他们每人拿了一把,这才被那几个叼着烟卷儿的打手赶进了山洞。

他们进去才知道,这山洞也是一个煤矿的矿井。

周双林被枪口抵着后腰,他心里一阵慌乱,正要说点什么,只听房间里有人低声说:"他就是我要找的人。"

周双林觉得这声音很耳熟,正纳闷儿,身后那人轻轻哼了一声表示答应,收起了枪,转身走了出去。周双林看这人身形,正是把自己带到这里的那人,可自己和他见了两次,硬是连他长什么样都不知道。

他顾不上多想,打量着屋里的情形。只见这屋子的窗户都用纸糊着,倒是和北平很多穷人家一样。在北平,那些住大杂院的人家,为了保暖,哪怕屋里会很昏暗,也都在冬天把窗户糊得严严实实的。而这个屋子,窗台下就是土炕,炕上模模糊糊是一堆被褥,隐约有人躺在被子里。

"双林哥,是我。"那人咳嗽了几声说。这下周双林完全听出来了,他快走几步,到了炕边,说:"少爷,您怎么会在这儿?"

躺在炕上的,正是天祥泰绸缎庄穆家的公子、燕京大学学生穆立民。周双林扶着穆立民坐起来,这才看清楚,他左胸口那里缠着半寸多厚的纱布,上面洇满了大片暗黑色的血迹,右肋那里也用纱布蒙着,那里的血少一些，但也从纱布里渗了出来。

"少爷，您的伤怎么这么重？我去给您叫大夫来！"周双林惊叫起来。穆立民伸手按住他的手背，说："双林哥，你——"

他说了不到半句就说不下去了，周双林明白，马上捂住嘴。过了一会儿，他才小声说："少爷，您伤得这么重，得去医院瞧瞧大夫！"

穆立民笑了笑，说："双林哥，不用，现在都没事儿了，纱布上看上去还有血，但里面的伤都结痂了。我这条命啊，没不了！"

周双林半信半疑："真的？少爷，您可不能蒙我。"

"你放心吧，我也不敢拿自己小命开玩笑，"穆立民又拍拍他，说，"你坐。"周双林在炕边坐下，一脸欲言又止的神色。穆立民说："双林哥，你是想问我是怎么受的伤，对吧？"

周双林点点头，说："本来，您是东家，我是伙计，我不该问您什么事儿，可——"

"可你惦记我，想知道到底是怎么回事，对吧？"

周双林使劲儿点头。穆立民说："你跟我们家，早就不是一般的伙计和东家了，我们家人，都不拿你当外人。你想和我说什么，尽管说。至于我这伤，我也不瞒你，是我想给国家出份力，就想着不读这个大学了，还是去当兵打鬼子。可我出城没多久，就遇到几个治安军，他们抢了我身上的钱，还想杀我灭口，幸亏我想办法跑了，可还是挨了他们两枪。"

"这些二鬼子，在鬼子面前跟孙子似的，就知道欺负中国人，简直不是人！"

穆立民接着说:"对了,双林哥,这次我找你,是想请你赶明儿去雇辆车,要汽车,把我拉回学校去——"

周双林腾地站了起来,说:"少爷,您伤得太重了,就算是快好了,不去医院,也得回家养着,哪能再去学校呢?"

"双林哥,"穆立民拽着他的衣角让他坐下,说,"我奶奶年纪这么大了,我要是这么挂着彩回去,非把她老人家吓出好歹来不可。我爹前一阵子不也刚刚大病了一场吗,也受不得惊吓。我这伤,已经好了七八成,以后每天换药就行,不出一个礼拜,准能下地。"

周双林犹豫了一会儿,这才说:"少爷,这回我听您的,可有一样——"

"我知道,双林哥,回到学校,我只要一觉得不得劲儿,马上去医院。我们那个大学,不是美国人开的吗,药品齐全着呢。"

周双林重重地哼了一声,说:"美国人美国人,我就不信美国人里都是好人。"

穆立民有些诧异,说:"双林哥,你这话说得挺有意思。"

周双林一拳杵到炕上,脸上露出气愤的神色,说:"老爷不是爱听话匣子吗?这一阵子,您不在家,他听话匣子听得格外多。他可不是听戏,是因为惦记着您,就想听听各处的消息,多知道一些天下大事。我也听了那么几耳朵,听见里面说了,如今日本人这么横行霸道,美国人还一个劲儿地给日本人卖石油、矿石什么的,这不是帮着日本人造飞机大炮吗?"

穆立民沉思了一阵,说:"双林哥,你说得对。卖给日本人石油、矿石，和做日本人的帮凶也没什么区别。不过，就因为还要和美国维持表面的关系，日本人也不敢得罪美国人，所以我们那个学校里，目前也是安全的，药品什么的，都挺充足。"

周双林这才放下心，他叹口气，说："有药就行。您是不知道，这城里好多医院、药店都没药了，都让鬼子兵给征用了，说他们前线要用。唉，鬼子兵可把咱北平给祸害惨了。"

两人又聊了一会儿，眼看天色擦黑，周双林才告辞离开。他临走前，穆立民叮嘱他，一定别去永和车厂租车，那里离家太近。

周双林走了，刚才那个汉子把他带到外面大路上才回来。他一边慢慢揭下穆立民身上的纱布，给他换药，一边问为什么不让自己送他回燕京大学。穆立民咬着牙忍着疼，说周双林从前到学校去过，很多同学都见过他，所以由他把自己送回学校，让他说自己这几天都在家养伤，别人才会信。如果是陌生人送他回去，肯定会有人起疑心。毕竟，燕京大学里肯定也有日本人安插的特务。

第二天，周双林从城里雇了一辆带着司机的汽车，来到这处大杂院，把穆立民送到了燕京大学。同学们见到穆立民身上有这么重的伤，都过来问长问短。穆立民说自己前一阵子骑车回家，在白石桥一带被几个歹人拦路抢劫，他们拿刀捅伤了自己。同学们唏嘘了一阵子，帮着周双林把他抬到床上。安顿好穆立民，周双林就回城里了。

同学焦世明、郑国恒给穆立民去食堂打来饭菜，又扶着他靠在床头上。穆立民拿起一个馒头，张开嘴刚要咬下去，郑国恒看着他，说："穆立民，前两天珠市口那边出了件事儿，你听说了吗？"

"啥事儿？我一直在家里养伤，没听说出什么大事。"

"你家那边，是有个校尉营胡同吧？"

穆立民咬下一口馒头，慢慢咀嚼着说："是有这么个地方，离我家不远。"

郑国恒原本坐在自己的床上，这会儿挪到穆立民的床边坐下，说："我在美国人办的报纸上看到，前几天，有日本兵和一队治安军的汉奸兵在北平的各个中小学抓了一大批老师。"

穆立民没心思吃饭了，他放下馒头，说："他们抓老师干什么？"

郑国恒摇摇头，说："不知道。报纸上说，这些老师有个共同点，都在课堂上发表过爱国言论。"

旁边一直闷着头鼓捣收音机的焦世明听到两人的对话，头也不回地说："那就不用再猜了，肯定是日本鬼子把这些爱国教师都关进监狱了。"

穆立民说："这几天我一直在家养伤，外面的事儿，我不大清楚。不过，日本兵干出这事儿来不奇怪。他们想让北平人学日语，去日本人开的医院里看病，就是想让咱们都心甘情愿地当亡国奴。所以，他们就格外忌恨这些教育孩子们爱国的教师。"

"你们先别说话，到了播放前线战况的时候了。"

郑国恒刚要继续说，焦世明朝他摆摆手，然后又转过身继续摆弄收音机。终于，在收音机发出一阵嘶嘶呀呀的噪声后，信号清晰了，一个女声传了出来——

"4月3日，第五战区司令长官李宗仁向国军各部下达总攻击令，

031

国军将士奋勇争先,拼死杀向敌军。汤恩伯将军所率领的第五十二军、第八十五军、第七十五军,在台儿庄镇内外向日寇猛烈进攻。两军展开了肉搏战,每一条街巷、每一处房屋都成为敌我争夺的目标。国军将士更胜一筹,逐渐夺取了日军阵地。第二天,我空军以27架战机对台儿庄东北、西北日军阵地进行轰炸。当晚,日军濑谷支队放弃阵地,大举向峄县方向狼狈逃窜……"

郑国恒和焦世明都凑到了收音机前,半蹲着身子,耳朵几乎都贴到了收音机上。两人屏住呼吸,聚精会神地听着。直到那个女播音员说出最后一句话,两人还是一动不动,一声不吭,好像不敢相信自己听到的。终于,郑国恒双手高举过头顶,大喊道:"胜利了,我们胜利了!我们终于打了一场大胜仗!"焦世明则重重地拍动桌子,说:"李宗仁长官真是位大英雄!"

穆立民也兴奋地紧攥着拳头,用力挥动着,连牵动身上的伤口所引发的剧痛都顾不得了。三人兴奋了好一会儿才平静下来,这时已经到了下午的上课时间,焦世明和郑国恒夹着课本匆匆离开了,宿舍里马上安静了下来。

此时,午后的阳光洒了进来,穆立民透过玻璃窗望出去,远远望见未名湖畔的柳树已经长出了嫩绿的新芽,树影映在水面上,湖水更加碧绿了。几只刚刚从南方返回的燕子,正在柳条中间来回穿梭,仿佛也希望在大好春光里尽情嬉戏一番。外面的窗台上,有两只燕子相互依偎着立在那里,啾啾鸣叫着,仿佛在商量着什么。他知道,屋檐下就有一个燕子窝,燕子会在那里一直待到秋天。

"离开校园两周,这里已经是春色满园了。"他想起了一年前,也是在春天,也是满眼的翠绿,还有遍布湖边的柳树……

那时他还在武汉大学读书。每当课后或者假日,他在地下党组织里的上级高志铭老师,总会在武汉东湖某个隐蔽的地方,对他和另外几名加入地下党不久的学生进行严格的培训。使用枪械,收发电报,使用暗语和密码本,还有各种各样的特工技术,都是在那个时候学会的。如今,他就是在接受了上级的命令后,靠这些本领炸掉了日军的一大批军火。虽然受了重伤,险些丢掉性命,但还是完成了任务。

现在他虽然无力去接头地点告诉组织自己的情况,但他相信,自己回到燕京大学这件事,组织一定会很快掌握到,然后以某种方式告诉自己下一个任务。

初春的北平,风还是凉飕飕的,但午后的阳光总会让人有些倦意。这时正是上课时间,未名湖周围静悄悄的。穆立民打了个哈欠,铺开被子,正准备躺下休息片刻,这时,他看到窗台上那两只燕子突然飞了起来,好像受了惊吓,和那几只在柳条中间翻飞的燕子一起,向远处飞去。穆立民慢慢站起身,右手伸到怀里,摸到冰凉的枪柄,然后一步步挪向房门。他每走一步,身上的伤口都会被牵动起来,疼得他直冒冷汗。但他还是来到门后,把耳朵贴在房门上,听着外面的动静。

他听了出来,有人正蹑手蹑脚地走向房门。这人到了门外,先是停下脚步,似乎也在探听房内的动静。穆立民靠墙站着,把怀里的枪柄握得更紧了。

门被轻轻推开了,一个烫着刘海儿、垂散着长发的姑娘先是探进来脑袋,然后迈进一条腿。他微微一笑,把枪的保险关上,把手从怀里抽了出来,然后抱着两个胳膊,笑眯眯地看着。这姑娘身穿鹅黄色毛衣、黑色软呢修身长裤、半高跟的靴子,静悄悄地进了房间。她把后背轻轻往后一靠,关上房门,然后开始打量房内的情形。她看到这里没人,似乎颇为诧异,挠了挠脑门,又朝着穆立民的床铺走去。她看了看被窝,犹豫了一会儿,还是把手伸进被窝,弯着腰摸索了一番,自言自语道:"里面是凉的,看来他早就出去了。他不是受了很重的伤吗,怎么还会到处走动?"

"谁出去了,我这不好好在屋里吗。"穆立民咳嗽了一声说。

那姑娘吓得浑身一震,她转过身看到穆立民,想到自己刚才的动作肯定都被这个坏蛋看到了,脸上马上绯红一片,快步冲过来挥起拳头在穆立民身上捶打起来。穆立民连声告饶,这姑娘不肯停手,恨恨地说:"敢耍本小姐,我看你是不想活了。"穆立民被一拳打在肋下的伤口上,疼得他大叫一声,捂住伤口,慢慢扶着床边蹲下,一动也不动。

这姑娘半信半疑,说:"喂,姓穆的,你可别装模作样吓唬我,快点儿起来,给我说说前一阵子你到底去哪儿了,怎么受的伤。"

穆立民颤声说:"伤口被你打破了,我站不起来了。"

那姑娘咬着嘴唇,说:"真的?那我扶你起来,再给你请大夫来。"她蹲下扶着穆立民站起来,正要扶他躺下,穆立民摇摇头,有气无力地说:"伤口肯定流出来不少血,别把床弄脏了。"他指了指远处的椅子,说:"我还是坐在椅子上吧。"那姑娘只得又扶他坐到椅子上。她低声说:"我去给你请大夫去?"

穆立民点点头,她刚要转身离开,穆立民又咳嗽了几声,说:"你先给我倒杯水吧。"那姑娘只得到桌旁给他倒了杯热水,正要给他端过去,却从桌上的镜子里看到他一脸得意的笑容。姑娘气得把水杯往桌上一蹾,说:"穆立民,你敢这么逗我!"

穆立民笑着拉开领口,让她看了看胸前的伤,又摊开手,说:"看到了吧,我的确受伤了,我可没骗你。"

这姑娘,就是穆立民在燕京大学的同学、珠市口正和楼饭庄潘家的小姐潘慕兰了。天祥泰绸缎庄和正和楼饭庄毗邻而居,潘慕兰和穆立民从小玩到大。但中学刚毕业,潘家就把潘慕兰送去欧洲留学了。潘慕兰去的是德国,但她刚在德国读了两年书,希特勒就上台了,开始在国内迫害犹太人。在那种严酷的政治气氛下,华人也饱受歧视,日子极不好过。潘慕兰也就回国了,后来,穆立民带她见了燕京大学校长司徒雷登,司徒校长准她入校就读,她也就和穆立民成了同学。这一阵子,穆立民既不在学校,也没回家,她心中忐忑,不知道他出了什么事儿。这天听说穆立民回来了,她一下课就赶紧过来探望。

潘慕兰上下打量了穆立民一番,说:"你到底怎么受的伤?这一阵子你跑到哪里去了?你奶奶,你爹,你娘,都快急死了。"

"我不是给焦世明他们说过了吗,他们没告诉你?我是骑车赶路时,遇到几个劫道的,被他们打伤的。我胸口挨了一枪,腰上也挨了一枪,当场就昏死过去。幸好被过路的老乡给救了。当时我连路都没法儿走了,只好在老乡家住了几天。对了,我家里怎么样?"

"哼!"潘慕兰白了他一眼,说,"你还记得你奶奶他们?我昨天回家,刚进家门,你妈听说我回家了,就来我家了,转弯抹角问你这阵子在干吗,怎么连着两周没回家。我怕她担心,就说快考试了,你功课忙。看你妈的神情,也不怎么信我的话。她还问咱们学校里有没有学生组织什么的,我知道她的意思,是怕你参加学生组织。"

潘慕兰说完,在床边坐下,眼睛里闪动着兴奋的光彩,定定地看着穆立民。穆立民被她看得有些不好意思,说:"你有事儿要说?"

潘慕兰往他跟前挪了挪,眨了眨眼,说:"你猜,谁要回来了?"

穆立民摇摇头,说:"猜不出来。这阵子我没什么熟人离开北平。"

潘慕兰瞟了他一眼,然后脸对脸地看着他,一字一句地说:"阮——化——吉!穆公子,这人你还算熟吧?"

穆立民兴奋得站了起来,结果腰间伤口一疼,嘴里吸着凉气儿又坐了下来。他捂着伤口,说:"这小子要从美国回来了?"

潘慕兰双手抱膝,在床边前后摇晃着,点了点头。

两人所说的阮化吉,是珠市口奎明戏院的少东家,也是两人从小到大的玩伴。在珠市口一带,那些老字号、大铺面的第二代年轻人里面,穆立民、潘慕兰、阮化吉年纪相仿,家离得又近,整天在一起玩耍。三人经常一起去永定门城墙根儿逮蛐蛐儿,去天桥听相声、看摔跤。冬天,三人在护城河上溜冰、打陀螺;到了夏天,穆立民和阮化吉脱得只剩条裤衩儿,跳进护城河游泳,潘慕兰则在河边给他们看着衣服。那时,奎明戏院还是以京戏为最大宗的生意,三人经常趁着白天戏院后台没人时溜进去玩耍。有一回,三人一不留神,把油彩洒到一位晚上即将登台的名角儿的龙袍上,那场戏不得不推迟半个钟头开演,戏院的听差才从别的戏院借来了龙袍。梨园行向来讲究戏比天大,这种事儿就算是最严重的事故了。当晚,阮化吉被父亲好一顿狠揍,穆立民也被穆世轩在房间里关了三天,不准他出房间半步。

三人读完中学,潘慕兰出国留学,穆立民受"一二·九"学生运动影响,离家参加爱国运动,阮化吉因为功课一直不好,自觉不是读书的命,索性不再读书,在戏院里跟着父亲学做生意。后来,电影一天比一天时兴,不但北平各处开了不少电影院,就连一些戏园子也安上了银幕,放起了电影。离着珠市口不远的大栅栏,本来就是中国电影的发祥地。阮化吉也鼓动父亲阮道谋在自家戏院里放电影,阮道谋开始不答应,后来听说那些开始放电影的戏园子生意都兴旺,心思也活泛起来。父子两人一合计,索性由阮化吉去当时中国电影业的中心——上海去学习电影业的经营之道。阮化吉到上海待了几个月后,渐渐知道美国有个名叫好莱坞的地方。全上海上座率最高的电影,都是那里拍出来的。阮化吉给父亲写信,说上海从事电影业的人,怎么拍电影,怎么宣传电影,都是从好莱坞学来的,他没等到父亲回信,就登船去了美国。他在美国一待就是一年,听说日本鬼子打进了北平,本想回国,父母说,城里不太平,让他等局面明朗一些再决定下一步。

第三章

魔窟

　　这天一早,北平城的上空就飘起了雨点,这场雨从早晨下到了半夜,让刚刚进入立春节气的北平城骤然冷了许多。那些大杂院甚至城门洞里的穷人,本来就没什么像样的棉衣,还以为终于熬过了冬天,结果一下子陷进了倒春寒,不少人都冻出了肺炎。尤其是孩子,冬天里还能靠捡来的煤核在自家的火盆里点火取暖,如今立了春,全城用煤的地方少了很多,自然也无煤可捡。这些穷人家自然是请不起医生、买不起药的,孩子得了肺炎,发起了高烧,大人无法可想,能做的,就只有等孩子咽了气,从床上扯下破席子,把孩子裹了,送到城外的坟地里,找个地方挖个洞,一埋了事。

　　深夜时分,在一片漆黑的天色中,位于煤渣胡同的日军驻北平特务机关处里,一个五短身材、长着一张马脸的日本军人正站在窗前,他手里死死握着一个纸团,狠狠地盯着窗外的北平城。他就是1938年北平城的实际统治者、日军特务机关处机关长喜多诚一。他的办公桌上,摊开着两份从东京大本营发来的机密公文,第一份公文说的是在鲁南方向的台儿庄一带,日军的两个甲种师团——矶谷师团和板垣师团都损失惨重,矶谷师团更是险些被围歼。整个台儿庄一带的战事虽然还没有结束,但失利已经无法避免。这场战事,是开战以来日军遭受的最严重的失利,还被欧美国家的报刊进行了广泛报道,给日本的国际形象和下一步军事行动计划都带来了沉重打击。

而在第二份公文中,东京大本营方面为了彻底消灭中国人的抵抗意志,摧毁中国的抗战资源,决定调整华中派遣军序列,以第2集团军、第11集团军为主力,发动武汉会战。大本营的计划是先以一部兵力攻占武汉东面的门户安庆,日军将以此作为整个会战的基地,沿湖口、九江一线进逼武汉。另以一部沿长江西进,穿过大别山防线,占领武汉外围的麻城等军事要地。

这两份公文,是侵华日军中所有高级将领都能看到的,而被他攥成一个核桃大小的纸团,则是一份单独发给他的绝密电报。电报也是东京大本营发来的,里面对他进行了毫不留情的斥责。电报里说,按照他的职责,他必须百分之百确保那批运往台儿庄前线的军火按时送到,可是由于他的失职,军火运输计划泄露,这批军火被中国特工全部破坏,这导致前线的日军因为缺乏弹药,战斗力大大减弱。台儿庄方向战事的最终失利,和这批军火未能及时送到有着极大关系。他作为承担此次任务的指挥官,必须为此向天皇陛下郑重谢罪。

当他读到这份电报时,一股怒火在他心里燃烧着、沸腾着,对中国特工的仇恨在他心里难以抑制。再加上中国的特工在日军占领北平后,一直在全城各处烧仓库,炸军火,暗杀和日军合作的中国人,本来就是他的眼中钉，他决定把中国共产党和国民政府在北平的情报网一网打尽。但是，怎么样才能做到这一点呢？他手下的情报课课长森本峤因为军火运输计划泄密，已经剖腹自杀，要消灭在北平城活动猖獗的中国特工，他选择谁来做这件事，才有可能成功呢？他手下军官众多，可谁能担此重任呢？

他转过身，慢慢走到办公桌前，按下了桌上的电铃。

铃声在门外的那张办公桌上响起，坐在那里的，是喜多诚一的副官松崎葵。他跟随喜多诚一多年，一向忠心不二，每天只要喜多诚一不下班，他绝不提前离开。每天早上，他也是早早地赶在喜多诚一上班前，就来到办公桌前，整理要送给喜多诚一的文件。

他一听到铃声响起，马上笔直站起，走进喜多诚一的办公室，只见自己的长官正站在一幅巨大的军事地图前，一动不动地细细看着。

喜多诚一听到他进来，并没有回头，过了一会儿，才拿着自己的马鞭指着地图说："松崎君，皇军在徐州一带的军事行动失利了，这件事你已经知道了吧？"

松崎葵立正站好，昂着头大声说："我知道这个消息，但是，皇军终究是不可战胜的，一场战事决定不了整个战争的结局，大日本帝国一定能在支那事变（在1941年12月7日日军偷袭珍珠港、太平洋战争爆发前，日军将中国的抗日战争称为'支那事变'，日美开战后，日军将包括中国的抗日战争、太平洋战争在内的一系列战争称为'大东亚战争'——作者注）中取得最后的胜利！"

"唔，唔。"喜多诚一对他的态度很满意，啧啧有声地赞叹着，慢慢踱回自己的桌前。他低头又看了看那两份公文，说："松崎君，支那人的特务，活动得非常猖獗，给皇军的行动造成极大的损害。北平城里，就有大批来自中共和军统的特工在活动。皇军即将在武汉方向进行大规模的军事行动，这场会战的规模和意义，要比徐州方向的战事大得多。中国共产党和国民党的特工，肯定会想办法阻止皇军的行动。为了确保这场战事的胜利，我们必须尽快消灭中国国共两党派驻在北平的特工。情报课的森本君为了捍卫帝国军人的荣誉，已经剖腹自尽，在新的情报课课长上任前，松崎君，我希望你能承担起消灭这些特工的任务。"

松崎葵一挺胸，大声说："嗨！我一定在武汉方面的战事开始前，彻底肃清支那人在北平城里的特工组织！"

"吆西，吆西！"喜多诚一走到他面前，赞许地轻轻拍了拍他的肩膀。

松崎葵说："我马上拟定一份行动计划，机关长阁下批准后，我立刻行动！"

喜多诚一缓慢地点了点头。松崎葵的眼睛里闪动着亢奋的神采，他做了一个标准的向后转动作，正要迈步走出这间办公室，喜多诚一忽然说："松崎君，关于北平商家开门营业这件事，有新的进展吗？"

松崎葵转过身，神色也黯淡下来，说："北平的商家，尤其是那些年代久远的老字号，都在用各种借口推迟开门营业。"

喜多诚一皱起眉头，眯缝起来的细小眼睛里，露出了凶狠的眼神。他把纸团捏得更紧了。

松崎葵接着说:"我已经调查过这件事,北平全城的商业区,一般都有各自的商界领袖,比如东安市场的东来顺、琉璃厂的荣宝斋、前门的全聚德、珠市口的天祥泰绸缎庄,都是如此。那些地方别的商家,都在观望各自地盘上的商界领袖如何行事。就拿天祥泰绸缎庄来说,老板穆世轩就一直在找各种借口推脱,不肯开门营业。这样一来,整个珠市口都没几家店铺开门。"

喜多诚一慢慢踱到窗前,一声不吭地看着外面漆黑的夜色,眼睛里的凶光更加冷冽了。

松崎葵向前一步,试探着说:"机关长阁下,这些商铺老板,自恃名气大,不把皇军建设大东亚共荣圈的苦心放在眼里,如果我们一直这么对待他们,恐怕他们会更加肆无忌惮。如果我们把其中最不肯和皇军合作的人抓起来,剩下的店铺就不敢这么狂妄了。"

喜多诚一默不作声地听他说完,又过了片刻,才慢慢摇摇头,说:"目前皇军在中国的进展没有预想的顺利,遇到了很多困难,这些是开战前没有预料到的。战争是需要资源的,我国又是一个资源匮乏的国家,现在在国际上,我们所必要的各种资源还要从国外进口,为了大日本帝国的国际声誉,我们不能完全依靠暴力解决问题。"

松崎葵用力咬着牙,两颊的肌肉慢慢地抽搐抖动着。

喜多诚一转过身,拍拍他的肩膀,说:"松崎君,这件事可以慢慢来,当务之急是把北平城里的支那特工尽快消灭掉,这样才能确保皇军在支那各地的战事顺利开展。"

松崎葵双腿用力并拢,大喊一声:"嗨!机关长阁下的苦心,我完全明白！我马上制订出行动计划！"

席卷了整个华北的雨已经停了，但雨水还从窝棚的顶子上缓缓滴落下来。窝棚里已经没有一处干燥的地方了，苏慕祥他们索性从窝棚里钻出来，坐在矿井门口。山里的天，本来就比外面亮得晚，这时还没到清晨，这里就更是漆黑一片了。他们有的背靠着山石，想在上工前再眯一会儿；有的知道自己睡不着，只有沉默地枯坐着。当了一个多月矿工，他们身上还穿着被捕时的衣服，只不过衣服已经变得残破不堪。苏慕祥已经了解清楚，这个煤矿上，一共四十七名矿工，都挤着住在矿井门口的窝棚里。这些矿工，都是日本兵从城里各处抓来的文化人，有中小学教员，有报社记者，有出版社编辑。每天早上天不亮，就有日本兵牵着狼狗带着几个"华北治安军"的汉奸来催他们下井挖煤。谁的动作慢一点，鬼子一声狞笑，一指这人，狼狗马上就扑过去撕咬。到了井下，每人每天要上百次地摸黑把各自的推车装满煤块，再顺着长长的巷道把煤运出来。至于食物，每人每天只有几块掺杂着树根和树皮的窝头。

一阵山风吹过来，他们的衣服哗哗作响。这一阵子，每人都瘦得像饿鬼一样，衣服都大了，穿在身上就像是挂在几根干枯的树枝上。透过衣服的破洞，能看到他们一排排黝黑干瘦的肋骨。辛国槐冻得哆嗦起来，他紧紧抱着肩，小声对旁边的苏慕祥说："苏大哥，你觉得咱们还能活着离开这里吗？"

苏慕祥说："在鬼子眼里，这些煤块可比咱们的命值钱多了。不把这个矿里的煤挖完,鬼子不会让我们走的。即使是走,也只不过从这里去别的地方给鬼子卖命。"

"妈的,想想就来气,"坐在不远处的黄一杰狠狠地吐了一口痰,说,"我们挖出来的煤,都变成了鬼子的战略资源,最后还是用来对付中国人!他们逼着咱们给他们卖命干活,他们自己又端着枪来侵略中国!"

苏慕祥望着四周高耸的黑色山岭,说:"这个煤矿如此偏僻,但鬼子占领了北平没多久,就在这里盗掘我国的煤矿,可见他们一定早就勘探出了这处资源。咱们中国,说是地大物博,可国家贫弱,政府腐败,那些军阀只知道钩心斗角争权夺利,却不知道鬼子早就派出间谍,把我国的矿产、水文、交通各种情报探察得清清楚楚。"

"苏大哥,照你这么说,咱们和日本的这场仗,就像是一个盲人和明眼人打一样?"

苏慕祥苦笑一声,说:"那还不就是这样?但是,中国人也不都是盲人,也有人早就看穿日本的侵略野心,只是不得国民政府重视而已。纵然日寇一再紧逼,把整个东三省都抢占了去,国民政府还不是只寄希望于国际调停。可别的国家,眼见日本强、中国弱,又有谁会真的主持公道,去捅日本人这个马蜂窝?你看日本人占了东三省之后,立即开掘各处矿产,这些资源,都是国民政府毫不知晓的,如今都被日本人整船整船地运回本土!"

这时,他们身旁忽然有个黑影站了起来,朝四周看了一圈,小声说:"各位,你们谁看见焦恩绶了?"

人们听出这人是黄一杰,听他这么一说,纷纷朝自己身边看了看,然后都摇摇头,说:"没见着焦先生。"黄一杰颇为着急,他跺跺脚,说:"昨晚雨下得最大时,本来是我睡在落雨最多的铺位,焦先生硬是要和我换位置,我自然不肯,他索性说自己出去再找地方睡。眼下却看不着他人了。"

人们面面相觑。这里通往山外只有一条路,有日军和伪治安军把守,自然无法通过。周围山崖高耸,根本无法攀爬。苏慕祥说:"不好!"他快步跑向矿井,别人像是明白了什么,也跟着他跑了过去。十几个人进了矿井,矿井中自然漆黑一片,什么都看不见,人们战战兢兢地往里走,只听扑通一声,有人摔倒了。

"地上好像有人——"摔倒的人颤声说。人们朝他的方向挤过去,把他和地上的人抬了出来。到了矿井外,只见除了摔倒的辛国槐,另外的则是一具尸体。尸体的额头那里破了一个拳头大小的洞,鲜血早就凝结了。尸体满脸胡须,双目圆睁。

"是焦先生——"苏慕祥沉痛地说。

"我知道,您是不甘忍受鬼子的欺凌,才这么决绝而去的,对不对?对不对?"黄一杰举起袖子擦着眼泪,摇晃着焦恩绶的肩膀嘶吼着。

远处的日本兵营房里传出一阵斥责声,辛国槐低声急促地说:"黄大哥,您节哀,别让鬼子听见动静出来,他们要是一出来,肯定还得杀人!"

黄一杰刚要反驳,苏慕祥伸手放在他肩膀上,说:"黄老弟,焦老弟是让鬼子逼死的,这仇咱们记住了,以后一定让鬼子血债血偿!"

有人从窝棚里找出一张还算完整些的草席,把焦恩绶的尸体裹好,几个人抬着,在一处山坡上扒拉出一个石洞,把尸体埋了进去。

山里恢复了安静,除了黄一杰还在低声抽泣着。尽管雨停了,剩下的人谁也无心睡觉,都在山路上坐着。人堆里忽然有人说:"咱们这一批一共四十七个人,来到这里一个多月了,在矿井里因为塌方,被砸死了五个,有人想逃跑,从山崖上摔死两个,被鬼子拿刺刀捅死三个,如今又死了一个。过不了几天,咱们就死绝了!"

黄一杰仰起脸,说:"鬼子刚占领北平的时候,列强都在抗议,可都是装模作样!日本鬼子给他们个面子,不在北平城里直接杀人掠夺,他们就当睁眼瞎!眼下,咱们四十多个人里,这才个把月的时间,就已经死了十一个人了,全中国死在日本人手下的中国人,都不知道有多少!"

"跟他们拼了,反正是个死!"一个黑影站了起来,双拳攥得紧紧的。

"对,和他们拼了,说不定还能拼出一条活路来!"又有人站了起来。这下,更多人站了起来。黄一杰也止住哭,站了起来,他正瞪大眼睛,想愤怒地喊出声来,却看到苏慕祥还坐在一旁。他迟疑着,说:"苏大哥,你——"

苏慕祥慢慢站起身,扫视着四周的人影,说:"各位,我们谁都不愿在这里给日本鬼子当牛做马,但是——"

人们安静了下来,先是相互看了看,又一起盯着苏慕祥。他顿了顿,继续说："我们要把自己的命留下来。我们不是怕死，其实在这里过鬼不像鬼人不像人的日子，不比死可怕？我们要活下来，留着命是为了和鬼子拼命，把鬼子赶出中国去！"

一大堆黑影里，有人摇摇头，说："把鬼子赶出中国，这事儿谁不想？可光想有用吗？眼下咱们这么多的大老爷们儿，连这个巴掌大的地方都跑不出去。"

这人说完，有几个人也跟着他叹气摇头。苏慕祥说："咱们现在还有三十多个人，鬼子加上那些二鬼子兵没咱们人多。咱们和他们，就像中国对日本一样，只要咱们好好做准备，到时下定决心给鬼子来一下子，肯定能离开这里！"

这时，鬼子住的那几间房子里亮起了灯光，一阵喊叫声传了出来。伪治安军那边有人急急忙忙答应着什么，苏慕祥做了个往下压的手势，说："大伙儿别出声，先别惊动鬼子，咱们准能想出个主意从这里逃出去！"

人们三三两两回到窝棚，矿井口这里安静了下来。但没人睡觉，有人躺下来，透过窝棚的缝隙看着漆黑密实的云层，有人蹲着，瞅着外面的动静。几个伪治安军打着哈欠，拖着步枪摇摇晃晃地走了过来。他们到矿井口和窝棚前转了一圈，没发现什么情况，嘴里骂骂咧咧地回去了。

苏慕祥头枕着交叉的双手，沉思着刚才的一切。

"苏大哥，你觉得，咱们能逃出去吗？"黄一杰凑到他身边说。

"能，准能。"苏慕祥说，"咱们这三十多个人，只要心齐，劲儿往一处使，准能离开这里！"

"苏大哥，你想一个好办法吧，我们都信得过你！"

苏慕祥朝他笑了笑，说："光我一个人想有什么用，咱们大家伙儿一块儿想办法！一杰，我记得来这里的路上，你说你是因为一篇文章被鬼子抓到这里的，对吧？"

黄一杰点点头。

苏慕祥说："你说你的文章写的是鬼子装模作样开粥厂赈济穷人，其实粥里根本没有多少米粒儿，对吧？你这不是很勇敢吗？"

黄一杰不好意思地挠挠头，说："当时还有不少外国记者，可他们只采访了几个人就走了。我可知道，那几个人都是鬼子和临时政府安排好了的。"

苏慕祥："你做得很对。咱们四亿中国人，只要每个人都不当亡国奴，鬼子在中国就待不长！我住的珠市口那一带，有很多大商号。鬼子整天逼着他们开门营业。那一带商号里领头儿的，是天祥泰绸缎庄。"

"我知道这家铺子，我姐姐出阁，上上下下的衣服被面，都是从他们家买的。"

"天祥泰绸缎庄的东家穆老板，就是不听鬼子的，自从鬼子进了城，店门一天没开过。鬼子急得啊，上他家软硬兼施，软的就是请穆老板出山在治安维持会当官儿；硬的就是端着刺刀进去，说是查抗日分子，把上好的绸缎布匹捅得全是窟窿。可穆老板硬是不信邪，决不开门。"

黄一杰伸出大拇指,说:"这个穆老板,真是个硬骨头!"

"我听说,鬼子拿着大把的银圆去他家,说要买大批布料。只要他答应开门营业,按市价加三成的价码儿从天祥泰进货。穆老板愣是说因为战事,外地的货进不来,连送上门的生意都不做。"

黄一杰满脸敬佩之情,苏慕祥拍拍他肩膀,说:"早点儿睡吧,明天还要下井干活儿,可不能因为犯困走神儿,那可太危险了。咱们还得把命留下来和鬼子干呢!这两天我好好琢磨一下,想办法从这里逃出去!"

"阮化吉这小子,我还以为他留在美国不舍得回来呢。"穆立民站得有些猛,胸口和肋下的伤口又被牵动了一下。他捂着伤口慢慢坐下,说,"他在家?"

"是,他这一从美国回来,满脑子都是好莱坞的新鲜事儿,想把奎明戏院完全变成个电影院,因为这,跟他爹都快成仇人了。"潘慕兰一摊手说。

"他家的戏园子,都快开了两百年了,阮叔肯定不答应变成个电影院。"

"那可不。"潘慕兰站起来,说,"好了,你好好养伤,我也该回去看书了,我同学还在外面等着呢。"

"你要是回家,顺便去我家一趟,给我奶奶我爹我娘他们说一下,就说我这一阵子功课太忙,下个周末就回家。"

潘慕兰本来已经走到门口,听到这话,把身子一转,幽幽地望着穆立民，说："平白无故去你们家，还是去说你的事儿，我算你们家什么人？"

穆立民笑了笑，说："我同学啊，你和我一个学校读书，你说的情况，他们肯定信。要不，万一他们真的找到学校来，看到我这副半死不活的样子，还不立马把我弄回家，学也不让我上了。等这件事过去了，我请你吃顿好的。"

"哼，同学，以前咱们还是发小儿，现在就光是同学了。吃顿好的吃顿好的，我家就是开饭庄子的，我还没吃过好的？"潘慕兰瞪了他一眼，扭头出去了。穆立民看到，她和一个梳着两根麻花辫、相貌清秀的女同学挽着胳膊，肩并肩走了。

过了一周，穆立民的伤又好了一些，他就想着回家看看。这个周五，他一下课进了城。坐在黄包车上穿过前门五牌坊时，天色已经黑了下来。过了大栅栏，他本想直接回家，可一扭脸儿，看到有些不对劲。他再仔细一看，只见奎明戏院和从前不一样了。从前的奎明戏院，是刻着四个鎏金大字的牌匾挂在戏园子大门上，可如今则变成了霓虹灯围成的四个大字。每个字都闪着金黄色的亮光，而且外面还围了一溜枣红色的小灯泡，闪烁起来格外醒目。戏院门口那里，还贴着好几张电影海报，虽然从远处望过去看不清楚海报的内容，但隐隐约约看得出来，是正时兴的美国电影。

穆立民心想，阮化吉这小子，还真能折腾，刚一回国，就把祖传下来的戏园子给变了个样儿。他回到家，见过了奶奶和父母。他给三位长辈说了这一阵子为何没能回家，因为中间有周双林和潘慕兰回来说了他的事儿,三位长辈倒是没太追问。这时,已到了晚饭时间,堂屋八仙桌上摆好了饭菜,穆老夫人说:"立民多日没回家,今天好容易回来,这顿饭我和你们一起吃。"

穆立民刚拿起筷子吃了几口,就看到奶奶和母亲两人都举着筷子不夹菜,两人互相使着眼色。穆立民猜得出来她们想问自己什么,只有佯装不知,低下头专心吃饭。只听穆世轩对奶奶说:"妈,您要是想问立民什么事儿,先等他吃完再问。立民下了课就从海淀那么远的地方回来,早饿了。"

穆老夫人连连点头,一个劲儿给穆立民夹菜。这顿饭吃得差不多了,穆世轩先把筷子放下,说要回房看账本,就回了自己的卧室。穆立民等仆人撤去饭菜,把茶水端上桌,说:"奶奶,妈,您二位想问我什么?"

穆夫人咳嗽两声,说:"前几日潘家姑娘来家里说你在学校里功课忙,还说你宿舍里挺宽敞。"

穆立民点点头:"有这事儿。"

"潘家姑娘常去你宿舍玩儿?"说完,她飞快地瞟了穆老夫人一眼,两人一起紧紧盯着穆立民。

穆立民哭笑不得,说:"奶奶,妈,你们想到哪里去了?燕京大学是男女合校,男女同学之间相互到对方宿舍里去,是很正常的交际行为。"

"立民,你们宿舍的几个同学,听潘家姑娘话里的意思,她都挺熟的,要这么说的话,你的宿舍,她是不是常去?"

穆立民点点头，说："是啊，潘慕兰是从欧洲留学回来的，待人接物都比较大方一些，没有那么忸忸怩怩，见了生人也能很快熟起来。"

穆老夫人和穆夫人的神色都有些紧张，穆夫人说："立民，这潘家姑娘家境殷实，自己也知书达理，结这门亲事，咱家不亏。可这万一你有哪个男同学看中了她……"

穆立民正端起茶杯来要喝，一听到这里，半口茶水喷了出来。本来站在穆老夫人旁边的袖儿过来给他捶背，他咳嗽了几声，说："奶奶，妈，你们要是这么乱点鸳鸯谱，我可真没话可说了。我上了一礼拜的课，累了，这就回去歇着了。"

他出了这间屋子，站在里院当中，只见旁边父亲的卧房亮着灯，父亲伏在桌上看账本的影子正映在窗户上。他想起刚才吃饭时，父亲只吃了不到小半碗饭，也没怎么说话，正准备进去看看，只见父亲的影子抖动起来，还用手捂着胸口，重重咳嗽了起来。他赶紧进了父亲的房间，只见父亲坐在桌前，面前摆着几个摊开的账本，身旁则站着周双林。父亲双眉紧锁，看上去比前一阵子更加清瘦了，放在账本上的双手更是瘦成了皮包骨。他下颔的胡须，又长又白，在电灯泡的照射下，脸上的皱纹显得更深了，喉咙那里的皮肤更是皱皱巴巴的。

"我应该早点回家的。"穆立民一阵心酸。周双林本来也是一脸愁眉不展的神色，见到穆立民进来，眉头舒展开一些，说："少爷来了！"穆立民看到他一直在朝自己身上打量，知道他还担心着自己的伤势，就用拳头在自己胸口捶了两下，朝他眨眨眼说："双林哥，我棒着呢。"

他又对穆世轩说："爹，我好一阵子没回家，这回我见您可是又比前一阵子瘦了。爹，现在生意不好做，您也别太费心，身子要紧。"说着，他把桌边盛着参茶的茶杯端给他。穆世轩接过来喝了几口，指了指账本，说："立民，你来得正好。你看看这里。"

穆立民凑过去，只见账本所列内容按照左为收入、右为支出分列，中画了两条重重的横线，右边支出那部分，一条线上面的数字是大洋一千零五十二元，另一条线上面写着大洋六百一十七元。每个数字旁边都有一行小字，分别写的是"北平治安特别捐""商业特别捐"。穆立民马上明白了，一昂头，说："爹，这些都是华北临时政府给咱们摊派的苛捐杂税啊，这钱，咱们不能给。他们拿了这钱，肯定会给日本人，日本人再用这钱造枪炮，回过头来打中国人！"

穆世轩刚要说什么，又咳嗽起来，周双林给他捶着背，说："少爷，全北平的商铺都接到这份摊派了，自然谁都不愿意交这份钱。临时政府派人到咱们店里来收钱时，老爷说天祥泰一直没开门做生意，自然也没钱交这些捐税。可他们硬是说咱们店的家底儿厚，肯定能交上这些钱。最可气的是，临时政府的汉奸来店里要钱时，还带着两个人，一个是个孩子，身上穿得破破烂烂的，说日本人和临时政府要靠这笔钱来给穷人开粥厂，要是北平的商铺都不交钱，粥厂就开不起来，就有不少穷人饿死；另一个是穿着一身白衣裳的女护士，说城里新开的那些给穷人看病的医院，也指着这两笔钱呢！"

穆立民说："这些临时政府的汉奸，真是没良心！我在燕京大学看过外国报纸，上面有报道，说日本人在北平开的这些粥厂、医院，都是做表面文章，粥里没几粒米，给穷人的药不是过期的就是假的。"

周双林愤愤不平地说:"那个小孩儿可能是真的穷人家孩子,说起北平好多穷人吃不起饭,一直眼泪汪汪的。那个女护士,十足十是冒牌货,一进家门就眼珠乱转,大概是想看看天祥泰的家底儿。"

穆世轩说:"立民,双林说的这件事,倒是值得再往深里挖一挖。临时政府在北平搞摊派,假借救济穷苦人的名义征收苛捐杂税,你同学里有没有认识外国记者的,让他们找到真的穷苦人采访一下,让全世界都知道华北临时政府的真面目。这样一来,有了国际上的舆论,他们就会收敛一些了。"

穆立民点点头,说:"好,这件事我记着了。爹,您也别太操心,这场仗肯定要打上几年,可别什么事儿都往心里去。要不然,非把人愁坏了不可。"

穆立民出了穆世轩的房间,站在院子中间。他想,自己已经完全康复,需要把这件事通知给上级,这样上级才会给自己安排新任务。这时,远处传来一阵喧闹声,这声音似乎正来自奎明戏院方向。他出了自家院子,朝奎明戏院走去。他远远看见戏院门口围满了人,这些人似乎颇为愤怒,都朝站在戏院门口台阶上的那人大声说着什么。那人中等个头,身穿一身蓝色横纹西装,打着红色领带,戴着一顶西式圆檐儿礼帽,里面穿着件浆洗得硬挺的白衬衫,还露出两根吊裤带,活脱脱一副上海小开的打扮。他挥着手里的一根雪茄,抬起手理了理上嘴唇的小胡子,正一脸不屑地瞟着四周的人群。穆立民看着这人,微微一笑,他认了出来,这人就是自己从穿开裆裤时就整天在一起玩闹的发小儿、奎明戏院的少东家阮化吉。

"阮少爷,做生意可不能这么个做法,这里明明是戏院,我们到这里来就是听戏的,你可别拿洋鬼子那套玩意儿蒙我们!"

"京戏是老祖宗传下来的,电影里都是假人,看着就瘆得慌!"

穆立民站在人堆里,听了一会儿才听明白,原来,围在戏院门口的,都是买了奎明戏院一年包厢票的主顾。奎明戏院是全北平顶好的戏园子,包厢的价钱可不低,如今,阮化吉要减少京戏的场次,增加电影,这些只爱听戏,对电影没什么兴致的主顾自然不干了。

阮化吉理完了小胡子,见这些人的吵闹声稍微低了些,这才咳嗽两声,说:"列位爷,你们都是在奎明戏院订包厢订了几十年的,还有几位,格外照顾我们阮家,是打前清那会儿,就来这里听戏——"

"嘿嘿,我的包厢,是光绪六年订的,到今天没挪过地方!"

"我爷爷自打咸丰年间就来你家这儿听戏!"

台阶下有人大声喊着,阮化吉赶紧下了台阶,按照老礼儿,到了这两人面前给每人打了千儿,嘴里说:"我代我爷爷、我爹谢谢您两位!"

这两人虽然一脸怒气,但也回了礼。阮化吉回到台阶上,继续说:"自打嘉庆七年有了这奎明戏院,戏园子里里外外除了正常的修修补补,就没怎么动过,台上的角儿呢,也是一代接着一代,一茬接着一茬,来来回回唱着那些戏,那些戏呢,也都来来回回唱了上百年了——"

"我们就爱听老戏,生书熟戏,没什么不对的!"台阶下又有人嚷了起来。

阮化吉接着说:"这按说呢,谁都有自个儿的兴致,有人爱听戏,有人爱听书,有人捧马老板,听多少遍'我本是卧龙岗散淡的人'都听不过瘾,可有人就非得听高门大嗓的金老板,这都正常。可各位爷,就连谭老板都把《定军山》拍成电影了,你们怎么就不想见识见识新鲜玩意儿呢?是,你们的包厢票,从前一礼拜能看七出戏,以后只能看五出,少看了两出,可包厢还是你们的,只要里面放电影,你们就随时能来看,成不成?这么一来,新的旧的,您一张包厢票就都拿下了,亏不了您!"

"你是说,我们的包厢票,随时能来看电影?"主顾们相互议论了一阵子,有人抬起头说。

"嘴里一声,地上一坑!戏园子里甭管是放电影还是唱戏,您有包厢票就只管进来。我姓阮的,说得出就做得到,您放心!"

主顾们又议论起来,可声音、脸色已经和善多了。可还有几个年纪最大的,使劲拄着雕龙填漆的拐杖,说:"那也不行!我们就听戏,不看电影!"其中一位老者,举着拐杖朝四周墙上的电影海报指指点点,说:"电影上的洋婆子,一个个奇装异服,挤眉弄眼,还袒胸露乳,卖弄风骚,真是有伤风化!"

阮化吉仍然满脸笑容,拱拱手,说:"各位爷爱听戏没什么不对,可有一样,不知道各位爷琢磨过没有?现如今,爱看电影的人,是越来越多了,爱听戏的呢,是一天比一天少。现在学校里,哪个学生书包里没几张电影明星的照片?可谁会随身带着梨园行里名角儿的照片?就拿这电影海报来说——"他指了指戏院门口贴着的美国电影《淘金女郎》海报,说,"不怕各位爷笑话,这张电影海报,我们这儿贴一回,每到夜里就给人撕一回,我们知道,就是那些女学生撕走的。为什么撕?她们还不是惦记着上面的电影明星!所以说,各位爷爱听戏,又有我们的包厢,行,我豁出去了,不放电影,光唱戏,可这能挺多长时间?要真到了那一天,我这奎明戏院彻底黄了,关张了,各位爷的包厢票可不就彻底废了吗?俗话说'留得青山在,不怕没柴烧',咱们这是拿电影养戏,非得这样,这戏呀,各位爷才听得长远!"

那几位老者面面相觑,谁都不说话了。

接着有人嘀咕着说:"阮家的这少东家,说的还有几分道理。"

"人家留过洋,见过世面。"

"嘿!"其中年纪最大,刚才吵得也最厉害的一位,气得胡子乱抖,把拐杖往地上一蹾,转身由仆人搀着离开了。剩下的人也渐渐散去。阮化吉朝人们拱着手,嘴里说:"各位爷慢走!"

说完,他脸上飞过一阵得意,正要转身,眼角瞥到站在一边的穆立民。他先是一愣,接着跳下台阶,在穆立民胸前捶了一拳,接着把住他的肩膀,说:"好小子,你什么时候回来的?"

两人拥抱了一下,穆立民也拍了拍他的肩膀,说:"我还没问你是啥时候回来的呢。美利坚这个国家怎么样?你赶紧给我这没出过国门的土包子讲讲。咱们两年多没见,你这口才练得可以啊,说得头头是道。"

阮化吉细细打量着穆立民,见他身穿藏青色学生装,头戴学生帽,胸前别着燕京大学的校徽,咧嘴一笑,说:"哪比得上你啊,在洋学校里念书。你这身行头真不赖!"

057

穆立民也看着阮化吉笔挺整齐的西装、领带，梳得油光锃亮的分头，说："就你这身西装，我们校长，美国人司徒雷登穿的都没这么好。你这分头够亮的，抹了得有两管儿鞋油吧？"

阮化吉举起拳头佯装要打："你这嘴够贫的，立民，你小时候可是个地地道道的老实孩子，打哪儿学得这么油嘴滑舌的？"

两人多年未见，商量着去东安市场的吉士林西餐厅喝咖啡叙旧，刚要朝路边的两辆洋车走过去，只见身后有人大喊一声："你们俩，都给我站住！"

第四章

求 生

焦恩绶自杀后的一个夜里,黄一杰正睡得迷迷糊糊,忽然耳边有人说:"一杰,醒醒!"他睁开眼,见身边是当初和自己一起被抓到矿井这边来当苦力的小学教员夏达之。黄一杰还没来得及问,夏达之就压低声音,说:"苏大哥说,咱们一起商量一下怎么逃出去!"

黄一杰马上睡意全无,摸黑抓过衣服穿上,和夏达之出了窝棚,轻手轻脚地进了矿井。只见矿井门口这里,虽然漆黑一片,但隐约能看出已经有几个人席地而坐了,苏慕祥坐在他们中间,身边还有一块木板,木板上放了一些奇奇怪怪的东西,有铁块,有鬼子扔掉的旧电池,还有一大堆有粗有细的电线。

苏慕祥见他进来,说:"今天请几位过来,就是想商量一下,咱们怎么从这里逃出去。"

"妈的,这个活地狱老子一天都不想待了!"

"老子宁可跳崖摔死,也不愿意给鬼子挖矿了,老子要真跳崖,非得拉着个鬼子一起跳,给老子垫背!"

众人愤愤地说着,苏慕祥听了几句,做了一个往下压的手势。没人说话了,苏慕祥看了一圈四周的人,对夏达之说:"达之,咱们商量的是大事、要紧事,你先在矿井外面守着,盯着点儿鬼子那边的动静,过一会儿我再找人去替你。"

夏达之点头出去了,苏慕祥说:"大伙儿说这里是活地狱,一点儿也没错。这几天,我一直在琢磨怎么从这里出去。咱们都是给蒙着眼睛来的,外面还有没有封锁岗哨什么的,咱们都不清楚,但这里的情况,咱们是看到的。那边有鬼子和二鬼子,岗哨上有机关枪,他们还有汽车。他们还有一个瞭望台,瞭望台上有探照灯和瞭望哨,还有个放哨的鬼子。矿井这里呢,两面都是山崖,往上爬,爬不上去,向下的话只能摔得粉身碎骨,所以,唯一的办法还是从山路往外逃。大家有好主意吗?"

黑暗中有人说:"苏大哥,你召集大伙儿开会,肯定是想到办法了,你说吧,我们听你的。再者说了,在一起待了这么些天,你的为人大伙儿都知道,都信得过你。"其他人纷纷附和。

"大伙儿信得过我,我谢谢大伙儿。既然这样,"苏慕祥拍了拍那件绕着一大堆电线的东西,说,"时间差不多了,大伙儿先听听这个。"

有人问:"苏大哥,这是啥玩意儿?"

苏慕祥弯着腰,摆弄着那堆东西,说:"这个呀,叫作矿石收音机,和话匣子是一个原理。有了这个,咱们就能收听到外面的电台了。"

"苏大哥,想不到你还有这本事!装这个东西,不容易吧?"

"是不容易,需要好多零件。这是线圈,这是矿石、天线,还有这么多电线，我凑齐这些东西，花了一个多礼拜。"

黄一杰凑到矿石收音机旁边，盯着苏慕祥的每一个动作，说："苏大哥，矿石和这些电线，咱们矿井里都有不少，这个线圈我可真没见过。"

苏慕祥微微一笑，说："前几天，鬼子的探照灯坏了，这事儿你记得吧？"

黄一杰点点头，苏慕祥说："鬼子换好了新的探照灯，就把旧的那个给扔了。我去捡了回来，拆开后不就有线圈了？那个军用探照灯，有三十多斤，里面有不少好东西！好了，可以听了！"

说完，他在矿石收音机上扳动了一下，那东西先是发出一阵嘶嘶啦啦的噪声，接着，有声音从里面传了出来！在一阵软绵绵的歌声后，是人声播报——

"大日本皇军进驻北平以来，和北平人民共担使命，为创建大东亚共荣圈竭尽全力。目前，已经建成医院三十八所，发放免费药品一万八千六百余种。开设赈济处一百零三处，发放免费食物六万三千三百余份。凡是北平居民，应该深怀感恩之心，遵守秩序，严格服从皇军及华北临时政府的管理，切不可受旧政府及共产党方面的蛊惑——"

"这是汉奸政府的电台！鬼子发的东西，都是变质的！"有人咬着牙低声说。苏慕祥一脸沉静，慢慢调整着电台频率。终于，又有一个声音传了出来——

"中国国民党中央执行委员会广播无线电台现在开始播报新闻。

台儿庄会战已经胜利结束，在李宗仁司令长官的亲自指挥下，我第五战区三军用命，勠力同心，击溃日军第5、第10两个精锐师团的主力，歼灭日军2万余人，5月10日，国民政府授予汤恩伯、孙连仲两位将军青天白日勋章。5月31日，国民政府行政院议会通过决议，颁给田镇南、冯安邦、黄樵松、张金照、池峰城、吴鹏举等青天白日勋章——"

"台儿庄大战，是咱们赢了，打死了两万多鬼子！"有人惊喜地低声喊着。还有人说："苏大哥，这个东西还能听到什么电台？"苏慕祥没回答，指了指那部矿石收音机，摇摇头。有黑影扯了扯这人的袖子，说："你先别说话，好好听。"

众人屏住声息，继续听着电台里播放的各地战况，人们的神色也是随着战况的变化而变化。苏慕祥继续调着电台频率，突然，"北平"两个字传进众人耳中——

"卢沟桥事变后，国民革命军第十八集团军正副总司令朱德、彭德怀，派出多名干部，已经抵达北平西部雁翅镇一带，与当地原有的中共组织共同组建成立了平西抗日游击支队；中共北平市委农工委书记刘杰也已经从北平城来到平西青白口，组建中共宛平中心县委。目前在北平西部山区，凭借当地的自然环境，以及广泛的群众基础，开辟抗日游击根据地的条件正在逐步成熟。今年初，晋察冀第一军分区政委邓华已经率主力部队挺进了斋堂川。这支部队于1938年2月挺进平西后，短短一个月时间，已经在宛平、涞水、房山、良乡、昌平等地开展了工作，摧毁了一些日伪军据点——"

听到这里，苏慕祥关掉了这东西。每个人都满脸兴奋，有人说：

"延安共产党的队伍,打起鬼子来,可比正规的国军厉害多了,他们来到平西啦?"

苏慕祥说:"这是共产党的电台,里面说的,大伙儿都听到了吧?咱们有救了,共产党的队伍也来到了平西。根据咱们刚才听到的内容,他们距离咱们应该不远!各位,大家是不是记得,咱们出了北平后,车一直往西开?"有人说:"蒙上眼之前,咱们的确一直往西。但蒙上眼睛后就不知道了。"

苏慕祥说:"北平只有西和北两个方向有山。我和大家一样,也一直觉得我们在西边。再说了,北平城向来只是西边有煤矿,北边可没有。"

有人点点头,说:"苏大哥说得有道理,咱们肯定是在平西。"

苏慕祥说:"咱们现在在平西,延安的共产党,也派队伍来到了平西。所以,我要是能从这里逃出去,就去投奔共产党。"

"我也去!"

"苏大哥,你去哪儿我跟你去哪儿!"

众人七嘴八舌说着。

苏慕祥说:"既然要去斋堂投奔共产党,那就报一下数,看看谁不去。不去也没关系,只要不投靠日本人,就都是好样的。"

三个人在黑暗里举起手,还有人举手后又慢慢放下。

"好,大伙儿听听我的办法能不能用,有没有漏洞。这次,咱们不但要从这里逃出去投奔抗日队伍,还要干掉几个鬼子兵。"苏慕祥说着,讲起了自己的计划。

穆立民和阮化吉回过头，只见潘慕兰正站在闪闪发亮的霓虹灯下。她身穿一套男式西装，还戴着一顶鸭舌帽，把长发都塞进帽子里，手里还拿着根手杖，正笑嘻嘻地望着他们。

三人到了东安市场，进了吉士林西餐厅。因为都吃过晚饭了，三人没再点菜，要了三杯白兰地，穆立民又要了一杯苏打水，阮化吉又要了一杯咖啡，潘慕兰又要了一道冰激凌。侍应生离开了，阮化吉打量了一圈四周，说："在美国，人们想在夜里消遣消遣，都去酒吧，现在咱们这一带连一家酒吧都没有，想出门喝两杯，就只能来这里。"

穆立民说："酒吧？是光喝酒，不吃饭的地方吧，东交民巷使馆区那边有几家，常见到外国人进进出出的。"

阮化吉说："我在美国好莱坞的时候，白天去那些电影公司学人家怎么拍电影，晚上就去酒吧里消遣。里面消费也不高，各种酒都有。还有点唱机什么的，可以放音乐。"

穆立民说："现在国难当头，咱们能在这里平平安安地叙叙旧，已经不错了。"

潘慕兰指着他们俩说："你们太不仗义了吧，出来享受也不叫我。"

阮化吉说："这都几点了，北平城里大户人家的太太小姐，早都歇息了，谁知道你还满大街转悠。"

潘慕兰白了他一眼，说："你够有本事的，全北平大户人家的太太小姐啥时候睡觉，你都知道？人家的闺房你都去过？你给我说说，哪家的小姐最漂亮？"

穆立民说:"好了,咱仨都好几年没聚在一块儿了,别一见面就斗嘴。"

潘慕兰说:"好,看在立民的面上,我饶了你了,待会儿你买单。"

穆立民板起脸,说:"什么立民立民的,真没规矩,要叫学长。"

"凭什么?我进燕京大学,虽然是你带我去见的司徒雷登校长,但你和我一个年级,两年后同时毕业,我才不叫。"

"就算同一个年级,但进校有早晚吧?你可别忘了,你刚入学那会儿,教室在哪儿,食堂在哪儿,宿舍在哪儿,怎么报课目,哪个教授真有学问,哪个教授考试严学生不容易及格,可都是我告诉你的。"

"哼,别以为我不知道,你就比我早进燕京大学一个月。"

阮化吉看了一会儿他们两人,这才说:"我算看明白了,你们两位名校高才生,是诚心在我这浑身铜臭气又没文化的生意人面前显摆的吧?"

穆立民和潘慕兰对视了一眼,都有些不好意思。潘慕兰小声说:"你比我们厉害多了,你都开始掌管这么大的奎明戏院了,我们还指着爹妈给钱过日子呢。"

一说起戏院,阮化吉不说话了,低头慢慢搅拌着咖啡。穆立民拍拍他肩膀,说:"你想多放几场电影的事儿,阮叔不同意?"

阮化吉抬起头,说:"当初我去上海,去美国学电影,他都是同意的。好,现在我辛辛苦苦从美国回来,想在戏台上加一道电影幕布,多放几场电影,他说什么都不答应。我专门给他放了一部电影,他刚看了个开头儿,就扭脸儿走了。"

潘慕兰托着腮，眨着眼说："明明答应的事儿，阮叔怎么又反悔？"

"大栅栏那边的大观楼，不是放过《定军山》《四郎探母》这些拿京戏拍出来的电影吗，他就以为所有的电影都是这样。"

穆立民想了想，说："当时你要放的，是什么电影？"

阮化吉伸出大拇指，说："立民，真有你的。我当时放了一部美国片子《爱之梦》……"

潘慕兰扑哧一声，把冰激凌喷了出来，忍不住大声咳嗽起来。阮化吉和穆立民给她捶着背，等侍应生过来换过了桌布，重新给她上了一道冰激凌，她这才缓过劲来。她说："阮大少爷，你真够可以的，这片子我在欧洲就看过，那剧情我看着都特不好意思，没看完就出来了。你硬是敢给阮叔看？"

"这部片子不是特卖座儿吗？我就想让他也开开眼，知道人家国外，现在都把电影拍成什么程度了。"

潘慕兰一撇嘴，说："如果你要在奎明戏院你们家的祖业里放这种片子，我阮叔肯定不同意。没戏。"

阮化吉点点头："结果，我爸开眼是开眼了，朝我一拐杖抡过来，差点给我开了瓢儿。"

穆立民说："那后来他怎么又同意了？你们剧院门口，都贴出那么多电影的海报了。"

"他也没真同意，主要是因为日本兵把北平占了后，梅老板、尚老板他们都不上台了，来听戏的少了。再加上我妈也劝他，他就说让我先放几场试试。"

说到这里，阮化吉朝四周看了看。这时早过了晚餐时间，偌大的餐厅里，只有两三桌顾客，他们四周的餐桌更是空无一人。他低声说："前几天，有人在剧院里行刺那个刚当上北平市市长的江朝宗！"

穆立民吃了一惊，他马上猜测这是自己在北平的地下党同志还是国民党特工动的手。潘慕兰更是张大嘴，倒吸了口凉气。她伸手抓住阮化吉的胳膊，说："啥时候的事儿？你快说说怎么回事。"

阮化吉说："那是一个礼拜前的事儿。当时，江朝宗带着一大批人来看《空城计》，人家是北平特别市的市长，日本人的红人儿，进的当然是最大最好的包厢。马老板刚唱到'我正在城楼观山景，耳听得城外乱纷纷'，忽然有三人闪身进了他的包厢，其中两人一左一右控制住江朝宗的保镖，另外一人朝他后脖梗子上就来了一枪。这枪打中的是要害部位，那三人一看得手，转身就离开了，神不知鬼不觉的。"

穆立民想了想，说："这江朝宗没死呀，今天我还在报纸上看到他去给鬼子办的一家医院剪彩。"

"这江朝宗命大，那天他是捡了一条命。他当时去厕所了，正好有个远方叔叔去找他。这人仗着是江朝宗的长辈，也不客气，直接就坐在他的椅子上，结果刚坐上没两分钟，就把命送了。这件事，鬼子一直在秘密调查，为了防止打草惊蛇，一直没声张。但世上没有不透风的墙，这兵荒马乱的年月，谁也不想为了看场戏把命搭上。眼看着戏票越来越不好卖，我爹也知道大栅栏那边大观楼电影院生意一直挺好，就答应我拉上道幕放电影了。"

"行刺江朝宗的几个人，后来怎么样了？报纸上也没说这事儿。"

潘慕兰举着汤匙张大嘴巴问,盘子里的冰激凌都快化掉了。

阮化吉哼了一声,说:"还能怎么样,那仨人,身手快如闪电,一看就知道不是一般人。他们一出戏院,马上钻进人堆,再也找不着了。堂堂市长险遭暗杀,这事儿实在是丢人丢到姥姥家了,所以新闻里自然也就不提了。"

他说得口干,把剩下的咖啡端起来一饮而尽,说:"对了,戏园子里马上要上几部好片子,在美国也是刚刚上映,过几天你们一起来。拷贝都是我千辛万苦从美国带回来的,和我一块儿,在太平洋上坐了一个月的头等舱。这些片子,国内别的电影院根本看不到。"

穆立民慢慢啜饮着苏打水,说:"对了,我一知道你从美国回来就想问你,美国对日本人侵略中国是怎么看的,美国媒体上是怎么说这件事儿的?"

"美国人是怎么看日本侵略中国的,这事儿,说出来你压根儿不信。"阮化吉摇摇头说。

潘慕兰歪着脑袋想了想,说:"美国人觉得日本恃强凌弱,破坏国际和平?"

"不对,再猜。"阮化吉说。

"美国人觉得日本想夺取别的强国在中国的利益?"

"还不对。"阮化吉看着穆立民,说,"立民,你猜猜?"

穆立民抬起头,说:"我猜呀,美国的报纸上,压根儿没多少关于日军侵华的报道。"

阮化吉慢慢睁大眼,说:"立民,你可以呀,你怎么知道的?"

穆立民说:"我怎么知道的?那还不简单,如果美国的报纸上都在说这件事儿,说明美国人对这件事很关心。但是,美国人真的关心吗?日本人有多少用来侵略中国的军舰、飞机、大炮,都是用从美国进口的矿产制造的?"

"那你刚才还问人家美国报纸上是怎么说的。"潘慕兰白了他一眼说。

穆立民脸色凝重,盯着自己手里的水杯,若有所思地说:"从前,这还只是我的猜测,但我还是想印证一下。想不到我真的猜对了。看来,想打败日本,我们只能依靠自己了。"

潘慕兰和阮化吉见他的语气忽然变成这么沉重,都有些纳闷儿,阮化吉想了想,说:"立民,我在美国虽然待了也有一年多,但我一直在美国西海岸。美国的政治中心,是在东海岸,我又没去过。其实我就是一开电影院的,我就关心有多少人来买票看电影,我其实对打仗这类事情也不怎么了解,现在我们家电影票卖得还行……"

穆立民苦笑一声,说:"化吉,咱们可以对打仗不感兴趣,但是,你想想,如果国家都亡了,咱们当着亡国奴,中国的资源都被日本人掠走,中国人给日本人当牛做马,还有几个中国人能看电影?就算进了电影院,日本人能让你随便放电影?还不都是那些宣扬什么'东亚共荣'的东西?"

阮化吉嘟哝着说:"立民,你是大学生,有学问,我就是一生意人,想不了那么长远。"

穆立民还要再说些什么,潘慕兰看着他们看对方的神情越来越不满，赶紧打圆场，连着在他们两人的肩膀上各拍了一下，端起酒杯朝他们扬了扬，说："好了好了，咱们仨都这么多年没聚在一块儿了，别说那么多丧气话，来，干一杯！"

两人迟迟没动，潘慕兰一噘嘴，说："你们这两个坏东西，这一点面子都不给我？哼，你们可别身在福中不知福，我在德国留学时，一到周末，想请我吃饭的德国男生能从柏林排到慕尼黑！"

阮化吉看着她娇嗔伴怒的神情和那双忽闪忽闪眨着的大眼睛，心里一动，端起了酒杯。

"这才对嘛！"潘慕兰赞许地瞟了他一眼，又拽住穆立民的胳膊用力晃了晃说："立民，你看人家阮公子多大气，你呢？也别端着了，好不好？"

穆立民看着面前的两人，叹口气，也端起来酒杯。三只杯子碰到了一起，潘慕兰兴奋地喊叫着，仿佛回到了三人并排同行去上学的童年时代。

此时的北平城，已经是深夜时分。在东城的煤渣胡同，距离日军驻北平特务机关处不远的一处三进四合院里，只有门房和最里面的那进院子还亮着灯。日军驻北平特务机关长喜多诚一当初一进入北平城，就选中这里当作自己的宅邸。他来到中国多年，对中式四合院颇为喜爱，如今他成了这座古城实际上的最高统治者，自然就挑选了一处最满意的四合院作为自己的宅邸。当然，他和很多在中国定居的日本人一样，按照日本民居的习俗，把一个房间改造成了"和室"。这间房子严格按照日式和室的传统改造的，架高的地面、糊着和纸的拉窗和隔扇、由灯芯草编制成的叠席、摆放佛像的壁龛一应俱全，这里也是喜多诚一最喜爱的地方。

但是今晚光脚盘膝坐在这里的，不是喜多诚一一人，还有他的副官松崎葵。两人都身穿和服，松崎葵双手撑在膝盖上，身体前倾，俯视着一尘不染的叠席，神色平静中略微有些紧张。喜多诚一则右手握着一沓纸，每看完一张，就放到地面上。他每看到一处比较满意的地方，嘴里就会发出"唔，唔"的赞叹声。终于，他把整沓纸都看完了，又整理了一下，在膝盖旁边摆放得整整齐齐。

松崎葵还在低着头，微微侧了一下脸，想看看他脸上的神情。但喜多诚一始终平静如一，只见他抬起手，轻轻拍了拍掌。一个高绾发髻、身穿浅粉色和服的侍女端着茶盘，迈着小碎步走了进来，给两人换过了茶水。等到这个侍女的脚步声在走廊尽头消失，喜多诚一端起茶杯来轻轻抿了一口，这才说："松崎君，你的这份计划，整体上看是很出色的。"

"嗨！"松崎葵把头一低，低声说着，眼睛里闪烁着喜悦。

"不过，支那人在北平的情报网，如果想一网打尽。这份计划里还是有一个致命的缺陷。"

"请机关长阁下指出我的缺陷！"松崎葵心里一震，头深深低下，一直抵到了席子上。

喜多诚一缓缓站起，背着双手，在房间里慢慢踱着步。走了两圈，他说："松崎君，自从皇军进驻北平以后，皇军的情报人员已经和支那的特工多次交手，但都遭到失败，有的情报人员因为未能完成天皇交给的使命，不得不剖腹谢罪。你知道原因是什么吗？"

前不久，日军驻北平特务机关处有情报人员因执行任务失败剖腹自尽的事情，松崎葵当然知道，但他和其他军官一样，并不知晓具体的过程。他摇摇头，喜多诚一停下脚步，指了指天花板和四周的隔窗说："松崎君，你现在正身处于一间地地道道的和室里，对不对？"

松崎葵不知道他为何突然把话题岔开，但也只得点点头。喜多诚一继续说："这虽然是一栋中式的房子，但我用和室的标准来改造这里，这里就成了一间和室，这里的每一个角落，都完整地体现了大和民族的生活品位。我们来到中国执行作战任务也是如此，我们四周都是支那人，我们不要觉得他们是低级人种，就不能为我们提供帮助。我们应该驱使支那人来为我们服务。这样一来，就像我们完全可以在支那的土地上，在一栋中式房子里建成一间和室一样，利用支那人来实现自己的目的。"

松崎葵似乎听明白了什么，若有所思地点点头。喜多诚一说："情报人员以前的失利，就是他们完全不信任支那人，想完全凭借日本人的力量来完成任务。结果，他们因为不了解支那人的心理，任务失败了。你这份计划非常巧妙，用一句支那人的成语来说，就是'螳螂捕蝉，黄雀在后'，体现了帝国军人无与伦比的智慧。但是，这份计划唯一的缺点就是没有支那人的参与。我希望你能够学会利用支那人，毕竟，最了解支那人的，还是支那人。哪怕完成任务后，你把参加了这次任务的支那人都解决掉，但还是应该先利用一下那些愿意帮助皇军的支那人。"

松崎葵抬起头，心悦诚服地看着喜多诚一，深深地低下了头。

燕园里的未名湖，是个一年四季都有美景的地方。春天，博雅塔四周野花盛开，就像铺了花毯一样，未名湖畔的柳树上一根根碧玉般的嫩绿枝条在湖水上悬垂着，映得湖面仿佛是一块巨大平整的翡翠。夏天呢，水面上莲花成片盛开，到了夜晚，凉风习习中一阵阵清香四下飘散，景致不亚于清华园的荷塘月色。秋天，常有从更北的北方飞往南方过冬的雁群落脚于未名湖。这些候鸟毛色灰褐，藏在芦苇丛中，颇有那些以秋意为题的国画的况味。冬天，未名湖上冰层厚实光滑，是北平数得着的溜冰的好地方，在博雅塔上望一望玉泉山、西山各处的积雪，更是神清气爽。

穆立民的伤势恢复得越来越好了，连续几个早上，他都会早早起床，先是温习前段时间落下的功课，然后沿着未名湖跑步。他有时会跑进柳树的枝条中，每到这个时候，他就会想起以前在武汉东湖岸边那些茂密的树林和芦苇丛中学习特工技术的情景。那时，他知道自己走上了正确的革命道路，可以在地下党组织的领导下，为国家和民族做一番事业，每天进行射击、格斗、接发电报等各种练习，再苦再累也觉得身上充满了力量。如今，他成功地完成了上级交给的任务，现在身体也逐渐复原，他渴望着再次执行任务。但是，连续三天到接头地点去，都没有收到上级留下的命令。这也就意味着，他还要继续等下去。

这天晚上,他从接头地点回来,刚刚在燕园门口跳下黄包车,就看到不远处有一个熟悉的人影,正匆匆往德才兼备斋的方向快步走着。他认了出来,这人是潘慕兰。她似乎心情不错,每走几步,就要高高地扬起双臂,大幅度地转个圈子。两人虽然离得远,但这里没什么人,很安静,他还是能听到潘慕兰正在兴奋地哼唱着。

穆立民的第一感觉就是潘慕兰今天没去上课。她去哪里了,遇到了什么人?穆立民心想。对他来说,潘慕兰是一个在生活上和自己很接近的人,那么,为了确保自己的安全,必须对潘慕兰有真正的了解。第二天早上,穆立民在课间来到潘慕兰的教室。不出他的意料,她的座位上空无一人。又一个早上,穆立民早早来到潘慕兰所在的宿舍外,藏在墙后观察着动静。上课时间就要到了,潘慕兰和几个女同学快步走出宿舍,往教室方向走去。穆立民在后面远远跟着,只见潘慕兰进了教室后,起初没有任何异常,端坐在座位上听课。可上完第一节课后,第二节课刚开始不久,她就开始不停地看表,神色也变得有些焦急。她还曾经被教授叫起来回答问题,可她显然没有任何准备,张嘴结舌地一句话都说不出来。她坐下后,还是没有把心思放到上课上,仍然在频繁看表。下课了,她飞快地冲出教室,向校门方向快步走去。穆立民继续跟着她,她到了校门后,径直朝着早就停在那里的黑色轿车走去。她拉开车门刚坐进去,轿车就发动起来,飞快地开走了。

穆立民看得很清楚,驾驶这辆车的,是阮化吉。

苏慕祥借着微弱的星光,在地面上先是画出一道长长的直线。"这里就是通往山外的公路,"他说,接着,他在直线的一头画了一个圆,在另一头画了条短粗的横线,截断了直线,说,"这是鬼子的岗哨。"在短线的一侧,他画了几个圆形,代表鬼子和伪治安军士兵的住处。又画了个三角,代表鬼子的机枪。

他说:"我们离开这里唯一的时机,就是鬼子运煤的卡车到来的时候。只有这个时候,鬼子的岗哨才会打开,我们必须利用这个时机,夺取卡车离开。各位,有谁会开卡车?"

几个人互相看了看,没人接话,过了片刻,夏达之有些犹豫地说:"我会开轿车,卡车没有开过。"

苏慕祥点点头,说:"我的计划是,鬼子的卡车开到这里时,达之,到时你注意观察一下车里的情况。会开的话,就做一个这个手势。"他伸出胳膊,斜着用力挥了一下,接着说,"开不了的话,就这样做手势。"他伸出手掌,左右晃动了几下。

夏达之答应着,苏慕祥接着说:"我观察过,这里的鬼子一共五个人,每次卡车来的时候,除了那个在瞭望哨的鬼子,别的都会到卡车旁边。其中,两个鬼子到驾驶室两侧,分别检查两个司机的证件。另外两个鬼子站在车后,监督着咱们把煤装进车厢。我们需要四个人分别控制四个鬼子,我可以算一个,另外再挑三个身体壮实些的,大家以我把煤扬到鬼子脸上为号,一起动手,一起用铁锹砸倒四个鬼子。到了这一步,咱们的计划就算成功一大半了。"

有人问:"不是还有十来个二鬼子吗?"

苏慕祥指了指地面上的三角说:"鬼子的机枪,是从来不让那些二鬼子碰的。我留心过，每次卡车来，那挺机枪那里就没人了。到时咱们打翻四个鬼子，我就冲到机枪那里，先开枪打死那个瞭望哨上的鬼子，然后用机枪逼住那些二鬼子，这时，咱们的人就可以上卡车了。达之，咱们这些人里，你的身体最好，你到时最好能从鬼子身上抢一把枪，到时卡车的司机如果不听咱们的，就用这个对付他！"

夏达之想了想，说："苏大哥，计划到这里就完了？"

苏慕祥微笑："完了，顺利的话咱们就可以逃出去了。等离开这里，大家想回家就回家，想继续和鬼子干，就去山里找八路军。"

夏达之摇摇头，说："苏大哥，不对！这样的话，你一直在机枪那里，到最后还不是没命？你也要上车！"

他这么一说，别人才听了出来，都赶紧说："苏大哥，咱们在一起这么久，跟亲兄弟也差不多了，我们哪能把你扔下，自己逃命？"

苏慕祥说："你们尽管上车，别管我。到时我手握机关枪，那些二鬼子兵能把我怎么样？我朝他们开上几梭子，让他们看看自己投降鬼子当汉奸的下场！就算我把命丢在这儿，咱们也不亏，好歹也杀了好几个鬼子和二鬼子！"

黄一杰抓住他的胳膊，说："苏大哥，我不跑，不上车，我要留在这里和你一起杀鬼子！"

苏慕祥拍拍他的肩膀，说："咱们的目的，不是多杀几个鬼子，而是跑出去。咱们先把命保住，以后有的是杀鬼子的机会。一杰，你是记者，会动笔杆子，你逃出去了，把日本人怎么随意杀害中国人，怎么掠夺中国资源的事儿都写出来，让全世界都知道。"

其余几个人无论如何不同意把苏慕祥一个人留下,苏慕祥把脸一板,说:"行,那你们重新出个主意吧,看看谁有更好的办法?我又不是活腻了,非得送死。"

苏慕祥不等他们回答,就站了起来,说:"我估计你们也没别的办法了,那就都听我的。这几天我把和我一起用铁锹打鬼子的人物色好,等时机合适了,咱们就动手。"

有人问:"苏大哥,咱们一共三十多人,要不要临动手前,把计划通知给他们?"

苏慕祥摇摇头:"这件事必须保密,谁都不能透露。这地方又不大,等到动手时,咱们所有人都在矿井内外,花不了多长时间就能全部上车。"

他转身对黄一杰说:"一杰,你记住我让你做的事了吗?"

黄一杰用袖子抹着眼泪,说:"嗯,我一直记着呢。鬼子的运煤车,一共两辆,每天来两次,每辆车载重五吨,每天就偷走二十吨煤。不算从前,咱们来这里一个半月了,这段时间就已经偷走我们近一千吨煤了。"

"一杰,你是好样的!还有那些死在鬼子枪下的人命,你也要记住!"

这天傍晚,穆立民在食堂里打好饭菜,端着饭盒来到未名湖边,找了块石头坐了下来。他正慢慢吃着,看见湖水里自己身旁多了一个人影。

"怎么一个人吃饭？"潘慕兰背着双手，笑吟吟地说。

"台儿庄那场仗，中国打赢了，我那些同学，每次吃饭都说要喝酒庆祝，我没什么酒量，自然能躲就躲。"

潘慕兰点点头，小心翼翼地在旁边坐下。"我还记得，你从小一喝酒就脸红。"她仔细看了看穆立民的神色，说，"立民，我听我们班上的同学说，看到你上午到我们教室那边去了。"

穆立民脸上一红，说："哦，是有这回事。我是想问问你周末回不回城里。"

"那你也不用在教室外面一直站那么久。"潘慕兰侧脸看着他说。

穆立民有些语塞。他心想，这姑娘肯定以为自己对她有意思了。潘慕兰把目光移开，看了一会儿湖水，自言自语般说："阮化吉这家伙，胆子真大，还敢拍电影，也不怕亏了钱被阮叔揍。"

穆立民吃了一惊，说："阮化吉要拍电影？"潘慕兰使劲点点头，说："他在西直门车站那里买了一处旧仓库，说要建一个拍电影的……那叫什么来着……"

"影棚。"

"对，影棚。我已经去那里看过了，那里面可真大，据说是从前西直门车站里面修理火车的地方。阮化吉说要把那里进行彻底的改建，还让我看了他的草图。草图上有亭台楼阁，还有假山，有别墅，有餐厅。虽然都是假的，但他说，等这些布景都搭建好了，从拍电影的机器里看的话，就像真的一样。对了，那个仓库里还真有一个站台，铁轨上还有辆火车呢。阮化吉说，现在的火车是假的，但以后车站答应给他一辆真的。这就能给他省不少钱。而且,站台、铁轨这些,都是真家伙,以后拍进电影里,那效果,肯定比那种搭建起来的布景强多了。"

穆立民说:"这小子,偷偷摸摸干成了这么大的事儿,前几天晚上咱们一起吃饭时,他一点儿口风都没露出来。对了,他们家戏院的生意不是不太好吗,哪里来的钱干这事儿?"

"我也问他了,他支支吾吾不肯说。这小子,我看他呀,在拍电影这件事儿上,算彻底走火入魔了。"说到这儿,她一拍脑袋,说,"对了,立民,前一阵子我好像在白云观见到一个人。"

"白云观那么热闹的地方,你才见到一个人?"

潘慕兰伸手打了他一下,说:"这个人呀,你也认识。"

"那一带,我不认识什么人。"

"你还记得那个来北平找爹,还帮着咱们打架的那个山东孩子吗?"

"你是说,住在煤市街的那娘儿俩?"

潘慕兰郑重地点点头。

穆立民想了一会儿,说:"当初咱们几个人常在一起玩儿,后来他忽然就不出现了。咱们还去煤市街找过他好几回呢。"

潘慕兰凑得离他更近了一些,说:"那天,我陪着我娘去白云观上香。吃完了素面出来,就看见他正搀着他娘往里走。他的个子就像小时候一样,比咱们都高,穿着件蓝布袍子,洗得倒是挺干净。他娘也比从前老了,但衣裳也是干干净净的。"

"他脸上没有瘩子什么的,你是怎么认出来的?这都过去十二年了。"

"其实，我是先认出他娘，后来才认出他。十二年前，他是小孩儿，现在是大人，模样肯定有变化。但他娘除了变老了一些，变化不大。再说了，当初他也有十二三岁了。"

"好了，我该回去温书了，我都两天没上课了。"潘慕兰说完，转身朝自己宿舍走去。

穆立民把饭盒放在一边，心想，明天还要去接头地点看看上级有没有新任务布置给自己。这时，太阳即将落山，金红色的光线铺在湖面上，和湖水的颜色、柳树的倒影搅在了一起，这一片湖面，变得既斑斓又模糊。

当年，他和苏顺子一起上学放学，每天早上，苏顺子都按时到他家门口等他。自己和父母都请他进来吃早饭，他一直都不肯。然后，等阮化吉和潘慕兰也出了家门，四个孩子就一起去上学。到了中午，穆立民、阮化吉和潘慕兰都有家人送来热气腾腾的饭菜，苏顺子只是从书包里拿出个窝头或者白菜帮子馅儿的黑面包子，慢慢地啃着。穆家本来也给苏顺子送来和穆立民一模一样的午饭，但苏顺子从来不肯吃，慢慢也就作罢了。等放了学，几个孩子又一起回家。等回到家，穆立民邀他一起做功课，他也从来不肯，都说要回家帮他妈干活儿。只有到了他妈也没有活儿要干的时候，他才和三个孩子一起玩儿。到了这个时候，他的本事就比穆立民他们强多了。无论是跳进龙潭湖里摸鱼，还是在竹竿上缠块面团粘知了，他抓的总是比三个孩子加起来抓到的都多。

但是，四个孩子在一起只待了半年。这年刚过立秋，一天早上，穆立民兴冲冲来煤市街找苏顺子，想和他一起去天桥看一个新来的摔跤把式，可一进大杂院，并没有像往常一样看到他妈在院子里洗洗涮涮。再一看他家，门大开着，里面的家什一样不少。穆立民本以为他们娘儿俩有事出去了，就在院子里等。等了好一会儿，有邻居从自家门后探出头，说这天一早就看见他们娘儿俩匆匆忙忙拿着包袱走了。

穆立民心里纳闷儿，也只能回家了。第二天早上，苏顺子也没有来等他一起上学。这天放学后，穆立民和阮化吉、潘慕兰又来到苏顺子家，只见他家里除了被街坊拿走几件家什，别的还和昨天一模一样。

从那以后，穆立民每次路过煤市街，都会到那个大杂院里去看看。但是，那里很快就住进了另外一家，苏顺子和他母亲再也没有出现过。

穆立民拿了块石子扔进湖里，他望着在波纹里跳动荡漾着的夕阳光线，心想，潘慕兰见到的，真的是苏顺子母子吗？

第五章

抗 争

阮化吉一走进这个仓库，立刻就被这里的巨大和空旷惊呆了。

两年前，他刚刚到上海时，就被那里从事电影行业的人数之多、电影行业的规模之大、上海滩的摩登男女们对电影之喜爱，震得有些缓不过劲儿来。最大的"明星"等几家电影公司，都有好几部电影在同时拍摄。那些影棚里，一拨人还没出来，外面就有几拨人在等着。

后来，他发现，上海的电影业，其实完全在学美国好莱坞。他写信给父亲，说他要去美国考察。阮道谋接到儿子的信，气得大发雷霆。当初让儿子去上海，他也不是有意让儿子学习上海的电影业，只是想让儿子见见世面，本以为儿子十天半个月就能回来，然后好好地学习如何经营戏院，如何和梨园行打交道，最后顺顺利利地从自己手里接过传了上百年的奎明戏院，自己也就对得起列祖列宗，可以安心养老了。可他万万没想到，阮化吉一去三个月，不但不打算回来，还要出国。阮道谋把儿子的信撕了个粉碎，回信都懒得写，直接拍了封电报给儿子，上面就四个字：亟盼速归。

阮化吉压根儿没接到阮道谋的电报。他在写完信的第二天，就跳上了从上海开往美国旧金山的邮轮。至于盘缠，倒也简单。京沪两地的梨园行来往频密，名角儿常常往来两地演出。他找到从北平来上海的名角儿，说要借钱。奎明戏院的少东家借钱，名角儿们还是给面子的，这个借给他三五十，那个借给他一二百，他赴美的船票和各项用度也就差不多齐了。他到了美国后，更是见识大增，也铁了心要在电影业干到底了。

本来只想待两三个月就回国，可感觉要学的东西越来越多。盘缠用完了，他就去制片厂当工人，擦洗地面、搬运道具之类的粗活都干。终于，一部电影从写剧本到上映的全过程，他差不多都知道了，这才打算回国。

回到北平后，自然是被阮道谋狠狠骂了一顿。阮化吉知道这不是把自己的打算公之于众的时候，先是不声不响地了解了北平电影业的情况。他发现情况和两年前自己离开时相差无几，北平居民里看戏的更多，电影院也比上海少得多。虽然年轻人里爱看戏的人比上海多，但他觉得，这是因为电影院少、新电影少的原因，只要多建电影院，多上一些新电影，喜欢看电影的年轻人一定会越来越多。

刚回家头几天，他每天早早起床，到茶馆里和那些吊完了嗓子的艺人聊天套磁。他记得，自己小时候，父亲就经常这么干。果然不出所料，父亲对自己的态度和蔼了很多。

终于，他把自己应该知道的情况都摸清楚了，他也就向父亲提出，少演戏，多放映电影。

眼下，奎明戏院在北平的年轻人里面已经出了名，他知道，自己这一步走对了。

这天晚上，阮道谋从长清池泡完澡回到家里，饭菜已经摆好了，菜是软炸虾仁、芙蓉鱼片、蒜爆羊肉，还有一道是三块硕大的牛肉，看样子是烤出来的，上面带着烤架的焦黑痕迹，但比烤肉香得多了。这菜不是一整盘，是分别盛在三个碟子里，摆在自己、夫人和儿子面前。酒壶里也飘出了阵阵清香，正是自己最爱喝的莲花白。

他看了一眼桌子，说："老王今儿倒勤快，一个菜分三份。"他坐下，拿起筷子朝旁边的夫人和儿子虚点了两下表示可以开始吃饭了，就低头夹出一块虾仁儿来吃了。他说的老王，是他家的厨子，已经在他家干了十多年，颇有几道拿手菜。

阮夫人和阮化吉互相看了看，阮夫人说："老爷，这肉啊，不是老王做的，是化吉知道你爱吃烤肉，特意去撷英番菜馆借了——"她扭脸对阮化吉说："那叫什么来着？"

"烤箱。"阮化吉压低嗓子说。

"对，借了烤箱来给你做的。"

"唔唔。"阮道谋含含糊糊地答应着，又夹过一片羊肉吃着，一眼也没看面前的牛肉。

阮夫人脸上浮起一层忧虑，朝阮化吉使个眼色。阮化吉赶紧给阮道谋倒了杯酒，阮夫人这才又说："你前一阵子不是念叨说馋莲花白了吗，北平现在还不到时候，这莲花白，是化吉托人在扬州瘦西湖现采的莲花泡的，泡好后又派人坐火车送到北平来，你尝尝味道地道不地道。"

阮道谋点点头,但还是没吃牛肉,没喝酒。

阮化吉从桌上拿起餐刀,把自己面前的牛肉沿着边切下一块,然后把盘子放到阮道谋面前,说:"爹,您尝尝。"

阮道谋抬起头,看到夫人也是一副劝他吃的神情,刚要伸出筷子,阮化吉又把一把叉子放到盘子里,说:"爹,拿叉子吃方便。"

阮道谋叉起那片肉,嚼嚼咽了,又点点头。阮夫人和阮化吉的神色轻松了一些。

阮化吉说:"爹,我一共带回来三卷拷贝,到现在才放了一部,这三天来可是天天爆满。我算过了,至少能挣到两千大洋。"

"这可比从戏票上挣钱快得多了。"阮夫人说。

阮道谋看了一眼阮化吉,说:"你接着说。"

阮化吉神色更镇定了,说:"而且,这三部片子,在美国也是刚上映,连上海都没有。昨儿我把北平、天津所有有名的报纸主笔,都请到了正和楼。这顿饭吃完,过不了几天,报纸上一准儿都是夸咱们奎明戏院的。这么一来,奎明戏院在北平的名头也就算打开了。以后,奎明戏院一定能成北平电影院里的'能博温'!"

"化吉,啥叫'能博温'?"阮夫人问。

"妈,这是英文,就是老大的意思。"

"你想当北平城里的老大?"阮道谋哼了一声,说,"我问你,奎明戏院能一直放别处都没有的片子吗?你能让北平、天津的报纸一直说奎明戏院的好话吗?"

阮夫人赶紧说："老爷,化吉他有这么大的心气,是好事儿……"

"好事儿?我看不见得!"阮道谋说,"自打鬼子进了北平,梨园行里有不少名角儿都不再上台了,听戏的人,也没心思看戏了。再加上前一阵子戏园子里出的那事儿,是有不少人退包厢。这放电影,就算能一时多卖几张票,可终究不是长远之计。难道这鬼子兵能把这北平城一直占着?前清那会儿,八国联军进了城,连老佛爷都跑到西安去了,可那八国联军到最后还不是退了兵?"

"爹,这回的日本鬼子,可和八国联军不一样,他们是铁了心要灭亡中国的。所以,咱们戏院还得趁早做打算。"

阮夫人说:"化吉,这日本人还真的能把咱中国给灭了?"

阮道谋听出阮化吉似乎话里有话,他挥挥手打断阮夫人,说:"你说说看,怎么个趁早打算法?"

阮化吉说:"爹,我去美国前,不是先去了上海吗?那里有好多家电影厂,上海有的电影院,还在电影厂里有股份,拍什么样的电影,请什么明星,都说得上话。最重要的,这样的电影院不光赚放电影的钱,还能分别的电影院买片子的钱。爹,眼下看戏的人越来越少了,咱们也不能一棵树上吊死,我打听过了,全北平城的电影院,还没哪家在电影厂里有股份。咱们干脆抓住这个机会……"

"胡扯!"阮道谋一巴掌拍在桌上,酒杯震倒了,盘子里的汁液都洒了出来。他忽地站了起来,说:"到国外吃了一年多洋饭,你就不知道自个儿姓什么了!我看你是想借着拍电影,勾搭几个不三不四的女明星吧?我告诉你,你不是从美国带回来三部片子吗,等这三部片子放完，一部电影也不准再放，你给我老老实实地把那片白布撕了！你老子我还活着，你就给我披麻戴孝？你嫌我活得长了，碍了你的事儿了？"

他剧烈地咳嗽起来，阮夫人赶紧起身给他捶着背，一个劲儿朝阮化吉使眼色。

阮化吉一声不吭，紧紧攥着拳，牙咬得紧紧的。阮夫人使劲掐了他一把，过了片刻，他这才慢慢吐出一口气，站起身，说："爹，您要是不同意就算了，我也就这么一说。我听您的，这三个片子放完，我就不放电影了，一门心思卖戏票。"

"对，这才是好孩子。"阮夫人赶紧说。她扶着阮道谋坐下，又朝倒在一边的酒杯努努嘴，朝阮化吉使了个眼色。

阮化吉重新倒了酒，双手送到阮道谋面前。阮道谋又是重重哼了一声，但也接过酒杯来喝了。

这天黄昏时分，穆立民又骑着自行车来到了西苑外的那处接头地点。这次，当他把手伸进那个树洞时，手指尖终于碰触到一个纸团。他把纸团捏出来塞进裤兜，像以前那样，吃碗馄饨就慢悠悠地骑车离开了。回到燕园时，天色已经全黑了，他在未名湖边找了块石头坐下，摸出纸团一点点展开，借着路灯看。只见上面寥寥几笔画了鼓楼，鼓楼前面还有一大片水面，水面上开着几株荷花。在画面左侧，一轮夕阳正缓缓沉下。穆立民明白，这是上线让他第二天傍晚到什刹海荷花市场见面。

他摸出火柴，烧掉了这张纸。

到了第二天下午下了课，穆立民骑车进了城，他来到荷花市场，只见什刹海里已经有一些荷叶钻出了水面，但离着荷花开放还有一阵子。他望着远处的鼓楼，回想着那张纸上的画面，觉得画画的人，应该是站在南岸。他来到南岸，看到广和轩茶馆正对着钟鼓楼。他进了茶馆，朝着四周扫视了一番，看到湖边有不少座位正空着。毕竟，老北京的茶馆，生意最好、人最多的时候是下午。不管是清茶馆里喝茶的，还是书茶馆里边喝茶边听评书的，每天下午两三点最热闹。过了四点，很多人就陆续离开了，有人去正经饭馆儿喝酒吃饭，有人则回了家。

穆立民到湖边坐下，要了一壶香片，慢慢喝了起来。

他的目光越过水面，只见夕阳正从远处的西直门城楼上缓缓落下，在另一个方向，钟楼和鼓楼朝西的那一面被镀上了金色，光照不到的地方则陷入了昏黑色，没了任何细节。在这个位置，他能清清楚楚地看到银锭桥和烟袋斜街的西口。

这时，穆立民看到一个满脸浓密胡须、身穿灰色长袍、戴着薄呢子礼帽、拄着一根文明棍的男人进了茶馆。这人背着光，穆立民正要打量一下他的面孔，他好像突然认出了穆立民，远远地大声说着："这不是帽儿胡同陈老爷家四公子吗，前两年我去你家见过你。"这人大大咧咧地在穆立民面前坐下，穆立民认了出来，他就是高志铭老师。

他刚要说什么，高志铭朝他使了个朝下的眼色，穆立民会意，赶紧说："您去过我家？瞧我这不长记性的，怎么把您给忘了？"

高志铭一把抓着他胳膊，说："前一阵儿我刚搬到后海，走，到家里看看!"穆立民跟着他出了茶馆,沿着什刹海岸边朝北走去。两人离热热闹闹的荷花市场一带越来越远,高志铭在一棵柳树的阴影里停下,说:"穆立民同志,你的伤都好了?"

穆立民伸伸胳膊,又踢了踢腿,说:"高老师,我的伤全好了,可以接受新的任务了!"

高志铭面露微笑,说:"立民,你和文四方同志冒着生命危险,炸掉了日军运往台儿庄前线的军火,以实际行动为台儿庄战役的胜利做出了贡献,我已经申请为你们记功。现在,又有新的任务在等着你们。"

穆立民点点头,满怀期待地看着高志铭。高志铭说:"日军占领北平后,继续从多个方向全面入侵中国。中国共产党在抗日这个问题上,向来态度坚决,那就是和侵略者战斗到底。目前,党中央已经向北平方向派来了队伍。"

"党向北平派来了队伍?太好了,我一定配合党的工作。高老师,您说吧,我们的任务是什么?"

"北平城里盘踞着大量日伪军,敌人的力量在京郊比较薄弱,尤其是平西的门头沟、房山一带,是太行山与燕山山脉的结合部,地形复杂,山势险要,适合游击作战。而且平西逼近北平、天津、张家口等日军占领的中心城市最前沿,这一带的战略位置非常重要。为了巩固和发展晋察冀抗日根据地,牵制日军兵力,迫使日军不敢肆无忌惮地向西、向南两个方向投送兵力,就必须在平西这个地方给日军捅上一刀!"

穆立民兴奋地一挥拳头，说："太好了！高老师，我想参加平西的队伍！"

高志铭拍拍他的肩膀，说："立民，你想为抗日做贡献，不见得参加队伍，在城里做地下工作，一样是好样的，贡献也不小！"

穆立民点点头，高志铭继续说："平西宛平县在几年前就有了党的县一级组织，雁翅镇，还有斋堂镇的基本政权也在党组织的控制之下。宛平六区也就是门头沟矿区，早在第一次国内革命战争时期已经建立党的支部和特支组织，李大钊先生的长子李葆华，就曾经担任过门头沟矿区党支部书记。前不久，由晋察冀军区第一军分区一支队第三大队为主，组成了一支新的抗日队伍，由邓华同志领导，已经挺进平西，往后还会在房山、涿县、涞水、昌平、宛平等地开辟活动根据地，并扩充部队，发展抗日群众组织。这块根据地，会像一把又锋利又坚硬的刀子，插入敌人在平津一带的控制范围。"

穆立民兴奋地说："我一直在城里，想不到城外的抗日斗争形势发展得这么好！"

高志铭说："立民，你说得对，城外的抗日斗争形势，在党的领导下，很快就从无到有发展起来了。但是，城外的条件毕竟不如城里，缺粮少药的情况还很严重。尤其是药品，城外格外缺乏。立民，你接下来的任务，就是从城里想方设法筹措药品等物资，提供给城外的队伍。你和文四方同志组成行动小组，一起完成这次任务。你们先按照这里的药品种类想办法准备药品，到时会有同志配合你们，直到把药品送到队伍手里。"说着，他从怀里掏出一个烟盒，递给了穆立民。

穆立民接过烟盒,高志铭又从怀里拿出一盒火柴递给他。穆立民一愣,说:"高老师,我不吸烟……"

高志铭盯着他,一言不发。穆立民又愣了一会儿,一拍头顶,脸上有些发红,说:"高老师,我明白了,药品目录在烟盒里,但我如果只有烟盒,没有火柴,别人看到就会产生怀疑。"

高志铭把火柴递给他,说:"立民,你已经是一个很有经验的地下工作者了,但你也要随时保持警惕,不能露出任何蛛丝马迹。"

穆立民使劲点点头,接过了火柴。他抬起头,看了看高志铭,一脸欲言又止的神情,最后还是摇摇头,把火柴盒放到兜里。高志铭说:"立民,你有什么想法,就尽管说吧。"

穆立民答应着,说:"高老师,我在燕京大学有很多同学能看到外国的报纸,他们说,报纸上的新闻里说世界各地很多国家,还有海外华侨,都给国内的抗战捐献了大批药品……"

高志铭拍拍他肩膀,说:"我知道了,立民,你的意思是,国外给我们的抗战捐献了那么多药品,为什么我们的队伍还缺药?"

穆立民点点头,说:"高老师,您不用回答我,我知道,现在国外捐献的药品,其实没有多少落到我们手里。高老师,我同学的报纸上都说了,很多国民党的高官要员贪污了药品,还拿到黑市上卖,发了大财!国家现在都有一半国土沦陷了,想不到这些人还在发国难财,任凭那些负伤的前线战士没药可用!"

高志铭叹口气,说:"你说的这件事,并不是秘密,很多人都知道,但是,现在毕竟两党合作,一致对外,国民党的主流也还是愿意抗战的。"他接着说，"还有一件事。现在，日本鬼子一路南侵，很快就要占领河南全境，有很多不甘当亡国奴的中国人，知道中国的希望在延安，知道中国共产党是一心抗日的，就想去延安。这些人大部分都是知识分子，对敌斗争的经验比较少。立民，你还有一个任务，就是打通一条从北平到延安的交通线。这样的话，全国各地的进步人士，都可以通过这条交通线到达延安。我们要不断发展壮大自己的力量，也需要不断补充人才。当然，你不用负责整条交通线，你的任务，以北平境内的部分为主。"

"延安，延安……"穆立民攥起拳头，眼睛望着西边天空正灿烂燃烧着的晚霞，喃喃地说着，脸上满是向往的神情。

高志铭说："立民，现在日本的气焰一天比一天嚣张，他们刚刚开始全面侵华时，叫嚣着要三个月灭亡中国，如今，中国没有亡，但在战略上还是很被动。毕竟，日本军国主义准备这场侵华战争已经多年，而国民党政府只知道打内战，心思都花在铲除异己上，经济凋敝，百姓生活艰难，加上腐败横行，自然不是日军的对手。幸好中国共产党发出'停止内战，一致抗日'的呼吁，因为民心所向，国民党方面也不得不和我们建立抗日民族统一战线。立民，咱们现在要捐弃前嫌，与国民党精诚合作，坚决把侵略者赶出中国！"

苏慕祥和夏达之、黄一杰他们被困在山里的矿区，已经两个月了。这天，到了他们计划逃出矿区的日子。早上，他们还是不声不响地背着铁锹等工具到了矿井里。在矿井深处，苏慕祥逐一问了三十多个劳工，确保他们都知道整个逃跑计划。时间慢慢到了中午，他们在矿井里听到外面传来一阵汽车发动机的轰鸣。

那些矿工基本都是老师、记者，从来都是老老实实过日子，虽然不堪忍受日本鬼子的压迫，但事到临头，还是有不少人有些胆怯。黄一杰年纪最小，他昨晚整晚没怎么睡，这时知道很快就要开始行动了，心脏更是狂跳起来。他瞅着苏慕祥，只见苏慕祥神色如常，和平时没有任何区别，他的情绪才平稳了一些，这时他才发现自己掌心里都是汗水，就连后背上的衣服都湿透了。

砰、砰、砰！一阵马靴声传进矿井，接着就是一阵听不懂的怪叫声。人们扭过头，只见矿井口那里站着一个日本兵，正挥舞着军刀朝这边喊叫。人们知道，这个日本兵是来叫他们出去往卡车上装煤的。

人们把铁锹扔在装满煤块的手推车上，三三两两出了矿井。苏慕祥打量着四周的情形，看到情况和自己预想的一样。那辆卡车已经停在矿井外，四个日本兵在车后端着刺刀，恶狠狠地看着从矿井里出来的中国人。

苏慕祥轻轻咳嗽一声，他和夏达之、黄一杰和那个名叫辛国槐的国文教师到了车后，每人挥起铁锹朝卡车上装煤。苏慕祥看到，那群伪军正聚集在自己营房外，有人在打扑克，有人聚在一起哄笑；头顶上瞭望哨里的那个日本兵正举着望远镜朝远处望着；卡车的发动机突突响着，一股股浓烟冒了出来。

他朝另外三人点了点头，用铁锹铲起一堆煤块，猛地往身后的日本兵脸上扬去。他没等日本兵发出惊叫，就用足力气把铁锹拍在日本兵头顶。日本兵闷闷地哼了一声,像面条一样软瘫了。夏达之他们也照着他的样子,把铁锹砸在各自身后的日本兵身上。又有两个日本兵倒下了,但黄一杰挥动铁锹时双手一直在发抖,力气也使得不够,那个日本兵一闪身就躲开了,然后就举起刺刀狠狠地朝黄一杰捅过来。黄一杰吓得一动不动,眼看那闪着寒光的刺刀就要捅进自己胸口,只听苏慕祥大喊一声,铁锹重重砸在这个日本兵头顶。

黄一杰看着这个日本兵倒下去,吓得脸色惨白,说:"苏大哥,是你救了我。"

苏慕祥一把把他拽过来,低声说:"快上车!"然后对着四周的矿工挥动胳膊,示意他们赶快上车。矿工们扔掉铁锹,七手八脚地爬上卡车。这时,卡车司机看到情形不对,跳下车慌慌张张逃跑了,夏达之跑到卡车驾驶座旁,钻了进去,然后伸出头,一脸兴奋,朝苏慕祥挥了一下拳头。

"看来他能开这车。"苏慕祥心想,他大喊:"赶快开车,别等我!"他看到那些伪军已经出了营房,都朝这边端起了枪。他快步跳过倒在地上的日本兵,跳进日本兵的哨位,掉转机枪枪口,正对着那群伪军。伪军们吓了一跳,逡巡着不敢前进。

"苏大哥,你赶快上车!"

"苏老弟,咱们一起走!"

卡车上的人朝苏慕祥喊着,苏慕祥看了看四周的形势,大声冲着驾驶室喊:"你们快走,别管我,再不走谁也走不了了!"

他话音未落,听到耳边嗖嗖几声,然后就觉得肩膀一阵剧痛。他抬头一看,瞭望哨的那个日本兵,正用步枪瞄准着自己,扣动了扳机。他往旁边一闪,一串子弹扫射到刚才的位置,他肩上的枪伤被撞得更痛了。那些伪军一看这阵势,也开着枪朝这边涌过来。苏慕祥看到卡车还是原地不动,大吼起来:"快开车,我死不了!"

伪军那边的枪声也越来越密集了,瞭望哨的日本兵也看清了局面,开始朝卡车驾驶舱开火。

"快走!"苏慕祥大喊。

终于,卡车发动起来,向着山谷外冲去。苏慕祥刚要回过头,却看到卡车车厢处有个人影闪了出来,在地上打了几个滚,滚到自己面前。是黄一杰!他朝苏慕祥咧嘴一笑,说:"苏大哥,我留下来帮你!"还没等苏慕祥说什么,黄一杰抄起地上一名日本兵的步枪,朝瞭望哨开了一枪。虽然没打中,那个日本兵也被吓得缩回了头。苏慕祥顾不得多想,眼见那些伪军即将围过来,离他最近的伪军,和他之间只有五六米了。他端好机关枪,扣住了扳机。枪口喷射出一串火光,他虽然从没开过枪,但因为距离太近,还是有好几名伪军被他击中,倒了下去。余下的伪军赶紧四散躲开,黄一杰从倒在地上的日本兵身上拽下一颗手雷,朝几个伪军扔了过去。那几个伪军吓得怪叫着躲开,那颗手雷却迟迟没爆炸。有个伪军看了一眼手雷,得意地狂笑起来:"哈哈,手雷的保险栓都没拉开——"他身旁的伪军赶紧伸手捂住他的嘴,黄一杰一咬牙,跳出掩体,去日本兵身上拽手雷。几个伪军朝他开枪,苏慕祥用机枪掩护他。黄一杰拿着手雷返回掩体,伸手拉开拉环,用力把手雷扔了出去。只听轰的一声巨响,几个伪军被炸得血肉横飞,浓烟把矿井前的一大片区域都笼罩住了。这时，瞭望哨的那个日本兵又朝下开起枪。苏慕祥想把机枪的枪口抬起来，可那架机枪根本不能把枪口抬到那么高。苏慕祥把机枪往黄一杰怀里一塞，自己钻出了掩体。他抄起地上的步枪，慢慢瞄准了瞭望哨。那个日本兵似乎意识到了危险，一直不肯再次探出头来。

硝烟渐渐散去，原本藏在四周的伪军也重新端着枪，朝掩体这边围了过来。他们还在惧怕那挺机枪，不敢逼近。苏慕祥右肩的伤越来越痛了，半件上衣都被血染红了。他用左手推开黄一杰，说："你快走，留住命，以后才能打鬼子！死在这里不值得！"黄一杰热泪满面，说："不，苏大哥，我陪你一起死！"

伪军们狞笑着，把整个掩体围了起来，慢慢缩小着包围圈。苏慕祥用尽最后一丝力气翻过身，扣住机枪扳机，朝伪军扫射着。头顶的日本兵知道他们都受了重伤，又探出头，瞄准了掩体里的两个人影，狠狠扣动扳机。苏慕祥只觉得后背一阵剧痛，眼前的一切都模糊了。

第六章

获 救

穆立民从高志铭那里接到了任务，两人就分头沿着什刹海的岸边，一个往南一个往北分头离开了。穆立民回到宿舍，坐在灯下。此时还是自修时间，学生们都去了自修室，德才兼备斋里一片安静。穆立民先是把几枚干枯了的树叶放到窗外地面，然后锁好房门，打开了那个烟盒。他从烟卷里取出一个纸卷，上面写着——

阿司匹林五百盒，奎宁两千片。接头地点妙峰山东斋堂村。接头暗号，问：来这穷山沟干什么？答：城里太热，来这里避暑。问：热毒若是攻了心，去哪里都没用。答：先治病，再救命。接头时间下月初五申时三刻。如果中途情况有变，及时利用原联系方式和上级联系。

怎么才能尽快搞到这批西药呢？他躺在床上，在黑暗中思考着。这些药数目不小，肯定要在医院里有门路，才能弄到这么一大批药。他回想着自己认识的人，并没有谁在医院里工作。

他决定第二天进城去找文四方商量一下。文四方平时到处拉车,说不定有这方面的关系。

第二天中午,他从教室回到德才兼备斋,骑上自行车准备进城,刚到未名湖边,就看到阮化吉正站在面前。只见阮化吉身穿西装,领带挺括,皮鞋锃亮,头发还是用发蜡打得一丝不乱。他的第一感觉是阮化吉是来找潘慕兰的,可他始终在笑吟吟地看着自己。

阮化吉指了指他身后的德才兼备斋,说:"我正犯愁不知道你住哪一间,你自己就出现了。"他双手插兜,晃着身体朝着未名湖、博雅塔打量了一番,说,"这儿还真是湖光山色,美不胜收。你小子能在这儿读书,也不知道哪辈子修来的福气。穆少爷,怎么样,把您的福气给我这市井俗人匀点儿?"

"难得阮大少爷光临,您既是稀客,又是贵客。我带您逛逛?"

阮化吉摆摆手,说:"立民,我今儿来找你,是想带你去个地方。"

穆立民眉毛一扬:"去哪儿?奎明戏院在哪处宝地开了分号?"

"少贫,我带你去看看你就知道了。甭骑车了,我的汽车在门外。"

穆立民锁好自行车,和阮化吉出了校门,只见路边停着一辆崭新的黑色轿车,从车牌看,正是前两天潘慕兰坐过的那辆。

穆立民朝阮化吉胸口捶了一拳,说:"你小子本事够大的,这才当了奎明戏院几天的家,就买得起汽车,学会开车了?咱珠市口一带,买卖人家那么多,可没几家买得起汽车。"

阮化吉面露得意,一撸头发,说:"车是从车厂租的。我可不是为了显摆,这阵子我为了戏院的事儿,满北平城到处跑,这北平城这么大，没有辆车，办起事儿来的确不方便。"

穆立民笑了笑，说："你甭谦虚了，说吧，想让我去哪儿见世面？"

阮化吉反身捶了他一拳，说："你甭寒碜我，天祥泰是珠市口头号大买卖，你这少东家，什么场面没见过。不过，今儿我带你去个地方，不敢说场面多大，起码算是北平城的头一份！"

"你还挺会卖关子，行，我就去开开眼，瞅瞅这北平城头一份的好地方。"穆立民说着。

两人上了车，车子很快朝北平城里的方向驶去。可眼看就到了西直门，汽车没有进城，而是朝西直门车站方向开过去，绕到一处仓库外。

"到了，咱们下车。"阮化吉一脸兴奋，还没等车完全停稳，就拉开车门跳了下去。

穆立民也下了车，只见这里四下都很荒凉，能看到一道围墙外就是西直门车站的站房，脚下有一条锈迹斑斑的废弃铁轨和西直门车站连通着。仓库虽然旧了一些，但着实庞大，和远处的西直门城楼差不多高，足有一百多米长。铁轨也直穿了进去，看得出这里是从前的货运仓库。而且里面还有站台，各种货物可以不受风吹雨淋，直接搬上车厢。仓库的正门大开着，一些工人正扛着各种工具进进出出。

"走，进来看看。"阮化吉朝仓库大门一努嘴，大步走了过去。穆立民跟着他进去，只见里面还很空旷，头顶密布着一道道钢梁。这些钢梁看起来也生了锈，但还很牢固。仓库里地面平整，几十个工人分成几组，在四下里忙碌着。有的工人看起来在搭建房子，但房子只有三面墙，房里还摆放着各种家具，沙发、餐桌等一应俱全。有的工人建的是餐馆，已经摆好了几张餐桌，餐桌上铺着雪白的桌布，上面摆放着各种餐具。还有工人建的是十字路口，那里竖着信号灯，灯下停着电车、汽车。路口旁的路面上，正在搭建几栋建筑。虽然开建不久，但也能隐约看出是在建饭店、服装店之类。

仓库里最醒目的，还是位于正中位置的站台，上面有一台火车头和两节车厢，仿佛随时可能开出。

虽然已经听潘慕兰说起过这处影棚，但穆立民还是对这里的场面之大吃了一惊。他走到火车头旁，伸手摸了摸，又细细打量着。这个火车头虽然是木制模型，但如果不是离近了，根本看不出任何破绽。

穆立民又走到客厅的布景前查看了一番，看到桌椅都是真的，但墙壁也是木板制成的，上面的砖块，也是画上去的。

"看不出来是假的吧？"阮化吉摇晃着身体，双手插兜，走到穆立民身后。

穆立民回过头，上下细细打量着阮化吉。

阮化吉神色更得意了，说："怎么，不认识啦？"

穆立民说："你小子还真的说到做到，不声不响地弄出这么大一个影棚来。"

阮化吉眉毛一挑，说："立民，怎么样，我没吹牛吧，这算得上北平城里的头一份吧。"

穆立民点点头，说："甭说北平，就连上海的明星、艺华这样的电影公司，我猜他们的影棚，最多也就这个规模吧。"

阮化吉不屑地说："明星厂自从去年就没再拍新片子，已经停业了。为了把这个大仓库弄到手，立民，我不瞒你说，我现在已经是一文不名了，现在这个影棚里搭建的布景，大部分都是假的，不过，我也不担心，等我正经八百地拍出几部片子，赚了钱，我一定把这里你现在看到的每一件东西，都变成真的！立民，我告诉你，我很快就会成立自己的电影公司，我的计划是三年内成为中国北方最大的电影公司，五年内，成为中国最大的电影公司，十年后，我就要压过美国好莱坞的那些电影公司，成为世界第一！"

穆立民看着他踌躇满志的样子，本来不太忍心打击他，但心里想了想，还是站在他面前，说："化吉，现在，整个北平城，还有中国上百万平方公里的国土都落在日本人手里，这个时候，你觉得还能顺顺当当拍出电影吗？"

阮化吉的脸色有些变了，他飞快地扫视了一下四周，只见工人们还是在按部就班地干着活，拉着穆立民的袖子出了仓库，站在外面的空地上。他皱着眉头，神色烦躁，说："立民，中国这么大，还容不下我一个拍电影的？你一直在北平，大概不知道，上海的艺华影业，还在拍着片子。"

穆立民神色平静地看着他，等他说完，缓缓地说："化吉，你说的艺华公司，我也知道，他们是还在拍电影，但那是因为上海有外国的租界，日本又没对这些国家宣战，不敢派兵进租界，艺华公司也就能继续拍。但北平和上海不一样，整个北平，除了东交民巷那一块巴掌大的地方，各处都被日本人占了，你的电影，能去东交民巷拍？"

阮化吉一挺脖子，说："你上的燕京大学，日本人还不是没进去过？"

"大学又不是租界,你说的这是两码事。"

"我看就是一码事。"阮化吉摸出烟盒,抽出支烟卷来点燃了,急促地抽了起来。

"化吉,我虽然不懂拍电影,但我也知道,这不是一件小事。我只是作为朋友提醒你,你要在现如今的北平拍一部电影,免不了和日本人,和那个什么临时政府打交道……"

"我知道,立民,你是为了我好,"阮化吉的脸色和缓了一些,他慢慢吐了几口烟圈,说,"你是怕我被日本人和临时政府那边的人拉过去,对吧?"

穆立民点点头,说:"化吉,日本人搞这一套的招数太多了,咱们可得处处小心,别一不留神……"

"别一不留神,成了国家、民族的罪人,对吧?"

"化吉,你别当我开玩笑,这也不是一件小事。"

阮化吉一脸不以为然,他轻轻抖落烟灰,摇摇头,说:"哪有那么悬乎?立民,我在美国好莱坞,亲眼看到一部电影是怎么拍出来的,不就是一个导演,带着演员、摄像什么的一大群人,在影棚里忙活上一阵子吗?没你说的那么严重。"

穆立民盯着他看了一会儿,慢慢摇着头,说:"不可能的。化吉,我虽然不懂电影,但我也知道,电影是可以改变你的这里的……"他指着自己的头,说,"战场上的武器,机枪大炮这些东西,是消灭人的肉体。电影呢,是改变人的精神。日本人和北平的汉奸政府,正千方百计推进对中国的奴化教育,他们都不会允许中国人自己拍出一部电影的。"

进进出出的工人朝两人打量着，阮化吉扔掉烟头，伸脚踩熄了，说："好吧，立民，你说的我都记住了，走，咱们进城喝两杯去。"

穆立民说："我在城里还有别的事，酒就不喝了。"

"你要去哪儿？我送你过去。"

"不用了，我自个儿叫辆洋车就行，反正也不远。"

穆立民走远了，阮化吉望着他的背影，叹了口气，又点燃了一根烟，若有所思地慢慢抽了起来。

雨点噼里啪啦打下来，脸上一阵冰凉的感觉。苏慕祥慢慢醒了过来，才又感觉到后背和肩上一股股钻心的疼。他知道自己躺在地上，睁开眼，只见面前一片片密集交织的树枝树叶，在枝叶后面，只露出一小片昏沉沉的铁灰色天空。他回想着昏睡前的情形，却觉得全身没有一丝力气，连大脑里也是一片混沌。他呼呼地喘着气，嘴里一阵干渴。他张开嘴，几滴雨滴落在他嘴里，舌头没那么干涩了。他把雨水咽下喉咙，慢慢转头，才看到自己正身处一片树林里，身下是大片的青草。他迷迷糊糊看到，七八米外好像还有个人影躺在地上。他慢慢抬起酸麻无力的胳膊，抹了抹脸上的雨水，才看清楚，那人是黄一杰。

"一杰——"他用力喊着，嘴里却发不出一丝声音。那个人影一动不动，他心里一阵焦急，用力撑起身体，向那个方向挪动。这七八米的距离，好像隔了很远一样，他每挪动一点，肩上那处伤口被撕裂一次，疼得他几乎再次晕过去。他感觉了出来，自己和黄一杰都在一处斜坡上，黄一杰的位置要高一些，这让他爬得更艰难了。他身上早湿透了，爬了几步，他往下一看，看到草地上自己爬过的痕迹，看到雨水正把草叶上的血水冲刷下去。

七米，五米，三米……他咬着牙，忍着剧痛，不知爬了多久，距离黄一杰越来越近了。这时，他看到自己手掌上布满了血水，但并不觉得疼痛。他心里一紧，看到大股的血水正从黄一杰身下流出来。他隐约回想起失去知觉前看到的最后一幕。

瞭望哨上的日本兵，瞄准自己和黄一杰射击，那群伪军也露出狞笑，举枪围了过来。当时自己已经连中数枪，丝毫不能动弹。黄一杰身上的弹孔也在流着鲜血，但他趴在掩体上，眼睛死死盯着那几个被铁锹打翻的日本兵。他的双手紧抓着掩体上的麻袋，麻袋都被他抠出了一个个小洞，沙子不停地流了出来。突然，他翻身滚出了掩体，紧紧握住一把步枪，朝瞭望哨开了一枪。瞭望哨上的日本兵被击中了，惨叫着跌了下来。

这时，一个原本被砸晕的日本兵苏醒了，他摇摇晃晃地站起来，似乎看清了眼前的形势，举起步枪，狠狠地用刺刀朝黄一杰捅了下去。苏慕祥拼尽力气，把机枪枪口转向这个日本兵。他把全身力气都集中在右手的食指上，死死地扣动扳机。一串子弹带着火焰从枪口喷出，全部击中那个日本兵的胸口。那个日本兵连惨叫声都来不及发出，急速倒退了几步，被另一名倒在地上的日本兵绊倒，扑通一声仰面倒下，一动不动了。

那群伪军吓了一跳，都一步也不敢前进了。他们手里端着步枪，大眼瞪小眼地互相看着，都希望有人冲过去送死。苏慕祥把机枪转过来，刚要继续开枪，可扳机无论怎么按，却没有一颗子弹射出来。没子弹了，他心里一沉。

黄一杰喘着粗气，慢慢爬到掩体旁，背靠着掩体。苏慕祥一手握着机枪，装出随时开枪的架势，一手用力伸过去，想把黄一杰拉进掩体。可黄一杰已经彻底没有一丝力气，只能握着他的手，身体却无法站直。他们就和那群伪军一直僵持着，整个山谷里一片寂静，悄无声息。空气仿佛停止了流动，一只乌鸦不知从何处飞来，落在山崖的一处树枝上。乌鸦抖动着脑袋，转动着眼珠，来回打量着面前的一切。忽然，它似乎明白了面前的危险，怪叫一声飞远了。

其中一个伪军是这群人的头目，因为被吓得神不守舍，他嘴里还一直斜叼着烟卷。这时烟灰落下来，正好落在他手背上，疼得哇哇怪叫。他先是低头看了一眼手背，然后大喊道："都给我上！他们都是八路军，抓住活的，皇军重重有赏！妈的，这儿死了好几个皇军，不抓住八路军，咱们谁都活不了，都得让皇军给活埋喽！"

说到这里，他朝面前几个伪军士兵踹了过去，这些伪军士兵只好战战兢兢地继续向前。他们边走边开枪，子弹砰砰砰地击中掩体。苏慕祥想着掩体另一侧的挎斗摩托车，知道这是他们唯一的生机了。他看到黄一杰身旁还有一个被打晕的日本兵，腰间还有一枚手雷，他朝黄一杰示意，黄一杰也看到了手雷，但身体只是动了动，就流着泪水朝他慢慢摇摇头。苏慕祥看到黄一杰已经无法挪动身体，知道这枚手雷是两人最后的生机了。他咬牙翻出了掩体。那些伪军一看他离开机枪，立刻怪叫着涌了过来。苏慕祥躺在地上，抬起眼睛往上望去，看到那些面目狰狞的伪军就像一群饿狼一样，居高临下地朝自己扑过来。他抓起手雷，咬下保险栓，伪军刚奔出了几步，又不敢动了，想不到这个已经连站都站不起来的人竟然还这么拼命。一缕缕鲜血从苏慕祥的嘴角流出来，他用袖口抹了抹血，冷冷地看着伪军，把手雷扔了出来。

他实在没太多力气了，再加上他倒在地上，手雷并未扔出太远，只是在地面上炸出一个土坑，形成了一大团烟雾。但那群伪军被吓得又退后了几十米，这就足够了。他咬紧牙关扶着掩体站起来，迅速挪到摩托车旁。幸好，这辆摩托车本来就是为了应付紧急情况而准备的，车钥匙就插在车上。苏慕祥爬到座位上，一拧钥匙，摩托车的排气管发出一阵咆哮声，摩托车启动了。他看伪军还在烟雾后不知所措，便一翻身从车上滚了下来，爬到黄一杰身旁，想把他搀扶起来。

"苏大哥，你快跑吧，别管我了。我，我动不了……"黄一杰慢慢睁开眼，呻吟着说。

"一杰，咱们一起走。"苏慕祥说着，把黄一杰的胳膊绕到自己肩膀上，就像是用肩膀扛住从天而降的闸门一样，托起了黄一杰，用尽全部力气把他塞到摩托车的挎斗里。

砰，砰，砰！

子弹呼啸着在摩托车旁飞过，苏慕祥迅速跨上摩托车，一拧油门，摩托车就蹿了出去。见伪军朝他们不停地开枪，他把油门拧到最大，摩托车很快转过山脚，冲上他们来时的那条山路。这时，子弹打不到了，那些怪叫声也渐渐听不见了，他心里踏实了一些，拍拍黄一杰的肩膀，说："一杰，咱们逃出来了！"

但是，他只觉得手掌黏糊糊的，黄一杰却没有任何反应。他抬起手一看，只见满手都是鲜血！"一杰，一杰，你醒醒，咱们逃出来了！"他盯着前方的山路，朝黄一杰的耳边大喊着，还用左手握紧车把，右手晃动着黄一杰的身体。他知道，如果黄一杰这时候晕过去，可能就再也醒不过来了。终于，他感觉到黄一杰的身体似乎动了动。这时，摩托车开到那处狭窄的山道上，旁边就是悬崖。他知道，摩托车已经开出了很远，伪军们再也追不上了，正要停车查看一下黄一杰的伤势，忽然，一阵汽车低沉的轰鸣声从远处传来，有一辆运煤的卡车从远处开了过来。他几乎同时看到了卡车驾驶座上的日本兵，那人也发现了他，毫不迟疑地加速朝他冲了过来。

决不能坐以待毙！他心里想着，驾驶摩托车冲着卡车开过去，想从卡车旁边蹿过去。卡车上的日本兵狞笑着，转动方向盘，想把摩托车挤下山崖。苏慕祥绕过了车头，但车尾已经占据了整条山路，摩托车重重地撞了上去，被撞下了山崖，苏慕祥只觉得自己的身体飞了起来，又落了下去……

苏慕祥只觉得脸上和脖颈里都火辣辣地疼，他知道这些地方一定布满了伤口，这些伤是在自己从山崖上翻滚而下时，被树枝之类的东西剐蹭出来的。他看到，自己和黄一杰四周散落满了挎斗摩托车上的零件。他顾不得想别的，一点点爬到黄一杰身边，把手指放到黄一杰的鼻下，还能隐约感觉到微弱的气息。他长舒了一口气，慢慢把黄一杰翻了过来。他眼前的情形吓了他一跳，只见黄一杰的肩膀、胸口、腹部和腿上都有弹孔，而且没有鲜血流出了。他的眼睛紧闭着，脸上满是草叶和污泥。苏慕祥用湿透了的袖口擦掉他脸上的污物，看到黄一杰脸色惨白，显然已经失血过多。

他半坐在地上，查看着四周的情形。他们正处在一处密林中间的草坡上，透过树丛往上看，能隐隐看到他们摔下的悬崖。他们对面是另一座山头的山坡，在他们下方，是两座山头之间的凹陷，那里是一条满是石块的泥沟，正有一条浑浊的溪水在石块中间流淌着。他侧耳听着，耳边是淅淅沥沥的雨声和哗哗的水流声。只有顺着溪水到了山下，那里才有人家，才有可能救得了黄一杰，他心里想着。他又摸了摸自己身上的枪伤，哪怕轻轻碰一下，都是难忍的剧痛。他看到，不远处的草地上有一块不小的白布，他赶紧伸手抓过来，发现那是一面太阳旗。他想起来了，那是原来插在摩托车上的。他从地面上那一大片零件碎片里，找到摩托车后视镜的残片，割开了太阳旗，用布条裹紧了黄一杰和自己的伤口。他的体力已经消耗殆尽，裹完了伤口，他已经累得气喘吁吁。但黄一杰生命垂危，他顾不得休息，慢慢把黄一杰背起来，向着溪水走去。他觉得双腿像是灌满了铅，每次抬起脚，都要先把全身的力气移到腿上。终于，他到了溪水旁，这里的地面格外泥泞，他有几次险些滑倒。他刚要继续顺着溪水向山下走，突然，一阵熟悉的汽车轰鸣声从上方传来。他艰难地转过身体，朝上望去，只见山崖顶上出现了一辆卡车，还有一大群密密麻麻的人影从卡车上跳下来！这些人影嘴里叫嚷着日语，朝山崖下打量着。忽然，他听到拉枪栓的声音，紧接着，又是一阵子弹从山崖上射了过来。他咬紧牙关，背着黄一杰到了一棵粗一些的树后。他微微探出头，看到那些日本兵似乎早有准备，带来了缆绳。很快，已经有五六个日本兵顺着缆绳滑到草坡上，正端着步枪朝这边走来。一个日本兵似乎看到了地面上的血迹，兴奋地狂叫起来。在他们身后，又有十多个日本兵从山崖滑到了草坡上。

苏慕祥在树后慢慢放下黄一杰，准备用力往另一个方向跑，引开日本兵。他知道，自己出现在日本兵面前的第一秒钟，就可能被击中，而即使这样，黄一杰也很可能被日本兵发现，但这已经是此时他能想到的最好的办法了。他深深吸了一口气，从树后跳了出来，正准备往远处跑，忽然，从山下的密林深处传来几声枪声。最早来到山坡上的几个日本兵惨叫着倒下了，后面的十几个日本兵赶紧各自躲到树后，拉动枪栓，相互用日语喊叫着。

难道有人来救自己了？苏慕祥回到树后，又露出头来观察着树林里的一切。只见那些躲起来的日本兵，相互嘀咕了一番，有人小心翼翼地从树后出来，朝枪声响起的方向打量着。突然，又是几颗子弹飞来，这名日本兵中弹倒地。这下再也没有日本兵敢从树后出来了。

此时，树林里虽然隐藏着好几股力量，却是一片沉寂，没有一丝一毫的声音，就连树叶从空中飘落的声音，都格外清晰。苏慕祥心想，来打鬼子的，到底是什么人？

不知过了多久，剩下的日本兵又嘀咕了起来，似乎在商量什么，终于,一个日本兵大喊了一声,所有日本兵都齐刷刷地往山崖方向跑去。

他们要逃跑!苏慕祥心想。这些日本兵还没跑出几步,又是一阵枪声从密林的另一个方向传来,这些日本兵惨叫着倒下,顺着草坡滚了下去。这时,苏慕祥因为体力已经完全耗尽,加上身上的枪伤,也无法站立了,他慢慢顺着树干滑了下去,看到一群穿着灰色军装的人,从树林两侧围了过来。他们把最后几名顽抗的日本兵消灭了,热烈地相互祝贺。他们是什么人,为什么敢打鬼子,还这么有本事,组织了一场围歼战,消灭了这么多鬼子?

他没来得及想出答案,就已经晕倒了。

等到他再一次清醒过来,发现自己正躺在一间很明亮的屋子里。身下是北方的农家土炕,窗户上还贴着春节时的剪纸窗花,房间里的摆设,虽然都是农家的简单家具,但擦得干干净净。靠墙摆放的木桌上,还摆着一碗冒着热气的棒子面粥,粥碗旁边还有两个碟子,一个里面是咸菜,另一个里面是两个白面馒头。再看看自己身上,被日本鬼子打穿的肩膀已经缠好了纱布,身上的伤口也裹好了纱布。纱布裹得细致结实,隐隐有血渗出来。他透过窗户望出去,只见窗外是一个农家小院,院子中间是一棵果树,角落里摆放着各种农具。

在院子门口和自己屋子门口,还有站岗的士兵。这些士兵穿着和那群打鬼子的人一样的灰色军装,手里握着步枪,正笔直地站在阳光下。阳光从窗户照进来,洒满这间屋子,他想起自己晕倒前的情形,觉得简直像是很遥远的事情。

黄一杰怎么样了？这个念头钻进他脑海，他的身体马上绷紧了。这时，房门吱呀一响，一个戴着白口罩、个头高挑的姑娘走了进来。这姑娘穿着一身灰色军装，右肩背着一个书包大小的小木箱子。箱子正面用红色油漆涂了一个十字，看来这是一个简单的医疗箱了。

"请问这里是哪里？我那个同伴呢？"苏慕祥赶紧说。这姑娘冷冷瞟了他一眼，没回答他，就站在他炕边，把小木箱子放在方桌上，打开盖子取出一支针，又打开一瓶药水。他看到，药水瓶上印满了外国文字。姑娘用针筒抽满了药水，冲着他冷冰冰地说："上臂露出来，打针。"

"你们是什么人，为什么要救我？"苏慕祥想了想，还是把没受伤的那个上臂露了出来。他想，这个姑娘显然是个护士，如果有人要杀他，根本就不用救他，他自己就会因为伤势过重死在那片树林里。

这姑娘还是没理他，眼睛紧紧盯着他的胳膊，给他注射着药水。这时，姑娘的面孔离他只有一尺多远，他还没怎么感觉到疼，姑娘已经打完针，用酒精给针筒消完毒，又小心翼翼地把针筒放回小木箱子，接着拿出了一卷纱布，说："上衣脱了，换药。"

这姑娘一个字都不多说，他想。他脱下上衣，那姑娘取出一瓶药粉，用非常轻的动作抖动着药瓶，让药粉一点点撒在纱布上。然后她就解下苏慕祥身上的纱布，把新的纱布裹了上去。

苏慕祥身上有三处伤口需要换药，那护士一言不发地换着药，他一歪头，看到两个穿军装的男人走进了院子。这两人一高一矮，高个的满脸胡须,嘴里咬着烟斗;矮一点的白白净净,戴着眼镜。卫兵一看到他们,马上敬礼,两人举手还了礼,进了这间屋子。

和北平城里的那些日本兵、伪军,还有从前那些国军都不一样,苏慕祥心想。他记得,从前在北平他看到的军人,不管是哪个国家的,不管是哪个长官手下的,那些当官的,在部下朝自己敬礼时,都是趾高气扬地从部下面前走过。

那两个军人进了房间,护士也给他们敬礼。他们看到苏慕祥已经半坐起来,都愣了一下。苏慕祥看到,那个白净面孔、戴着眼镜的军人对护士说:"他的伤怎么样?"

护士说:"危险期已经过去了,按时打消炎针、换药就行了。"

戴眼镜的军人又问:"现在的药够他用吗?"

护士把木箱子捧起来放到他面前,说:"现在所有的药都在这里,咱们自己也有三个伤员,他们的伤也很重,每天都要换药,剩下的药只够用三天了。"说到这里,护士微微回头瞥了苏慕祥一眼。

那个军人点点头,说:"好,我们想想办法,尽快弄到药品。"

那个护士收好药箱就出去了,那个长着络腮胡子的高个子大汉,神色严峻,粗黑的眉毛微微皱着,上下打量了苏慕祥一番,瓮声瓮气地问:"你醒了?"又用下巴冲着他的伤口说,"你的伤是鬼子打的?"

苏慕祥点点头,说:"我还有个同伴,也被鬼子打伤了,他的伤比我重,他杀的鬼子也比我多,你们把他救出来了吗?"

那个戴眼镜的军人微微一笑,说:"你说的是那个年轻人?我们把他也救出来了,你放心,他的命保住了。"

苏慕祥又惊又喜,挣扎着想下炕,这个军人扶住他,说:"你也好好休息,等养足了精神,再把情况给我说说。"

苏慕祥点点头,说:"请问你们是——"

戴眼镜的军人朝那个长着络腮胡子的高个军人看了看,那人摇摇头。于是他和蔼地说:"你还是先休息,我们的身份,到了合适的时候会告诉你的。"

苏慕祥答应着,忽然,那个长着络腮胡子的高个军人脸一板,沉着嗓子直直地盯着他说:"在那片林子里,你看到来了一大群鬼子,就想扔下你那个同伴逃跑?他伤得那么重,一步都不能动。你想让他等死?"

苏慕祥回想着当时的情形,毫不退缩地看着这人的眼睛,说:"不是,当时我是要引开那群鬼子。"

这人脸上的怒气更重了,他说:"引开鬼子?你这么不怕死?"

苏慕祥平静地说:"当时的情况,如果我留在原地,我们两人都必死无疑,如果我朝远处跑,我跑得再快也跑不过鬼子的子弹,但鬼子去追我的话,我的那个同伴说不定还有活下来的机会。"

这人还想继续板着脸,却扑哧一声笑了。旁边那个戴眼镜的军人说:"老杨,我早就说了吧,他当时是为了引开鬼子才要逃跑的。他如果真的只想自己逃命,就会往山下跑,怎么会往山上跑?那不是自寻死路吗?"

说完,他转脸朝向苏慕祥说:"当时,我们有侦察员在树林里埋伏着,你是怎么背着同伴躲鬼子,我们都知道。你要是想自个儿跑,早就跑了，何必等鬼子来？"

苏慕祥更惊讶了，说："你们有人在树林里埋伏？你们到底是什么人？"

那个被叫作"老杨"的长着络腮胡子的高个军人大笑了几声，说："我们啊——"他侧脸看看那个戴眼镜的军人，这人点点头，于是老杨接着说，"你觉得我们是什么人？"

苏慕祥打量着他们两人，又回想着树林里的那场战斗，说："你们是八路军？"

老杨又大笑了两声，那个戴眼镜的军人微微一笑，说："你为什么觉得我们是八路军？你从前见过八路军吗？"

苏慕祥说："我没见过八路军，但我知道，八路军和别的军队都不一样。你们讲究官兵平等，你们不讲吃穿，最重要的，是你们真打鬼子，而且，你们会打鬼子。昨天树林里的那场仗，那些日本鬼子有十多号人，工夫不大就被你们全干掉了。我估计你们的人也不比鬼子多，但你们布置得好，先是设埋伏，又兵分两路，从两面夹击鬼子，那些鬼子想跑都跑不了。"

老杨的眼睛慢慢瞪圆了，半天没说话，等苏慕祥说完又过了一会儿，才对身旁的那个军人说："老齐，这人是个秀才啊，说起话来头头是道的，总结得挺到位，他写文章肯定不赖。"

被叫作"老齐"的人点点头，说："总结得到位，关键是他脑子好使，会琢磨事儿，他虽然没参加战斗，但很快就能把我们的布置弄明白。"

老杨一扬脸,说:"你在鬼子那个矿井里,干了多久了?"

苏慕祥想了想,说:"快三个月了。"

老杨脸上有了一层怒气,他说:"这群鬼子,到处抢中国的煤、粮食、矿石,运回国后再造成军火来打中国人!"

苏慕祥说:"我们当初一共四十多个人被押到这里,后来只剩下三十多个,死了十多个人。你们这次打死十多个鬼子,可算给他们报仇了。你们真行!"

老齐细细听着,等他说完,才说:"你先好好养伤,有什么想向你了解的,我们再来找你。"

苏慕祥看他们转身要走,赶紧说:"我能去看看我那个同伴吗?"老齐回过头,说:"他的伤势还挺严重,你放心,他的伤势稳定下来后,我们一定安排你们见面。"

两人出去了,这时,院子里屋檐下的小板凳上,已经坐下一个当地老太太,她穿着一身土布衣裳,在那里摇着纺车。这天是个热天,老太太脸上很快就满是汗水,总得抬起袖口来擦汗。见到这情形,老齐就在老太太旁边坐了下来,接过纺车的摇把,一板一眼地摇了起来,动作姿势都颇为熟练。老太太在他身边,眼瞅着一团团棉花被纺成了棉线,满是皱纹的脸上露出开怀的笑容,一个劲儿点头。老杨看了一会儿,硬要自己也试试,老齐拗不过他,把位置给了他。老杨的动作就生疏了一些,纺车被他摇得呼呼生风。老齐扶着他的胳膊,一点点纠正他的动作。他的动作慢了下来,纺车转动得也稳当多了。

这个院子的几个房间看来都是病房,不时有看起来像是护士的女军人在院子里进进出出。她们看到老杨一本正经的架势，都捂着嘴笑了起来。

这里有这么多军人，还有这样的氛围，这是他从未见过的。苏慕祥把目光从院子里收回来，看着被包扎好的伤口，心里想着，如果黄一杰也是由刚才那个护士照顾，就太好了。

第七章

新　生

　　阮化吉看着穆立民离开,想着他说的话,心里有些烦闷,他连着抽了几支烟,最后一支只抽了几口就往地上一扔,跺脚把烟跺碎了,转身走进了库房。

　　穆立民上了黄包车,车夫拉着他,一直到了皇城根儿。要说这皇城根儿,在北平城也算是有意思的地方。虽然和紫禁城就隔着一条筒子河,也坐落着不少王公贵族的府第,有钱人三进、五进的四合院更是遍地都是,但在交错密布的胡同里,住的最多的还是贫苦人家。那些大杂院里,往往一两间厢房就会住上一大家子人,这样的人家,往往有一个人干些拉车、扛活的营生,一家人都靠这个人早出晚归挣来的一点血汗钱糊口。更穷苦的,也就是挣不来钱的人家,只能在院角搭个窝棚,凑合着过日子。

　　穆立民坐在黄包车上,从宽街拐进去,到了一处满是这样的大杂院的胡同口,他没下车,只是打量了一下胡同口的电线杆子。只见电线杆子上有一个用红砖画的圆圈。

这是他和文四方的约定,这个圆圈代表文四方不在家,出车去了,要找他的话需要到西四牌楼。文四方平时在那里趴活儿。如果电线杆子上画的是一个方块儿,那就代表文四方在家,随时可以去大杂院里找他。

如果电线杆子上什么都没有,那就代表最近几天不宜联系。

穆立民瞟了一眼电线杆子,不动声色地让车夫继续向南,到了灵境胡同,他下了车,朝西四牌楼走去。他远远地就看到牌楼底下有一大片黄包车正在等着拉活儿,他不紧不慢地走过去,看见文四方正在里面。文四方虽然在和别的车夫聊着,但眼睛没闲着,始终朝四下里看着。穆立民没言语,朝阜内白塔寺方向走去,他知道文四方能看到自己。

果然,他没走出几步,就听到身后文四方朝车夫们大声说着:"哥儿几个,丰盛胡同西头那儿有个穷哈哈兄弟,有日子没见了,这会儿正好没活儿,我过去瞅两眼。"

"行啊,文哥,过去替我们也带个好儿。"

"还是文哥仁义,够朋友,知道惦记穷哈哈兄弟!"

其余的车夫七嘴八舌地说着。

穆立民眼看就走到白塔寺门口了,这时再也看不见西四牌楼了,他听到后面一阵脚步声,文四方说:"先生,您要车吗?"穆立民点点头,说:"去趟阜外月坛。"

两人一个坐车一个拉车,往西出了阜成门。到了城外,路上行人少了许多,文四方脸朝前,嘴里说:"穆老弟,咱们有新任务了?"

穆立民微闭着眼，头枕在座位靠背上，跷起二郎腿，右手轻轻在膝盖上打着拍子，任何人看到，都会觉得这是个寻常的纨绔子弟。他嘴唇轻微地翕动着，说："是的，文大哥，我和上级接头时，上级对我们上次的任务给予了表扬，还给我们布置了新任务。"

听到有了新任务，文四方一阵激动，手掌把车把握得更紧了。

"上级的任务是，现在北平城外的抗战形势发展得非常快，尤其是平西的门头沟、房山一带，已经有了党领导的八路军队伍。这支队伍在山里初步建立了群众基础，和鬼子，还有伪华北临时政府的治安军也打过几仗。虽然我们都取得了胜利，但部队也有损伤，受伤的战士很多。再加上山里本来就缺医少药，战士得不到及时救治。所以，我们要按照上级的要求，及时准备好一批西药，送往我们的队伍。"

"穆老弟，咱们的队伍到了平西，这真是天大的喜事儿！哼，那些国民党的军队平时祸害老百姓的本事大着呢，可打起鬼子来，跑得那叫一个飞快！咱们可不一样，北平日本鬼子的兵多不多？够多了，可咱们硬是敢在老虎嘴里拔牙！"

穆立民虽然看不见文四方的神色，但听他的语气，一定极为兴奋。穆立民说："文大哥，国民党内部虽然有投降派，但也有人是真心抗战的，台儿庄这场仗，不就是李宗仁将军打的吗？咱们国共两党现在已经结成统一战线了，就齐心协力，把鬼子赶出中国！"

文四方边拉车边点头，沉默了一会儿，他说："穆老弟，你比我学问高，说出的话句句在理，就让人那么服气。对了，你说咱们这次的任务是准备药材？不瞒你说，我从前给同仁堂一位掌柜拉过包月，要不我找他探探路？"

穆立民说："文大哥，上级让咱们准备的，都是西药。"

文四方琢磨了一会儿，腾出一只手胡乱摸着头顶，说："能去看西医的，都是有钱人，我还真没什么关系在西医的医院里。那么多战士等着药，我怎么就一点儿帮不上忙？"

穆立民轻声说："文大哥，你可别着急，上级说还有别的同志会加入这次任务，说不定新同志有这方面的关系。"

文四方使劲点头，说："行，穆老弟，我是个粗人，都听你的！"

阮化吉回到仓库里，看到眼前工人们还在忙碌着，他慢慢走到火车头前，抚摸着车头。这个车头虽然一动不动，但看上去还是一副威风凛凛的样子。他脑子里浮现出在美国好莱坞的影棚里看到的情形。那些大名鼎鼎的电影公司，都有自己的站台、火车和铁轨，虽然是假的，但拍进电影后，却和真的一模一样。他看到过很多明星在站台上，在火车旁拍戏。他忍不住掏出手绢擦拭着火车头，心里想着，我只是拍电影，又不是给日本人卖命，哪里不对了？

"少爷，我就知道您在这儿。"他正出神，听到有人在身后说。他回头一看，这人身穿墨蓝湖纱马褂，水蓝嵌银云纹洋缎长衫，身形高瘦，唇髭修得齐整端正，前襟上露出一根粗壮的拴怀表的银链子，手里拿着礼帽，正朝自己恭恭敬敬地笑着。他就是奎明戏院的经理曹德。曹家给奎明戏院阮家当掌柜已经多年，曹德呢，本来一直叫掌柜，就像珠市口别的那些大买卖一样。后来，经理这两个字从南方传了过来，渐渐在北平商界流行，很多店铺都把掌柜改叫经理了。但珠市口这地方和别处还不一样，老字号太多，掌柜的称呼一时半会儿改不过来。只有奎明戏院，阮化吉前一阵子从美国回来，说上海的电影公司和电影院，早就没掌柜这个名号了，"经理"两个字多时髦。阮道谋自然气得吹胡子瞪眼，拐杖在地上杵得山响，说东家、掌柜、伙计的名号是祖宗传下来的，谁都不能改。阮化吉觉得犯不着在这种小事儿上和老爷子计较，也就没多说什么。但是，凡是老爷子不在的场合，他都管曹德叫曹经理。

"曹经理，你今天这身儿可真体面。"阮化吉打量了一眼曹德说。接着，他朝四周努努嘴，说，"曹经理，这地方看起来怎么样，和你上回来时不一样了吧？"

曹德朝四周打量了一圈，一跷大拇指，说："少爷，真有您的，上回我陪您到这儿来，好家伙，这儿那叫一个乱，连下脚的地方都没有。这才一个来月吧，这儿可是大变样了，我都快认不出来了，跟变戏法儿似的！这四合院，这客厅，这饭馆儿，跟真的一个样儿！"

阮化吉又摸出支烟来点上，叼在嘴里吸了两口，说："你过一阵子再来，就更让你大开眼界了。曹经理，你大老远来这儿，是老爷子叫我回去？"

曹德说："是，老爷见您没吃早饭就见不着人了，当时就有点生气，幸好太太在旁边一个劲儿劝他，说您肯定是出去忙生意的事儿了。后来，老爷说，这一阵子梨园行里好多老板都因为不愿意给日本人唱戏，不登台了，他想领着您去拜望一下这些老板，您作为奎明戏院的少东家，刚从外国回来，本来就该去见见这些和咱们戏院合作多年的名角儿。"

阮化吉叹口气，说："我爹就惦记着恢复到从前那样儿，戏票天天都卖完，园子里天天满座儿，我觉得，这一天再也回不来了！"

两人出了仓库，只见外面空空荡荡，路面上一辆洋车都看不见。曹德直犯愁，说："少爷，早知道我一进来就能找到您，一说您就愿意回去，刚才我就不让那个拉车的走了，现在这荒郊城外的，可去哪儿找车？"

阮化吉微微一笑，面露得色，说："走，曹经理，今儿带你开开洋荤。"他走到那辆汽车前，拉开车门，说："曹经理，你给我们家辛辛苦苦忙活了二十年了，今儿让我给你露一手。"

曹德张大嘴，说："少爷，您这是在外国发了财了？"他坐进汽车，四下里摸了摸，说，"嘿，这真比洋车坐起来得劲儿多了。"

阮化吉发动汽车，边开边说："曹经理，实不相瞒，这车啊，是我租来的。你想想，我在全北平城里里外外来回跑，没辆车可不行。我呀，拿定主意了，一年内，我非得买辆自己的车不可！"

曹德端端正正地坐着，生怕把哪里弄脏了弄坏了，他说："行，少爷，就凭您这份雄心，我就佩服您！"

两人回到珠市口，一起进了奎明戏院后面的宅子。阮道谋正坐在堂屋里抽水烟袋，他一见阮化吉进来，哼了一声，看都不看他，先是呼噜作响地吸了几口，这才把烟筒往八仙桌上一蹾，说："大清早就不见人了，你娘担心得饭都没吃。"

曹德还没等阮化吉说什么，就赶紧说："老爷，少爷他是出去租车了，听说您要去看望那几位隐居的名角儿，跑了好几家车行，才找到一辆最体面的车。这车您一看保管满意，开出去绝不会给奎明戏院跌份儿！"

阮道谋不出声了，阮化吉赶紧说："爹，我进去看看我娘。"阮道谋用几乎看不出来的动作点点头，阮化吉这才转身进了父母的卧房。

在炕头坐了一会儿，苏慕祥觉得有些累了，身上的伤口也在隐隐作痛，他重新躺下。等他再次醒过来，夕阳的光线正洒满屋子，那个护士不知何时进来了，正在床边往针筒里抽着药水。

"该打针了。"那个护士说着，示意他把上臂露出来，然后很麻利地打完针，收拾好药箱就要往外走。

"我还不知道你叫什么名字。"苏慕祥忍不住问道。

护士回头盯着他说："我姓萧，你叫我萧护士就可以。"

苏慕祥说："我姓苏，你可以叫我苏老师。"护士疑惑地打量着他，他赶紧说："我就是当老师的，叫我苏老师，就像叫你萧护士一样。"

"你是教什么的？"

"国文。"

萧护士盯着他，像是自言自语地说："国文，国文，这事儿齐连长他们可能还不知道，我可得赶紧告诉他们。"说完，她掀起门帘就要出去。

苏慕祥赶紧说："和我一起被你们救回来的那个人，我能去看看他吗?"

萧护士歪头琢磨了一下,说:"他还在昏迷,他的情况比你重多了,再说他的病房离这里还挺远。你放心,我们一定会尽最大努力救治他的。"

"上午你们那个姓齐的上级,说他的命可以保住。"

"上午他的情况还好,但我们这里太缺乏药品了,他的伤口发炎了,现在情况有反复。"

"你们药品这么紧张,那不要给我用药了,我的药,都给他!"

萧护士摇摇头,说:"你的伤比他轻,用普通的消炎药就行了,他的伤,要用药效更强的。"

"你们现在很缺乏药品?"

"我们这一阵子和鬼子打了好几仗,战士受伤的很多,我们本来药品就不多,现在消耗量这么大,很快就会消耗完。你伤得也挺重,失血挺多,多休息吧。"

她说完就出去了,苏慕祥慢慢在枕头上躺下,反复琢磨着她的话,想起了前几天在那个煤矿看到的一件事。

第二天一早,萧护士又来给苏慕祥打针。她刚掀开门帘进屋,就看到被褥叠得整整齐齐,炕上空无一人。她吓了一跳,心想这人会不会是鬼子的特务,了解了这里的情况就逃跑了吧?她问了这个院子里的其他病号,都说不知道苏慕祥是什么时候离开的。她心里一阵打鼓,快步出了院子,朝不远处的连部跑去。说起这个连,连长就是齐明楷,副连长叫杨运来,还有个指导员名叫乔喜瑞,这阵子送一批爱国学生去延安了。平西一带，到处是山，老百姓的房子相互离得都很远，再加上对日寇的斗争很艰巨，一个连的部队自然分散驻扎。

这个萧护士，名叫萧颖，本来是北平协和医学院的大学生，抗战爆发后，她和别的同学都不愿意当亡国奴，听说延安的共产党是真正抗日的力量，就和同学一商量，决定去延安。当时学生里有地下党员，带着这一批十几个大学生一起沿着交通线去延安。这个斋堂川是交通线上的重要一环，也是八路军频繁活动打击日军的阵地。到了这里，本来是休息一夜第二天就继续上路，可萧颖看到有很多八路军战士在和日军作战时受了伤，但因为缺少药品没能得到及时救治，再加上她看到部队里医生护士奇缺，就决心留下。她其实既当医生又当护士。

这天，她快步跑进连部，却发现这里空无一人。她扶着院门的门框，气喘吁吁地朝院子里打量着，发现里里外外都静悄悄的。她知道，部队今天有作战行动，齐明楷、杨运来都去打仗了。

她这一着急，眼圈马上就跟着红了。她回想着苏慕祥的一言一行，觉得他不太像是特务。更何况他身上的伤其实很危险，如果当时八路军没有把他及时带回连部，他的命肯定保不住了。想到这里，她心里才踏实了一些。

此时的苏慕祥，正在山谷之间的密林中艰难地跋涉着。这天早上，天还没亮，他就翻身下炕了。肩上的伤刚刚开始愈合，他这一跳，伤口登时有些撕裂，疼得他险些喊叫起来。他摸着黑，把衣服穿好，又结结实实地灌了三大碗凉水，这才轻手轻脚地出发了。他出了院子，四周都是漆黑一片，但好在这天是个晴天，星星挺亮的，他这才第一次知道自己这两天一直住在什么地方。

他看到，这个小院子坐落在一处小山坡上，往山上和往山下，都是只容得下一辆手推车的坑坑洼洼的土路。四周都是山，夜色里的山，一层又一层，一片又一片，看不到头。这个小山坡上再也没有别的房子了，他顺着山路往上看，远处影影绰绰还有些房屋的轮廓，往下看也是这样。山路旁边就是山谷，只是这里没有那处矿井那里那么险恶，山谷里的坡是和缓的，里面是密密麻麻的树林子。他摸了摸伤口，没有刚刚撕开时那么疼了。他深吸了一口气，往山下走去。他记得，他白天从窗户看到的远处的山顶，其实和他挖矿时在那边的山上看到的一模一样。这说明，这里和矿井离得不远。他回想着那时看到的那处山顶，好像比这里看到的，要更加尖锐一些。这说明，这里比矿井那边的地势要更高。

山里天亮得慢，他走了好一阵子，天上还是墨团似的黑，周围一丝光亮都没有。他有些饿了，毕竟昨晚的几个窝头和一大碗红薯棒子面粥到现在已经消化得差不多了。他咽了口唾沫，继续试探着往前走。毕竟这里的路不熟，他的伤又重，万一摔倒了，说不定就再也爬不起来了。

又走了一阵，山谷里穿梭的风没那么凉了，他知道太阳很快就会出现。这时，他听到一阵低沉的轰隆隆的声音。这声音是从几十米外传来的，他心里一紧，担心这会不会是虎狼之类的猛兽。毕竟，山鸡兔子之类的小动物，发出的声音都是又细又尖的，发不出这种声音。他停下脚步，弯下腰，侧耳细细听着。终于，他笑了出来。这声音就是山间溪水的声音。他离开山路，钻进树林，溪水声渐渐大了。终于，一道清亮的小溪出现了，正在山谷中的鹅卵石上流淌着。他捧起水喝了几口，又洗了脸，就顺着溪水往下走。又走了一阵，大概一个来钟头，他觉得眼前的树木、溪水都清晰了一些，他仰头一看，天色不那么黑了，多了一丝蓝色，远处的山头上还多了一层金色。距离天亮已经不远了。只见溪水突然大了很多，他注意到，又有一股溪水汇了进来。这肯定就是矿井旁山谷里的那条小溪！他心里一阵惊喜，马上沿着这条小溪往上走。

这条山谷的坡度比刚才要平缓多了，他走了很久，直到天色完全亮了，还没走到矿井所在的位置。他停下脚步，朝四周打量着。只见山谷里到处是差不多的树丛，根本看不出自己到了什么位置、距离矿井还有多远。但远处那个山尖的形状和自己记忆里的样子越来越像了。他的伤口越来越痛，但他想着自己能够拿到的东西，就咬着牙继续朝前走着。

终于，他在一棵树下看到一块带着黑红色痕迹的石头，他记得，这就是两天前自己倚靠过的那棵树，石头上的痕迹，就是自己的血。矿井就在上面！他一攥拳头，正要顺着山坡爬上去，却看到面前不远处的树丛闪动起来，其中一小片树丛，竟然像是会走一样，朝他移动过来。他揉揉眼睛，树丛已经到了他面前。这时，他才看到树丛后老杨怒气冲冲的脸。

"你不好好养伤，到这里来干什么？"老杨低声吼道。

苏慕祥虽然没有当过兵打过仗，但也隐隐猜出来一些情况。他朝上面指了指，低声说："上面鬼子的营房里，有一个大药箱，里面有很多西药！"

"上面有西药？"老杨的脸色好了一些，说，"你在树后藏好，不管发生什么情况都不能出来！"

苏慕祥还没来得及点头，就听见一阵汽车的轰鸣声从头顶传来。他一仰头，看到一辆装满日本兵的卡车正在山路上行驶着。

"快趴下！"老杨低吼一声，朝苏慕祥扑了过来，把他扑倒在地。

苏慕祥正纳闷儿，只听一声爆炸的巨响传来。苏慕祥只觉得头顶有什么东西嗖嗖飞过，他趴在地上，微微转动头，看到卡车零件、枪支碎片之类的东西散落在四周。这时，他感觉到有什么滚烫的液体流到自己的脖子里。他用力抬起头，看到老杨的额头上不知被什么东西划开一条长长的口子，鲜血正滴落在自己身上。"老杨，你受伤了！"苏慕祥说。

老杨伸手把鲜血胡乱一抹，说："咱们的地雷把鬼子的卡车炸了，这场仗还没开始打，老子就挂彩了！"他翻身站起，从怀里拔出枪，用力一挥，喊道："同志们，冲啊！"

老杨沿着山坡冲向山路时苏慕祥才看到，树丛里猛地冲出来一大群八路军战士。这些战士头上都绑着树枝，手里握着步枪。苏慕祥明白了，自己其实走进了八路军伏击日军的阵地。他再看上方的山路，只见那辆卡车已经被炸得散了架，剩下的部分也在冒着黑烟，地上则满是零件，还有几具日本兵的尸体。没被炸死的日本兵，纷纷躲到卡车残骸后面，朝这边开着枪。八路军战士已经布成了扇面形，一步步压缩着日本兵面前的路面。很快，一个又一个日本兵被击毙了，八路军战士只有几个人受伤。一直在指挥进攻的老齐胸前挂着望远镜，命令几个战士清理战场，这时老杨走过去和他低声说了几句。

老齐朝苏慕祥走了过来，微笑着说："你的伤还挺重，就爬了这么远的山路，来取日军的西药？"

苏慕祥说："顺着这条山路往山上继续走，那边有一个煤矿。从前有鬼子把守这个矿井，鬼子的营房里，有一个很大的药箱。"

"你怎么知道鬼子有药箱？你不是被鬼子逼着当矿工，一直在挖煤吗？"

"我看到过一个鬼子打开药箱，从里面取药。"

"你们打死几个鬼子，从那里逃出来，都已经过去好几天了，肯定有鬼子来过这里，药箱还会在吗？"

苏慕祥说："药箱在一个很隐蔽的地方，别的鬼子即使来过，也很难发现。"

老齐、老杨对视一眼，老齐说："好吧，我和你一起去看看。"老杨带着八路军战士清理战场，老齐带着两名战士，和苏慕祥一起沿着山路，朝矿井方向走去。

苏慕祥看着地上日本兵的尸体，边走边说："你们真厉害，我虽然不懂打仗，但我也知道，在一个地方打完伏击，就得换个地方。想不到你们连续两天在同一个地方打伏击，都把鬼子打得这么惨！"

一个战士抢着说："这就是我们连长的妙计，怎么样，比诸葛亮一点儿不差吧？"

苏慕祥点点头,说:"鬼子觉得你们打完胜仗,肯定马上就撤退了,不敢再来这里。想不到你们就是打了他们一个出乎意料!"

几个人到了日本兵的营房,开门进去一看,发现这里是一个很大的房间,左右两侧各有三张床,中间是过道。苏慕祥回想着当时看到的情形,在过道中间蹲下去,轻轻拍打着地面。他换了几个地方,都发出很清脆的砰砰声,最后,他连拍几下,地面发出的都是空洞的咚咚声。

"就是这里!"苏慕祥说。一个战士细细打量着地面,慢慢揭开了一块两尺多宽的木板,把一个白漆木箱子提了出来。这时,几个人都看清楚了,木箱子上有一个红色十字。战士打开箱子,只见里面整整齐齐堆满了各式各样的药盒、药瓶。

两个战士满脸喜悦,相互兴奋地看着,老齐满意地点点头。他说:"咱们赶快把药品收拾好,撤!"

老齐和两个战士用鬼子的床单当作包袱,把药品分成三份装好,熟练地背了起来。苏慕祥也想帮忙,老齐说他身上还有伤,别再背东西了。说完,三人大步流星地朝外走。苏慕祥在他们身后看着,心里一阵感慨,心想,自己见过国民党的部队,见过日本鬼子的部队,却从没见过这么官兵平等的队伍。

几个人到了日本兵的卡车那里,老杨已经把战场打扫得差不多了,战士们把日本兵的枪支弹药收集到了一起。老杨见老齐回来,连忙问有没有找到药品。一个战士把床单摊开,露出一大堆药品。老杨看得喜上眉梢,嘿嘿直乐,他猛地一拍苏慕祥的肩膀,说:"你这秀才,还真有两下子,这下算是给我们队伍救急了!"他指着地上的枪支弹药,说:"老齐,这下给我们算是结结实实地补充好火力了。你看,步枪十八支,手榴弹三十二颗,子弹八箱子,最牛的还得算这件,"他走过去,拍着一架机枪说,"这可是地地道道的硬家伙啊,有了它,咱们找个机会再给鬼子设个埋伏圈,到时非把鬼子全突突了不可!现在咱们就是火力不够,有好几回,鬼子明明进了包围圈,硬是还能跑出来!不就是仗着装备比咱们强嘛!"

老齐点点头,在空中一挥手,说:"现在咱们把战利品都收缴完毕了,我命令,全体带好伤员,撤离战场!"登时,战士们按照各自分工,有的搀扶伤员,有的背着战利品,快速沿着山路下山,又从刚才他们打埋伏的山坡顺着溪水而下,翻过几个山头,在太阳下山前回到了连部。

这时,萧颖已经在连部院子等了他们一整天了。她一看到苏慕祥和队伍一起回来,结结实实地吓了一跳,指着苏慕祥说:"我还以为——"

苏慕祥说:"你还以为我是鬼子的特务,对吧?"

萧颖不好意思地点点头,苏慕祥问:"你怎么以为我,都没关系。现在你总放心了吧?我那个同伴好些了吗?"

"还在昏迷,但情况好多了,下午迷迷糊糊地说要喝水。"

"小萧同志,请你过来看看这些药品。"老齐在他们身后说着,和另外两名战士打开了装满药品的包袱。

萧颖的眼睛瞪大了,蹲下来一件件翻看着那些药瓶、药盒。"这

131

些是阿司匹林，解热镇痛的，还能治关节炎。呀，这些是吗啡！这是麻醉用的，有了这个，我就能给战士们做手术了！还有奎宁，咱们好几个战士得了疟疾，有了奎宁，一定能治好他们！"她兴奋地扭过脸，说，"连长，你们这次真是大丰收了！这些药，城里的那些大医院都未必这么齐全！"

这时，一大群战士听说外出打鬼子的战友打了胜仗回来了，还缴获了一大批战利品，都凑到连部里来。他们看着药品，都啧啧称赞，等他们再看到那一批日军的枪械，就更加兴奋了。几个战士蹲在那挺机枪旁边，来回抚摸着，舍不得松手。老杨点上烟袋锅子，重重吸了几口，说："你们都想当机枪手？"

战士们赶紧点头，老杨说："过一阵子咱们全连大比武，你们谁的枪法最准，我就推荐给齐连长，让谁来当这个机枪手！"

这边老齐听说这批药品这么珍贵，拍了拍苏慕祥的肩膀，对萧颖说："这可是他的功劳！"

苏慕祥赶紧说："齐连长，你们才是真正上阵杀敌的，你们功劳最大！"

老杨知道这些药品能救很多战士，脸上也喜气洋洋的，他蹲了下来，慢慢抚摸着这些药瓶，说："萧大夫，这些药够用多久？"

"这一阵子咱们仗打得挺多，消灭的鬼子多，战士们受伤的也多，正是用药的时候，这些药，我觉得用一个月没问题。"

苏慕祥说："萧大夫，我想去看看我那个同伴。"

萧颖望向老齐，老齐哈哈一笑，说："这位苏先生给咱们立了功，他的身份我觉得没问题,不会和鬼子有牵连,我看可以让他去。"

萧颖带着苏慕祥出了院子,顺着山坡上的一条岔路往下拐。岔路很快就进了树林,如果不仔细看,根本看不出地面的杂草丛和树叶里还有条小路。两人在山里越走越深,除了一两声虫鸣,再也听不到连部那边的喧闹声了。

这时,苏慕祥看到树林里有几间木屋,每间屋子的屋顶都铺满了树枝树叶,屋外还有几个战士站岗。他低声说:"就是这儿?"

"就是这儿。凡是重伤员,都在这里治疗。这里地形隐蔽,鬼子经常派特务到山里来搞破坏或者刺探情报,重伤员藏在这里,不会被发现。"萧颖又指了指天上,接着说:"鬼子就算派飞机来侦察,这里树多,林子密,也看不到这里。就算不幸被鬼子发现,这里转移起来也方便。而且这里比村子里安静,能保证伤员获得充分休息,恢复得更快。"

苏慕祥看着周围的山势地形,说:"你们考虑得真周到,这里的确比村子里更适合重伤员养伤。"

"因为药品缺乏,我只能按照最低剂量给伤员用药。现在有了这批西药,我可以加大剂量了,他们可以好得更快。"萧颖说着,带他进了其中一间屋子。

只见这里和村子里的房间差不多,只是没有土炕,伤员睡的都是木床。这间屋子里有两张床,其中一张床上躺着的就是黄一杰。苏慕祥凑到床边,看到黄一杰脸色苍白,虽然只有三天没见,但两边脸颊已经深深陷了下去。他身上几乎绑满了绷带,胸口那里轻微地起伏着。

"一杰——"苏慕祥哽咽着,看着黄一杰。

"他身上的子弹已经取出来了,但失血过多,我们已经有好几个战士给他献了血。现在他还没脱离危险,还得继续观察。"萧颖轻声说。然后又指了指旁边一张床上的战士,说,"他叫叶文生,今天早上他也给你这个同伴献了血。前一阵子,有个洋医生从延安来过这儿,他是从加拿大来到中国的,是那个白求恩大夫的医疗队的,他教了我们怎么做战地输血手术,还给战士们测了血型。"

苏慕祥看着那个战士,他还在睡觉,右臂上绑着绷带,惊讶地说:"这个战士本来就是伤员,还给黄一杰献血?"

萧颖点点头,说:"今天凌晨,这位黄先生的病情突然恶化,脏器出现衰竭迹象,当时,主力部队都去打仗了,叶文生主动要求献血。幸好他们血型一致,黄先生的病情控制住了。"

苏慕祥激动得摇晃起来,萧颖连忙把他带了出来。两人在回村的路上,苏慕祥始终一言不发,快到连部了,他看到院门口站着两个持着枪站岗的战士。

"齐连长和杨副连长在开会,任何人不能进去。"一个战士对苏慕祥说。

"我有很重要的事情想给他们说,你能帮我问一下吗?"苏慕祥想了想说。

一个战士点点头,转身进了院子,不大一会儿他就回来了,对苏慕祥说:"连长说,他正好有事要问你,现在可以请你进去。"

战士把苏慕祥带进院子,进了堂屋旁的屋子。只见这里和别处一样，也是窗下有土炕，房间里摆着几件农家家具。土炕上有一张炕桌，上面铺着军用地图，老齐和老杨正在炕桌旁坐着。

"苏先生，你请坐，我们正要请教你一些事情呢。"老齐笑眯眯地指着一只椅子说。

战士退了出去，苏慕祥说："你尽管问，我知道的一定都说。"

老齐给他倒了一杯水，说："苏先生，日本鬼子的那批药品，隐藏得那么隐蔽，你是怎么知道的？"

苏慕祥说："那个矿井那边，一共有五个鬼子。但是，有时会有鬼子骑着那种带挎斗的摩托车带着受伤的鬼子来。他们进了那间房子后，再露面时，就已经打好了绷带，所以，我猜他们的房间里一定有药。他们的房子比地面高那么多，肯定是为了在地板下面藏东西。"

老齐凝神想了想，说："苏先生，你说的这个情况很重要，验证了我们的推测。"

老杨一手捻着自己满是胡须的下巴，一手敲着炕桌的边沿，说："我们本来推测，这批药品数量不小，不会是专门供守卫那个矿井的几个鬼子用的。矿井离城里很远，看来那里是一个药品的储存点，附近一定有好几处鬼子的据点。"

老齐低头看着地图，说："这一带有很多矿产，最多的是煤矿，还有硫黄矿、铁矿，这些都可以用来制造军用物资。我们一定要想办法把这些矿井都从鬼子手里抢过来。否则，鬼子拿中国的矿产来制造军火，会杀害更多的中国人！"

苏慕祥说："齐连长，我和黄一杰都是被鬼子从城里绑架到这里的！其他的矿井，肯定还有大批中国人在被逼着给鬼子当苦力，你一定要救救他们！"

他把自己因为向学生们宣传爱国精神，被鬼子从讲台上逮捕，一直押送到矿井的过程仔仔细细地讲了一遍，老齐和老杨一声不吭地听他说完，老杨气得一拳重重砸在炕沿上，大吼道："这帮鬼子，真是禽兽不如，简直不把中国人当人！"

老齐眉头紧皱，说："苏先生，你是教员，那位黄一杰先生是记者，你们都是知识分子。这些鬼子专门搜捕知识分子，我猜他们的用意，不仅仅是制止你们传播爱国精神，更大的用意在于把未来的中国人都变成无知无识的奴才，供他们任意驱策！"

苏慕祥点点头，说："我们这些百无一用的书生凑在一起时，也常如此商议，最后也觉得这些鬼子居心叵测。嘿嘿，他们想得太美了，以为把我们这些人都害死，他们那些东亚共荣之类的鬼话，就有人信了！"

老齐对他说："苏先生，你放心，周围一带的各种矿井，我们都会派遣侦察兵去查看，如果发现有中国人被鬼子压榨残害，我们一定会把他们及时救出来。"

"那太好了！"苏慕祥摇着他的手说。

老齐又说："苏先生，既然你从前就当教员，眼下我们这个队伍里，很多同志因为家境贫寒，读不起书，都不识字，现在他们来到部队，打鬼子当然对他们是最重要的，但是，很多战士也希望能在部队里学到些文化。而且，等赶走了鬼子，我们建设新中国，也需要有文化的人。

就是现在,战士有了文化,也能更好地掌握我们布置的战术。苏先生,你是否愿意在我们这里当个教员,教一教我们的战士?当然,你不愿意留下也没关系,我们可以随时送你回城里或者别的地方。"

苏慕祥猛地站了起来,说:"齐连长,杨副连长,我到这里虽然只有两天,但我第一天就看出来了,你们是真心想打鬼子的队伍。我苏慕祥和亿万国人一样,早就恨透了鬼子,可惜我是个文人,只拿过笔,没拿过枪,眼下我能为抗战出一份力,我百分之百愿意!"

第八章

线　索

　　这天穆立民回到燕京大学时,已经是黄昏时分。他刚走到未名湖边,就看到一个人正坐在湖边的一块石头上,借着夕阳的余晖看着报纸。这人看得非常投入,嘴里念念有词,时不时就一拳砸在石头上。

　　穆立民轻轻走到这人身后,轻轻咳嗽了一声。他的同学郑国恒回过头来,说:"立民,是你。"

　　穆立民看到他手里正握着一份报纸,说:"国恒,这是美国报纸吧,有什么新消息?"

　　郑国恒的父母在美国驻华领事馆工作,可以看到最新的国外报纸关于中国抗战的报道。每次郑国恒把报纸带到燕京大学,学生们都会争相借阅。他把报纸在穆立民面前展开,说:"立民,你看这里,我都气得说不出话来了。"

　　穆立民接过报纸,看到这份报纸上有一篇报道,说的是侵华日军正在武汉方向集结,显然是要围绕这个国民政府从南京迁出后的所在地进行一场大会战,从而一举夺取这个中国的枢纽城市。目前,日军已经集结了多个精锐师团，占领了多个武汉外围的军事要地，这种军事态势下，要么扩大防线，和日军争夺一个个的外围据点，要不然就收缩兵力，巩固武汉城防，但中国国民政府的兵力部署仍然毫无头绪，举棋不定。而且长江之中往上游重庆运送物资的船舶拥挤不堪，效率低下。

"哼，蒋委员长就会给老百姓吃定心丸，说什么武汉城防固若金汤，国军誓死和日寇血战到底之类，可他老人家自己连这场仗该怎么打，都一点数也没有。"郑国恒愤愤不平地说。

穆立民看着报纸，神色越来越严肃，看到最后，他摇摇头，说："国恒，咱们整天从报纸上、广播里，想听到一点国民政府殊死抗战的消息，可咱们听到了什么？只有一个败仗接着一个败仗，一个地方接着一个地方被日寇占据。只有前一阵子李宗仁将军在台儿庄的那场大胜，才稍微让我们心里振奋了一下。眼下如果武汉再被日寇占领，咱们中国就像是脊梁骨被人打断了。"

"武汉不能丢，武汉不能丢啊。"郑国恒喃喃自语。

穆立民说："国恒，眼下形势一天比一天危急，但咱们作为中国人，只要国家需要，一定要给国家出力！只要中国人都团结起来，中国就亡不了！国恒，这份报纸能给我再看看吗？"

郑国恒噙着眼泪，说："立民，你想看就拿去吧，我是不想再看这么气人的事儿了！"

这天晚上，穆立民躺在床上，手里还攥着那份报纸，脑子里反复回想着报纸上的内容。那篇报道很长，说日军围绕武汉所集结的各路精锐部队中，有一支向河南西南方向进攻的部队进展缓慢，原因是这支部队里有大批士兵出现了疟疾症状。这支部队虽然在围攻武汉的日军中只占很小的比例，但是为了确保及时完成对武汉的合围，日军已经调集药品向前线方向运输。报道中还刊登了这名美国记者所拍摄的一张照片，上面是在一处站台上，几个日军士兵正挺着刺刀，监视着大批中国装卸工人从火车上往仓库搬运药品。

"日军要往前线运送药品，我们在和日军打游击的队伍，也需要治疗疟疾的药品，那么，把这批药品弄到手，不是一举两得吗？"他心里想着，猛地坐起来，又借着外面的月色看起那份报纸。那张照片上，背景显然是一个车站，但中国的装卸工人和日本兵，还有那个粗壮的火车车头占据了画面的绝大部分，根本看不清是在哪个车站。写这篇报道的美国记者，名叫本特森·贝利尼。穆立民心想，看来只有找到这个记者本人，才知道这个车站在哪里。

第二天一早，穆立民骑车进了城，这次，他直奔位于东交民巷的六国饭店。他知道，很多外国驻华的通讯社，都长租了六国饭店的房间作为办公室。在这里，一定能找到那个记者的行踪。

他在饭店外停好了自行车，就踏上台阶进了饭店大堂。只见这里洋人众多，还夹杂着一些平素里就喜欢混在洋人圈子里的中国人，他正在琢磨如何找到那个美国记者的房间，只见远处电梯门打开，一个他很熟悉的人走了出来。

潘慕兰身穿亮蓝底嵌银线旗袍，皱着眉头，手里握着一份卷起来的报纸，向酒店大门走来。她咬着嘴唇，正要把报纸撕开，一扬脸，迎面正看到穆立民。两人都没想到会在此见到对方，先是一愣，接着都扑哧一笑，同时说："你怎么会到这儿来？"

两人在饭店大堂附设的咖啡厅坐下，潘慕兰说，自己有个当初在德国留学时认识的朋友，后来毕业后进了一家德国报社当起了记者，现在全世界都在关注中国抗战，她这位同学也被派到了中国。

穆立民听到这儿，放下手里的汤勺，说："那你正好把中国人民是怎么艰苦抗战的事情告诉他，还有日寇是如何残害中国人民的，也应该让中国以外的人知道。日本人是很害怕舆论的，他们在全世界到处宣称，他们不是侵略中国，而是帮助中国摆脱列强的欺压，这套说辞，还真的蒙骗了不少人。实际上我们的抗战才是正义的，全世界有越多的人知道中国抗战的真相，就会有越多的人帮助我们。"

潘慕兰苦笑一声，说："立民，你没有出过国，你大概不知道，世界上的各个国家，都是弱肉强食，在他们眼里，中国是落后的、贫弱的，在国际上没有半点发言权。他们哪里会因为中国是被侵略的国家，就来帮助中国？就拿我这位同学来说，当初在大学课堂里，讲起什么正义呀、公理呀一类的话，也是头头是道。可现在，德国在欧洲也正蠢蠢欲动，准备把上次大战失败后，在《凡尔赛条约》中被割让的土地都收回来，还准备扩大自己的地盘，他们和日本正是一丘之貉。我这个朋友现在当上了记者，只会按照他们报社的要求，来报道战况的进展，绝不会同情中国人，不会批评日本。你懂了吗？"

穆立民仰起头看了一会儿天花板上的大幅油画，才说："你说的这些，我何尝不知道，我无非是还抱有一丝希望罢了。对了，你这位同学既然是记者，这个小忙，他能不能帮一下？"

他拿出那份报纸，指着上面的人名，说："这个本特森·贝利尼，虽然是美国人，但他们都是外国驻华记者，说不定相互认识。"

潘慕兰看了看这个名字，点点头，说："好，我这就帮你问一下。"她拿着报纸，走到酒店大堂前台，拿起话筒拨起了电话。很快电话接通，她叽里呱啦地说起了德语。过了两三分钟，她从旁边拿过一支钢笔，在手心里写了些什么，然后挂掉了电话，走了回来。

"这个本特森·贝利尼，在外国驻华记者里面挺有名的，他不属于任何一家报社，他是个自由活动的记者，平时他是按照那些通讯社、报社编辑的要求，去写报道。有时，他也会自己主动写报道，然后卖给某家报社。"潘慕兰把手心的字迹亮给穆立民，说，"他就住在六国饭店，喏，227，这就是他的房间号。"

穆立民看了一眼，站起身来，说："好，我这就去找他。"

潘慕兰赶紧拿起餐巾擦擦嘴，说："我也去。"

两人到了二层，在走廊里拐了几个弯，才在走廊尽头找到这个227房间。穆立民敲了敲门，里面没有任何回应。

穆立民低声说："他是记者，是不是外出采访了？"

潘慕兰摇摇头，说："我那个德国同学说，昨天深夜还和这个人一起在酒吧里喝酒。当时这人还说，自己必须熬夜写完一篇报道，今天一整天都不打算出门了，要在房间里好好睡一天。"

穆立民点点头，继续敲门，他这次敲得重了一些，门竟然打开了一条缝。两人对视了一眼,潘慕兰用英语说了声"哈喽",里面还是悄无声息。穆立民把门又推开一些,他打量着屋里的情形,只见里面空无一人,但房间里的抽屉被翻得乱七八糟,各种杂物都被胡乱扔到地面上,就连床单、桌布都被人掀起。

潘慕兰险些惊叫起来,穆立民马上捂住她的嘴,小声说:"不要惊动别人。"潘慕兰点点头,穆立民松开手,两人进了房间,掩上房门。穆立民四下查看着,只见地上扔着一个巴掌大小的笔记本,上面的钢笔字迹看上去是最近几天,从每页顶端的日期来看,最近的内容是两天前的。但是,更早的几页,却被撕下了。他把笔记本放到怀里,又在墙角和桌下、床下又找到几个同样的本子,但从时间看都是从前的。

穆立民走到窗前,只见两扇窗户都是从房间里面掩着的,窗户的插销紧紧插着。他心里一动,慢慢打开窗户,只见窗外是一条安静的胡同,没什么行人。

穆立民说:"咱们出去吧。"

两人掩好房门出了六国饭店,潘慕兰站在东交民巷路边,看着面前高大葱翠的树木、街道上川流不息的豪华汽车、穿着时髦服装在饭店大门进进出出的洋人男女,长长出了一口气,用手拍着胸口说:"吓死我了,我还以为会在里面看到尸体什么的呢。不过里面那么乱,这个美国记者肯定被人绑架了,说不定这会儿已经死了。"

穆立民说:"你放心,一时半会儿不会死人的。"说完,他一转身朝楼后走去。

潘慕兰望着他的背影,说:"你干吗去?我可不蹚这浑水了。"

嘴里这么说,她见穆立民越走越远,气得一跺脚,还是跟了上去。

六国饭店的后面比正门安静多了,穆立民来到227房间下方,在地面上细细察看着。潘慕兰想问他为什么说不会有死人,但看他一副聚精会神的样子,又不敢说,犹豫着一直没开口。忽然,穆立民像是发现了什么,蹲了下来,盯着地面说:"果然,我猜对了。"

潘慕兰说:"你猜什么了?"她也蹲了下来,瞪大眼睛看着地面。可她看了好一阵子,也没看出什么特殊之处。她抓住穆立民的胳膊晃了晃,说:"你别故弄玄虚了,快说你看出什么来了。还有,你为什么说不会有死人?"

穆立民指着地上说:"你看到没有,这里有两个凹陷。"

潘慕兰朝着他指的地方看过去,这才发现那里是有两处已经快要恢复到和地面齐平的凹陷。穆立民说:"这两个凹陷,都是长方形的,对吧?"潘慕兰点点头,穆立民说:"你猜这两个凹陷是怎么留下的?"

潘慕兰皱着眉想了想,还是没有任何头绪。穆立民朝着两人刚刚去过的六国饭店的那个房间指了指,潘慕兰一拍脑门,说:"这是梯子留下的!有人在这里搭梯子,潜入到那个房间,那个美国记者就是被人用梯子带走的!"

穆立民说:"你猜对了一半。是有人从这里潜入上面的房间的,但还有人和我们一样,是从饭店里面进入那个房间的。否则,窗户的插销不会从房间里插上。"

潘慕兰说:"你是说,是不止一人绑架了那个美国记者?"

穆立民点点头,说:"绑架他的人里面,一定有一个是经常在六国饭店进进出出的。"

潘慕兰说:"你赶紧告诉我,那个记者有什么了不起?你要找他,还有别人要找他。"

穆立民说:"那可就不能告诉你了。"说完,他站起身,大步朝巷子外走去。潘慕兰瞟了一眼上面那扇窗户,虽然自己刚刚从里面出来,但那扇掩映在树木枝叶间的窗户,看起来像一个可怕迷宫的入口。她心里又是一阵害怕,赶紧跟着穆立民快步离开了。

穆立民回到宿舍里,锁好门窗,把那个笔记本拿了出来。他看到,上面记录的内容,少了一周前的三天。这个时间,恰恰就是那个美国记者拍下那张照片的时间。这也就意味着,绑架本特森·贝利尼,一定就是为了要隐瞒那张照片拍摄地点的信息。他把那份报纸铺在桌上,反复看着上面的每一个细节,都难以判断照片究竟是在哪里拍的。

"文大哥,我虽然打小就在北平,但这北平城这么大,我去过的地方,还真不多。除了珠市口那一带我熟,说到别处,我不认识的地方太多了。"

第二天,穆立民找到文四方,两人仍然一个坐车一个拉车,出了城,在月坛外慢慢聊着。穆立民把那份报纸给文四方看了,说从这张照片看,这个车站旁的仓库,就是日军存放药品的地方。

文四方把照片翻来覆去看了几遍,也看不出那个车站在那里。他告诉穆立民,自己平时拉着客人,北平所有的车站都去过。这些车站散布在北平各处,布局都是大同小异,从这张照片来看,所有的车站都可能是本特森·贝利尼照片里的车站。他又接着说:"穆老弟,记者不是到处都去吗？备不住，这照片不是在北平拍的？如果真是那个美国记者在别处拍的，要找到这个地方，就更是大海捞针了。"

穆立民说："文大哥，我已经找到经常和这个美国记者在六国饭店吃饭的人问了，这一个多月里，他从未出过北平。"

"要这么说的话，还真是在北平拍的这张照片。穆老弟，要不咱们请上级多给咱们几个人，或者我找几个拉车的穷哥们儿，把北平的车站都摸排一遍，准能找到这地方。"

穆立民摇摇头，说："文大哥，咱们千万不能打草惊蛇。咱们的目的，是为了把鬼子的药品弄到手，不是为了多端掉几个鬼子的据点。"

文四方腾出一只手来挠挠头皮，说："那可怎么办？这张照片拍得太不清楚了，我连吃奶的劲儿都使上了，就是看不出这是在哪儿。"

穆立民安慰他："文大哥，您甭着急，要不这样儿，咱们哥儿俩，把北平城里城外的车站都走一个遍，说不定很快就能找到这个地方。到时咱们把情报交给上级，任务就完成了。"

文四方连声答应，说北平这些车站，有两天的工夫足够走一个遍。

于是，这天两人从距离月坛最近的西直门车站开始，把车站内外都看了一个遍，但硬是没看出这里和照片上的车站有任何相似之处。在经过阮化吉的影棚时，穆立民细细看了一会儿，情形和他第一次来的时候一样，仍然是工人们扛着工具进出忙碌，但这次没有看到阮化吉和他的那辆汽车。两人胡乱吃了顿午饭，又到了前门车站，这里也和照片没有丝毫的相似之处。

天色渐渐黑了，文四方说："穆老弟，今天看来只能先看到这里了。

咱们明天得去看城外的车站了，就从丰台站开始看吧。丰台站也不对的话，就再去通州站。要是这两个车站也不对，就只有去居庸关车站、八达岭车站了。"

穆立民点点头，说："文大哥，咱也甭太着急，北平城里城外，就这么五六个车站，不是这个，就是那个。再有两三天的时间，咱们准能弄明白。"

两人约好，明天一早七点，在珠市口路口碰面，城门一开就出城，一起去丰台车站。

穆立民回到天祥泰绸缎庄，老太太吃过了素斋，正在自己房里念经，他父母已经用过了晚饭，母亲陪着老太太，父亲则和绸缎庄的掌柜、伙计盘点存货。穆家老太太、太太一见穆立民回家，自然格外高兴，连忙嘱咐厨房炒了两个菜。他吃饭时，两位长辈一直瞅着他，他知道自己吃得越多，她们越高兴，这顿饭不但菜吃了大半，还添了两次米饭。他吃完饭，陪着奶奶、母亲闲谈，聊了一会儿，父亲穆世轩也从店里回来了。穆立民知道自己家的货物，除了店里，也在几个车站的库房里存着，就给父亲沏好茶，垂手在旁边立着，问父亲这些货物安全不安全。穆世轩用热毛巾擦完脸，喝了几口茶，说："咱家的货，贵重点的，有从内蒙古、青海来的羊毛、羊皮、狐狸皮子，有从湖州来的桑蚕丝绸缎和从上海来的呢料，最贵的是从东北来的貂皮、獭子皮、银鼠皮，除了店面里的一些，其余的都存在城里几处房子里，没有存在车站大库里。只有粗布，才存在车站大库，到时往外地发货也方便。自从鬼子进了城，这些地方的存货到今天已经差不多出清了。

我基本也不做现货生意，都是给手里有货的和想办货的牵个线，赚取佣金。虽然少赚几个钱，但如今兵荒马乱的，生意难做，稳妥一点儿，总不至于把货都弄没了，那就连老本儿都没喽。"

穆世轩一边说着，一边叹气。穆夫人说："立民，你爹如今年纪这么大了，还里里外外处处操心，你可要多回来看看你爹。"穆老夫人把穆立民扯到身边，抚着他的肩背，说："立民，你都二十好几的人了，你爹这么大的时候，都已经和你爷爷去外地办货了。你呀，读完大学就回家，给你爹能帮多少帮多少，让你爹省省心，你可别再折腾了。"穆立民赶紧点头答应了。

年纪大的北平人，历来睡得早，一家人又闲谈了几句，老太太和穆世轩夫妇都回房歇息了。穆立民心里想着各种事情，在房里待了一会儿也待不下去，想着阮化吉一心要拍电影的事儿，索性出了家门，到街上遛弯儿。他信步到了奎明戏院门口，只见不过几天的工夫，这里的情形和他记忆里已经不太一样了。从前，这里都是年纪大一些的市民买票看戏，年轻人在这里路过，都是匆匆而过，甚至不愿意和这里古旧的气息沾边，对墙上贴出来的那些梨园名角儿的大名更是视而不见。如今，这里墙上贴着大幅的美国电影海报，排队买票的都是年轻人，一个个衣着光鲜、神色倨傲，一副时尚中人的派头。

还有人坐着汽车来，派用人趾高气扬地到检票口说一下身份，那店员马上一溜小跑下了台阶拉开车门，车里这位这才下车，由店员恭恭敬敬地迎接进去。不用说，这些人物一定和日军驻北平特务机关处或者伪华北临时政府有关系。

在那幅美国电影《淘金女郎》的海报下面，几个男人盯着海报上那个衣着暴露的美女像，猥琐地嘀咕着什么。

穆立民轻轻摇着头，转身离开了。

第二天天还没亮穆立民就起身了，一出家门，就看见文四方正把洋车停在珠市口大街路边，手里拿着块抹布在擦车。他们两人到了右安门，只见城门下已经有一大群人等着开门出城了。好容易城门打开，两人出城到了丰台车站。丰台一带本来就偏僻，这时候天色尚早，车站一带行人稀少，街面萧条。站房更是低矮破旧，也无人在里面候车检票。要搭乘火车的人，都拎了行李，径直站在不过几米宽的站台等车。车站四周空旷荒芜，两人朝四周一望，就知道那张照片绝不会是在这里拍的。

两人倒不气馁，又去了黄村火车站和通州火车站。这两个车站就更加偏僻，没有什么人气。穆立民取出那份报纸，又细细看着那张照片，生怕自己漏掉了什么要紧的信息。那张照片最前方，是一个巨大的火车头，正往外喷着蒸汽，车头后就是几列货车车厢，几个日本兵手握步枪，紧紧盯着十多个中国苦力正从车上往下搬运货物。所有的货物都是放在木箱子里的，但木箱子上涂着大幅的十字，显然里面是药品。因为拍摄的角度比较低，不仅火车头，那几个日本兵的身躯都看起来格外高大。

文四方看了一会儿照片，说："穆老弟，这照片好像没什么特别的，看不出是在哪个车站拍的。"

穆立民沉吟不语，过了一阵子，才说："文大哥，这张照片的拍摄角度很低,我估摸着,相机大概也就到这个位置。"他朝自己的膝盖比画了一下,接着说,"他为什么要把相机放得这么低呢?"

文四方挠着头皮,琢磨不出什么头绪。穆立民说:"我猜测,这张照片一定是偷拍得来的。日军运送药品,肯定不允许新闻记者来拍摄。这个美国记者,一定是隐瞒了自己的身份,装作路过那里的乘车旅客,把照相机藏在怀里。然后假装系鞋带之类,蹲下身子,偷偷用相机拍了这张照片。"

文四方一拍他的肩膀,说:"穆老弟,真有你的,准是这么回事儿!"

穆立民微微笑道:"这倒也不奇怪。这样的照片,也只能偷拍。如果这张照片看起来一切正常,倒让人怀疑了。不过,我现在倒是有办法弄明白这个车站到底在哪里了。"

文四方又惊又喜,说:"你快说,到底有什么好主意?"

穆立民说:"说来惭愧,我早就该想到这一点了。当初那个美国记者,虽然在车站里只拍了这一张照片,但是,车站四周他肯定也拍过。我们只要找到他当初拍的其他照片,哪怕只是胶片,不就能弄明白这到底是哪个车站了吗?"

文四方说:"别的照片?咱们去哪儿找?"

穆立民说:"他肯定知道这些照片很重要,不会随身带,也不会放在显眼的地方,我猜应该还在他的房间里,还在六国饭店。文大哥,咱们已经忙了两天了,你身体扛得住吧?你还能坚持的话,今晚再去一趟六国饭店!"

文四方一拍胸脯,说:"穆老弟,我这身子骨啊,棒着呢,咱们这就回城。嘿,这六国饭店,我还真没进去过!"

两人回到城里,已经是深夜了。东交民巷一带虽然热闹些,但各个领事馆的交际应酬也已经渐近尾声。穆立民透过铁栅栏看过去,只见那些身穿晚礼服的洋人外交官,正从灯火通明的餐厅中走出,相互拥抱道别,一派欢声笑语、其乐融融的气氛。

文四方看着里面的情形,又挠挠头皮,说:"咱们国家正在遭难,这些人是外国人,按说人家照常吃喝玩乐,是人家自己的事儿,咱们也管不着,可我心里总觉得不太得劲儿。"

穆立民说:"现在国际上有几个国家正在调停中日战争,可咱们现在看到的,就是这些国家的外交官,我们怎么能把希望寄托在他们身上?日本鬼子占了中国的土地,抢了中国的矿产,怎么可能被人调停一下,就放弃?要赶走他们,实现国家的独立,还得靠中国人自己。可一般老百姓都明白的道理,现在的国民政府,都不明白,还在做'国际调停'的美梦。"

两人到了六国饭店,装作主仆,大模大样地走了进去。两人来到二楼,到了那个美国记者长包的房间外。穆立民转动门把手,这次房门已经锁上了。他从怀里拿出铁丝,从锁孔中捅进去,凝神拨动了几下,再拧动把手,房门轻轻打开了。

两人闪身进去,掩上了房门。此时,房间里漆黑一片,只是些许灯光从外面小巷里照了进来。穆立民打量着房间里的情形,只见这里还是和自己三天前看到的一模一样。"这个美国记者,会把照片藏在哪里呢?"他心里想着。

他拿出两支手电筒，递给文四方一支，低声说："你找一下衣柜，每件衣服都要查一遍。我搜别处。"文四方点点头，打开衣柜，一件件地搜了起来。穆立民拉开书桌抽屉，只见里面堆满了各种零零碎碎的东西。忽然，他在抽屉的一角看到一个小册子，似乎里面有照片。他拿起小册子，打开一看，里面的确有几十张照片，但都是这个本特森从前在美国和家人的合影。

两人在房间里搜了一个多小时，每一个角落都搜到了，但是没有任何收获。除了衣柜，文四方已经把地面上每块木板之间的缝隙都摸索过了，还是一无所获。两人用的是强光手电筒，耗电量很大，随着时间的流逝，手电筒的光线正在变得越来越暗淡。

"这个美国人，究竟会把照片藏在哪里？难道我猜错了，他并没有更多的照片？我们还有没有别的线索，找到日本鬼子存放药品的地点？"穆立民关掉了手电筒，站在黑暗里说。

文四方也关了手电筒，拍了拍他肩膀，说："穆老弟，你甭着急，反正这儿也没别人进来，咱们有时间，就慢慢找吧。"

穆立民喃喃自语："如果时间没有了，我要赶快离开，那么在临走前会把照片藏在哪里呢？"他扫视着房间的每一个角落，脑子里出现了美国记者本特森被人从这里绑架走的情形。

"要是有人把我绑票了，我非得和这人玩命不可。管他是一个人两个人，我文四方七尺长的汉子，绝不会让人轻轻松松地弄走！"文四方说。

穆立民慢慢转向他，就像是黑夜里看到一丝亮光，说："文大哥，你刚才的话,你再说一遍。"

文四方有些摸不着头脑,但还是重复了一遍:"穆老弟,我刚才说的是,如果有人来绑我,我非得和他们拼命,就算把命丢了,我也不让人给捆走!"

"对,文大哥,你说得太对了,那个美国记者,如果也是这么想,那么他最有可能藏那些照片的地方,一定是在某件他可以随时拿到手里,能当成武器进行自卫的东西里!准是这么回事!"

文四方点点头,说:"穆老弟,你这回猜得有道理,要这么说的话,这屋子里有哪件东西能当成武器,还能让他随时拿到手里?"

两人重新拧亮手电筒,在房间里查看起来,很快,两人手里放射出的光柱,集中到书桌前的那把椅子上。文四方伸手按住椅子背,摇晃了几下,两人都发现,椅子的四条腿里,有一条腿似乎有些松动。文四方提起椅子,伸手一拧,就把那条椅子腿拧了下来,递给了穆立民。穆立民看了看,这条"腿"是圆形的,大概七十厘米长,坚固,梆硬,长短粗细都合适,拿在手里挥动起来,绝对是一件称手的武器。最重要的是,它较粗大的那一头,是空心的。穆立民把两根手指伸进去,从里面夹出了一沓被卷起来的相机胶片。

文四方又惊又喜,说:"穆老弟,还是你脑子好使,还真让你找到了!"

穆立民取出一张胶片,用手电筒照了上去。虽然还没把胶片洗印出来,但胶片上已经出现了一个清晰的长城图案。在长城下方,是几座小小的站房。站房上似乎有字迹。两人凑过去看了又看,才确定那四个字是——居庸关站。

文四方一拍大腿，说："这群小鬼子，太狡猾了，把仓库弄到居庸关去，这谁能想得到？"

穆立民说："文大哥，鬼子再怎么狡猾，眼下咱们知道了他们存放药品的地点，一定要给他来个连锅端，把药品都缴获了，送给咱们在平西山区的队伍！"

他把胶片放到贴身的衣兜里，又把那条"腿"拧回原处，和文四方出了这个房间，又大摇大摆地出了六国饭店。两人仍旧装作主仆，一前一后走着，穆立民告诉文四方，上级给自己的命令是把鬼子的药品弄到手，送到平西山区的队伍手里。但是，从胶片上的情形看，居庸关车站看来是鬼子存放药品的地方，这里鬼子的兵力不少于一个班，这样一来，要想打掉那里的鬼子，就需要上级的支持。自己是做地下工作的，这种冲锋陷阵的事情，不是自己擅长的。自己明天一早就把情报交给上级，然后等待下一步的任务。当初高志铭老师交给自己的指示里，已经写得很清楚，如果任务顺利完成，取到了药品，就携带药品去妙峰山东斋堂村交给下线。如果中间情况发生变化，就采取原来的联系方式，把情况通报给上级。

文四方见几天来的忙碌没有白费，任务取得重大进展，他垂手跟在穆立民身后，低声说："穆老弟，你脑子真好使，要是我一个人，再给我十辈子我也找不到那些胶片！我真盼着上级派人打鬼子抢他们药品的时候，能让我也去，到时候我非得在长城脚底下砍死几个鬼子不可！"

穆立民说:"文大哥,你放心,如果能见到上级,我一定把你的要求告诉上级。"

两人一直这么走到东交民巷南头,又朝西走了不大一会儿就到了珠市口。穆立民回了自己家,文四方虽然累了一天,但因为找到了胶片,知道了鬼子存放药品的线索,距离完成任务越来越近了,心情格外畅快。他甩开大步,朝皇城根儿自己住的大杂院走去。

第九章

心　机

第二天，穆立民早早就到了西苑的接头地点，把那份报纸和胶片放进树洞。他回到燕京大学，一路上都在琢磨，上级大概会派遣其他的同志执行任务，把鬼子存放在居庸关车站的药品悉数缴获，那里看来是鬼子存放药品的仓库，一旦同志们把这场仗打赢了，平西山区里的八路军队伍，就再也不用担心缺医少药了。

时间一天天过去了，穆立民一直留心那些欧美报纸上的新闻。如果八路军队伍在居庸关打了这一仗，消灭了一批鬼子，缴获了一批药品，那么这种大新闻，电台广播里和报纸上肯定有报道。但是，他一直没能看到这样的新闻。他的同学经常在课间或者宿舍里、餐厅里谈论新闻，传阅报纸，每次他都细细听着，可始终没听到这件事。这一阵子，同学们议论最多的，是日军已经在武汉外围接连攻克了多个战略要地，正在逐步逼近武汉。

这天放学后，他骑车去了西苑，但是在那处接头地点，没有找到上级发给他的任务指令。自己上次放到那里的报纸和胶片也不在。他知道,这种情况下,他必须接到上级指令后才能采取下一步行动。

又到周末了,这天下午,他从燕京大学骑车回家,即将到珠市口路口时,远远看到几个洋车车夫正聚在那里趴活儿聊天。文四方也在里面,他肩上搭着毛巾,正嘻嘻哈哈地和别人说笑着。穆立民越骑越近,文四方也瞥见了他,但文四方表情没有丝毫变化,只是飞快地朝穆立民使了个眼色,又朝路南的天桥方向努了努嘴。穆立民会意,把自行车停到自己家门口,穿过路口朝天桥方向走去。他走出大概一百来步,就听见身后有人说:"这位爷,您用车吗?"

穆立民答应着上了车,这时天色已晚,路灯只是昏暗地亮着,远处天桥那边的几处餐厅、剧场还亮着灯,但路上已经没什么行人了。

文四方低声说:"穆老弟,咱们那么重要的情报送出去好多天了,但一点儿消息都没有。上级不是说咱们在山里的队伍缺药嘛,鬼子的那批药品,咱们为什么不去缴获过来?唉,我这几天心里七上八下的,既惦记着咱们在山里的队伍有没有药用,又想着下一步会不会有新任务,这饭也吃不香,觉呢,也睡不踏实。穆老弟,你也知道,我是个粗人,肚子里藏不住事儿,所以,我这就——"

穆立民温和地说:"文大哥,你这几句话,其实也说到我心里去了。我和你一样,也盼着上级能够在下命令端掉鬼子在居庸关车站的据点时,让咱们也参加这次行动。但是,我心里也知道,这件事需要更多的人、更重的火力,说不定啊,机关枪、手榴弹、迫击炮什么的都得用上,这和咱们平时的任务,还不太一样。所以,领导没有让咱们参加,倒也正常。但是,这次行动始终没开始,我也有些不太明白。

说到底，虽然都是做抗日的工作，但总有个分工，端掉鬼子据点的事儿，咱们心里记挂着就行了，还是把心思都放到下一次的任务上。"

文四方点点头，说："穆老弟，还是你有学问，说出来的道理就是让人服气。"穆立民有些不好意思，刚要说些什么，文四方低声说："穆老弟，后面有个人一直跟着咱们。这人好像从你到家门口时，就在你身后。我开始还以为是碰巧。"

穆立民说："这人年纪多大，穿什么衣服？"

文四方说："年纪和你差不多，比你高，比你壮，穿着一身学生装，还有一双大皮鞋。他这身打扮，还有年纪，倒是不大像那些汉奸特务。"

穆立民想了想，说："你把我拉到新世界游艺场。我在门口下车，文大哥，这人我知道，你不用管我，直接回家吧。"文四方点点头答应了。他拉着车一直向南到了天桥，在新世界游艺场前停下，穆立民下了车，还给了车钱。文四方拉着车走了，穆立民快步进了新世界游艺场，因为这天是周六，大批市民在这里游玩，在一楼的喷泉池子四周更是围满了人。他闪身进了人群，借着人群和喷泉的掩护，看清了尾随自己进来的那人的面目。那人虽然戴着鸭舌帽，又把帽檐压得低低的，但穆立民对他太熟悉了，还是一眼就认出了他。穆立民心里一惊，顾不得去琢磨这人为何跟踪自己，朝四周一打量，只见旁边的电影院正在营业，就快步走过去，买票进了放映厅。

这里放映的片子，远不如奎明戏院那里那么新，观众并不多。穆立民先是把自己的帽子放到一个空座位的椅背上，然后远远绕到后排。只见跟踪自己的那人进了放映厅，先是一通寻找，等看到自己的帽子后,就在后面隔了几排的位置坐下。穆立民微微一笑,坐到那人身边,说:"这个片子太老了,美国领事馆不是常放电影吗,你早看过了吧?再者说了,帽子戴成这样,都快成眼罩了,还怎么看电影?"

那人见自己被认出了,只得摘下鸭舌帽,理了理被压得变形的头发,又在穆立民肩膀重重捶了一拳,说:"你小子,眼够贼的,怎么发现我的?"

"怎么发现的?那还不简单,你一出校门,我就注意到你了。"

这人半信半疑,说:"你挺能吹啊,你这一路上玩命儿似的骑车,一眼都没往回看,绝不可能发现我。"

这人就是穆立民同班同学郑国恒。穆立民站起身来说:"既然你郑大少爷赏光来到南城,我好歹得尽一次地主之谊。走,楼上的吉士林西餐厅不错,我请你来顿牛排大餐。"

两人到了二楼,每人按照西餐的习惯,点了一份牛排,还有开胃菜、甜点之类。两人在吃主菜时,心照不宣一般,只是闲聊一些学校里面的事情。等正餐吃完,侍应生送来甜点,两人又不出声地吃了一会儿,郑国恒先沉不住气了,说:"立民,当初你把我那份报纸要走,究竟是用来干什么?"

穆立民说:"国恒,你知道,我们家是做生意的,要从全国各地进货。现在北平城里的报纸、广播什么的,都让日本人控制了,根本不可信。你那份报纸上说了那么多全国各地的战事,我家正好用得着。对了,国恒,你这么一路跟着我,从燕京大学一直跟到这儿,你是想问我这件事吗?"

郑国恒点点头,说:"除了这件,还有一件。"

"还有一件?"

"你知道,我父母都在美国领事馆工作。"

穆立民隐隐猜到他会说什么,但还是笑嘻嘻地说:"是啊,咱班上好几个同学都去你家吃过西餐,你家厨师做的饭菜,比这里强多了。"

郑国恒继续说:"十天前,他们到六国饭店看望一个朋友。他们说,在那里看到了你。"

穆立民说:"你父母还记得我?我倒是没注意到他们,太失礼了,我真该去和他们打个招呼。"

"立民,我给你的那份报纸上,那篇关于中国抗战的报道,是一个美国记者写的。那个记者名叫本特森·贝利尼,也住在六国饭店。"郑国恒平静地说着,眼睛一直盯着穆立民。

穆立民不知道郑国恒的父母看到自己在做什么,但他一想,如果说自己去六国饭店和那个记者住在六国饭店纯属巧合,那样太没说服力了,反而会让郑国恒更怀疑,他索性说:"国恒,你父母没看错,我的确去六国饭店了。我就是去找那个美国记者。我看了他的报道,觉得他手里的资料肯定不止报纸上的那些,就想去问问他,看看能否知道更多情况。"

穆立民平静地说着,就像在说一件普通的家常事一样。郑国恒一直看着他的神情,仿佛要从他脸上找到说谎的证据。穆立民说完了,郑国恒想了一想,这才说:"立民,好吧,我相信你说的。你那天找到那个美国记者了吗?"

穆立民摇摇头，说："没有，我到了他的房间，但里面空无一人。我只好离开了。"

郑国恒琢磨了一会儿，说："那你刚才回到家门口，为什么不进去要来这里？"

穆立民笑了笑，说："我当时察觉到有人跟踪我，当时又不知道是你。我怕连累到父母，就没进家门，直接到这里来了。"

郑国恒反复琢磨着穆立民的话，觉得没有任何可疑之处，这才说："立民，我实话告诉你，我父母去六国饭店要找的人，就是这个本特森·贝利尼。他们其实并不是朋友，只是这个记者本来要在约定的时间给一家美国报纸交稿，但这家报纸迟迟没收到稿子。这个本特森·贝利尼一向非常守时，他们这种独立记者，就是靠信用吃饭的，这种到了截稿时间还没交稿的情况从未出现过。后来，这家报纸又找到这个本特森·贝利尼的家人，他的家人也说好几天没联系到他了。所以，这家报纸就把情况通知了美国领事馆，我父母就去六国饭店查找这个人的下落。结果他们和你一样，一无所获。"

穆立民说："会不会是这个记者刺探到了日本人的机密情报，被日本人绑架了？"

郑国恒说："这种可能，我父母也考虑到了。他们给日军驻北平特务机关处发了电报，结果日本人回复说，美日两国是友好国家，日本对美国记者的在华采访，一向大力配合，绝不允许有限制美国记者人身自由的情况发生。他们还假惺惺地对这个本特森·贝利尼的家人表示问候，说一定全力帮助美国领事馆查找这个记者的下落呢。哼，真是贼喊捉贼！"

两人吃完饭，穆立民邀请郑国恒去自己家做客，郑国恒说时间不早了，自己要去美国领事馆看望父母，两人也就告别了。穆立民回到家里，在自己房间把这天和郑国恒谈话的过程写了下来。第二天一早，他骑车去了西苑的接头地点，把这篇文字放进了树洞里。他知道，按照工作纪律，自己只要察觉到被人怀疑，哪怕打消了别人的怀疑，也要把情况报告给上级。

到了周一，新的一周开始了，这天下午，他按照地下工作的惯例，又去了接头地点，拿到了下一步行动的指令。

周三这天，他上完上午的课，没去食堂，直接骑车出了燕京大学，往圆明园方向骑去。没多远就到了正觉寺，他拜过了佛像，又拿出两块大洋放进功德箱。这正觉寺原属圆明园，但因为在绮春园院墙外，当年未被英法联军焚毁。这个寺院结构虽然尚存，但早已破败不堪，平日里也没什么香火。僧人已经多年未见这么大数目的香资，连忙请他到后院斋堂用素斋。他吃完一碗素面，僧人又端上了茶水。他正喝着，僧人又引着一位香客进来喝茶。这人身穿靛蓝长衫，头戴细呢子礼帽，打量了一眼穆立民，神色悠闲地在窗下坐下。

这寺院就这么一间净室，僧人略说了几句就退了出去。穆立民等僧人脚步声渐渐远去，腾地站了起来，对另一名香客说："高老师！"

这位香客就是穆立民的上级高志铭。他看着穆立民急切的热情，猜到了他想说什么，指了指身边的椅子，让他坐下，这才说："立民，你上次给我的情报，我都收到了。那份情报很重要！"他看到穆立民神色有些犹豫，一副欲言又止的神情，说，"立民，你是想问，为什么情报里已经显示平北的居庸关车站就是日军存放药品的地点，为什么我们还没有采取行动，端掉日军据点，缴获这批药品？"

高志铭给他重新倒了一杯茶，说："立民，你知道这个居庸关站的地形地势吗？"

穆立民说："我小时候，我父亲带我去过，已经没什么印象了，就记得那里好像挺险峻的，山路和铁路都在很狭窄的山崖上。"

高志铭点点头，说："你记得没错。这个居庸关站所在的京张铁路，四周都是悬崖峭壁，就因为山势太陡峭，火车难以通行，所以詹天佑先生特意在这一带设计了人字形铁路。"说着，他把自己的茶杯摆在两人面前，说，"就当这个茶杯是居庸关站，这里只有两条极为狭窄的山路可以通行，如果有人占了这个车站，那么只要对方提前做好准备——"说着，他举起双手做了一个前后合围的动作。

穆立民盯着桌面，就像在看一盘局面复杂的棋局一样。他说："高老师，您的意思是，这有可能是日本人的诡计？"

高志铭说："不能排除这种可能。说不定是日本人故意放出情报，让我们觉得他们在这里存放了大批药品，设下埋伏，然后等我们来突袭这座车站。当然，这只是一种猜测。但是，就算日军真的把药品存在这里，我们要在这里和日军打一仗，那也一定要做好充分的准备，不能盲目行动。"

穆立民说："高老师，听您的意思，日军有可能真的在这里存放了大批西药吗？"

高志铭点点头，说："立民，根据你上次获得的情报，上级已经找最懂行的同志对那些照片进行了分析，确定照片上正在搬运的，的确是一批种类齐全的西药。上次交给你的任务，不是要你弄到阿司匹林和奎宁片吗？这两种药，那里都有，而且数量很大！只要我们把这批药品全部缴获，不但足够我们在北平西部山区的队伍使用，还能支援晋察冀根据地的军民使用！"

穆立民得知自己查到的情报的确有用，兴奋得两眼放光，说："高老师，那咱们什么时候会采取行动？"

高志铭拍拍他肩膀，微笑着看着他。穆立民脸上一红，说："高老师，我不该问。"

高志铭说："我不知道这个问题的答案，但我猜测，什么时候行动，取决于日军的调动。如果我们的侦察员查到居庸关一带没有大量日军，也就可以断定他们没有在那里设下埋伏圈。这样的话，我们就可以迅速行动，消灭驻守在居庸关车站的日军，缴获那批珍贵的西药了。立民，眼下日军正往武汉调集重兵，武汉那里，一定会有一场大会战。这批西药数量庞大，又存放在铁路旁，上级推测，很可能是日军为了这次大会战而准备的。如果我们成功缴获这批药，就能对日军的会战计划造成打击！"

穆立民一挥拳头，说："太棒了！"

高志铭说："现在，那个美国记者本特森·贝利尼还处于失踪状态，我们潜伏在日军和伪政府里的同志，都说没有关于这个人的消息，难道他并不是被日军或者伪政府的特工绑架了？接下来你可以留意一下这件事。另外，你那个同学郑国恒，我们也进行了调查。他的父母都是早年的中国赴美留学生，后来因为英语好，就被美国领事馆聘用了。他父母和他本人也没有和日伪方面进行勾结的迹象。他应该是出于偶然原因才对你产生怀疑的。你上次答复他的内容很得体，应该已经打消了他的怀疑。"

穆立民说："虽然郑国恒不是坏人，但他能对我产生怀疑，这说明我平时还有不够细致的地方，高老师，以后我一定更加注意！"

高志铭扶着他的肩膀，说："立民，现在上级大概已经在布置突袭居庸关车站的战斗了，这次给你的任务，本来是在城内搜集药品，但现在你用另一种方式完成了任务，你和文四方同志，又一次为抗战立了功！"

"中——国——人——民——万——岁！"

"中——国——人——民——万——岁！"

"中——国——共——产——党——万——岁！"

"中——国——共——产——党——万——岁！"

"打——倒——日——本——帝——国——主——义！"

"打——倒——日——本——帝——国——主——义！"

在连部的院子里，苏慕祥在黑板上写下几行字，然后大声朗读着。二十几个战士坐成几排，认认真真地跟着读。

山区条件简陋，黑板、粉笔这些城里毫不稀奇的东西，在这里成了稀罕物。苏慕祥把几块旧床板拼好，又在上面刷了黑漆，这样黑板就有了。城里学校里的粉笔，都是用石膏做的。山里虽然有石膏，但要留着给负伤的战士用。苏慕祥想来想去，在山里到处找，终于找到不少黏土。他把黏土用水化成泥，再加上少量石膏，揉搓成细条，等晒干了就成了粉笔。战士们没有纸笔，只好由苏慕祥一遍遍地念，然后战士们再反复念，直到把这些字记住。

除了上课，苏慕祥还帮战士们写信。有时在信的末尾，战士会写上刚刚学会的自己的名字。字迹虽然不工整，但战士们已经乐得直蹦高了。

这天上完课，苏慕祥正要收拾黑板、粉笔，战士们也纷纷站起来，萧颖走进了院子，朝战士们一招手，说："同志们，请再等等。"她走到苏慕祥身前，说："苏先生，能借一下你的黑板、粉笔吗？我想给战士们上一下急救卫生的课。我这个当医生的，不能和战士们一起上战场，我多教给他们一些急救知识，他们在战场上受了伤，就多了一份活下来的希望。"

"太好了，谢谢萧医生！"

"萧医生，我上次负伤就是你治好的！"

战士们兴奋地喊了起来。苏慕祥说："你看，战士们都已经替我答应了。"

萧颖说："好吧，那我就开始上课了。我可从来没当过老师，战士们可别觉得我讲课水平比你差得太远，再把我轰下去。"

苏慕祥想了想，说："萧医生，我那个同伴——"

"今天早上他已经醒了，你可以去看看他。"

苏慕祥心里一阵激动，说："谢谢你，萧医生！"他刚准备离开，萧颖压低声音说："你在那里等我。"

苏慕祥一愣，但也点点头。他出了院子，按照上次的路，一溜快步到了那几间树林里的小屋。他进了黄一杰的那间病房，只见黄一杰在床上半躺着，眼神有些空洞，灰白色的嘴唇微微翕动着。

"一杰，太好了，你终于醒了，你足足昏迷了五天！"苏慕祥在床边坐下，攥着他的手说。

黄一杰看到苏慕祥，脸上浮现出一点喜色，但也很快消失了。他说："苏大哥，这是哪里？咱们已经逃出来了吗？"

苏慕祥使劲点点头，说："一杰，咱们都逃出来了！这里是八路军的营地，是他们救了咱们。"

"八路军？他们不是在延安吗？"

"一杰，八路军是真正打鬼子的队伍，哪里有鬼子出没，八路军就会去哪里打鬼子！一杰，你身上的伤都好了吗？"

"我的伤……"黄一杰惨笑着，他掀开被子的一角，露出自己的右腿。苏慕祥吓了一跳，只见膝盖下方那里肿得非常严重，伤口虽然不再流血，但伤口附近一大片都呈现出一种古怪的黑灰色，摸上去硬硬的。

苏慕祥虽然不懂医学，但也看出这一定不是伤口顺利恢复的迹象。黄一杰终于忍不住了，抱住苏慕祥大哭起来："苏大哥，刚才有个女医生，说里面的骨头都碎了，为了防止生坏疽，必须要截肢了……苏大哥，我不想截肢，我要我的腿……"

"一杰,你是为了救我,才被鬼子打中的。"苏慕祥流着泪说。

这时,萧颖已经回来了,她倚在门框上看着他们,眼圈也红了。等黄一杰的情绪平静了一些,萧颖告诉他们,因为他腿上的枪伤很重,那里的腿骨被打成了碎片,虽然及时取出了弹头,但腿骨无法接好。现在,黄一杰的腿上已经出现了坏疽,必须尽快进行截肢手术,才能保证他的生命。否则,感染范围会进一步扩大,最终导致全身感染,脏器衰竭。

黄一杰又痛哭起来,苏慕祥心乱如麻,他抬起头,只见萧颖正用满怀期待的眼神看着自己。他竭力让自己平静下来,对黄一杰说:"一杰,你连鬼子都不怕,还怕一场手术?一杰,你的腿没了,我的腿就是你的腿,咱们哥儿俩以后一起打鬼子!"

两人一起劝了黄一杰一会儿,他终于答应做截肢手术,苏慕祥问有没有麻醉剂和处理截肢后伤口的药物,萧颖说,从日军营房里缴获的药品里有麻醉剂,也有对症的药物来处理伤口。

最后,萧颖说等黄一杰好好吃上几顿饭,体力恢复一些,至少三天后才能做手术。手术前,她会到团部野战医院里再请来两位更有经验的医生,做起手术就更有把握了。

黄一杰有些累了,又昏昏沉沉地睡着了,萧颖和苏慕祥出了病房,到了外面的树林里。两人一起朝连部方向走着,因为心情沉重,谁都没说话。

一直到出了树林,远远能望见连部了,苏慕祥想起那天自己和黄一杰被救回来的情景,说:"山里的药品,还够用多久?"

萧颖说："本来能用一个月，但昨天部队突袭了一个鬼子在山里新开的硫黄矿，又有十几名战士负了伤。后天截肢的手术恐怕要用掉很多药，黄一杰在手术后也需要大量的药品来防止感染，剩下的药，估计只能用两周了。"

"两周，两周——"苏慕祥喃喃地说着，眼睛望向了山外，望向了北平城的方向。

第十章

画　饼

初夏时节的北平，白天日头猛烈，那些挑着扁担走街串巷的小商小贩只得沿着墙根儿，在尺把宽的阴凉里慢慢走着。太阳一落山，城里各处马上凉快起来。这天傍晚，在景山后街的一处三进四合院最里面的小院里，两个男人正在下棋。一个四十多岁的马脸男人，穿着一身古铜色冰丝绸睡衣，右手端着一只精巧的井栏紫砂壶，慢悠悠地啜饮着，左手拈起棋子，在棋盘上放了下去。

他对面那人，三十出头，穿一身薄春呢蓝底银纹西装，正目不转睛地盯着棋盘。马脸男人落完子后，西装男的手在棋罐里反复摸索，始终拿不定主意下一步该怎么下。过了许久，他猛地一低头，说："马主任，您这招二连星开局，实在太高明了，每一手都无懈可击，我这条'大龙'，从一百三十一手上开始被您围住，我上下左右都试过了，始终没有办法冲出您设下的重围，如今已经无路可走了，只有认输这条路了。"这个"马主任"就是国民政府军事委员会调查统计局驻北平情报站主任马淮德。

这处四合院看似普通，后街上有一处卖凉糖的、一处卖糖葫芦的，前面的景山后街上，也有趴活儿的车夫。但这些人其实都是四处把风的军统特务。

马淮德见对手认输，哈哈一笑，站起身来，坐到旁边的一张凉椅上。他又喝了几口茶水，这才说："聂处长，这下棋就和做人做事一样，开局最重要。开局若是开好了，以后顺风顺水，步步皆易。否则，可就处处掣肘，步步维艰了。"

这个"聂处长"，就是新任军统驻北平情报站行动处处长聂壮勋。原来的处长金观楼，因为中了日本特务的圈套，在执行任务中死在日本特务枪下。马淮德本来想把原来的副处长也就是自己的亲信扶正，可是军统头头儿戴笠对这两年北平站的工作不甚满意，就另派了这个聂壮勋来接任处长。马淮德虽然不满，但毕竟不敢违背戴老板的命令。聂壮勋两周前到了北平，本来以为马上就可以了解军统驻北平情报站的人员分布情况，可马淮德以他鞍马劳顿为名，只是让他好好休息。马淮德当着他的面，命令手下给他找一处宽敞干净的四合院作住处，又从北平有名的餐馆里，高薪请了厨师。还给他安排好了豪华汽车和司机，调了最得力能干的几名特务归他指挥。聂壮勋起初自然万分感谢，可日子一天天过去了，马淮德没有给他任何指令，就连他要离开四合院，外出查看北平市面上的情形，都在四合院门口被特务拦了下来，说是奉了马主任的指令，一定要保证聂处长的安全，不能让他离开此处。聂壮勋在小小的四合院里被困了两个星期，对于墙外的事情一无所知。这天下午，马淮德突然派人请他过去。他到了军统驻北平情报站，本以为马淮德会给他布置任务，想不到马淮德见了他，不咸不淡地寒暄了几句，就让他下棋。聂壮勋心想，如今全国各处战事吃紧，形势一天比一天危急，这姓马的为何还有此雅兴？他心里这么想，嘴上自然谦虚了几句，说久闻马主任棋艺超群，今日有幸领教，幸何如哉。他执黑先行，顷刻间连输三局。

聂壮勋何等聪明，从马淮德这番话里，知道他马上就要说到正题了。果然，马淮德说完，从棋盘下拿出一个已经撕开封口的信封，递给了他，说："老弟，如今上峰来了命令，本来我还想让那些不成器的手下去办理此事。可信里把形势说得异常严峻，只好请你出马了。"

聂壮勋心里一震，他打开信件，先看落款，只见落款处没有名字，只有一个细小的印鉴，是小篆"雨农"二字。他自然知道，这是戴笠局长的印鉴。信里面说到，日军正在往武汉方向调集重兵，一场事关两国气运的大会战迫在眉睫。目前国民政府还在武汉，大笔战略物资也屯集于武汉码头。从中日两军的实力来看，武汉三镇最后是守不住的，但就算武汉最终落入敌手，也要尽最大努力阻滞日军进攻。目前整个长江航线忙碌异常，各种船只日夜不停地往重庆抢运物资、人员。北平是日军从东三省、日本本土往武汉运送军火、药品各种物资的集散地，北平情报站必须打击日军的物资运输，多破坏一些日军的物资供应，这样会战开始时间就会推迟，国民政府就有更多时间往重庆转移人员和物资。

聂壮勋读信时，马淮德一直不动声色地看着他，等他看完，才叹口气，说："戴局长本来还用电报发来了正式命令，只是按照军纪，只有我一人可以观看，看完还必须马上焚毁。幸好电报里的内容，远没有这封戴局长的亲笔信写得明白。破坏日军的物资供应，协助国军在武汉的会战，此事责任重大，非同小可，你我责无旁贷啊。"

聂壮勋神色平静，把信叠好放回信封，这才说："军用物资种类繁多，卑职应该从何处着手，还请主任示下。"

马淮德做出一副深思熟虑的神情，过了片刻，才说："军用物资，最重要的当然是军火弹药，但如今日军早就在武汉外围占据了众多要地，随时可能向武汉发动进攻，所以，想必日军的军火早就准备停当。除了军火，军用物资里最少不了的，就得算是药品了，聂处长，要不然，你就从药品上动手如何？"

聂壮勋马上立正站好，恭恭敬敬地说："卑职领命，马上采取行动，一定不负戴局长和马主任的信任！"

马淮德点点头，接着眼珠一转，说："那就好，那就好。聂处长，戴局长的命令中并无时间限制，但战局瞬息万变，你看——"

"以一个月为限，卑职一定完成此项任务，如若不然，愿军法处置！"

"好！整个北平情报站的人员，都任你调度使用！"

聂壮勋退了出去，马淮德望着他的背影，嘴角露出一丝冷笑，又举起茶壶啜饮着。这时，从院子角落里慢慢走出一个人，走到马淮德的身旁。此人是马淮德的副官。他满脸堆笑地说："戴局长发布重要命令，向来在正式命令外，还会再写一封书信，以示郑重亲近之意。这就是戴局长恩威并施的驭人之术。马主任，您把这封戴局长的亲笔信给这姓聂的一看,他马上就知道您在戴局长那里的分量了。"

马淮德微微一笑,慢慢地在凉椅上躺下,开始闭目养神。副官给他茶壶里加满水,看着他纹丝不动的身躯,心里一阵凉意。副官自然知道,聂壮勋来到北平后,马淮德看似对他颇为照顾,其实是把他封闭了起来,让他对外界情况一无所知,今天,又用看似平淡无奇的几句话,让这聂壮勋主动提出由自己接受戴笠的命令。这项任务本来就艰难异常,这聂壮勋对北平的情况毫不了解,肯定完不成任务。到时马淮德无论怎么处置他,别人都说不出什么。

"他真是把北平情报站当成自己的一亩三分地了,绝不容别人插手。"副官心里想着。他抬起头,望着聂壮勋刚刚走出的院门,心想,这人大概只有最后的一个月好活了。

影棚里面施工的进展让阮化吉颇为满意。偌大的影棚里,公寓、餐厅、街口,正变得越来越真实,他最满意的,当然还是那部火车头。这一阵子,他已经请人把车头打磨得锃光瓦亮。这天傍晚,距离工期结束为期不远了,干活的工人们都离开了,他一会儿在客厅的沙发上坐一会儿,一会儿又在街道上大片霓虹灯下,把一盏盏霓虹灯打开又关上,满脑子都是一个个电影摄制组进驻了这里,利用这些场景来拍电影的情景。

他有些累了,重新在沙发上坐下,准备休息一会儿,就返回城里。这时,一阵整齐沉重的脚步声传了进来。他抬头一看,只见两个衣着整齐的男人出现在仓库门口。其中一人身穿中山装,另一人则身穿军装，头戴军帽，腰间悬挂着军刀。在他们身后，是四名握着步枪的军警，脚步声自然是他们发出的。夕阳下，他们的影子又黑又长，投射进了这座仓库。因为逆光，阮化吉看不清他们的脸，但是，那个穿中山装的人那种走路的姿态，却是他熟悉的。自从两个月前，他走进这间仓库的第一天，他就知道，这个人会随时出现在自己面前。他没想到的是，在这人身边，还有另外一个人。更没有想到，还会有四个持枪的人一起出现。

两个月前，他刚刚回到北平，就准备改造奎明戏院，装好电影幕布，这样就可以放映他从美国带回来的电影胶片了。这天，他指挥工人在奎明戏院外面贴出《淘金女郎》的海报，开始售卖第二天的电影票。海报刚一贴好，马上就有一群闲人围拢过来，瞪大眼看着海报上浓妆艳抹的美国女郎，七嘴八舌地议论着。先是一个穿着宝蓝色缎子马褂、端着鸟笼、斜叼着乌木嵌银烟嘴的男人，说了声"好家伙，奎明戏院要放电影了，真是开天辟地头一回，今儿老子听不成戏，开回洋荤也不赖"，就摸出一块大洋，买了张门票，大摇大摆地离开了。有人开了头，马上又有几个衣着神色差不多的纨绔子弟围了过去。阮化吉心中得意，给一个自家伙计说等头一场的票卖完了，就进去给自己通个信儿。说完，他回到自己办公室，取出从美国带回来的咖啡磨、咖啡壶，磨好了咖啡豆，煮起咖啡来。

咖啡的香气刚刚在房间中飘起，他就听到一阵轻轻的敲门声。第一场电影票这么快就卖光，他倒是有些意外。他给自己倒了一杯咖啡，坐在鸡翅木椅子上，啜饮了两口，这才慢悠悠地说："进来吧。"

进来的人，除了那个伙计，还有一个戴着金丝边眼镜、身穿灰色呢料西装的男人。这人年纪大概四十出头，皮肤白皙，手指细长，脸上挂着礼貌的笑，手里拄着一根黑色手杖。

"这位是？"

这人看起来气质不俗，显然是官场中人。珠市口一带商家的传统是踏踏实实本本分分做生意，一向少和政界中人打交道，更何况如今北平被日本人占据，如果谁还有官职，自然就是和日本人合作的结果。阮化吉没站起来，只是淡淡打量了这人一眼，才懒懒地说。

"在下姓江名品禄，在临时政府内政部供职。"这人从怀里拿出张名片，递给阮化吉。

阮化吉接过来看都没看，随手放在桌上，说："江先生有何贵干？"

江品禄神色不变，从怀里掏出一份印着伪华北临时政府五色旗国旗（日军占领北平后，扶植成立了伪华北临时政府，该伪政权以北洋军阀时期的五色旗为国旗——作者注）的红皮证件，在阮化吉面前亮了一下，说道："阮老板，按照华北临时政府的政令，凡北平人等，开设影院，必须经临时政府内务部审议批准，方可放行。"

阮化吉心里一紧，挥手让伙计出去沏茶，这才站了起来，指了指旁边的椅子，说："江先生请坐。"

江品禄微笑着坐下，伙计又进来送茶，阮化吉这才说："江先生，我这里并非开设电影院，只是因为有几位老板，这阵子身体不适，登不了台，我这戏园子没法子卖戏票，这才临时放几场电影。我无非就是赚几张票钱，给伙计们发一发工钱，不值得这么大惊小怪吧。"

江品禄本来低头喝茶，听到他这话，微微一抬眼，一道冷硬的眼神射出，阮化吉登时一激灵。江品禄放下茶碗，说："阮老板，上峰听到消息，说奎明戏院在放电影，特令我来了解一下。华北临时政府成立以来，施政得法，人心思定，百姓安居乐业，方方面面都上了正轨。但是，武汉、延安方面，认不清世界大势，硬要挑唆市民对抗政府，他们借助电影、广播、报刊之类，频频蛊惑人心，可恨可恶！所以，这电影关乎世道人心，可不是小事啊。阮老板，奎明戏院在北平是数得上的大戏园子，奎明戏院放起电影来这件事，一夜之间就能传遍全城，瞒也瞒不住，到了明晚，阮老板，你这头一场电影开始放映时，我可只能公事公办啦。"

阮化吉心里一颤，他听这江品禄的意思，电影似乎放不成了，就连卖出去的票，都要收回。可一旦如此，奎明戏院的招牌就算彻底砸了，自打开张那一天，这一百多年，奎明戏院就没闹过这种票卖出去了，可到最后戏没演成的笑话。不过，阮化吉定下神来想了想，觉得这江品禄和那些贪官污吏一样，无非是来索贿而已。想到这里，他心里有了底，打开抽屉，拿出一封银圆，放到江品禄手边，说："江先生，我这一阵子净忙些杂务，一时没顾上去部里拜见，我忒年轻，不懂规矩，还请各位多多包涵。这一点心意，就请江先生带到部里，给各位分一分，就算我给各位赔罪了，改日我一定亲自到部里办理手续！"

江品禄侧脸瞟了瞟银圆，不动声色地拍着椅子扶手，眼睛看着屋顶，似乎在考虑着什么。阮化吉看他这副高深莫测的神情，心里打鼓，不知如何应对。他虽然满世界闯荡了两年，可他打交道的都是平民百姓，没和这种官场中人接触过。否则，就不会还没谈上几句，他已经在这江品禄面前落了下风。他觉得有些口干，端起咖啡来准备润润喉咙。

这时，江品禄微微一笑，冲着阮化吉说："阮老板，听说你想拍电影？"他吓了一跳，险些把咖啡喷出来。打算拍电影这件事，他告诉了不超过三个人。这个伪华北临时政府的小官僚是如何得知的？

看到他脸上惊疑不定的神色，江品禄笑道："阮老板，别担心，不是您有哪位朋友泄露的。我们有您从美国旧金山乘船回到上海的行李单，上面清清楚楚写着您带回国的，有一整套拍电影的机器。"

阮化吉这才松了口气，说："内政部真是神通广大，连我这小人物从美国带回什么行李都门儿清。"

江品禄端起茶碗，缓缓吹着漂浮的叶片，说："想不到阮老板对电影还有如此热心。只是如今东亚共荣的大好局面，偏偏有人蓄意破坏，阮老板的心愿，恐怕一时难以达成吧。"

阮化吉摇摇头，说："难，真的太难了。北平这里，没有拍电影的人才，没有拍电影的场地，更没有拍电影的金钱，唉，就这么一部机器，哪能拍得出电影？"

江品禄瞥他一眼，放下茶碗，有些神秘地看着他，说："这三样，说起来难，可只要碰到合适的机会，那就一点儿都不难了。"

阮化吉心里一动，在他身旁的椅子上坐下，拿出香烟和打火机，给江品禄点上烟，说："江先生，您有办法帮我拍电影？"

江品禄吸了口烟,在烟雾后继续盯着他,看了一会儿,这才说:"阮老板,这三样里,哪一个你觉得最难?"

"场地!"阮化吉脱口而出,他说,"这人才和钱,终究是活的,想方设法,总能弄来。唯独这场地,唉,上海的,还有美国的电影公司,都有自己的影棚,可北平呢?北平城里到处都是寸土寸金,往哪儿找,都找不着这么大块的空着的地方,能让我建影棚!没影棚,电影在哪儿拍?在马路上拍?"

他一口气说完,又想起刚才江品禄的话,说:"江先生,照您刚才的意思,拍电影除了这些,还有一难。就是电影就算拍完了,总要上映吧,要是你们不许,电影上映不了,那不就白拍了?"

江品禄淡淡地喷出一口烟雾,看着袅袅上升的烟圈,慢悠悠地说:"江先生,电影能不能上映,虽然说是得我们来批准,可归根结底,是您说了算。"

阮化吉惊愕地呆住了,江品禄拿出他的红皮证件,放到两人之间的茶几上,说:"阮老板,实不相瞒,你的确有很多的事儿,需要我们同意,你才办得成。可还有一些事儿,我们呢,还想劳你的大驾。"

阮化吉看着他的证件上的五色旗,想起了去年在美国时,有一天突然在美国的报纸上,看到一则关于中国的新闻,内容是说伪华北临时政府在日军的扶植下成立,当时主席台上就悬挂着这面旗帜。对于五色旗,他曾经非常熟悉,因为他从小生长的北平,直到北伐战争前,都以五色旗为国旗。后来,一个名叫白崇禧的广西人,率领着大批北伐军进了北平,满城的五色旗都被青天白日旗代替了。那年是整整十年前。那时,他还不明白,换了一面旗,就意味着这北平城,换了一茬主人。如今,他万万没想到,这面旗子竟然又回来了。

江品禄说完"想劳你的大驾",一直盯着阮化吉,想听到他主动表态,想不到他一直愣着。江品禄见他始终不接话茬儿,只好自己说:"奎明戏院虽然是北平城的大字号,可阮老板,我们也不能有令不行。这样吧,明天下午,你带着一封申请书,到部里来一趟,兄弟我带你去见一见上峰,看看上峰的意思。如果放映申请能及时批下来,明晚你自然可以大大方方地放这场电影,否则的话,我们只好上门查封喽。到那时,阮老板,可莫怪兄弟我公事公办。"

说完,江品禄戴上礼帽,看都不看那封银圆,就倒背着手出去了。

阮化吉望着他的背影,心里一阵七上八下。听他的意思,只要明天去了内政部,见了这个江品禄的上司,放映电影的事儿就能顺利解决,不至于砸了奎明戏院的牌子。但是,他的话里,似乎还有一层意思,就是需要他为内政部做些什么。那会是什么事儿呢?我能在戏院被查封前拿到批准吗?阮化吉机械地端起咖啡来,却只觉得已经凉透了的咖啡格外苦涩,根本咽不下去。

他正在出神,忽然,房门又被人敲得砰砰响。他吓了一跳,咖啡杯落在地上摔了个稀碎。还没等他问,房门打开了,那个伙计兴高采烈地说:"少东家,明天、后天、大后天,这三天的电影票都卖光了!"

如果早一点听到这个消息,阮化吉还觉得这是个天大的好消息,既证明在北平也有大批人喜欢看电影,也证明了自己的眼光。但是,这会儿他却明白,如果伪华北临时政府内政部不批准自己开设电影院,卖出去的票越多，奎明戏院就会越丢人。

这天晚上，他做了一个噩梦，奎明戏院里正在放映《淘金女郎》，突然，电影幕布被人捅破了，观众席里发出了惊叫，一群荷枪实弹、端着刺刀的军警从裂开一道口子的幕布里跳了出来，查封了整家戏院。大批买了电影票、戏票的观众，聚集在戏院门口要求退票，他哀求他们宽限几天，让自己想办法去筹钱，但他们根本不答应，而是狂笑着涌进了戏院，拆下了椅子、字画，把一切都砸烂了，点燃了，自己从美国带回的电影拷贝，也在熊熊大火中燃烧了起来⋯⋯

他惊醒了，摸着额头涔涔的汗水，只觉得心脏在狂跳着。他跳下床，从衣柜深处的匣子里，又拿出一封银圆，放到公文包里。那里面已经有五封银圆了。

到了下午，距离奎明戏院第一场电影开演只有一个钟头了，渐渐有不少买了票的观众聚集在戏院门口。阮化吉早就把票给过潘慕兰，她也和两个女同学来了。电影院的门始终关着，起初观众们还不奇怪，可是眼看着距离开演时间越来越近，人群里开始议论了起来。

"到底怎么回事？"

"这电影到底还演不演？"

人们议论的声音越来越大，还有人质问戏院的伙计为何不开门。那伙计哭丧着脸说，少东家出门前说过，他回来前绝不能开门。这时，原本只是在这一带路过的闲人，一看这里有热闹可看，也都聚拢过来。围在戏院门口的人越来越多。奎明戏院开始放映电影的事儿，早就到处传得沸沸扬扬，北平城里其他一些电影院，都暗暗派了人来探听虚实。眼看开演时间就差半个钟头,奎明戏院不但不放观众进场,连阮家一家人都不露面。

"阮家要卷了钱逃跑喽!"有人在人群里喊叫了起来。马上,人群里有人跟着起哄。在珠市口一带闲逛的人,都在往这边探头探脑地看着。

"这戏院开了一百多年,戏院在,阮家就在!"奎明戏院的伙计大声争辩着。

人群里有人喊:"电影都该开演了,里面没猫腻,怎么不放人进去?"

那伙计急得满脸通红,正不知道该怎么说,忽然,看到一辆黑色汽车开了过来。那正是少东家前几天刚刚租来的汽车!

"少东家,您可回来了!"他跳下台阶,费劲巴力地钻过人群,跑到汽车旁。阮化吉下了车,看到面前挤满了人,觉得有些莫名其妙。伙计压低声音把眼下的局面说了说,阮化吉笑容满面,他举起胳膊朝四周大喊:"奎明戏院第一场电影,马上按时开演!每位买票的爷,等电影散了,我阮化吉请各位到正和楼喝酒!"

潘慕兰一听他这话,马上朝他喊:"阮化吉,光天化日的,你发什么神经?等看完电影,我家后厨的师傅,早就下班了!"

阮化吉看见了她,有些不好意思了,但整个人仍然在兴奋着,又喊道:"红案师傅下班了,那凉菜总有吧?酱鸡酱鸭,凉拌肚丝蒜泥肘花,我管够!"

潘慕兰扑哧笑了,说:"阮化吉,你还说起相声《报菜名》了?

你一场能卖两百多张票，我家连包间带散座儿加起来都没这么多座位，你就消停点吧，甭起哄了。"

阮化吉还是高度兴奋，说："那我给每位爷们儿送一瓶二锅头，一份儿天福号的酱肘子！"观众们登时哗哗鼓掌，吹口哨起哄的声音更是此起彼伏，尖锐刺耳。这时，时间已经到点儿，阮化吉吩咐伙计打开大门，那些观众立刻蜂拥而入。一转眼，原本挤满人的街面立刻变得空空荡荡。阮化吉看着最后一名观众进场后，大门重新关闭，脸上兴奋的神色慢慢平静下来，吩咐完伙计去买二锅头和酱肘子，这才腾出心思，细细琢磨着下午的事儿。

第十一章

裂　缝

第二天一早，江品禄就来到他家，带他出了城，来到西直门外的那处仓库。阮化吉远远望见那处仓库时，心里又是一阵激动，心想这仓库的个头儿，可比上海那几家电影公司的影棚大多了，就算在美国好莱坞，也没几个影棚比这里更大。两人到了仓库前，只见四下里垃圾遍地，仓库墙皮剥落，一副凄凉荒芜的样子。阮化吉起初看到这间仓库庞大体量时的兴奋劲儿马上凉了下来，等到进去一看，只觉得这里空旷得像是荒野，里面只有一个锈蚀得看不出本色的火车头，和一道贯穿仓库的铁轨。

"这个就是您说的可以用来当影棚的仓库？"阮化吉揣着手四下里观看了一番，越看心里越凉。他在仓库里转了一圈，又对江品禄说："就算您把这块地给了我，我也没钱把这里建成正规的影棚。"

江品禄说："阮老板，先不提钱的事儿，先说这块地，你还满意吧？"

阮化吉点点头，继续朝四周打量着，说："不错，挺宽敞，够用。

虽然是在城外，可离城里近，挺方便。"

"那就好。"江品禄说，"阮老板，你在上海、美国都见过世面，你的眼光，那自然是靠得住的。实不相瞒，上峰已经叮嘱过我，只要阮老板看中了这地方，由内政部拨款，把这里从里到外都按你的心意，建得漂漂亮亮的。"

阮化吉简直不相信自己的耳朵，转过脸来，说："江先生，昨天下午在部里您说可以让奎明戏院接着放电影，不会查封戏院，只需要这些片子没有破坏日中友好、东亚共荣的内容就行。我已经感激不尽了，这会儿您又肯给我帮这么大一忙，我都有点不敢相信了。"

江品禄叹口气，脸上浮现出一片愁云，说："实不相瞒，阮老板，我们内政部也是有苦衷啊。"

阮化吉说："江先生，您这话可就有点儿过谦了。这北平城里，谁见了内政部，不得敬畏几分？"

江品禄举起手杖，朝上指了指，说："上面有指令，要求北平城的大字号，要尽快恢复营业，这事儿你知道吧？"

阮化吉点点头，江品禄接着说："内政部整天愁的，就是这事儿。上峰说了，阮老板有拍电影的雄心壮志，只要阮老板能尽快开拍，尽快上映，那内政部的脸上可就有光了。钱的事儿，请您千万别发愁。"

阮化吉渐渐明白了，他心里琢磨着，不知该说些什么。江品禄看着他的神色，猜得出他的心事，说："阮老板，上峰说了，只要你真的能尽快拍出电影，那就一切好说。电影这行，我们是粗人，你是行家，对于你拍什么，我们绝不会干涉。"

他看阮化吉的脸上还是一副犹疑不定的神情,从西装口袋里摸出一张支票,往空中一扬,说:"美国花旗银行的支票,任凭阮老板填什么数目。怎么样,够有诚意了吧?"

阮化吉犹豫着没去接,江品禄把支票往他胸口一按,就松开了手。就在支票即将飘落的时候,阮化吉伸手抓住了支票。

"这就对了嘛!"江品禄拍了拍他的肩膀,哈哈大笑起来。在阮化吉听来,这笑声就像是猫头鹰的怪叫一样,刺耳,瘆人。原本在仓库屋顶栖息的一群乌鸦,都被这笑声惊得成群飞起来。阮化吉透过仓库残破的屋顶,看着乌鸦呼啦啦地飞过,有些惊讶自己心里竟然没有丝毫的喜悦。

那几个人进了仓库就站在那里,江品禄朝四处指指点点,给那个日本军官介绍着。那军官则始终昂着头,一副旁若无人的架势。看到江品禄和日本军官一起出现,不知道怎么回事,此时阮化吉心里竟然有了一种水落石出的感觉。他自己知道,这一阵子,自己总感觉心里有一块石头,在一点点往下坠。

现在,那块石头很快就要坠到底了。

阮化吉从沙发上站起来,慢慢走到那几个人面前。江品禄看见他走过来,给身边的军官说:"松崎阁下,这位就是奎明戏院的少东家阮化吉先生。他刚从美国回来,就接手了奎明戏院的生意,还立下雄心壮志要拍电影,算得上年少有为。"

他接着又对阮化吉说:"阮老板,这位就是皇军驻北平特务机关长喜多诚一将军的副官松崎葵大佐。"

阮化吉心里一颤,他早就猜这个军官一定职衔不低,可他还是没想到竟然这么高。他木然地站在原地,嘴里嗫嚅着不知该说什么。松崎葵打量了他两眼,用原本握着军刀的那只手伸出大拇指一跷,然后朝他伸手,说:"哦,奎明戏院,是个好地方,我陪同机关长阁下去那里看过戏。"

几乎是条件反射一般,阮化吉也伸出手,握住了这只戴着白手套的手。

江品禄又哈哈大笑起来。阮化吉挤出一丝笑容,说:"江先生,今天几位大驾光临,不知有何贵干?"

"唔,听说这里即将竣工,喜多机关长特意委托松崎大佐代替他来参观一下。"江品禄朝四周指了指,故作轻松地说。

阮化吉有些纳闷儿,说:"想不到这么普普通通的一处影棚,居然还惊动了机关长阁下。"

江品禄没有回答他,自顾自地带着松崎葵四下走动起来。"松崎阁下,这里是按照中国有钱人的客厅搭建的,有沙发,有吊灯,地上还铺着地毯。"他指着影棚内的布景说,"这里呢,是按照咖啡厅的布局设计的,年轻的电影观众,喜欢看爱情电影,年轻人谈恋爱总喜欢去咖啡厅,拍这类电影,当然就离不开咖啡厅了。"江品禄指指点点地说着,仿佛他才是这里的主人。松崎葵带着四名士兵跟在他旁边,不时地啧啧赞叹着。

终于,几个人把几处布景都看了一遍,松崎葵在江品禄耳边说了几句。江品禄连连点头,转身朝阮化吉招招手。阮化吉只好快步走过去,江品禄说:"松崎大佐说,这座影棚建得非常好,他在日本本土的时候,去参观过日本电影公司的影棚,觉得远远不如这里。他说,非常感谢你建成了这么一座漂亮实用的影棚。"

"建影棚是为了给我自己拍电影,他谢个什么劲儿?"阮化吉心里嘀咕着,嘴里说:"多谢松崎大佐。"松崎葵又说了几句,江品禄听完,对阮化吉说:"松崎大佐想知道,这里拍出来的电影,什么时候能够上映?"

阮化吉扑哧笑了,刚才对这几个日本军人的畏惧一扫而光,他眉毛一挑,说:"这拍电影,可不是蒸包子,立马就能出锅。眼下连电影剧本在哪儿都不知道,更不用说上映了。您告诉这位太君,这最快也得明年中秋节了。到时候他要是来奎明戏院看电影,别的不敢说,这月饼,给他管够!"

江品禄听着他的话,听到最后,眼神中掠过一丝冷冷的恨意,他半鞠着躬,用日语对松崎葵说:"大佐阁下,他说拍电影是一件很复杂、需要很多时间的事情。要到一年半之后,电影才能顺利上映。到时他请您去奎明戏院看电影!"

松崎葵一瞪眼,冲着阮化吉用半生不熟的汉语说:"你的,很好,我要帮助你!"

阮化吉赶紧说:"谢谢大佐,可拍电影这事儿,我自己干得了,不劳您大驾了。"

松崎葵摆摆手,说:"你的,不要推辞!"他大声说了句日语,他身后马上有两名士兵一起朝前踏上一步,大喊一声:"嗨!"

这两人从怀里各拿出一只哨子,一起吹了起来。阮化吉正诧异着,只听仓库外又响起一阵齐刷刷的军靴落地的沉重声音。

"外面还有日本兵?"阮化吉正想着,只见两个日本兵一左一右抬着什么颇为沉重的东西,出现在仓库门口。他们越走越近,阮化吉这才看清楚,他们抬着的,是一部电影拷贝,这拷贝装在铁制圆盘里,这圆盘的直径足足有一米。阮化吉抬起头,问江品禄:"江先生,请问这是……"

江品禄故作诧异地说:"阮老板,这玩意儿,您应该比我熟吧。"

"我知道这是电影拷贝,只不过,松崎大佐突然之间把这个东西搬到我面前,我脑子不好使,您让我长长见识,这玩意儿究竟是什么?"

"这是一部电影,名字叫作《天皇的慈悲》。阮老板,我希望这部电影能尽快在奎明戏院上映。"松崎葵用半生不熟的汉语说。

"《天皇的慈悲》?这部电影我没听说过。"阮化吉摇摇头,说,"这谁都不知道好赖的电影,我可不敢在我家那戏园子里放。"

江品禄给松崎葵翻译了,松崎葵眼神骤然变得凶狠起来,他猛地抽出军刀,竖在自己面前。他欣赏着刀锋上的寒光,说:"阮老板,我是听说你的电影一时拍不出来,我才拿这部电影拷贝给你。你不要好酒不吃吃坏酒。"

"是敬酒不吃吃罚酒。"江品禄在松崎葵耳边小声嘀咕着说。说完,他咳嗽了两声,说:"阮老板,这部《天皇的慈悲》,是天皇陛下亲自下令拍摄的,肯定错不了。日军特务机关处一分钱都不找你要,白送你,你还不领情?"

阮化吉一听这电影的名字,就猜到是什么内容。他额头沁出了薄薄一层冷汗,他伸出袖口擦了擦,声音有些发颤地说:"江先生,这北平城里有那么多电影院,太君为何选中了奎明戏院来放这部电影?"

"北平梨园行的好几位老板,都是在你们奎明戏院里,朝北平市民说什么退隐归农的,哼,早不归晚不归,偏偏皇军一进城,就要归隐,明摆着就是不给皇军面子。所以嘛,这部片子,也要从你们这里开演。日后,就算这帮唱戏的,都他妈滚蛋,皇军也不放到眼里,到了那时,北平市民一进戏院,不,电影院,看的都是宣扬皇军军威的电影,对皇军就更心悦诚服了。"江品禄阴恻恻地说。

阮化吉脸上冒出黄豆大的汗珠,他使劲咽了口唾沫,想说些什么,却一句话也说不出来。松崎葵又在江品禄耳边说了几句,江品禄点点头,说:"阮老板,皇军为你考虑得非常周到,连海报都给你准备好了。你这回,就腈等着卖票收钱吧。"

一个日军士兵把一个黑色皮包递给松崎葵,他打开皮包,取出一沓电影海报。江品禄打开海报,亮给阮化吉,说:"瞅瞅,多漂亮!"

只见海报的上部,是日本裕仁天皇的照片,他正慈祥地俯瞰着下方。海报的下方,则是一名日军士兵正在给一个衣衫褴褛的中国儿童往碗里放进馒头,还有一个日本军医正拿着听诊器为一个中国老人看病,最刺眼的,则是一群中国人正挥动着日本国旗、日军军旗和花束,笑容满面地向骑着高头大马的一大队日军致意。

阮化吉呆呆地看着海报,江品禄说:"自从皇军进驻北平,都已经建了上百所医院、粥厂什么的,这可是历朝历代的皇上都没做到的。所以呀,咱们得知礼知义,从前皇上开仓赈济灾民,灾民还得说一声谢主隆恩,对不对?现如今皇军自己把片子拍好了,就在咱们电影院里放一下,这还不合情合理?"

阮化吉颤着嗓子说:"北平城里那么多的电影院,为什么非在奎明戏院放不可?不能换一家吗?"

江品禄拍拍他肩膀,说:"换一家?那可不成。奎明戏院离着东交民巷那么近,常有外国人来这里看戏逛街,再加上珠市口一带本来就人来人往的,在奎明戏院放一场,顶得过在别处放十场。"

阮化吉迟疑着说:"可我家的奎明戏院,向来是我爹说了算,这事儿,还是得问问我爹的意思。"

江品禄瞟他一眼,说:"阮少爷,你就别和我逗闷子了。谁不知道,阮老爷和夫人,前一阵子都搬去八仙庄,和那几个角儿做伴儿去了。这奎明戏院,如今就是你说了算!"

阮化吉还要再说些什么,突然,松崎葵猛地挥动军刀,向下砍去,沙发前的茶几竟然从中间被他劈开了,裂成两段。他收回军刀,瞪着阮化吉,大声喊了几句。江品禄做出一副惊恐万分的神情,低声说:"阮少爷,你就赶紧答应了吧。松崎大佐说了,如果你还不答应,就要你立刻交还建这座影棚的贷款!交不出来的话,就把奎明戏院查封了,拿奎明戏院抵债!"

阮化吉诧异地说:"江先生,您开什么玩笑?建这影棚的钱,不是临时政府资助我的吗?"

江品禄把脸一板,说:"阮少爷,你可别和我开玩笑!建影棚的钱,是临时政府开出来的支票不假,可这钱,是日军驻北平特务机关处的特殊经费,我江某人也好,临时政府也好,充其量就是个中间人。你想想,临时政府成立都不到半年时间,税都没收上来几个大洋,就能平白无故给你这么大一笔钱?阮少爷,甭说那么多没用的,今儿你就两条路,要么你把这拷贝带回去,三天之内开始上映。要么,你就等着奎明戏院换个主儿!阮少爷,你也不想让奎明戏院这传了好几辈儿的产业,从你手里断了吧?要真到了那一天,甭说你没脸见列祖列宗,就连阮老爷从八仙庄回到城里,连个落脚的地方,都没喽!"

阮化吉吓得脸色惨白,望着地上的拷贝,一句话也说不出来。

"根据本通讯社驻日本东京记者获得的消息,日军大本营已经做出决定,将在1938年发动武汉会战。目前,中国国民政府的大部分机构还停留在武汉。武汉战局,将关系到中日战争的结局。以上是美联社驻日本东京记者发回的消息。"

这天下午放学后,几个男女大学生飞快地跑出教室,跑回自己宿舍。郑国恒从床下拖出收音机,拧开开关旋钮,几个人立刻聚精会神地听起来。

"哼,鬼子要打武汉,要打断中国的脊梁骨,连洋人都看出来了。偏偏这蒋委员长手下,都是睁眼瞎,还把那么多人员物资囤积到武汉,不尽快运往西南内地,是打算被鬼子连锅端吗?"

"这是我爸今天吃早餐时看的报纸，你们看这里！"女生曲蝶心是中美混血儿，她的父亲是美国人，在协和医院当医生，能看到最新的美国报纸。人们的目光集中过去，只见那条新闻写的是为了阻滞日军向中国内地进攻的势头，目前中国国民政府有可能炸毁黄河堤防，让洪水阻挡日军的机械化部队。

"我的老天爷，这都是什么时代了，还有人想得出这种《三国演义》里水淹七军的招数？武装到了牙齿的日本鬼子，怎么可能这么容易就停下？"

大学生们气得有人跺脚，有人苦笑，穆立民弯下腰，细细读着那份美国报纸。上面对于日军的进展，并没有更多的介绍。这时，房门突然被人推开了，众人扭脸一看，是他们都已经熟悉了的潘慕兰。只见潘慕兰一脸怒气，眼睛睁得大大的，一进门就紧紧盯着穆立民。

穆立民和潘慕兰从小玩到大，穆立民的这些同学都已经知道了。曲蝶心是女孩子，心思转得最快，马上说："妈妈让我今天回家吃饭，我得赶紧走了。"

郑国恒一拽焦世明的衣角，说："对了，世明，我差点忘了，你不是说颐和园今天有个龙舟赛吗？"

焦世明脑子还没转过来，他说："龙舟赛？我什么时候说过？"

郑国恒使劲儿朝他使着眼色，说："当然有了，咱们快点儿走吧。"

焦世明这才恍然大悟，说："对，对！你不说，我差点儿忘了。"

几个大学生一溜烟地出去了，穆立民苦笑着说："你可真厉害，你这一进来，他们都望风而逃。"

潘慕兰仍然一副气冲冲的架势，她把几张五颜六色的纸往桌上一拍，说："你看看，这是什么。"

穆立民低头一看，认出这是城里一些戏园子、电影院的水单。那时，一些戏园子会提前把后面几天要上演的剧目，连同主角是谁、琴师是谁，都印成水单，派听差送给老主顾，供他们选择。这样一来，老主顾们自然觉得格外有面子。后来，北平城里新开的电影院，也模仿这一手，把即将上映的电影，列在水单上送给老主顾。后来，有的人头脑灵光，提前把各个戏园子、电影院的水单弄到手，自己重新印好再往外卖。燕京大学的学生家境普遍殷实，大学生又爱赶时髦，就有人拿着印好的水单来校园叫卖。

穆立民只看了第一张水单，就气得两眼圆睁。这上面印得清清楚楚，奎明戏院将在第二天上映电影《天皇的慈悲》。

他一拳砸在桌上，说："我知道这部电影，鬼子办的报纸上，宣传过这个《天皇的慈悲》。这不就是一部掩盖鬼子的暴行，给鬼子涂脂抹粉的电影吗？阮叔他们难道不知道？"

潘慕兰哼了一声，说："阮叔这阵子因为看不惯阮化吉在戏园子里放电影，住到城外去了。这事儿，肯定和阮化吉有关，阮叔要是知道这事儿，还不得气死！"

穆立民说："这个阮化吉，他究竟是怎么回事，为什么要和日本鬼子合作？无论怎么样，我们一定要阻止阮化吉，不能让他当汉奸！"

两人出了燕京大学，穆立民想了想，说："你去奎明戏院找他吧，我去西直门外的那个影棚看看他是不是在那里。我先把你带到城里。"

潘慕兰点点头，跳上穆立民的自行车后座儿。此时，正值暮春时分，燕京大学一带正是繁花似锦，一阵阵花香吹过来，两人都有些不知该说什么。穆立民想着那次看着潘慕兰上了阮化吉的汽车，心里仍然一阵莫名其妙的感觉。潘慕兰想着穆立民的话，明白他知道自己去过那处影棚了。她想，这会儿穆立民一句话也不和自己说，准是因为这件事儿。两人到了黄庄，又往魏公村骑去，眼看离着城里越来越近了。

这个时候各种野花正开得旺，路又窄，潘慕兰几次跳下车，摘了一大把野花。乡下的土路，终究坑坑洼洼的，自行车就有些颠，潘慕兰一手握着野花，伸出另一只手揽住了穆立民的腰。

过了一会儿，穆立民轻声说："你坐稳一些，就不颠了。"潘慕兰本想把头也靠过去，听到这话，就慢慢地把手松开了。

渐渐能望见西直门的城墙了，潘慕兰说："这个姓阮的，这会儿会在戏院，还是在他那个影棚？"

穆立民说："进了城，你就去奎明戏院找他。能找到的话，你要好好劝他，别和鬼子合作。放一部电影事小，但一旦被鬼子盯上，就没法脱身了，自己这辈子就完了。"

潘慕兰说："他要是能听我的，就好了。真不知道这家伙是图什么，竟然要放这种胡说八道的汉奸电影。"

到了城门下，潘慕兰跳下车，上了一辆正趴活儿的洋车。穆立民看着这车穿过城门进了城，这才掉转车头，朝那个影棚骑去。到了西直门火车站，他远远看到那个仓库前已经没有工人进进出出了，看来，里面的工程已经结束了。仓库前停着一辆黑色汽车，穆立民心想，看

195

来阮化吉就在里面。

果然，他到了仓库门口，就看到阮化吉正坐在里面的一只沙发上。沙发前有茶几，旁边还摆放着餐桌，茶几和餐桌上都有花瓶，看得出，这是一处模仿都市里富裕家庭客厅的布景。

阮化吉面前摆着一瓶洋酒，他正愣愣地盯着酒瓶，时不时地拿起来喝一口。

穆立民大踏步走进去，阮化吉抬头看了他一眼，似乎对他的到来毫不惊讶，指了指旁边的另一只沙发说："坐吧。我知道你来找我干什么。"

穆立民站在他面前，说："这件事儿，阮叔知道吗？"

阮化吉摇摇头，说："不知道，我爹，我娘，他们什么都不知道。"

穆立民看着他，说："化吉，你是中国人，为什么要放映日本人的电影？你明明知道，日本人是侵略者，他们杀害中国人，掠夺中国的资源，霸占中国的土地。你这样做，简直就是——"

"简直就是汉奸，对吗？"阮化吉抬起头，嘴角挂着一丝笑意。

"如果阮叔他们知道，你觉得他们会同意吗？"

"等他们知道，这部电影已经放完了。他们如今住在八仙庄，到秋凉才回来。以后，奎明戏院还会放一些没有'汉奸'风险的电影，等我在这里拍完电影，也会在奎明戏院放。"

"你的意思是，奎明戏院放完这部《天皇的慈悲》，就不再放这些电影了？"

"不会了。这是第一部，也是最后一部。这是临时政府内政部和日本那个北平特务机关处的人亲口说的。"

"这种鬼话，你竟然也信？他们只是想把你一步步拉到这条贼船上去！化吉，日本人在中国待不长的，中国人只要齐心协力，一定能把日本人赶走。到了那时，你放过这么一部电影，你和日本人合作过，会是你一辈子的污点，怎么洗，都洗不干净！"

阮化吉紧紧抿着嘴听着，等穆立民说完，他慢慢地站了起来。"立民，我答应你，这绝对是我最后一次放这种电影。而且，你看这里，"他指着周围的各种布景说，"以后我会在这里拍很多爱国题材的电影，用十部好的，来弥补这一部，十比一，总可以了吧？"

穆立民慢慢摇着头，说："化吉，这不是十比一的事儿，这是对和错、黑和白的事儿。你走错了这一步，就很难回头了！"

阮化吉又看了一会儿穆立民，慢慢转过身，背对着他，面向那一大片各式各样的布景。

第十二章

夜　探

　　这天傍晚,在崇文门,一个身穿灰纹细呢西装、头戴着软式礼帽的年轻人拎着手提包跳下出租车,进了路边的西餐厅。他要了一份牛排,慢慢吃喝着,时不时抬起头瞟一眼对面5路有轨电车车站。

　　当,当,当……

　　此时,六国饭店里的落地钟响了七声,那位大堂经理一看到了下班时间,和平时一样,跟夜班值班经理交代了工作,就拿好手提包出了大堂。他沿着东交民巷到了崇文门,在5路电车车站停下了。

　　西餐厅里的年轻人,也看看表,结账出来,到了电车站旁。几分钟后,电车到了,七八个等车的人一起上了车。大堂经理和那个刚刚吃完牛排、穿着一身西装的年轻人坐到同一排,手提包挨着放下。

　　电车开了起来,很快穿过前门,到了终点站宣武门。人们一起下车,谁都没注意到,两个一模一样的手提包,到了不同的人手里。

　　那个大堂经理下车后就快步向北进了象牙胡同。此时,天色已经全暗了下来,他在一片树荫下停下,眼睛朝四下里张望着,手伸进了手提包。很快,他找到了一封银圆。他撕开银圆的封口,里面露出二十枚银光灿灿的银圆,他得意地一咧嘴,把银圆放回去,拎着手提包轻快地走了。

穿西装的年轻人下车后,跳上距离自己最近的黄包车,告诉车夫自己要到菜市口去。车夫拉着他快跑起来,他一脸不经意的神色,眼睛似乎在漫无目的地看着街景,手却在手提包里摸索着。终于,在手提包最深的夹层,他摸到了一枚细长的黄铜钥匙。

到了菜市口,他又换了几次车,回到了六国饭店。然后,他就像住店客人一样,大摇大摆地穿过大堂,用钥匙打开了美国记者本特森的房门。

房间里漆黑一片。他掩上房门,从怀里抽出一支细小的手电筒。打开手电筒,一道强光射了出来。房间里面的每一件物品、每一寸地面他都搜查了一遍,他也注意到了窗户是从里面锁死的,站在窗前反复查看了好一阵子。他在房间里已经搜查了一个多小时,仍然没有任何收获。忽然,走廊外传来一阵脚步声,他停下手上的动作,关掉手电筒,要等外面的人离开后再重新开始。可那人竟然在房门外停了下来,还砰砰砰敲起门来。他只得继续屏住声息,只听外面那人自言自语道:"这个洋鬼子还没回来,这封信只好这么给他了。"接着,一封信被这人从门缝塞了进来。

房间里的这人,等走廊里彻底安静下来,才捡起那封信。只见信封上的收信人就是住在这个房间的美国记者本特森,而寄信人却是香港的一家报社。这人撕开信封,里面是几张照片和一张纸,纸上写的是这几张照片新闻价值不大，本报不予刊发，特退稿给原拍摄者。这人拧亮手电筒，细细看着这几张照片。

照片上的情形，都是荷枪实弹的日军士兵监督中国苦力在一处火车站的站台上从火车上往下搬运货物。这批货物从货箱的标签上看都是西药。车站的远景是一处长城城楼，上面是三个大字——居庸关。

原来日本人把药品存放在居庸关车站，这人心想。他把照片和信封揣进怀里，又靠在房门上，侧耳听了听外面的动静，确定外面没人了，这才一拉房门，走了出去。

这人出了六国饭店，跳上了一辆黄包车。他连换了五辆黄包车，还特意到了前门，绕着前门箭楼转了三圈，这才确定无人跟踪，最后到了景山后街的那处四合院外。

他用暗号敲了门，在门内执勤的军统特务让他进去后赶紧关好门，又通报给了马淮德。马淮德把这人叫了进去。一进最里面的小院，这人看看四下无人，只有马淮德正躺在凉椅上，微闭着眼睛，旁边的收音机正放着马连良的《斩马谡》，马淮德还一边打着拍子，一边轻声哼唱着。

这人正犹豫怎么开口，马淮德端过茶壶抿了几口，说："聂处长真是兵贵神速，出手不凡。"他嘴里说着，却依然躺在凉椅上，只是嘴唇动了动。

这个刚刚从六国饭店离开的年轻人，自然就是国民政府军事委员会调查统计局驻北平情报站行动处新任处长聂壮勋了。

聂壮勋看着马淮德一副懒洋洋的派头，心想，党国的事，就是坏在这些只知道维护自己地盘的官僚上，全无为蒋委员长分忧的心思。他按捺着怒气，说："不敢当，马主任命我查明日本人向武汉方向运送药品的情况，我自然不敢怠慢。"

"哈哈哈，"马淮德慢慢坐直身子，又揉揉脸，关掉了收音机，这才说，"聂处长有何进展，不妨说来听听。"

聂壮勋把那只信封捏在手里，微微躬下身子，说："马主任，今天我已经查明，日本人很可能是把药品等大宗战略物资，都储存在居庸关车站的仓库中。居庸关车站是京张铁路上的重要关口，药品存放于此处，便于及时转运。"

马淮德细细听他说完，说："这么重要的情报，不知聂处长是如何在这短短数日之内弄到的？"

聂壮勋早料到他会这么问，从怀里又拿出一份报纸，指着上面那个美国记者本特森拍摄的照片，说："马主任请看这里。这是一名美国记者拍摄的照片，上面日军正在搬运的货物，显然就是药品。单从这张照片来看，虽然看不出是在哪里拍的，但是按照常规，一名记者不会只拍摄一张照片，只要找到这名记者所拍摄的底片或者其他照片，说不定就会有所发现。我查到这名记者就住在六国饭店，于是，我就去六国饭店查看此人的虚实。结果我得知这人已经多日没有露面。我结交上六国饭店的大堂经理，从他那里弄到这个记者房间的钥匙。就在刚才，我潜入此房间，搜到了这些照片。"

马淮德一字不漏地听着，等聂壮勋说完，他又重新琢磨了一遍，点点头，说："聂处长，听你这么一说，倒是没什么漏洞。"

"马主任,此事我一路上也在细细分析,眼下最需要提防的,是日本人将药品转移,这样一来,我们想再找到药品存放于何处,可就要大费周章了,未必能在武汉方向的大会战之前及时查明。"

马淮德看着他,说:"聂处长,你的意思是?"

聂壮勋往他面前凑了凑,说:"马主任,为防万一,我看不妨派上一两名得力干将,在居庸关车站周围日夜盯防,一旦发现日本人有转移药品的动向,我们马上采取行动。"

马淮德拿起那份报纸看了看,接着眼珠一翻,说:"这报纸出版于一周前,如果此时日本人已经把这批药品转移了呢?"

聂壮勋微微一笑,说:"马主任,这您倒不必担心。拍摄这照片的美国记者,已经失踪多日,肯定是被日本人绑架了。如果日本人已经转移了这批药品,那么早就把此人放回了。"

马淮德意味深长地看了看他,说:"何以见得?"

聂壮勋保持着笑容,说:"马主任说笑了,这么简单的道理,您这是在考我。"说着,他弯腰给马淮德的茶壶里续上了开水。

马淮德说:"聂处长请直说,就当我考你吧。"

聂壮勋说:"既然主任考我,我当然知无不言、言无不尽。您看,这记者是美国人,如今日本人为了扩大战争,最担心的就是资源不足,美国是日本进口资源的大卖家。所以,为了不和美国交恶,如果不是迫不得已,日本人不会绑架这个美国人。而如果日本人转移了这批药品,继续扣押此人已经毫无必要,自然就会把他放回了。"

"唔,有道理,"马淮德点点头,说,"聂处长对国际大事也了如指掌,见识不凡,真是党国不可多得的优秀人才,也是我北平情报站之福。"

聂壮勋说:"马主任取笑了。这批药品数量不小,日本人随时可能转移,下一步我们该如何行事?"

马淮德端起茶壶慢慢喝了几口,这才说:"我马上把情况报告给武汉方面。另外,我这就派人去居庸关轮流盯防,一旦发现日本人要转移这批药品,我们必须马上采取行动。"说到这里,他停了停,看着聂壮勋继续说,"聂处长,如果成功破坏了日本人的此次行动,那绝对是奇功一件,到时我一定为你请功!"

"感谢主任栽培!"聂壮勋双腿并拢,深鞠一躬说道。

这天上午,在北平房山斋堂镇深山中的一处院落里,苏慕祥在给平西纵队的战士上课前,就先把上课时要学的内容写到了小黑板上,也在院子里摆好了板凳。上课时间到了,战士们把小院坐得满满的,苏慕祥像前几次一样,开始教战士们识字。很快,战士们发现苏慕祥今天和平时不太一样,注意力似乎不太集中。他用一根长长的树枝指着黑板上的字迹时,眼睛常常望向院子外的远处。

忽然,一阵急促的脚步声从院外传来,紧接着院门被猛地推开了,战士们不知道怎么回事,有的战士把枪抱在怀里,警惕地站了起来。苏慕祥停下手里的动作,也朝外看着。

冲进来的是萧颖医生。她脸色潮红,气喘吁吁,手扶着墙,朝院子里的人喊:"病人失血过多,需要有人献血,谁愿意献血?"

苏慕祥马上问:"是黄一杰失血过多?"

萧颖点点头,说:"截肢手术本来已经顺利完成,正在给他包扎伤口时,腿部主动脉突然出现大出血,目前他已经发生失血性休克,急需大量输血。"

"我愿意献血!"

"我年轻,我献!"

"萧医生,抽我的血吧!"

所有的战士都站了出来。苏慕祥说:"萧医生,我也愿意献血!"

萧颖看着他们,说:"你们有谁知道自己的血型?"战士们面面相觑,都摇了摇头,说:"上回那个洋医生来的时候,我们都出去打仗了,不在村里。"苏慕祥有些惭愧,说:"萧医生,我也不知道自己的血型。"

萧颖急得手指抠进了墙皮,说:"那怎么办,病人现在的情况很危急,如果输错了血液,病人很可能有生命危险!"

苏慕祥有些犹豫,说:"萧医生,上次——"

萧颖神色悲痛,摇摇头,说:"上次给病人献血的战士叶文生当天醒过来后,就硬要回到队伍。三天前,有一队鬼子去雁翅抢粮食,杨副连长带着他还有十多个战士,去打伏击,那场仗,我们打赢了,但叶文生在战场上牺牲了!"

苏慕祥只觉得心里一阵刺痛,他还记得那个战士,他只有二十出头的年纪,已经为了消灭侵略者而失去了生命。这时,人群里有一名战士快步跑到萧颖面前,说:"萧大夫,抽我的血吧,我的血型肯定对!"

萧颖诧异地看着他，只见他大概十八九岁的年纪，面很生，脸蛋上还挂着些稚气，两只眼睛有些红肿。她说："你怎么知道你的血型对？"

这个战士说："我是叶文生的弟弟，我叫叶武生！我和我哥的血型一样！"

萧颖把叶武生带到野战医院，医生为黄一杰输了血。手术还在进行中，萧颖出来告诉苏慕祥，说病人的情况已经稳定下来了，没有生命危险了。苏慕祥问叶武生的情况怎么样，萧颖说叶武生的身体素质挺不错，献血后休息几天就可以恢复了。

萧颖回到了病房，苏慕祥慢慢在树下坐下，望着树林里的几间病房，心情平静了下来。这时，远处有两个人影并排着从连部方向走过来，苏慕祥认出来是齐连长和杨副连长。只见杨副连长的右臂也绑着绷带。苏慕祥说："您也受伤了？"

杨副连长瞟了一眼自己的右臂，说："小鬼子的山炮还挺厉害，这场伏击，咱们消灭了十八个鬼子，牺牲了三个战士，有两个都是因为鬼子的山炮。咱们这回缴获了鬼子三门山炮，两挺机关枪，还俘虏了一个鬼子。下回啊，咱们就拿这山炮和机关枪打鬼子。我这伤没什么，萧医生说了，换几次药就好了。"

齐连长转过脸，说："我说老杨，你怎么说话只说一半？萧医生还说，你胳膊里的弹片虽然取出来了，但里面的骨头都被打断了，你得多休息，这条胳膊更是一动都不能动，哪是光换药的事儿。"

杨副连长咧嘴笑了，齐连长又朝病房方向努努嘴，对苏慕祥说："手术还顺利吗？"

苏慕祥点点头："刚才萧医生出来说，手术还挺顺利。齐连长，经过今天这件事，我对八路军更了解了，我不但感谢八路军，也想加入八路军！"

齐连长笑笑，说："你现在给我们当文化教员，同样是在为抗战做贡献。我听战士们说了，你的课虽然才上了几次，但收获可大了。战士们已经认识了一百多个字，我看有的战士自己拿着块砖头，在地上写'中国共产党万岁''打倒日本帝国主义'，写得还挺像样的。"

苏慕祥说："齐连长，参加了八路军，我还可以继续教战士们文化！"

齐连长看着他，说："苏先生，你到了这里的这几天，我们也一直在观察你，我们对你的人品还是很认可的。而且，你帮助我们找到那批鬼子的药品，也是为抗战立了功。我们有好几名战士，因为那批药品而得救了。你刚才说感谢我们，我们也要感谢你。你说想加入八路军，真正参加八路军，不能出于一时的激动，要真的知道我们这支队伍的性质，要愿意为了抗战胜利，为了国家和民族的独立解放，献出自己的一切。这些，你能做到吗？"

苏慕祥慢慢点点头，说："齐连长，我是一个国文教员，经常在课堂上教给学生们那些古代英雄的诗词、事迹，我教过岳飞的《满江红》，教过文天祥的《正气歌》，教过于谦的《石灰吟》。有时，学生会问我，现在中国还有这样的英雄吗，那时，我对八路军一无所知，也就很难回答学生的问题。现在，如果我再遇到这些学生，我会告诉他们，有，中国一直有！在共产党领导的八路军里，有无数这样的英雄！"

杨副连长听他说完，挠挠自己头皮，说："苏先生，你还真有学问，说得我还挺不好意思的。"

齐连长点点头，说："苏先生，你说得特别好，你的意思，我也掌握了。这样吧，你好好总结一下自己的生平经历，你的要求我们会好好考虑，可能很快就会有同志和你谈谈，更详细地了解你的情况。"

这天，穆立民放学后，又来到了西苑的接头地点。在那个树洞里，他拿出的是一个小小的纸包。他打开纸包，里面是一张第二天金台戏院的戏票。戏票的右下角，有极细小的几个汉字，他把戏票往灯前凑了凑，这才认出这几个字是"吉祥胡同，金二"。

第二天傍晚时分，他来到金台戏院，到了里面坐下，就有跑堂的伙计来给他上茶水和手巾把子。他等伙计这一番麻利的动作做完，才说："楼上的包间，能凑座儿吗？"

在北平的一些大戏园子，那些买了包厢票的主顾，有的为了和伙计、掌柜维持比较好的关系，一般都会告诉他们，自己的包厢，如果自己没来看戏，可以把包厢临时卖出去。所得的小费，全都归掌柜和伙计。这样的话，主顾就省下了平时给掌柜、伙计的小费。而且，到了明年，戏院再次卖当年的包厢票时，掌柜也会帮自己如愿以偿。

这样的包厢，一般都能坐几个人，这样凑出来的一包厢人都互不相识，好处是随意给跑堂一点小费，就可以舒舒服服在包厢里看戏了。

那跑堂的伙计显然颇有经验，他不动声色，极轻微地点点头，转身朝楼上走去。穆立民跟着上了楼梯,一边走,一边轻描淡写地说:"吉祥胡同的金二爷,是在这儿有个包厢吧,我在他的包厢里听过几回戏,位置不错。"

那跑堂的伙计回头一咧嘴,说:"嘿,那还真巧了,今儿金二爷没来,要不,您就到他的包厢里歇歇?"

穆立民点头答应,他摸出一块大洋,塞到跑堂的伙计手里,说:"我今儿有点儿犯困,听戏要是听累了,备不住就在里面眯一觉,你别让旁人再进来了。"

那伙计把大洋紧紧攥着,有些犯难地说:"这位爷,我回您一句,金二爷的包厢里已经有位爷了。那位爷的穿着打扮,倒是都斯文。"

穆立民说:"有一个人倒没什么,可你别再放人进来了。"

"好嘞!"那伙计答应着。

穆立民进了包厢,里面果然有个穿着大褂、戴着金丝边眼镜的中年人了。穆立民认出他就是高志铭,但也装出头一回见的架势,和高志铭互相寒暄着问了问好。那伙计给他端来了茶水和四色点心,就关好门出去了。这时,戏台上的《四郎探母》已经开演,扮演铁镜公主的那位旦角儿已经唱了起来。

穆立民站起身,先拉开包厢门朝四下看了看,这才关好门,对高志铭说:"高老师,有新的任务吗?"

这个中年人,就是穆立民的上级高志铭。他示意穆立民坐下,然后说:"立民,你上次搜集的情报,上级非常重视,派遣了同志去居庸关车站进行潜伏。虽然没能打入车站内部,但在车站周围建立了不止一处的观察点,对车站一带进行了连续观察。根据这段时间的观察结果,基本可以确定,那批药品还存放在车站站房内。"

穆立民兴奋地攥起拳头,说:"那太好了,只要我们缴获这批药品,既能够补充咱们自己的队伍的需求,还能破坏日军下一步的侵略计划!"

高志铭点点头,他从点心盒里拿出一块豌豆黄放在桌子中间,又在两侧各放了一堆花生,又用手指蘸了点茶水,在桌上画了一根水线,把豌豆黄和花生连了起来,说:"你说的很对。但是,越是重要的行动,越需要谨慎。居庸关站是京张铁路上的重要一站,位于崇山峻岭的深处,山路狭窄,悬崖陡峭,地势非常险恶。居庸关站虽然只有日军的一个班,"说到这里,他指了指那块豌豆黄,然后继续说,"但根据我们的情报,目前日军在居庸关站前方的南口站、后方的青龙桥站,都驻扎有一个营的兵力,如果我们对居庸关站采取行动的话,一旦被日军察觉,就会陷入被包围的危险。我们目前查到的情报是,日军在这两处都设有巡道车,一旦发生紧急情况,日军乘坐巡道车,只要半个小时就能够从青龙桥站赶到居庸关站。从南口到居庸关,也只需要一个小时。"说着,他用手掌把两堆花生往中间一围拢,那块豌豆黄立刻被一大片花生围了起来。

穆立民脸上兴奋的神色慢慢淡去,说:"高老师,如果是这样的话,我觉得,如果要在居庸关站采取行动,一定要想方设法阻止日军从南口和青龙桥这两个地方派遣救兵。"

高志铭脸色凝重,端起茶碗来慢慢喝了几口,这才说:"立民,我们现在有一份关于日本在北平驻军的重要情报,内容是日军即将在永定河一带举行军事演习。我们推测,日军这是为了在武汉那种湖泊河流众多的环境里进行大规模会战而做准备。这次会战规模很大,估计在华日军会有大量兵力投入到这次会战里。日军在南口和青龙桥的驻军,很可能也参加这次演习。所以,一旦我们掌握到日军调集这两处兵力参加演习的情报,就会马上对居庸关车站采取行动。"

穆立民的眼睛里又恢复了一些神采,他说:"高老师,这次行动意义重大,如果需要我的话,我一定参加!"

高志铭拍拍他的肩膀,说:"立民,我约你今天见面,就是这个原因。这次袭击居庸关车站的任务,上级估计,如果要速战速决的话,至少需要三十人。目前,我们在北平的游击队,主要在房山、门头沟一带活动,和居庸关有近百公里的距离。如果从那里调集全部兵力,一来时间太久,有可能贻误战机,二是有可能被日军察觉。所以,这次上级决定,除了游击队,同时调派在北平城从事地下工作的同志,参加此次行动。立民,你愿意参加这次任务吗?"

"我愿意,高老师!"穆立民猛地站起来,兴奋地说。

"那你做好准备,这次行动随时可能开始。到时,你和文四方同志继续扮演主仆,根据任务进展参加到行动中。你们的原则是,不到万不得已,不能暴露身份。"

穆立民用力点点头。过了片刻,他嘴唇动了动,并没有说出什么。高志铭看着他的神情,说:"立民,你有什么想法,尽管说出来。"

穆立民又犹豫了一下,这才说:"高老师,我刚刚想到,这批药品数量不小,是日军重要的战略物资,那么国民政府在北平的特工会不会也对这批药品采取行动?"

高志铭略一皱眉,说:"立民,你说得对,这一点也需要考虑到。我会把你的想法告诉上级,由上级决定是否和国民政府在北平的情报组织进行沟通。不过,这件事是对国家、民族都有利的,不管国民政府方面是否采取行动,我们都要尽量去做。"

穆立民点点头。这时,在戏台上,杨四郎和铁镜公主的一番你来我往已经结束,铁镜公主转身下了戏台,那位扮演杨四郎的老生正高叫一声——

"一见公主盗令箭,不由本宫喜心间,站立宫门叫小番——"

登时,满堂喝彩!

第十三章

入 伍

深山里,太阳落得早,山里人家又舍不得点煤油灯,都是吃过晚饭,就早早上床睡觉了。苏慕祥本来已经躺下,但翻来覆去睡不着,索性又跳下炕,把白天刚领的军装重新穿上。老乡家里和城里人家不一样,没有镜子,他简直恨不能多生出一双眼睛,从空中看看自己的模样。

今天,他参加八路军的申请被接受了,他领到了一身灰色的军服,还有一支步枪。他走进院子,望着天上比城里亮堂得多的星空,心里默默地说,娘,我今天参加了八路军,这是一支人民的军队,如果咱们早点遇到这支队伍,您就不会那么早就去世了……

这天白天,他给齐连长一五一十说了自己的生平。当时,在连部,齐连长和杨副连长两人坐在炕上,他本想站着,杨副连长把他按在椅子上。房间里还有一个人,这人也穿着一身军装,但和别人不一样的是,他还拿着一个本子。这人有时会把苏慕祥的话记在本子上,有时也会从本子上找问题问苏慕祥。苏慕祥要做的,是向这个人详细介绍自己的生平经历。

他说，自己是山东陵县人，一出生就没有爷爷奶奶。他爹是个厨师，在他很小的时候，就离家去济南的馆子里掌勺。他爹虽然会时常寄钱回家，但在乡下，他娘一个女人带着个孩子生活，日子总是艰难的，娘儿俩相依为命地苦挨着。他刚刚记事儿那年有一天，他爹突然回了家，脸上都是欢天喜地的神色。他爹告诉他们娘儿俩，有位同乡在北平城里数得着的大馆子里当上了大厨，打算把他带去一起挣钱。他爹信誓旦旦地说，那位同乡说了，在北平，一年就能挣上七八十块大洋。他算过，村里最好的地，不过五六块大洋一亩，他在北平干上三年就回家，到时买上几十亩地，或者在济南城里开一家饭馆，以后就可以舒舒服服地当财主了。

他娘不信有这么好的事儿，劝他爹别轻信旁人。他爹死活不听，在家里睡了一夜，第二天天还没亮，就带了一口袋的干粮走了。

他爹走了三年，没回家，五年，还是没回家。他娘决定带他去北平找他爹。他娘把家里仅有的六亩三分地卖了，这才凑了点路费，带着他上了路。可娘儿俩在北平、天津都找遍了，也没他爹的消息。

他娘带着他在北平珠市口的一家大杂院里，找了间破屋子住下了。住在这个大杂院里的，都是地地道道的穷人，他娘靠给人做一些洗洗涮涮的事儿养活着两个人。后来，他到了一个大户人家给那家的少爷当陪读，这户人家人口多，洗衣裳的事儿，都交给了他娘，娘俩的生活这才安定下来。可是，后来有一天，他娘带着他去一家大馆子里送洗好的衣裳，在厨房遇到一位同乡。这位同乡告诉他娘，他爹当初的确到了北平，也当上了厨子。后来，一个常来他们馆子的大官办家宴，请他爹去帮忙。结果他爹当晚在那个大官家里看到来做客的竟然是一个出名的大汉奸,这个汉奸在八国联军进北京那年,帮着洋鬼子干了不少祸害中国人的事儿,亲手杀过好多义和团的人。他老家当年有不少穷苦人都参加了义和团,他爹打小儿就佩服义和团里面的好汉。那天,他爹偷偷藏起来一把刀子,趁着这个大汉奸出门上车时,一刀捅了过去。大汉奸当场就丧命了,他爹则趁乱逃跑了。这个同乡说,你们这样到处打听,风险太大了。他娘二话没说,当天就带着他从大杂院里搬走了。他们也不敢回老家,只好在北平周围流浪,等他年纪大了一些,能干活挣钱了,他娘也想让他识文断字,这才重新回到城里。他考上了师范学校,毕业后为了继续找他爹,就留在了北平当小学国文教师。这些年他和他娘两人过得太苦,他娘又一直惦记着他爹,心里沉着一块大石头,前不久得了重病,去世了。

他说完了自己的事儿,脸上已经流满了眼泪。但是,齐连长和杨副连长,还有那个团里来的,都没有流眼泪。齐连长告诉他,队伍里的战士,都是出生在穷苦人家,个个家里都有这么一本子血泪账。这样的事情,每个新兵进来时,都会倾诉一番。那个团里来的,临走时合上本子,拍拍他,说一定想办法帮他查清他爹的情况。

就这样,他成了新兵,进了这个连。齐连长亲自发给他一挺"汉阳造",他花了一白天的工夫,把这把枪里里外外擦得干干净净。

参加了八路军,还住在原来的地方,他还是原来的名字,有时间时,他还要继续当文化教员,但他觉得,自己和原来的自己已经不一样了。每天早上,他和其他战士要早起帮老乡们种田,从田里回来,他就洗干净手，开始上文化课；到了下午，则是出操，列队，训练；晚上呢，也有事，是政治学习的时间。齐连长那里，有很多书，很多他一直想读，但在北平的市面上早就买不到的书。陈望道翻译的《共产党宣言》和李大钊先生的《法俄革命之比较观》《庶民的胜利》《布尔什维主义的胜利》《我的马克思主义观》这几本书，都是他闻名已久的，但这些书早就成了禁书，结果他在齐连长那里都找到了。齐连长告诉他，他想看的话，可以带回去慢慢看，但除了自己看，还要把里面的道理在文化课上教给别的战士。

每天的训练里，经常有战友不在。他知道，这些战友都是去打仗了。每次打完仗，这些从战场上回来的战士都会成为人们的焦点。他们把战斗的经过告诉大家，每到这个时候，哪怕平时沉默寡言的战士都会有一副好口才。他们介绍着自己的战斗经验，战场上大大小小的事情，他们都会说。因为他们知道，多把自己的经验告诉一个战友，可能在关键时刻就会救战友一命。

他因为小时候练过武术，白刃搏斗之类的单兵作战本领学得很快，但是也有很多东西，是他从前不知道的。刚领到枪的那天晚上，他准备好磨刀石和水盆，打算把刺刀磨得又尖又亮。但和他同住一个房间的战士告诉他，刺刀千万不能磨得太厉害，否则刺刀越磨越薄，在拼刺刀时是非常不利的。

他的步兵技术越学越多，齐连长和杨副连长都夸他学得快。这天晚上，他正准备睡觉，突然，班长进来了，班长告诉住在这个房间的四名战士，说今晚要进行一次急行军，让他们做好准备。班长离开了，另外那三名战士赶紧给水壶灌满水,又往干粮袋里塞了两个窝头,子弹袋更是检查了好几遍。苏慕祥很纳闷儿,问他们为什么要这么精心地做准备。一个战士告诉他,连长从前有好几次要搞急行军,但最后都变成了实打实的战斗。这个战士还说,绑腿一定要多打一层,走起远路来更轻松,绑腿的带子也可以在战场上用来裹伤口。

他和几个战士做好了准备,都在院门口待命。很快,外面传来一阵脚步声,接着院门被人轻快地敲了几下。他们赶紧打开门,只见外面只有四名八路军战士,其中一人是班长。整个山村还是静悄悄的。苏慕祥很奇怪,他认得班长和这三个战士,他们都住在前院。苏慕祥说:"咱们的部队呢?"

班长说:"老苏,就我们几个人参加这次急行军。"

苏慕祥这才明白,他说:"我还以为整个连,甚至整个团都会参加呢。"

班长说:"咱连有一百多号人,全连出动的情况,非常少,执行各种任务,有时几个人,有时一个排,要根据任务的需要来定。同志们,咱班今天的任务是向着宛平县城方向进行急行军,现在出发!"

八个战士出发了,他们沿着山路,往宛平县城方向走去。此时,山路上悄无声息,山上的青草香气到处弥漫着。走了个把时辰,月牙渐渐在路旁的山崖顶上出现了。这时,班长低声说:"大家注意四周地形地貌!"苏慕祥马上和别的战士一样,一边走着,一边打量着四周的情形。他注意到,这条路主要是山路,但有的地方山路很狭窄,有的地方则要宽阔一些。有的地方山路紧贴着山崖,有的则在路旁有着大片的树林和平地。有的地方,山路完全是在山谷里穿梭,有的地方,山路是在山顶上蜿蜒。

开始,苏慕祥一点儿不觉得累,这段时间里,因为每天都要训练,他的饭量比从前大了很多,他觉得自己的身体也强壮了。但是,这样长距离的急行军,他还从没有尝试过。不知走了多久,忽然,他从山路上看到,远处有个地方,虽然还是一个模模糊糊的黑色轮廓,可已经和山那种尖锐的形状不太一样了。

"前面就是宛平县城了。"有走过这条路的战士说。

"目的地到了,原地休息五分钟就回连部。"班长说。

等他们真的回到了村子里,天色已经微微亮了。第二天,班长告诉他们,这次急行军一共进行了三小时四十三分钟,八人一共步行了三十七公里。他们当时看到的那个轮廓,就是宛平县城。

这时,苏慕祥明白了,很快部队就会以宛平县城为目标发动进攻。这次急行军,是为了让首长掌握好从连部急行军步行到宛平县城的时间,也让战士们熟悉沿路的地形。

后来,他真的参加了一次以县城为目标的战斗,但并不是宛平县城,而是另一座县城。之后,他又连续参加了好几次急行军,这些在急行军过程中积累的经验,在后续的战斗里也派上了用场。

春天的北平,总是会刮起大风。风里面,还夹杂着沙土,吹得人睁不开眼。这天清早,北平就刮起了这样的大风,整个北平城就像笼罩在一片黄沙之中。在北平西南郊外的丰台火车站,几个站在站台上等车的乘客，自然苦不堪言。一个穿着宝蓝色茧绸大褂的年轻人，正用礼帽捂住了脸。他旁边是一个四十来岁的粗壮汉子，正紧紧守着一个大号的藤条箱子。还有一对年轻夫妻，男人脚蹬一双轻便皮鞋，身穿一身质地普通的西装，脸上架着一副眼镜，手里提着一只半尺来宽的铁皮食盒，女人穿着靛蓝色棉旗袍和绸面布鞋，只用一条丝质手帕捂住了口鼻。还有一个三十五六岁的山里人打扮的男人，左手握着一条扁担，右手紧紧捂着裤兜那里。他面前还有两个空竹筐。他脚边站着一个八九岁的男孩和一个四五岁的女孩，两个孩子都衣着破旧，对车站上一切都感到好奇，缠着那山民问东问西。其余几个人，也都是山里人的打扮，不是身边放着只筐，就是背着个棉布的大包袱。

　　终于，漫天的黄沙中，火车拉着汽笛来了，等车的人如蒙大赦，个个欢欢喜喜地匆忙挤上了车。到了车厢里，火车开动了，人们这才放松下来。大人孩子都趴在车窗前，朝外张望着，惊恐于外面风沙的猛烈。火车渐渐提速了，车厢里的听差挎个大竹篮子出现了，只见篮子里堆满了食物，上面盖着一块浸透了油的纱布。听差吆喝着从车厢里穿过，"烧鸡——烧饼夹牛肉——茶叶蛋——"

　　这听差这么一走动，车厢里都是肉味儿，那对兄妹原本一直在争着玩一只竹蜻蜓，闻到了肉味儿，都不争抢了，站在那里用力地吸着鼻子。眼看着那只大竹篮子就要从自己眼前飘过，那女孩怯生生地对那个山里男人说："爹，我想吃烧鸡。"

　　还没等那个男人回答，那个男孩就说："咱们昨天进城时，奶奶不就说过吗，在城里不能让爹给咱们买东西。城里的东西太贵了，甭管买点什么，都得花不少钱。要买点儿城里的东西，咱爹大老远挑着那么沉的筐，到城里卖小猪和山货，就白忙活了。"

女孩眼里噙满泪水，紧紧拽住了那山里人的衣角，说："奶奶说的是，不能在城里让爹买东西，可现在咱们又不是在城里，是在火车上。"

其他乘客扑哧一声笑了，都笑眯眯地看着她。那男孩一看别人似乎都向着那女孩，有些着急，梗着脖子说："娘都咳嗽得下不了地了，爹把没养多久的猪崽子挑到城里卖，还连着两天没睡觉，在老林子里打山鸡，还爬悬崖采草药，就是为了换钱给娘请大夫买药。你说，是烧鸡重要，还是娘重要？"

女孩脸上有些泛红，嗫嚅着说："是娘重要。"说完，她猛地扑到那汉子怀里，大哭起来，嘴里喊着："你回去就给娘买药，你别让娘死。"

女孩哭得伤心，车厢里其他人都不说话了，过了片刻，那个一直护着藤编箱子的汉子对山里汉子说："老弟，我估摸能比你大几岁，就叫你老弟吧。老弟，你家看来是遇到难处了，你不妨给大家仔细说说，兴许有谁能帮上忙。"

山里汉子摸着女孩的背，垂着头，说："孩子的娘这一阵子老是咳血，镇上的大夫说要到昌平县城去看病。我算过了，到昌平县城看病连开药，这一趟少说十多块大洋，山里人家的，哪有这么多现钱，我只好把猪崽子和攒了好长时间的山货挑到城里来卖。唉，可满打满算就卖了五块大洋，连一半都不到。"

那个穿着旗袍的女子说："这位大哥，我听说日本人在北平城里开了不少医院，谁家有病人，一分钱不花就能看病。"

那山里汉子又是"唉"了一声，瞧瞧四周，一句话也不说了。车厢里不知哪个角落有人嘀咕："那些日本人开的医院，甭管什么人去看病，大夫都给开一样的药，不是草根树皮，就是从日本运来的假药、过期药。谁要是吃了这些药，不送命就算是烧高香了，还指望真的能治好病？"

"就是！这样的医院开张，日本人还弄个剪彩仪式，请上一大帮子洋记者来拍照，等剪完彩，这些洋记者都走了，谁管你中国老百姓的死活！"

车厢里一时沉默了，只听得见车轮轰隆隆的声音。那个四十多岁的汉子，朝穿宝蓝色茧绸大褂的年轻人使了个眼色，眼神里满是询问的意思，那年轻人轻轻地点了点头。

突然，有个孩子大喊一声："外面的天蓝啦，不那么黄了！"人们凑到窗前，只见外面已经不是北平的民房、荒地，远处渐渐出现了连绵起伏的群山。没多久，火车到了南口站，陆续有些乘客上下车，那个四十多岁的汉子说："少爷，咱们也出去透透气吧。"

那年轻人答应了，两人到了站台上。只见这里正位于平原和山区的连接带，火车再往前走，就到了山里了。两人看到，远处的山谷颇为狭窄，只容得下一道铁轨通过。而且，山势迅速抬高，铁轨也一路往高处延伸。两人打量着车站四周，只见和自己这辆火车并排停着的，还有一辆巡道车，这车除了车头，只有一节车厢。就算是车头，也比客车的车头轻便了许多。车厢更是只有一个铁架子，看上去异常简陋，竟然连个座位都没有。这上面如果站满了士兵，能站上五六十个。眼下，这辆巡道车虽然停在车站，但车头始终喷吐着蒸汽，这就意味着，这辆车随时可以出发。

这一主一仆，自然就是穆立民和文四方了。他们按照上级高志铭的指派，对居庸关车站还有南口、青龙桥这三座车站日军驻防情况进行查访。其实，居庸关车站前后方，还各有一处小站，但因为车站太小，只有一座小小的站台供乘客上下车，既没有站房，也没有驻军，也就不必提防。

穆立民看到，在站台外不远处，就有几座新建的营房，门口的旗杆上挂着日军太阳旗，营房门口还有两名日军站岗。他估算了一下，五十名日军从营房里到巡道车，只需要不到两分钟的时间。

"这位公子，想必是城里连日风沙袭面，想去山里躲躲？"

穆立民正在心里默记着车站四周的情形，忽然听到身后有人说话。他回头一看，正是和自己同车厢的那个穿一身西装的男人。只见他手里正拿着一包香烟朝向自己，穆立民笑了笑，说："是啊，老兄好眼力。"他从里面抽出一根，又从怀里取出火柴，给自己和这人点上了烟。这人慢慢吐着烟圈，说："这哪里需要什么眼力。我看你相貌堂堂，肯定家世不凡，不像我们这些俗人，为了挣口饭吃，不得不四处奔波。"

"老兄说笑了，无非是祖辈留下了一点家产，如今也快被我这无用之人坐吃山空了。"穆立民说，"不知老兄在何处高就？"

这人微微笑道："什么高就，就是干点跑腿儿的差事罢了。这几天城里不安静，只好带着拙荆出城住上几日。"

穆立民听出这人话里似乎颇有深意，但也装作不知，说："城里不安静？不瞒老兄，我最近一直住在城里，没听说有什么大事发生。"

这人看看左右，说："听说北平城西一带，出了八路，日本人为了防止城里有八路内应，正在四处搜捕呢。"

"原来如此，日本人对八路一向心狠手辣，倒也不是这阵子才有的事儿。"

"是啊，城里终究不太平，不像城外天高皇帝远，稍有嫌疑，就会被临时政府或者日本人抓捕入狱，到了那时，自然有去无回。所以，我和内人向来都是有闲暇，就出城闲住，绝不在城里待着。"

穆立民说："老兄偕夫人频繁出行，花费肯定不少，看来老兄的薪水着实不低啊，不知老兄在何处高就？"

这人摆摆手，说："那也花不了多少钱。而且，我们每次外出，都不会空手而归，都会在外采买些城里用得着的物品，这样一来，本钱就回来了。比如这次列车最后经张家口而至包头，我们到张家口后，会买些口蘑、羊皮之类的草原特产，到时雇个脚夫运回北平，卖给相熟的商号，还能赚几个钱呢。"

两人正聊着，他们这趟列车的听差从车厢门口探出头，喊道："车就要开了，请各位上车。"穆立民和这人回到车厢，列车继续向山里开去。穆立民看看怀表，记下了时间。

列车离开南口站，铁轨的坡度越来越大，乘客们都紧紧抓住车厢里的扶手，听差也早就把行李架上的行李牢牢捆住。这段铁路，就是著名的京张线了。因为山路过于陡峭，一个车头难以带动整列火车，所以列车的车尾，已经在南口站加装了一个车头，推力就比平常的列车大了一倍。

列车很快通过了京张线上的小站东园站，距离居庸关站越来越近了。穆立民一言不发地看着窗外的环境。此时，列车已经完全行驶在山谷中。越往深山中行驶，眼前的山谷就越狭窄。车轨之外，尽是难以攀爬的山崖。即使列车在中途停下，乘客也无处可去。有时列车向前行驶中，似乎直直冲向远处屏风一般的山崖，眼看着就要撞山了，列车才猛然一拐，从山崖旁的缝隙中穿了过去。车厢里，不少人是第一次乘坐京张线上的列车，这些人看了看窗外后，男乘客还能故作镇定，女乘客则有不少紧紧捂住脸，不敢再看了。

终于，列车从连续几道山谷中驶出，停在一处山梁上，这里就是居庸关站了。穆立民看看怀表，记下了时间。此时，这趟车从南口站开出了四十三分钟。他下了车，看着在不远处山岭上巨龙般的长城和居庸关城楼，脑子里回想着那个美国记者拍下的照片，把照片和眼前的情形一一印证着。

根据照片上的内容，日军就是在面前的站台上，从火车车厢里卸下了大批药品，再存放到站台外的仓库中的。

居庸关站是大一些的车站，上下车的乘客很多，列车停在这里的时间足有十分钟。穆立民假装在眺望风景，眼睛的余光却一直打量着站台外的仓库。

这个仓库是由站房改建的，所以看上去并不怎么大，但用来存放药品这样的重要物资足够了。站房一共十来间，仓库占据了最边上的几间，还有几间显然成了日军的营房。这里日军的规模比南口站少了很多，戒备也远不如南口森严。营房和仓库门口，只有一个日本兵持枪站着。

穆立民朝车站外望去，只见通过站台走出去的乘客，基本上都是当地的山里人，刚才的父子三人就在里面。他们走出站台，就顺着山路进山了。远处的山脉层层叠叠，看不到尽头，而且初夏时节，树木葱茏，人藏在树林里，是极难察觉的。

"这位先生，请问您看见我先生了吗？"他正看着四周的地形，听到身后有人说话。他转身一看，是那个穿着靛蓝色旗袍的女子。她一脸焦急的神色，手指正反复绞着手帕。

穆立民摇摇头，说："刚才在南口站，我和您先生闲聊了片刻，到了这一站，我先下车，后来就没再见过他。"

她一跺脚，说："他说今天城里风沙太大，来郊外躲避一下风沙。刚才在车上，他还说找个风景好的地方野餐，可一转眼他就看不见人影了！这荒山野岭的，他能到哪儿去啊？"说到这里，她看到日军的营房，吓得马上一声不吭了，用手帕捂住了自己的嘴。过了片刻，她才战战兢兢地说："那里怎么会有日本兵？他这人就喜欢到处乱钻乱看，如果他被日本兵抓起来，我可怎么办？"

穆立民微微笑道："您先生为人精细，肯定不会出岔子，您放心。"

她还是愁容满面，说："这个车站就这么大，一眼就看得过来，可偏偏看不见他！"

这时，列车的听差跳下车，敲着手里的铜锣，朝站台上大喊着："该发车了，请各位上车！"

这女子神情更加惶急，一路张望着走回了车厢。穆立民回到座位上，朝四周一看，那个穿西装的男人和文四方都没在车上。此时的车厢里，有一大半从丰台站上车的乘客已经下车，仅有零星三两个山里人上车。穆立民看到，那个听差又跳上站台，把铜锣敲得更加急促，大声喊道："请各位赶紧上车，马上就发车！"

穆立民只觉得座位猛地一震，一声尖锐的汽笛声从车头方向传来，列车眼看就要启动。终于，站台尽头出现了一个人影，朝这边甩开大步地跑了过来。终于，就在车轮即将开始滚动时，这人到了车厢前，那个听差刚一伸手把他拽上车，列车就开始逐渐提速，行驶起来。

文四方气喘吁吁地走到座位边，低声说："少爷，我刚才出了站台想给您买些吃食，险些没赶上车。"

穆立民故意装出一副不满的架势，横了他一眼，说："家里什么吃食没有，要在这里买？"

文四方连连点头，穆立民这才不再理他。

第十四章

踏 勘

汽笛声鸣叫得越来越急促,那个女子见自家男人还没回来,朝四周看了看,低头抽泣起来。车上的乘客不明所以,也不知该如何劝她。转眼间,列车出了居庸关站,直奔下一个大站青龙桥站而去。众人正在观看山景,只听车厢连接处一阵脚步声传来,那个穿西装的男人在车厢另一端出现,神色平静地走了过来,在妻子旁坐下。他的妻子止住哭泣,满脸涨红,低声说着什么。那男人则哈哈一笑,说:"我只不过借着停车的机会,和司机聊聊,有什么大不了的。"

他妻子嗔怪说:"和火车司机有什么可聊的,你就这么不想多和我待一会儿?"

"你不知道,这条京张铁路,和别处不一样,车前和车后各有一部车头,而且到了需要拐弯的地方,车头就变作车尾,车尾却成了车头。前面的青龙桥站,就是这个拐弯之处。如果在半空中往下看,这一带的铁轨,恰似一个'之'字,这个青龙桥车站就位于'之'字的角上。"

他妻子说:"你还说要在居庸关长城上野餐,现在这么多吃的,该怎么办？"

他又笑道："那还不好说，请在座诸位品尝一下吧。等咱们到了张家口，我带你去最好的馆子，好不好？"说着，他打开食盒，拿出里面的各种酱货、点心，递给四周的乘客，有的旅客接了过来，有的则婉谢了。

此时，时间已经过了中午，车里重新安静下来，不少人开始午睡。文四方低声说："穆老弟，这人对他老婆撒谎。他没去车头，他也出了站台，到了对面的半山坡上，一直待在那里。"

穆立民说："他们也不太像是夫妻，处处透着古怪，咱们要再小心一些。"

没过多时，列车已经到了青龙桥站。穆立民算了算时间，距离驶出居庸关站只有半个钟头。这青龙桥站也有一片日军营房，看上去驻兵不少于南口站。这里也停放着一部巡道车，穆立民心想，如果从这里乘坐巡道车赶往居庸关站，十分钟足矣。

列车停稳后乘客纷纷下车，有的观赏"之"字形状的铁轨，有的站在站台上欣赏山景。穆立民和文四方带着行李下了车，在詹天佑的铜像下鞠了躬。这里距离八达岭不远，有不少乘客都在这里下车，步行去八达岭参观。穆立民在候车室里坐下，没过多久，就看见列车缓缓开动，朝山岭深处驶去。那个穿西装的男人一直坐在窗前，正冷冷地打量着这座车站。

"文大哥，你觉得这对男女是怎么回事？"那列车转进山谷，很快车尾就消失不见了。穆立民琢磨着那个男人的言行举止，对文四方说。

文四方嘿嘿一笑,说:"那人肯定不是他自称的那种挣点辛苦钱的人。我瞧着,这人骨头里够狂的,不但没把他那个老婆放在眼里,旁人他也都瞧不上。"

穆立民说:"在南口站时,我注意过他眼睛盯着的地方,都是鬼子最要害的地方,他那么仔细地查看鬼子营房的情况,肯定不是平白无故的。"

文四方说:"刚才在居庸关站,我随着那苦命的一家人上了山,给了他们十块大洋,他们就能请大夫看病了。我问他们除了铁路,到居庸关还有没有别的路,他们说,站外有不少羊肠小路,有的通往深山里,有的通往北平和昌平、门头沟等地方,他们从前进城,都舍不得花钱买车票,都是沿着小路进城。"

列车继续前行,又过了几个小站,到了北平境内的最后一个车站康庄站。这对夫妻并没有按照他们自称的那样一直抵达京张线终点站张家口站,而是在康庄站下了车。他们出了车站,径直上了早就停在站外的一辆黑色汽车。两人一路上虽然以夫妻面目示人,可一进了汽车,两人坐在后排座的两头,一句话也不说。

很快,汽车朝北平城方向开去。尽管还没到天黑的时候,但这辆车在山峰投下的暗影里盘旋着,很快就不见了。

山路上空无一人,只有从深山里时不时传出一两声怪鸟的鸣叫。那个穿西装的男人摘下礼帽,松开领扣,朝前面说:"想不到饶副官亲自驾车,我可真是万万承受不起啊。"

那驾车的司机微微一笑，说："聂处长此行非同小可，马主任再三叮嘱我，一定要把聂处长安安全全地带回来。有马主任的命令，我哪里敢掉以轻心啊。"

穿西装的男人哈哈一笑，说："马主任如此抬爱，聂某感激万分，这次任务要是毫无收获，我可没脸见他老人家了。"

那个女人噘着嘴一扬脸，说："饶副官，我这一路上身旁净坐了些穷山棒子，一个个臭烘烘的，车厢里那股子味儿，闻着就恶心。这一路上还都是山路，我下车走了没几步，脚就崴了，等回了城里，你给我在六国饭店订个套间，我可得好好洗个澡，再歇上几天。"

那司机点点头，说："赵小姐一路辛苦了，您放心，套间的事儿，我回去就办。"

这女人伸手揉着自己的脚踝，说："这还差不多。这种苦差事，谢天谢地可算完成了，以后再有这种事儿，马主任就另请高明吧。"

这个穿西装的男人，就是国民政府军事委员会调查统计局驻北平情报站行动处处长聂壮勋了。那个扮成他妻子的女人，就是情报站女特工赵秀沅。

聂壮勋从美国记者本特森拍摄的照片里发现居庸关车站就是日军用来存储药品的地方，于是他和情报站负责人马淮德商议，要按照上级指令销毁这批药品，拖延日军为武汉会战集结物资的行动，迫使日军延后对武汉的进攻，为国民政府向重庆转移争取时间。

聂壮勋对居庸关车站一带的地形、日军驻兵情况一无所知，向马淮德申请实地考察。他并非马淮德的亲信，马淮德特意派女特工赵秀沅和他同行。当时在北平情报站,聂壮勋稍一犹豫,说如果去的人太多,目标过大,容易被人察觉,还不如自己独自前往,更不引人注目。马淮德摇摇头,说:"聂处长打算独闯龙潭,固然后生可畏,可日军既然把大批药品存放在居庸关,那里肯定戒备森严,盘查严密。赵秀沅虽然是一介女子,但情报站刚一设立,她就来了,对北平城里城外的情形更加熟悉,聂处长,多一个人,就多一个帮手,好汉还要三个帮呢。你们假扮成夫妻,相互照应,我也更放心一些。"

聂壮勋心里暗骂:"你说得好听,像是处处为我着想,你还不是怕我立了功,抢了你主任的风头,特意派人盯着我?我虽然初来乍到,但一不聋,二不瞎,还看不出来这个赵秀沅和你是什么关系?"他想归想,嘴里只得说:"多谢马主任挂怀。还是您考虑得周全。"

饶副官听赵秀沅发完牢骚,这才说:"两位一路辛苦了,马主任已经在同和居订下包间,给两位接风洗尘。"

聂壮勋笑道:"马主任太客气了,聂某寸功未立,不敢当啊。"心里却想:"都什么时候了,这姓马的还整天只知道吃喝玩乐,党国的事儿,都毁在这些酒囊饭袋手里了。"

汽车还是在山路上行驶,距离回到北平城里还要几个小时。聂壮勋侧脸一看,自己那位临时妻子赵秀沅正在对着一面小圆镜子,细细勾画着眉毛,心想,刚才一路上日军驻防的情况,她大概丝毫没有兴趣。她所做的,无非就是按照那个马主任的要求,监视自己的行踪而已。

聂壮勋往后一靠,靠在椅背上,慢慢想起了自己从前的经历。他出生在苏北的一个小县城,父母的工作,就是整年无休无止地磨豆浆、做豆腐。整个童年的每一个早晨,他都是在石磨吱吱呀呀转动的声音中醒来的。北伐结束后,他和很多同龄人一样,觉得既然国家统一了,一定要开始搞建设了,一定需要各个领域的人才。他考进了南京的国立中央大学,读的是电机工程科,本想好好学习,以后当工程师、当实业家报效祖国。但是没多久,原本在北伐时还是一个阵营的军阀,相互之间又打了起来。他故意不去了解这些新闻,一门心思读书,他想的是,想打的就尽管打吧,等我毕业时,总该打完了吧。可到了毕业那年,日本人占领了东三省,同学们马上分成了好几派,有的同学家里有人在国民政府里任职,自然支持国民政府,尤其支持"攘外必先安内",整天叫嚣着要加入国军,去江西打共产党。这些人在班里的声浪最大,整天缺勤,先生也不敢给他们记旷课。渐渐地,其中的几个同学开始同进同出,越来越趾高气扬了。谁敢和他们有争执,他们就骂谁是共党分子。有些被他们叫作共党分子的人,后来还真的被军警抓走了。后来,他们中的一个同学问他愿不愿意加入他们。这个同学说,现在在欧洲,德国和意大利是最强大的国家,这两个国家的共同点是所有最优秀的年轻人都集中在一起,成立了一个组织,这个组织唯一的要求,就是要牺牲个人的自由,完全服从领袖。中国要强大,也必须效法德国和意大利。他们在中国成立的这个组织,有一个很复杂的名字,叫作三民主义革命同志力行社。这个同学告诉他,蒋总裁的"攘外必先安内"政策,是绝对正确的,江西的共产党,比日本人更可恨。

他本来对共产党毫无了解,加入这个组织后,就渐渐地恨起了共产党，觉得共产党一心为那些最穷的穷人说话，到处搞工人运动、农民运动，导致农民不好好种地，工人不好好生产，纯属给国家添乱。他觉得，任何国家都应该由自己这样的精英统治，那些普通老百姓，就应该安分守己地当顺民，无条件地服从精英，只有这样，整个国家的力量才能凝聚到一起。

他还恨国民党的一些上层，觉得这些官僚辜负了蒋介石，完全忘记了了革命的初衷，只会追逐权力、地位、金钱和女人。

就连这个力行社，也已经和刚成立时不一样了。越来越多原本志同道合的同志变成了官僚。有时在夜深人静的时候，他甚至有些恨蒋介石，觉得自己明明忠心耿耿，又有才干，却没有得到提拔。他有时觉得蒋介石太英明了，有时又觉得蒋介石昏聩糊涂。他这样想着，却从没想过其中的矛盾。

天色就快黑透了，汽车才驶进北平。车子从德胜门进了城，绕过鼓楼，到了什刹海边上的同和居。

三人进了一处临水的包间，一进房门，一阵荷叶的清香就扑鼻而来。跑堂掩上房门，马淮德从桌旁站起来，手里轻轻端着烟嘴，笑容满面地说："三位一路辛苦了，这道荷叶蒸乳猪，已经蒸了五个钟头，火候正好。"

桌旁，军统驻北平情报站的另外几个中级负责人也赶紧站了起来。他们每人手里都拿着烟卷，桌上的烟灰缸里堆满了烟蒂，整个房间里烟雾腾腾，赵秀沉微微皱了皱眉，马上又眉开眼笑起来，说："马主任，您这大主任等我们等了这么久，让我们怎么担待得起哟。"

聂壮勋克制住心里不断翻腾着的厌恶，换上惊喜的表情，说："马主任，属下寸功未立，就蒙您如此关照，真是感激不尽。今天在京张线上，属下看到……"

马淮德摆摆手，说："这些事以后再谈。先吃饭！这么多的好菜，可别凉了，凉了可就没味道了！"

这段时间里，苏慕祥已经参加了几次战斗。他参加过在山路上对小股日伪军的伏击战，参加过对日军据点的夜袭战。他打仗时很勇猛，枪法越来越准。再加上他本来就会武术，在白刃战中，日本兵和伪军就更不是他的对手。有一次，他所在的连接到任务，日军占据了山里的一处铁矿，正日夜不停地把大量矿石运到城里的车站，再转运回日本本土的兵工厂。上级命令老齐、老杨消灭守卫这个矿井的日军。一天晚上，老齐亲自带领一个排的战士袭击这里的日军。日军在半山腰上设了火力点，苏慕祥的班长被机枪射出的子弹击中，当场就牺牲了。日军机枪的火舌不停地喷吐着，越来越多的战士倒下了。苏慕祥请示老齐说自己愿意带着手榴弹，从山脊上攀爬上去，从侧面迫近这个火力点。老齐看了四周的地形，点头答应了。苏慕祥带着步枪和三枚手榴弹，从日军火力点的侧面绕了一个大圈子，顺着山脊爬到半山腰，又在密林中一步步迫近到火力点的侧后方。他看到，这个火力点里一共三个日本兵：一个机枪手，一个负责供弹，另一个负责瞭望指引。他扔出的第一枚手榴弹，在日军沙袋外爆炸了，只激起了一大片山石、烟雾。日本机枪手调转枪口，朝他这边扫射着。机枪的子弹嗖嗖地从他耳边划过。老齐命令战士们从正面提供火力支援，一时间，八路军战士们的子弹压得日本兵不敢抬头。苏慕祥又扔出一枚手榴弹，这次命中了日军火力点，一声巨响后，整个火力点被炸毁了，沙袋被炸塌了。苏慕祥正要撤退，却看到一个被炸得全身血肉模糊、只剩一条腿的日本兵把机枪重新架好，又朝八路军战士开起火来。苏慕祥刚要扔出最后一枚手榴弹，却看到两个日本兵从树林中的一处掩体里钻出来，不断朝自己开枪。苏慕祥稍一思索，迅速扔出手榴弹，彻底摧毁了日军火力点，又抓起步枪，冲向那两个日本兵。这两个日本兵本以为苏慕祥会用手榴弹来炸自己，当看到苏慕祥把手榴弹扔向了火力点，顿时喜出望外，一起怪叫着挺着刺刀冲了过来。苏慕祥面无惧色，挥起步枪，和他们拼起了刺刀。苏慕祥毕竟会武术，虽然以一敌二，但他脚步灵活，两个日本兵连着刺了好几刀都没刺到他。他趁着日本兵露出破绽，快步闪身从两人中间穿过，到了他们身后，先是一刺刀捅进一个日本兵的后背，这时另一个日本兵刚转过身，他又刺出一刀，捅进了这个日本兵的前胸。

战斗一直打到了第二天清晨。东方破晓的时候，四十多名日军都被消灭了，八路军这个排也有近一半的战士牺牲。

回到驻地后，苏慕祥被任命为代理班长。

穆立民回到城里，把自己一路上查看的情况告诉了高志铭。高志铭说，他这次任务完成得很成功，尤其是文四方探听到的居庸关车站外有多条小路通往北平等各处的情况，对于下一步作战计划的实施非常重要，要他和文四方好好等待下一次任务。

和高志铭接完头，穆立民看看时间，还来得及回一趟家，就回到珠市口看望奶奶和父母。他进家门时正是晚饭时间，他刚来到父母所住的第三进院子，脚还没踏上台阶，就听到里面一阵嘈杂的声音——

"出了这等事，除了您这位珠市口商界领袖，谁都没辙！咱这儿要是真出了这么个汉……给祖宗丢脸的人物，那可怎么办啊？"

"穆老板，您要是不出面，任凭那个混账小子真这么一条道走到黑，可不光是他奎明戏院丢人现眼的事儿，全珠市口的人都没脸往北平城别处去了！"

他上前推开房门，只见父亲正大口吸着烟斗，面前或站或坐着好几位珠市口一带的店铺老板。这些人七嘴八舌地嚷嚷着，个个脸上气得通红。再看父亲，正一脸严肃地坐在那里，眉头紧皱，一言不发。

"父亲。"穆立民说着，从人群里挤过去，站在穆世轩旁边。

"大侄子，你回来得正好，你和阮家那小子是发小儿，你说说，他家怎么出了这么个玩意儿？"豫丰银楼的东家范长安性子急躁，他一见穆立民马上就问。

穆立民朝各位长辈行过礼，说："各位叔叔大爷，我这刚回家，还不明白怎么回事。请问您几位这是……"

范长安大大咧咧往旁边椅子上一坐，说："你不知道没关系，我给你说！"穆世轩也请其他几位老板坐下，再请范长安说说事情原委。

原来，就在三个钟头前，奎明戏院门口贴出海报，要从当晚开始放映电影《天皇的慈悲》，这一下子，整个珠市口一带就像是炸了锅一样，各种人立刻把奎明戏院围了个严严实实，指着里面骂，朝海报和大门吐唾沫。珠市口离着六国饭店、东交民巷一带又近，马上就有一大批洋记者跑过来拍照、采访。

距离奎明戏院最近的几家商铺老板，听到外面有人吵吵嚷嚷，派了伙计去打听外面出了什么事儿。他们一听说奎明戏院要放这部电影，都不敢相信自己的耳朵，赶紧亲自去看。这几位老板碰了面后，都不知道是怎么回事，就要进去找阮道谋问个清楚。可戏院的伙计说，阮老板两口子出城好几天了，如今戏院是少东家阮化吉说了算。他们就说要找阮化吉，伙计说少东家也不在。这几个老板一合计，就决定来找穆世轩，请他出面解决此事。毕竟，在整个珠市口一带，天祥泰绸缎庄是头一等的大买卖，穆世轩为人正派，处事公正，素有威望，向来被视为商界领袖。而且，自从日军占了北平，天祥泰绸缎庄从未正式开门营业，绝不给日本人面子。不少商铺就是看天祥泰绸缎庄在日本人面前这么硬气，才学着穆家，在日本人和临时政府的人上门要求他们恢复营业时，用各种理由来推搪。

范长安连说带比画着，把事情说完，仍气得呼呼喘着粗气，死死抓着椅子扶手说："嘿，这事儿我可就不明白了，这小鬼子的电影，不用说就知道里面都是胡编乱造的。日本人占了中国这么多地方，到处杀中国人，阮家这混账小子，还给日本人舔——他愿意遗臭万年，老子可不奉陪！"这里毕竟是穆家，范长安没再继续说更多难听的话，转身抄起茶杯，咕咚咕咚灌了下去。

正和楼老板潘广仁就老成持重多了，他慢慢呷了几口茶，才说：

"穆兄，这事儿是让人不太明白。这日本人占了北平后，到处嚷嚷着是为了建设什么东亚共荣，才出兵中国的。为了在国际上装好人，一个劲儿催着咱们这里的商铺恢复正常营业，这样才能显得北平城里老百姓安居乐业，商家买卖兴旺，在国际上落个好名儿。但是，因为顾及国际舆论，日本人始终不敢过分逼迫我们，只敢出各种阴招儿对付我们。像我们正和楼，就是自打日本人进了城，就关了店门，只应堂会，不卖散座儿。日本人和临时政府净找我们的碴儿，有时候我们要进的货，尤其是羊肉、虾仁儿这些新鲜货，他们硬说检疫不合格，不让进城。嘿嘿，这些也难不着我们，我们有什么货，就炒什么菜。再说了，点我们堂会菜的那些主顾，也体恤我们，也不点清炒虾仁这类时鲜菜。所以，我这正和楼还能维持着。我是这么个情况，我估计大家伙儿也差不多。"说到这里，他朝四周望了望，其他商家也连连点头。穆世轩心想，我这天祥泰绸缎庄不也是这样吗？日本人和临时政府的人，来找我又是威逼又是利诱，就是想让我尽快开门营业。我就不信这个邪，把店门关了，带着货样，在长清池浴池之类地方见主顾、谈生意，营业额虽然比从前掉下来一大块，但好歹有进项，一家人的日子能过得下去，伙计们的工钱也能开出来。

潘广仁接着说："所以，咱们大家伙儿既然都能维持，我就闹不明白了，这阮家大少爷唱的是哪一出？"

"就是就是，他家到底图什么？"

"阮家那混账小子，出了两年洋，就连个廉耻心都没喽！"

人们又吵吵嚷嚷起来。

穆世轩对穆立民说:"立民,你和阮家公子一向常来常往,你可知道他家这么做,有没有什么内情?立民,咱们都是中国人,此时国难当头,须知国事大于私交,你如果知道什么,就说出来吧,不必有什么顾忌。再说了,如果我们能让他悬崖勒马,其实对他反而是做了好事。"

穆立民正要回答,只见母亲快步从内室走出,站在自己和父亲之间,对父亲说:"老爷,按说你是一家之主,操心的都是大事,我平时也不过问生意上的事儿。旁的大事儿呢,我也不懂。可立民是个学生,整天就知道读书,别的事儿,他哪儿知道?"

穆立民说:"妈,您放心,我就说点儿我知道的事儿,不会牵扯进去的。"

他转向众多邻居,说:"阮化吉要在奎明戏院放日本电影,这事儿我头好几天前就知道了,他亲口给我说的。"

"大侄子,他说为什么了吗?是日本人逼他的吗?"范长安急急火火地问。

穆立民摇摇头,说:"我看他不像是被逼的,倒是有点像他有什么把柄被日本人拿住了。"

范长安抡起大手往空中一挥,说:"甭管什么原因,他想当汉奸就是不行,这不是他奎明戏院一家的事儿!"

穆世轩想了想,说:"各位,眼下道谋兄不在城里,我听说是在八仙庄一带暂住,这会儿咱们再派人去找他,无论如何也来不及了。我看不妨这样,咱们一起到奎明戏院去一趟,给咱们这位大侄子讲讲道理。说到底,这奎明戏院的买卖,不是咱们的。再说了,如今北平城落在日本人手里,咱们把该说的,都给阮世侄说清楚,他要是非把这条路走下去,也只好由他去撞这南墙了。唉,自打日本人占了北平,卖国求荣的,还少吗?"

潘广仁、邹润德叹口气,说:"也只能如此了。"

范长安嘴里嘟囔着,仍一下一下地拍着扶手。

穆世轩吩咐周双林,去奎明戏院给阮化吉说,自己要和范长安、潘广仁、邹润德等几位去看望阮道谋。周双林前脚出了门,穆世轩站起来,说:"咱们走吧。若去得晚了,说不定这位世侄找个托词,不见咱们这几把老骨头。"

几位店老板正要出门,穆立民大声说:"各位叔伯大爷,我有句话说。"

几位店老板互相看了看,穆世轩回头看看他,说:"立民,你想说什么?"

穆立民说:"各位,如今日本人占了北平城,全城各处都有莫名其妙就不见了的人,谁都猜得出来,肯定是让日本人抓走了。咱们不是怕日本人,可各位都是有为之身,眼下奎明戏院的事儿,背后肯定不简单,我猜着,保不齐就和日本人有关。所以,大家伙儿到了他们家,把该说的说完,能把阮化吉劝得回心转意,当然是上上之选。如果他执迷不悟,咱们做到仁至义尽也就行了,犯不着为这事儿把自个儿套进去。"

潘广仁连连点头,说:"嗯,嗯,立民说得在理。"东家们答应着,一路往奎明戏院走去。

第十五章

陷　阱

到了戏院门口,那张海报前已经挤满了人,叫骂声更多了,还有人嚷着要退掉手里的包厢票。那扇黑漆大门上,早被人吐得满是痰迹。

"这混账小子,谱还挺大,咱们都到了,还不赶紧出门迎接!"范长安嘀咕着。穆世轩站到了奎明戏院门口,伙计韩三亭刚要敲门,大门吱呀一声打开了。阮化吉身穿长袍大褂,头戴软缎小帽,恭恭敬敬地躬身打千儿,嘴里说:"几位叔伯大爷登门,我早该过去请您几位的,还劳您几位的驾,亲自跑这么一趟。您几位有事儿嘱咐我这当晚辈的,派个伙计来吩咐我一声就成,我还敢不照办吗?"

众人见他礼数周全,也都回了礼。挤在戏院门口的那些人,马上高声叫骂起来。阮化吉装作没听见,请穆世轩等人进去。一干人进了堂屋分宾主坐下,阮化吉吩咐下人给几位老板上了茶,他不敢坐主位,前面空了张椅子才坐下。穆世轩先问了阮道谋夫妇的情况,阮化吉回答,这阵子风沙大,气候干,自己父母在城里住得闷了,要在八仙庄那一带住到秋凉再回来。

范长安首先忍不住了,一拍扶手,刚要嚷,穆世轩示意他先别说话,自己对阮化吉说:"化吉,自从日本人进了北平,很多商铺都歇业了,这梨园行里,也有不少老板不再登台了,这奎明戏院是咱们珠市口也是咱这北平城里的金字招牌,你们要是有什么难处就尽管说,你这些叔叔伯伯们,"他朝面前指了指,说,"都有些家底儿。谁都有个马高镫短的时候,相互接济接济,彼此搭把手,也是咱们北平商界的老规矩,所以,化吉,你家要是真有一时倒不开手,我们老哥儿几个,给你凑上万把块大洋还是拿得出来的。"

阮化吉脸上一直挂着笑,恭恭敬敬地垂头听着。等穆世轩说完,他抬起头,说:"各位叔叔伯伯,打我小时候,您几位就拿我当自个儿家孩子似的看着。穆大爷,小时候我到您家去,立民吃什么玩什么,您就叫我也吃什么玩什么,每年过年,您给我的压岁钱比给立民的还多,这我都心里有数。再者说了,您是珠市口一带的商界领袖,从我爷爷在世那会儿,到我爸,再到我,都佩服您为人仁义,处事公道。其实,我知道您几位今天来这儿的意思,无非就是我按照皇军的要求,放映反映天皇陛下——",说到这里,他站起身来,按照前清时人们提到皇上时的礼数,朝空中拱了拱手,才又坐下说,"对我北平市民的仁爱之心,皇军进驻北平以来的善行义举的电影,对吧?"

"你知道就好——"范长安一拍扶手,站了起来。

"范兄,请少安毋躁。"穆世轩对范长安说,接着转向阮化吉,说:"化吉,放这部电影,你爹知道吗?"

阮化吉笑了笑,说:"穆大爷,我爹他出城前就说了,这园子里的事儿，都交给我了，不必事事去问他。"

"化吉，这部电影我虽然没看过，倒是略知一二。这里面说的都是日本人在北平各处修建医院，给穷苦人发放吃食的事儿，对吧？"

"您说对了，这电影我已经看了，里面的确是您说的那些事儿。"

"那就对了，"穆世轩把扇子一收，说，"化吉，虽然你回来时间不长，可你不妨打听打听，这电影里说的，是真事儿吗？"

阮化吉笑容不减，说："穆大爷，我知道您的意思，皇军进驻北平，这还不到一年的工夫，可已经到处建了几十所医院，粥厂更是不计其数。皇军给穷人看病、发粥，都是不要钱的。得了好处的穷人，总有几十万了吧。当然，这里面难免有些人得了便宜卖乖，胡咧咧一些没影子的事儿。可这电影终究讲究个有虚有实，哪国的电影也不能保证都是真事儿。"

"什么叫作不都是真事儿？这电影里面，我就不信有一件真事儿！日本人给穷人发的粥，是给人吃的吗？不是枯树皮，就是烂菜叶，一口锅里，找不出几粒米！"范长安再也忍耐不住，猛地站了起来。

阮化吉冷冷一笑，没有回答，低头喝起茶来。

穆世轩说："范兄，咱们先说电影的事儿，别的不用在这里说。"

范长安重重哼了一声坐下了，穆世轩说："化吉，要依我看，此时外面那么多人对这部电影不满，倒不是因为里面有真有假，而在于它颠倒黑白。如果日本人当真是为了中国人好，又怎么会强令中国学校里学习日文？又怎么会有那么多报馆被日本人查封？"

阮化吉仍然笑容满面，说："穆大爷，咱们都是上等人，何必理会外面那些穷哈哈们呢？日本人毕竟远来是客，人家对咱们一分好，咱们就得拿出十分来。再者说了，咱们都是生意人，在商言商，晚上这场电影，不瞒各位叔叔伯伯，票早就卖完了！曹经理！"说到最后，他大喊了一声。

马上一个人影从外面跑进堂屋，这人身形精瘦，四十来岁年纪，唇间留着两撇细长的小胡子，眼神贼亮。他先是给各位商号老板行了礼，才对阮化吉说："少东家，您有何吩咐？"

各位老板认得这人，他就是奎明戏院的掌柜曹德。

"曹经理，晚上的电影票，咱们卖完了吗？"

曹德点点头，说："回少东家，晚上的票，早就卖完了，一共卖得了六百四十八块大洋！"

几个老板面面相觑，邹润德小声对旁边的潘广仁说："咱们刚才在外面，可没见着一个人买票！"

穆世轩想了想，说："化吉，我刚才听说，有不少买了包厢票的主顾要退票，此事是真是假？"

阮化吉一直低头喝茶，曹德站在原地，瞅着阮化吉，神色尴尬，双手垂在两侧，又捏又放，不知该如何回答。阮化吉终于放下茶碗，说："不瞒您说，确实有那么二十几位老主顾要退票。要退就退吧，腾出来的包厢，我正好加点儿价码再卖出去。"

"化吉，据我所知，奎明戏院开业一百多年了，可从没有过退包厢票的事儿。这事儿，你是不是给你参说说？"

阮化吉皱紧了眉头，说："穆大爷，我爸这阵子身体的确不太好，我也不敢拿这事儿再让他操心。我寻思着，等这包厢票再卖出去，这坏事儿变成了好事儿，我再给他说。"

"化吉呀，我和你爹是几十年的交情了，我知道，对他来说，最要紧的，不是挣了多少钱，是奎明戏院这块牌子。天底下的生意，其实到处都一样，牌子一旦倒了，再立起来，就难了——"

穆世轩正说着，阮化吉眼圈儿也有些泛红，头慢慢垂向地面。穆世轩说："化吉，我们这老哥儿几个，没别的本事，如果你这里确实有些周转不开，我替这几位一起做主了，我们凑个数给你。你爹正在休养，我们也不给他说这事儿，让他闹心。"

没等阮化吉回答，有个伙计急匆匆跑了进来。他上气不接下气地说："少东家，来了，江先生来了！"

"江先生来了？"阮化吉抬起头，朝曹德使了个眼色。曹德连忙对穆世轩等人说："内政部的江品禄先生来了，各位不知是否和他相熟？各位不爱见生人的话，不妨到后面用茶。"

穆世轩和潘广仁对视了一眼，两人都明白，奎明戏院要放映这部《天皇的慈悲》，肯定和此人有关。穆世轩说："化吉，我向来不见生人，尤其是和临时政府素无来往，但这位江先生我倒是不妨一见。"

阮化吉正在犹豫，只听外面一阵响亮的脚步声传来，接着一个小个儿中年男人走进堂屋。这人一见这里宾客众多，穆世轩坐在上首，马上面露喜色，说："这位莫非就是鼎鼎大名的天祥泰绸缎庄的穆老板？我江某久仰大名，今天有缘得见，真是三生有幸！"

"在下是穆世轩，不知您如何称呼？"

"噢，在下姓江名品禄，在临时政府内政部任职。"他嘴里说着，就要迈步上前。穆世轩从怀里拿出鼻烟壶凑在唇前闻了闻，又握在手里。江品禄本想过去握手，刚迈出一脚，只得缩回来，怏怏坐下。

"化吉，这几位都是珠市口一带的顶尖人物，你能把他们请来给晚上这场电影捧场，你的面子不小啊。"江品禄把全屋扫视了一圈，淡淡地说。

穆世轩说："江先生，如果我所料不错，这部电影是您介绍的？"

江品禄神色得意，说："兄弟在内政部任职，促进日中友好，正是职责之所在。"

潘广仁凑在穆世轩耳边说了几句，穆世轩点点头，站了起来。"化吉，我和你这几位叔叔伯伯，能说的我们已经都说了，以后的路怎么走，还是看你自己了。"他顿了顿，又说，"我和你父亲多日未见，还真有些挂念他。这几天我有空了，就去八仙庄看看他。"

穆世轩等人走了出去，堂屋里又安静了下来。江品禄拈起桌上的花生，扔进嘴里嚼着，咯吱咯吱的声音格外响亮。阮化吉垂着手坐下，一言不发。

"怎么，这几位来兴师问罪了？"江品禄悠然自得地用碗盖轻轻撇着茶水上漂浮的茶叶，一脸不屑地问。

"是。尤其是那位天祥泰绸缎庄的穆老板，他和我爹非常有交情，这件事儿，他肯定会派人到八仙庄去告诉我爹。到了那时，不但电影放不下去，我也会被他赶出家门。"阮化吉颓然坐下，喃喃地说。

江品禄懒得看他，端起盖碗品起茶来。阮化吉猛地转过脸，说：

"江先生，您要我做的事，我都做了，拍电影的事儿，您可不能再拦着我了。"

江品禄微微一笑，说："要不是你提醒，我差点儿把正事儿都忘了。"他从后腰处抽出一沓纸，啪的一声甩在两人之间的茶几上。

阮化吉狐疑地拿起来，说："这是什么？"他一边问一边翻，翻了几页，马上一抬头，说，"这是电影剧本！"

"好眼力呀，阮公子，江某佩服。"江品禄嘴上说佩服，脸上可丝毫没有佩服的神情。他说："内政部和皇军特务机关处，听说阮公子有志于拍摄电影，又有从美国好莱坞学到的最新技术，都极感欣慰。这也真是巧了，喜多诚一机关长那里，正好有一个绝好的电影剧本，喏，就是这部《圣战之日》，讲的是皇军将士为了将西方势力赶出东亚，将东亚的土地连成一片，共同沐浴在天皇陛下的恩泽中，毅然发起圣战的故事。他说，这个剧本请阮公子过一过目。如果阮公子真要拍电影，不妨从这部片子开始。"

阮化吉一声不吭地看起来，江品禄又拈起瓜子，悠闲自在地嗑了起来。堂屋里更加安静，嗑瓜子的声音格外刺耳。

不知过了多久，江品禄站起身来，伸了个懒腰，说："阮公子，你意下如何？"

阮化吉慢慢合上剧本，说："江先生，上次您拿那座影棚来要挟我，毕竟我的确用了那座仓库，我也就无话可说。可这次的剧本，明明讲的还是日军占领东三省后如何修铁路、建学校，如何受中国人拥戴的事儿，这我万万不能答应。江先生，我以后拍了电影，是要给中国人看的，如果全国的人知道我拍过这样的电影，以后我拍出来的电影，还有谁会看？"他一口气说完了。他心想，一定要让这个姓江的知道我的底线！

阮化吉突然硬气起来，江品禄倒是有些意外。不过，他相信自己还是可以轻易地对付这个纨绔子弟。他倒背着双手，慢慢转过身子，面露狞笑地盯着阮化吉，说："阮公子，咱们打个赌如何？"

阮化吉不明所以："打赌？赌什么？"

江品禄慢慢踱到他面前，弯下腰，几乎凑到他头顶了，恶狠狠地俯视着他的双眼说："阮公子，我赌你三天之内，会跪在我面前，求我让你拍这部电影。你信，还是不信？"

阮化吉仰起脸，睁大眼，整个人不知是由于愤怒还是恐惧而颤抖着，一句话也说不出来。

穆世轩等人刚一出奎明戏院，还站在台阶上，马上有一大群中外记者围了过来。一个金发碧眼的女记者用不太流利的中国话说："穆先生，您是珠市口一带的商界领袖，自从日本人占领了北平，珠市口的很多商铺，都没有恢复营业。原本非常热闹繁华的珠市口，始终没有恢复到本来的样子。现在奎明戏院要放映反映日本人占领北平后受到市民欢迎的电影，请问对于奎明戏院的做法，您有什么看法？"

"奎明戏院只代表他们自己，代表不了我们！"范长安怒气冲冲地插话说。

穆世轩挺直身子，看着面前的人群，正要说，他身后的潘广仁轻声说："穆兄，有日本人！"穆世轩看到，两部黑色的轿车在路边停了下来,第一部车里出来两个身穿军装的矮个男人。他们个个神色倨傲,一看就是特务机关处的日本军官。第二部车里出来的则是三个西装革履的男人,他们小心翼翼地站在日本军官身后,其中一人显然是翻译,正在两个日本军官耳边小声地说着什么。紧接着,又有两部卡车开了过来,其中一辆车上面站满了日本兵和伪军,另一辆车上则满是穿着和服的日本男人女人,和穿着大褂、旗袍的中国男人女人,还有几个穿戴得整整齐齐的孩子。

穆世轩神色不变,清了清嗓子,说:"事变以来,碍于战乱,珠市口一带未能恢复营业,一直在艰难维持。但各个商号同气连枝,始终相互扶助。奎明戏院在珠市口开业一百多年,今天经营风格发生变化,中间是否有内情,外人无从知晓。我们拭目以待,看看日后的情形吧。"

他刚一说完,四周的北平市民都鼓起掌来。穆世轩朝他们拱拱手,下了台阶甩开步子,和其他几位老板,穿过人群大步走了出去。带头的那个日本军官死死盯着他,手紧紧按在佩刀的刀柄上。他身后的翻译说:"松崎大佐,此人就是珠市口商界首脑、天祥泰绸缎庄的老板穆世轩,其他店铺的老板都听他的。"

另一名军官说:"松崎君,这人的话对皇军不太友好,要不要把他抓起来?"

松崎葵咬着牙摇摇头,说:"这里有那么多的外国记者,把他抓起来,对大日本帝国的国际形象不利。"

"那怎么办?珠市口一带的商铺,都找各种理由不和皇军合作,看来和这个人有很大的关系,我们应该杀一儆百。"

松崎葵冷笑着说:"天祥泰绸缎庄既然要做生意,不管他是明着做,还是暗里做,总要进货、存货、卖货,我们就能找到对付他的办法。到那时,他会来求我们的,这比直接杀掉他或者逮捕他,对我们更有利。"

"嗨!"他身后的军官一低头,嘴里答应着。

这时,两辆卡车上的人都已经下了车,日本兵排在最前面,接着是伪军士兵,他们列队进了奎明戏院,后面的男人女人,也做出一副友好亲热的样子,相互露出笑脸,说笑着进了戏院。

围在四周的老百姓,有人低声说:"这些中国人,都是在临时政府里面当官的!"

"呸!"有人听到了,朝他们吐着唾沫。开始只有一两个人,到后来这样做的人越来越多。有几个正在父母带领下进入戏院的孩子,神情有些难为情,脚步迟疑着变慢了,但还是被他们的父母用力拽着拖进了戏院。

一个即将迈过戏院大门的日本男人,回过头看到围观的人群中有个中国小男孩,停下脚步,弯下腰,笑眯眯地招手让他过来。这个小男孩大概七八岁,浑身上下脏兮兮的,光着脚,鼻涕一长一短,和几个同样衣衫破旧的孩子站在一起,他们一看就是住在大杂院的穷苦人家的孩子。

小男孩摇摇头,不肯过去,这个日本男人面露微笑,从怀里拿出一根棒棒糖,朝小男孩晃了晃,又指了指戏院里面,说:"你,想吃?

进去。"

小男孩盯着棒棒糖五颜六色的糖纸，把一根手指放在嘴里吮着，慢慢走出两步。他的后脑勺猛地被人拍了一下，他疼得马上大哭起来，他身后一个大一些的男孩说："你忘了你爹是怎么死的了吗？"这个小男孩大哭着跑了，大一些的男孩朝那个日本人大喊一声："日本鬼子，你少来这套！"说完，转身冲破人群，一溜烟儿跑得没影儿了。人群马上又合拢起来，继续围着戏院门口。那个日本男人慢慢直起腰，蔑视地看着四周那些眼神愤恨的中国人，整理了一下领结，走进了戏院。

"日本鬼子，你少来这套！"人群里不知是谁先喊了一声，接着又有几个人喊了起来，很快，整个人群一起大喊起来。正在珠市口逛街的市民们听到这喊声，都惊异地朝这边看过来。

那个刚刚采访穆世轩的白人女记者赶紧端起相机，不停地按动快门，直到人群慢慢散开，这个喊声逐渐消失，她才放下相机，轻轻地叹口气。

"朱妮卡！"

她听到身后有人喊自己的名字，转过身，看到自己在德国的好友潘慕兰。

"潘，是你！"两人拥抱起来。

"你怎么会在这里？"朱妮卡拉着潘慕兰的手说。

"我家就在那边，走，到我家做客，你不是早就想吃中国菜了吗？今天我们家手艺最好的师傅在家，你真有口福！"潘慕兰指了指不远处正和楼的门脸说。

朱妮卡摇摇头，说："不去了，我还要回去写稿。我的编辑一直在催我，说日本人在中国的战争非常受德国人关注，要求我每天都要把最新的新闻发回去。"

潘慕兰一脸失望，晃着她的手说："这都到了我家门口了。从前我老去你们家吃饭，你妈妈做的熏肉肠可真香，蜂蜜面包卷和栗子粉蛋糕也美味极了，我想起来就会流口水。我家有非常棒的厨师，能做最地道的中式菜肴。你去尝一下吧，吃一顿饭又花不了多少时间。"

朱妮卡满脸歉意，说："我记得，你们家经营着一家非常出色的中式餐馆。我当然想去吃烤鸭、春卷，但今天我真的没时间了。"

潘慕兰叹口气，说："那我陪你走回去吧，反正也不远。咱们好久没聊天了。"

朱妮卡点点头。两人挽着胳膊，往北穿过鲜鱼口，朝东交民巷方向走去。四周的市民，看到一中一洋两个身穿艳丽衣裙、面容姣美、明艳动人的姑娘并排着走，都看了又看，啧啧称奇。珠市口、大栅栏一带的商铺被她们渐渐甩在身后，四周都变成了普通民居，被法国梧桐笼罩的街道上也安静了下来。朱妮卡像是想起什么来似的，说："上次你问过我的那个美国记者，有些奇怪。"

潘慕兰想起自己在六国饭店遇到穆立民的事儿，说："你说的，是那个名叫本特森的美国记者吗？"

朱妮卡点点头，说："这个记者，从前都是一副很忙碌的样子，好像一直在进行非常重要的采访。但是，我并没有看到过太多的他的报道。你知道的，六国饭店里住了很多来中国的记者，我们会互相看对方的报道。但是,这个本特森,大概是写报道最少的一个。"

潘慕兰想了想,说:"这说明了什么?"

朱妮卡耸耸肩,说:"我并没有明确的信息要告诉你,只是告诉你我关于他的印象。对了,还有一点,就是他失踪后,并没有任何一家美国的新闻机构来询问他的行踪。"

潘慕兰歪着脑袋回想着那天的经过,说:"这个本特森不是一个独立记者吗,他不属于任何一家新闻机构的话,当然也就不会有人找他。"

朱妮卡摇摇头,说:"即使是独立记者,也会和某个机构的编辑在沟通工作内容。"

潘慕兰的脚步慢了下来,若有所思地说:"你的意思是,即使他真的被日本人绑架了,失去了行动自由,他也不应该处于无人关心的状态。这说明,他这段时间没有接受任何一家新闻机构撰写报道的要求。"

朱妮卡慢慢地点了点头。

"那会是什么原因呢?他不是以此为生吗?"潘慕兰皱着眉头说。

朱妮卡耸耸肩,说:"那我就猜不出来了。"

从京张线回来,已经一周了。在一顿丰盛的宴席过后,聂壮勋再也没见到过马淮德。马淮德大摆筵席那天,几个人一直吃吃喝喝到了半夜时分,他为了在饭后向马淮德介绍一路上看到的日军驻防情况,一直只是小口抿着酒。可那几位情报站大员,始终在不停灌他酒,马淮德本人也时不时说一句"聂老弟一路辛苦了,多喝几杯解解乏"。马淮德还一个劲儿朝赵秀沅使眼色,赵秀沅也对他格外热情,不停地走到他身旁，朝他身上挤挤挨挨的，还直接把酒杯端起来放到他嘴边，完全不像一路上对他那副冷漠的态度。那天晚上，他用情报人员最后的一丝警惕，确保自己没有喝断片儿，但已经无力汇报工作了。他在宴席后的第二天一早，就赶到军统驻北平情报站所在的那处四合院，可那里守门的特务，连门都没让他进，告诉他马主任早上乘车出城打猎去了。他连去了三天，每天早晚各一次，马淮德都不在。他心里冷笑，这肯定是马淮德怕他立了功，抢了自己的风头。而且，军统驻北平情报站自从日军占领北平后，没立过什么像样的功劳，如果他刚来没多久就有了功劳，更显得马淮德无能，所以，马淮德自然不愿让他早早地立功。

到了第五天的傍晚时分，他又是到了那处四合院，刚刚敲响院门，那个守门的特务一见他，马上说："聂处长，马主任恭候您多时了。"

聂壮勋心里一阵冷笑，进了院子。马淮德穿着一身丝绸睡衣，正躺在藤制凉椅上，在石榴树下听着收音机里的京剧。他一见聂壮勋进来，慢悠悠地站起身，请他在旁边的椅子上坐下。聂壮勋刚一张嘴要说什么，马淮德朝他摇摇头，指了指收音机。聂壮勋听到，收音机里正唱道——

"大江东去浪千叠，引着这数十人驾着这小舟一叶。又不比九重龙凤阙，可正是千丈虎狼穴。大丈夫心烈，我觑这单刀会似赛村社。"

马淮德关了收音机，说："聂处长知道这是哪出戏吗？"

聂壮勋稍一沉吟，说："属下愚钝，隐隐听着像是《单刀会》。"

马淮德一收折扇，说："聂处长说得不错，这正是周信芳周老板的《单刀会》。嘿嘿，这几句固然唱的是关圣人独闯龙潭虎穴的英雄壮举，又何尝不是咱们这些人的写照？干咱们这行的，既要学关云长的胆大包天，又要学他的智勇双全。他带着一个马童，到了东吴的地盘，这吴国人可是恨他入骨啊，可他硬是全身而退，完好无损地回来了。凭的是什么？他一出手就擒住了鲁肃，吴国人投鼠忌器，不敢轻举妄动，各种提前准备的杀人手段都派不上用场了，关云长这才保全了性命。"

聂壮勋知道马淮德要说到正题了，端正了一下身子，说："马主任说的是，您这一番话用意深远，属下一定好好领会，铭记于心。"

马淮德仰天哈哈一笑，说："一番胡言乱语而已，你别往心里去。"他抿了两口茶，说："那天的筵席，我特意多找了一些人作陪，你可知道我是何用意？"

聂壮勋一愣，说："属下不知，请主任明示。"

马淮德朝四周瞟了瞟，站在院门口和屋檐下的特务会意，两人都到了门外，院子里只有马淮德和聂壮勋两人。马淮德说："这次上峰吩咐下来的任务，要阻止日军往武汉方向运送药品，以延迟日军发动武汉会战，为国民政府向西南内地转运人员和各种战略物资争取时间，这件事不得有误。根据你事先获得的情报，要完成上峰指令，看来需要集中整个情报站的力量。这座情报站，一共三十余人，是党国在北平的全部情报人员，也是戴长官多年的心血，一旦失手，党国在北平的整个情报网就会毁于一旦，你我可就成了民族的罪人。这次任务一定要指挥得力，行动果断，所以，我才让整个情报站的高级干部和你见面，让他们感受到我对你、对这次任务的重视，毕竟，完成任务需要他们的全力配合。"

聂壮勋心中一凛，说："主任深谋远虑，属下佩服！"

马淮德摆摆手，说："你说说吧，那次京张线之行，究竟有何见闻？我这就根据你所记下的日军驻防情况，制订出行动计划，请示过戴长官后，就可以正式行动了。"

聂壮勋点点头，从茶几上的棋盘里拿出几枚棋子，逐一摆好，说："主任，属下就拿这棋子当作几座车站，给您说明日军是如何驻防的。"

足足用了一顿饭的工夫，聂壮勋才把自己那天所记下的情况——说完。马淮德沉吟片刻，说："这几天想必你已经有了阻止那批药品运往武汉的妙计？"

聂壮勋想起这几天的闭门羹，心里还是有些波澜，说："主任，您这几天不见我，就是希望我能想出一条计策？"

马淮德说："我早看出你不是只会刺探情报，你呀，才具不凡，志向远大，远在普通特工之上。所以，我磨上你几天，就是盼着你能自己制订出一个完整的计划来。"

聂壮勋说："主任苦心，属下明白。"他指着居庸关车站的位置，说，"主任请看，日军药品存储于此地，但这次行动的要害，却在于这两处——"他指了指青龙桥和南口两处车站，说，"日军在这两处驻有重兵，而且这两处的兵力，均可快速抵达居庸关。所以，属下以为，我们不妨把兵力一分为四，其中的两路人员，分别控制青龙桥和南口车站，另一路乘坐由张家口方向开往北平的列车，赴居庸关车站夺取药品,将药品分别藏入这路人马所携带的行李箱中。届时就可以顺利抵达北平,完成任务。"

"我们的人乔装改扮成旅客,在居庸关车站夺了日军药品后,再大摇大摆地继续乘车。你这条计策颇有胆识啊。"

"多谢主任夸奖!"

马淮德摸着下巴,说:"你刚才说要分成四路人马,这里仅仅是三路啊。"

聂壮勋稍一犹豫,还是说:"还有一路,就埋伏在居庸关车站外,扮作当地山民。到时,如果南口、青龙桥两处,未能阻止日军赶来居庸关救援,那么这路人马就接应在居庸关车站的人马,散入当地大山,化整为零,各自潜回北平。"

马淮德的眼光变得锐利起来,他盯着聂壮勋说:"如果日军从南口、青龙桥两处赶到了居庸关,同时也进山搜剿我们这两路人马,那会是什么后果?"

聂壮勋心想,这个脑满肠肥的官僚,想不到还有些头脑。他脸上一红,硬着头皮说:"主任,其实上峰指令是让我们毁掉这批药品,从而推迟日军发动武汉会战的时间,那么,如果真的发生您所说的情况,那么这些同志,就只有毁掉各自所藏的药品,直到——"

"直到杀身成仁,为国殉难,对不对?"马淮德冷冰冰地说。

聂壮勋低下头,慢慢地说:"马主任,我等加入组织之日,就曾经立誓,愿为了领袖之宏愿、党国之安危,流尽最后一滴血……"

马淮德沉着嗓子,说:"那也不是要做无谓之牺牲!"

聂壮勋说:"那就请主任示下,这次行动应该如何进行?"

马淮德叹了口气,从怀里拿出一张纸,慢慢铺在茶几上。聂壮勋一看,上面画的,正是京张线从北平一直到青龙桥站的路线图。上面还画了四枚箭头,正指向刚才聂壮勋所说的四个位置。聂壮勋抬起头,说:"马主任,这是……"

马淮德远远望着北方,说:"这是我这几天按照赵秀沅所说的情况,绘制出的作战部署图。你刚才说的,和我这张图可以说是别无二致。"

聂壮勋刚想说些什么,马淮德挥挥手打断了他,继续说:"对党国、对戴长官的忠诚之心,我和你并无不同。但我身负戴长官重托,固然要完成使命,恪尽职守,可我同时还要顾及这一干人的身家性命。他们可个个都是党国精英啊。"

聂壮勋站了起来,敬了个礼,恭恭敬敬地说:"属下明白!"

马淮德指着那张路线图,说:"你再细看一下此图,看看有何特异之处。"

聂壮勋弯腰又看起那张图,这次他发现在居庸关车站外,还画有数道虚线。他说:"马主任,这几条虚线,不知您有何用意?"

马淮德说:"你刚才说,居庸关外有数个山村,有数百村民长居于此,赵秀沅也这么给我说过。"

聂壮勋点点头,说:"正是。您的意思是……"

"这些山民,无知无识,实乃下愚之人。依我看,不妨提前一天,给他们一些好处,让他们穿上一些像样的衣服,聚集在居庸关车站外一带，以混淆日军耳目，掩护我们的人尽快逃脱。"

聂壮勋轻轻地说："如此一来，我们的人至少可以保全大半，只是这些山民，大概要尽数死于日军之手了。"

马淮德说："不错。并非我心肠歹毒，只是形势所迫，不得不如此啊。"

"也只能如此了。"聂壮勋又看了一会儿这张路线图，接着说，"马主任，听说延安方面也在北平派驻有大批特工，我们何不请求他们支援，由他们出些人手，前去阻挡南口、青龙桥两处的日军？"

马淮德摇摇头，说："这一节，我早就想过。这样固然能保存我们的实力，但这样一来，共产党方面至少会分去一半的功劳。而且，共产党的情报人员也不傻，定然不肯只做这种费力不讨好的事情。他们在各处的游击队，也缺乏药品，如果他们对那批药品心存觊觎，擅自行动，说不定会坏了大事。总之，此事有利有弊，但弊大于利。这个风险，还是不宜去冒。"

"属下明白。"

第十六章

毒　饵

　　这天晚上，在掌灯时分，老齐和老杨把这个连的排长、班长叫到连部，召开作战会议。排长、班长们还没到连部大院，就看到路边的隐蔽处，像墙角、树后之类的地方，都有战士在站岗，去往连部的几里路上，至少有十多个颇为隐蔽的哨位。到了连部，更是在院门内外各有两个战士在站岗。他们进了连部，到了老齐住的那间兼作会议室的房间，就看到墙上挂了一张大幅地图。

　　苏慕祥担任的是一排三班代理班长，他身后的二班班长说："老苏，你瞅瞅这是哪里的地图？"

　　苏慕祥凑过去看了看，说："这是京张铁路路线图。这里是北平城，这里是南口、青龙桥、张家口几个大站。"

　　二班长挠挠头皮，说："这几个地方，我记得都在北边的昌平、延庆一带吧，可咱们的活动范围是平西呀。"

　　"这不明摆着吗，这是要去平北执行任务！"他旁边的一班长说。

　　"嘿，那可太过瘾了，在长城上杀鬼子！"二班长摩拳擦掌地说。

其他的排长、班长也陆续到了,在炕边和桌旁坐好后,老齐和老杨从里屋出来了。老齐清清嗓子,说:"几个同志刚才说的,我都听到了。大家说的没错,这次我们的确是要立刻从平西的根据地,去平北一带执行任务!"

几个年轻些的班长兴奋起来,有的攥拳,有的鼓起掌来。老齐做了个往下压的手势,房间里马上安静下来。老齐用一根常用的细树枝指了指地图上的某处,说:"这里就是我们要执行任务的地点,居庸关车站。"

房间里异常安静,每人都仔仔细细地盯着老齐,生怕漏掉一句话。老齐看着每个人的眼睛,沉着地说:"根据上级下达的任务,目前日军在居庸关车站的站房里,存放着一批药品。眼下,国民政府还在武汉,长江码头里的各种轮船正在由武汉向重庆日夜抢运人员和物资。日军正在向武汉方向集结兵力,一场大战迫在眉睫。这批药品就是为了这场大战准备的。为了延迟日军的进攻,我们必须夺取这批药品,迫使日军重新集结物资。"说到这里,他停了停。

"好家伙,小鬼子够狂的,占了中国那么多地,他们还不知足,还要扩大侵略!"

"嘿,反正咱们也正缺药品,正好把这批药品抢过来,这批药肯定少不了,这能救多少战士和老乡啊!"

排长、班长们群情激奋,大家纷纷议论着。

老齐继续指着地图,说:"同志们,上级给我们的任务,是假扮要乘车的村民,进入居庸关车站,消灭驻防在居庸关车站的日军,夺取药品,然后分散到山里,分头返回驻地。"

老杨说:"这次任务,整个平西纵队一共有三个连的兵力参加,除了我们连,其他的同志各有任务,有的连队负责阻拦居庸关车站以南的南口站的日军向居庸关方向支援,有的连队负责阻拦北边的青龙桥车站的日军。再过一周左右,日军会在永定河一带举行军事演习,届时南口站、青龙桥站都有大批日军过去参加演习。到时我们就利用日军兵力空虚的时机,一举消灭驻防居庸关车站的日军,夺取药品!同时,我们在北平城里的地下组织也会派出同志参加这次行动,协助我们完成此次任务。"

"上级之所以把袭击居庸关车站的任务交给我们,就是因为我们连队里,有很多同志来自北平,对居庸关一带的地形地势比较熟悉。各位排长、班长,你们有谁去过这个地方?"

苏慕祥和二排排长洪水生举起了手。老齐说:"苏慕祥同志,你给大伙儿说说这个车站有没有什么特殊之处。"

苏慕祥想起自己从前到居庸关车站的情形。当时,他是带领校尉营小学的学生们去那里郊游。因为距离城区路途遥远,当时师生们来不及返回,还在居庸关城楼上宿营。他说:"居庸关车站是一个小站,除了日军的仓库和营房,只有五间站房,而且每个站房都很小。因为这个站太小,那里连候车室都没有,要上车的人,都是等在站外,等车来了,再通过一个检票口直接上车。那里就一小块儿平地,我估计,那里的日军不会超过一个班。"

老齐点点头,说:"苏班长说的情况很重要,洪排长,你说说你知道的情况。"

洪水生说："连长，我就是居庸关旁边的东园镇人，我小时候常去那个车站，那时我家里穷，我从六岁就开始给家里挣钱了。我每次去，都是带着一些蘑菇、核桃之类的山货，还有煮花生、煮玉米什么的，卖给乘客。刚才苏班长说得很对，那个站非常小，我估计咱们一个连去消灭那里的日军，不用费太大劲。这场仗能不能打赢，最关键的反倒是进攻南口、青龙桥那两个车站是不是顺利。只要驻防在那两个车站的日军来不及赶到居庸关增援，这场仗，咱们稳赢！"

老齐低头和老杨商量了几句，说："今天的会议就开到这里，请三位排长还有苏班长留下，其他的同志，解散！"

《天皇的慈悲》已经在奎明戏院连演了三天，每一场都是爆满。爆满的原因，是有大批日军士兵、治安军士兵和伪临时政府那些官员及家眷来看电影。阮化吉已经挣到了两千多块大洋。每次戏院掌柜把大把的银圆喜气洋洋地捧到他面前，他都是有气无力地挥挥手，让掌柜把大洋存进银柜。

这天中午，阮化吉吃过午饭，正要动身去西直门外的那处仓库看看布景的进展，按照进度，所有的布景完全可以在个把月内顺利完成。他穿上自己最满意的那套西装，在镜子前左右照照，心想自己外表也算英俊，以后一定要在自己的电影里演一演重要角色。他看看表，距离上回那个姓江的说的三天时间，只有三个小时了。这三天，他一直过得风平浪静，但他无时无刻不在想着江品禄的那句话——

"你三天之内，会跪在我面前，求我让你拍这部电影！"

这时，他心里突然慌乱起来。他知道，这个姓江的，肯定不会说完就算的。他一咬牙，心想自己马上就去仓库那里，姓江的即使找上门来，也找不着自己。

他出了卧室，刚走到院门前，院门就呼的一声被人推开了，一个人影卷了进来，在台阶上站立不稳，竟滚了下来。阮化吉一看，这人就是自己派在仓库那里的监工刘喜。这刘喜虽然年纪不大，但平时处事颇为稳重得体。他是从伙计一步步干到二掌柜的，已经把老掌柜曹德的本事学了个七七八八。正因为如此，阮化吉才特意派他去仓库那边当监工，负责监督那里的施工进展。

家里的小厮把刘喜扶了起来，阮化吉皱着眉头问："刘喜，你这是怎么了，是不是棚子里出什么事了？"

刘喜大口喘着气，说："少东家，不好了，刚才棚子里，突然来了一大群鬼……皇军，还有一大群治安维持会的人，把十多个工人都抓走了！"

"他们抓工人干什么？"

"那个翻译说，工人里面有共党分子！"

阮化吉飞起一脚，踹在院里的石榴树上，不少叶子和只有指头大小的石榴果儿落了下来。"那些工人，连字都不识，怎么可能是共产党！"阮化吉说。

"皇军已经把整个棚子都查封了，贴上了封条……他们还说……"

"什么？把棚子查封了？他们还说什么？"阮化吉瞪红了眼睛，

263

咬牙切齿地说。

"他们说,这个仓库怀疑是共党分子接头的地方,要把仓库和里面的布景,统统充公!"

"里面的满老六、蔡旺,都是在戏院干了十来年的,怎么可能是共产党!"阮化吉跺着脚说。刘喜说:"那个翻译还说,是有人向北平治安维持会举报了奎明戏院有人通敌的线索。"

阮化吉已经明白,这一定是姓江的玩出的花招。他挥挥手让刘喜下去休息,自己双手叉腰,站在院子里想着下一步该怎么办。他想了十多个主意,可都不顶用。他知道,唯一的办法就是去找江品禄。他出了院门,叫了辆洋车到了临时政府。他进了江品禄的办公室,只见他上次来时坐的位置前,正摆了一杯热气腾腾的咖啡。他心想,看来这个姓江的早就知道自己会来。

江品禄正坐在桌前看着文件,他身后还站着一个身穿黑色中山服的干瘦男人。

他硬着头皮,堆出一脸的笑意,说:"江处长,您这么大的人物,怎么和几个工人开起玩笑了,那些人字都不认得,怎么会是共党分子?"

江品禄笑眯眯地看着他,冲着咖啡指了指,做了个"请"的神情,然后指了指自己身后那人,说:"他叫贝海波,我的得力手下"。

贝海波朝阮化吉笑着鞠了个躬,说:"阮公子好,您多照应着!"

阮化吉胡乱点点头,接着故意做出熟人见面的架势,露出一副大大咧咧的神情,往沙发上一坐,头往后一靠,端起咖啡抿了几口。他把咖啡杯往桌上一撂,说:"江大处长,您这玩笑啊,可真把那几个工人家里的老小,给吓得不轻,怎么样,要不您还是尽快把他们给放了?也省得那些老的小的,还有他们家的娘们儿,跑到我那儿去哭哭啼啼的。"他嘴里这么说着,双腿却一直抖个不停。

江品禄微笑着,一直盯着他。等阮化吉说完,江品禄还是一言不发,只是收回目光,抄起面前的报纸看了起来。

办公室里陷入了安静,只有外面走廊里有人走动的声音间或传了进来。阮化吉只觉得异常压抑,恐惧、愤怒、忧虑各种情绪在他心里翻腾着。终于,他一扬头,说:"江处长,那些工人都是在我家戏园子里干了好多年的,我担保他们谁都不是共产党,你尽快放了他们吧,否则,那些个布景,都不能按时搭建完了。"

江品禄淡淡地说:"阮公子想见见自个儿家的工人,这还不简单。"他站起身来,在靠墙的关公像前慢慢点起三炷香,又朝关公像恭恭敬敬地三鞠躬,这才拍了拍手。套间的房门打开了,一对二十出头的哥儿俩走了出来,他们身后还跟着两个端着枪的伪临时政府警察。这两人都是短打扮,留着平头,单眼皮儿细长,脑门宽阔,下巴又长又直。他们朝阮化吉打了个千儿,说:"少东家,您好!"

"贾三儿,贾六儿,你们怎么在这儿?"阮化吉打量着他们,只见他们衣着整齐,脸色红润,身上从头到脚没有丝毫伤痕,再加上这俩人说话时挤眉弄眼,和平时的样子大不一样,心里有些狐疑。他说:"你们好好地在棚子里干活,怎么让皇军给抓了?"

贾三儿嘻嘻一笑,说:"少东家,我们哥儿俩是想好好干活儿,可您不让啊。"

"我不让你们好好干活儿？你小子说话儿到底什么意思？"

贾三儿手一摊，说："少东家，您这不揣着明白，装糊涂吗？"

阮化吉心里一凛，知道问题不小。这贾家哥儿俩，是父亲在去年雇下的，专门在戏园子里打手巾把子。北平的戏园子，历来讲究给来捧场的戏迷提供手巾把子。这手巾把子，是洗干净的毛巾又洒上花露水，专供戏迷擦脸擦手之用。因为如果在座位中间来回穿梭递送手巾把子影响别人看戏，很多戏园子的伙计，都练就了隔着老远就把手巾把子又快又准地扔到顾客手里的本事。自己家的伙计玩这一手玩得漂亮不漂亮，俨然成了各处戏园子相互比试的一个路数。这贾家哥儿俩本来在北新桥的一处戏园子扔手巾把子，后来阮道谋花了一笔重金才把他们挖过来，给他们的薪水也足足比市价多了三成。后来，阮化吉把戏园子改成了电影院，他不愿让这哥儿俩在自己手里失业，就派他们到影棚里当监工。看来，这哥儿俩认钱不认人，已经被江品禄收买了。

果然，贾三儿接着说："少东家，不是您说的吗，您说，咱们北平给鬼——不，皇军占了，咱们不能就这么心甘情愿当亡国奴，要把他们怎么杀人抢东西的事儿都记下来。我们哥儿俩当时就说，皇军对老百姓挺好的，哪有这样的事儿，咱们不能说昧心话。您当场就恼了，说这些事儿，没有也得编出来。对吧，少东家？"

阮化吉咬着牙说："我什么时候说过这话？"

江品禄在旁边叹了口气，说："阮公子，想不到你对皇军持如此看法，这可让我大失所望。如果你要在那处影棚里拍摄你说的这种电影,不但那个地方看来非得充公不可了,我也得把你交给皇军特务机关处了。"

阮化吉连忙争辩:"江处长,我拿性命担保绝无此事。江处长,这两个人来到奎明戏院时间不长,他们定然是受他人指使来坑害我们家的。满老六、蔡旺这两个人,在我家多年,他们说的定然是实话!"

江品禄不屑地哼了哼,伸手拍了两下,又有两人从内室走了出来。其中一个四十出头年纪,矮矮胖胖,肿眼皮,穿着件烟灰色的大褂,另一人中等身高,可瘦得如同根细棍,脸上的皮肤又干又皱,整个人看起来如同一串糖葫芦吃得只剩下最顶头的那一个。

"满老六,蔡旺,你们把跟我说过的,再说一遍。"江品禄慢条斯理地说。

"是。"两人答应着。

矮胖子满老六眼睛看着地面,嘴里说:"奎明戏院少东家阮化吉,多次将工人从影棚里赶出,和多名来路不明的人秘密谈话,有一次我恰好在布景后面睡觉,他们没发觉我,我听到他们说的都是些什么'文化抗战'之类的词儿。"

阮化吉只觉得脑子里嗡的一声。这满老六是父亲小时候的陪读,后来他父母死得早,父亲就让他在戏园子里领一份干薪,就连他娶媳妇成家的钱,都是父亲送他的。他脑子里正乱着,那蔡旺说了起来:"三月初八到三月十六,奎明戏院东家阮道谋,派我拿着五百块大洋去徐州,把钱交给李宗仁的第五战区司令部,说是劳军的。我不敢去,在城外住了几天就回来了。我骗东家说,我见到了李宗仁长官的副官,好好受了一顿表扬。"

阮化吉的脑子渐渐清醒，他猜出这几个人定然是受了江品禄的唆使，才来诬陷自己和父亲。他气得浑身哆嗦，指着面前的几个人说："满老六，是不是你那个爱逛八大胡同的儿子，又给人家写了借据，你拿不出钱了？姓蔡的，你的鸦片瘾又犯了吧？你们给别人拿住了把柄，就来诬陷我们爷儿俩？你们还有一点儿人味儿吗？你们，还有你们姓贾的哥儿俩，你们就是几个畜生！"

两人都垂着头，一字一句地说："我等所言，句句属实，绝无虚假攀诬之事。"

江品禄一挥手，说："你们下去吧，继续收监，听候发落。"

军警押着他们出去了，江品禄微微一笑，说："阮公子，你都听到了，你和令尊的行为，可是刻意通敌，与皇军和临时政府为敌呀。虽然咱们一见如故，我又对令尊颇为敬重，但于理于法，我都应该把你和令尊收监，查清你们的罪状，这样一来，我才能给皇军一个交代。"

阮化吉低头盯着地面，一言不发。江品禄脸上露出凶光，大喊一声："高祥，李大水！"

"在！"两个军警在门外大声答应着，推门而入。

"你们即刻前往八仙庄，将通敌嫌犯阮道谋夫妇缉拿归案！两名嫌犯如有抵抗，就地正法！"

"是！"两人答应着转身要走。江品禄又喊道："先把这位阮公子给我铐上！即刻送往皇军特务机关处！"

一名军警从腰后摸出一副手铐，朝阮化吉一瞪眼，喝道："伸出手来！"另一名军警则从腰间拔出手枪，啪的一声抖出子弹匣看了看，又装了回去。

阮化吉瞅着那锃光瓦亮的手铐和乌黑的枪口，小腿肚子登时有些发软，说："江处长，您这是……您说，您想让我怎么着？"

江品禄微笑不语，阮化吉只觉得腕子上一凉，双手被铐了起来，接着，后腰被手枪顶住了。他只觉得一丝凉气从腰间蔓延至全身，整个人登时一片冰凉。他的膝盖仿佛被挂上了上千斤的重锤一般，不由自主地跪了下去。他死死地拽住江品禄的脚踝，哀号起来："江处长，我答应，你那天说的，我全答应！江处长，您真是料事如神，我还真跪下来求您了，我求您饶了我！"

江品禄躬下腰，和颜悦色地说："阮公子，你究竟都答应我什么了？"

"我答应您，拍电影，和皇军一起拍电影，拍皇军进了北平，给老百姓建医院，又治病又发药，还发衣服，建学校，建粥厂，老百姓去皇军军营里慰问皇军……电影拍完了，在奎明戏院放，在北平各处的电影院里放……"

江品禄满意地点点头，说："阮公子到底是聪明人。只不过拍电影可不是小事儿，要不然，咱们还是成立个公司吧，咱们三家入股，三家分账。"

他不等阮化吉说话，朝高祥和李大水使了个眼色，两人退了下去。江品禄把阮化吉扶起来，把他扶到椅子上，接着从自己桌上拿过一沓纸，放到阮化吉手里，再神情亲热地拍拍他的手背，说："阮公子，空说无凭，咱要不把成立电影公司的合同立了？"

阮化吉接过合同，看都不看就签上自己的名字。江品禄拿回合同，朝他身后的贝海波使个眼色，贝海波接过合同匆匆退下了。江品禄看着阮化吉要问什么，又从桌上拿过更厚的一沓纸，说："这是东亚电影公司第一部电影《圣战之日》的剧本，阮公子见识多，你瞅瞅行不行。"

阮化吉点点头，接过剧本低头看了起来。江品禄拍拍他肩膀，说："这就对了嘛，我就知道阮公子是聪明人。你想想，这部电影一拍完，日本本土也好，皇军进驻的各处城市也好，都会放映这部电影，到了那时，你马上就是中国电影界的头面人物了。"

阮化吉看着仿佛变了一个人的江品禄，苦笑着说："但愿能有这么一天吧。"

江品禄翻开剧本，指着第一页说："阮公子，皇军方面早就把演员选好了，就尽快开始拍吧。"

阮化吉还没有从心惊胆战中缓过劲来，只是胡乱看了几眼，说："这场戏要用到的人挺多。"

江品禄说："这不成问题。皇军已经选定了大批良好市民，届时可以到片场供阮公子调用。依我看，咱们三家既然成立了这家电影公司，那就得好好宣传宣传，在北平城内外广而告之一番，先把东亚电影公司的名头打出去，让老百姓都知道天底下多了这么一家电影公司，对吧？"

阮化吉擦着额头的冷汗，有气无力地点点头。

江品禄跷起二郎腿，一脸得意，手轻拍着膝盖，说："那就三天之后吧,这成立庆典和这部《圣战之日》的开拍仪式,就在那处影棚办。那里地方宽敞,布景也都搭好了,正好让旁人见识见识东亚电影公司有多么出手不凡。哈哈哈,阮公子,我这主意怎么样?"

阮化吉继续点着头,江品禄更加得意地狂笑起来。

苏慕祥从连部回来,一路走得大步流星,比平时往返连部快了很多。按照刚才制订的作战方案,在居庸关车站袭击鬼子的这场仗,一定既能消灭一批鬼子,又能破坏鬼子为武汉会战准备了大批药品的部署。无论从哪个角度来说,这场仗都是他参加八路军以来最重要的一场战斗。他一路从山路下来,远远地看见萧颖大夫正站在自己住的院子门口,身旁还站着一个附近村子里的老乡,两人一脸焦急。苏慕祥渐渐走近,看清楚了老乡的面目,正要打招呼,萧颖看到他,马上快步跑过来,说:"你怎么才回来,我看到别的班长早就回来了。"

苏慕祥支支吾吾地不知道该怎么说,好在萧颖心情急切,不等他回答,就说:"黄一杰有急事儿找你,你快去老乡家里看看吧。"

她身旁的老乡大概三十来岁,衣着相貌都很质朴,小腿上沾满了泥土,不停地用袖口擦着脸上的汗。他说:"苏干部,你可回来了,黄老师急着要见你呢。"

原来,黄一杰做完截肢手术后,就一直在这位老乡家里休养,等身体差不多恢复好了,就在村里教孩子们读书。山里的孩子,识字的机会非常少,村民们都很高兴。他们隔三岔五就拿一些山鸡、獾子肉之类的送给黄一杰。前几天,有个村民进城卖山货,黄一杰叮嘱他带些城里的报纸给自己。他毕竟是报社记者出身,想看看山外面的世界里,都发生了什么事儿。村民给他带回了报纸,黄一杰一翻,没有看到特别重大的新闻,却在报纸的角落里看到一则寻人启事。这里面说,自家的儿子,姓夏名达之,原为小学生物课教员,前不久突然失踪,下落不明,家人甚为挂念,请知其行踪者告知家人,必致重酬。看到这里,黄一杰心里一紧,再看日期,是五天前的报纸。他回想起当初在日军煤矿上发生的事儿,心里忐忑不安,就请老乡把苏慕祥请来。

苏慕祥和萧颖到了老乡家,黄一杰把报纸给他看了,苏慕祥一字不漏地看完,说:"那次夏老师他们是抢了鬼子的卡车逃出去了,就算他担心被鬼子再次逮捕,没有回家,也应该想法子通知家人。但是直到现在,他家人都没有他的消息,可见他并没有顺利地回到城里。"

黄一杰回想着当初被押送到煤矿后发生的事情,说:"煤矿周围的山势都很险峻,那天开车的就是夏大哥,他其实也没开过鬼子的卡车,会不会翻车了?"

苏慕祥慢慢摇摇头,说:"不会。如果翻车了,车落到山谷里,那里离这里其实不太远,我们早就得到消息了。"

旁边的老乡也说:"咱们村里的人,有人种地,也有人是靠山吃山,整天在山里各处打野物、挖药材,如果山谷里有汽车从山路上翻下来,肯定早就看着了。"

萧颖看着苏慕祥沉思的神情,说:"苏班长,你的意思是——"

苏慕祥说:"我猜,只有一种可能,就是他们离开煤矿后,在半路上又撞见了鬼子,鬼子又把他们逮捕了。"

黄一杰一把抓住他的胳膊,急得眼泪都快出来了,说:"那可怎么办?咱们在煤矿,已经被鬼子折磨得没人样了,再落到鬼子手里,他们太危险了!"

苏慕祥说:"一杰,这个情况很重要,我这就回连部把情况报告给连长他们。一杰,你放心,八路军是人民的队伍,如果他们真的落在鬼子手里,一定会想方设法救他们的!"

第十七章

战　前

　　暮春时节，北平已经有些热了，城里各处有了零零碎碎的蝉鸣，下起雨来，也不像春天那样是绵绵细雨，而是骤然而来的急雨。这天傍晚时分，北平就下了这么一阵急雨，原本吃过晚饭，在筒子河一带遛弯儿的市民，就被这阵雨给打散了，匆匆回了家。豆粒大小的雨只是洒落了十来分钟就停了，天上的乌云也裂开了一道大缝。这道缝隙原本只是在人头顶的正上方，后来慢慢向东西方向延伸，夕阳的光线正好顺着这缝隙漏下，缝隙四周的晚霞通红透亮，并且由这缝隙向四下里张开，整个西边的天空，瑰丽得如同一大片绚烂的桃花。

　　大雨既然已经下过，北平的各处建筑就被洗刷得格外清新润泽。夕阳的光彩里，两个穿着长衫的男人，各自拎着一只鸟笼，正慢慢沿着神武门外的河边散着步。河边的柳树慢慢滴落着雨水，脚下的石板干净湿润，一阵凉风从景山上吹下，更让人凉爽快意。两人边走边聊，年长一些的，神色始终平静镇定，另一个二十出头的年轻人，眼神中则不时飞扬出兴奋的神采。

这两人自然就是高志铭和穆立民了。高志铭告诉穆立民，组织已经决定，对日军在居庸关车站的据点进行突袭，夺取日军存放在那里的药品，既打乱日军为武汉会战集结物资的行动，又为自己部队提供药品补给。

"立民，上级派你和文四方同志一起参加此次行动，你们的作用，是配合我们的游击队，到时候，需要你最后一次确定车站仓库中存放有那批药品，并且对游击队的进攻提供引导，你有信心完成任务吗？"高志铭和蔼地说。

"高老师，我已经去过居庸关车站了，对日军的驻防情况有了了解，您放心，我一定能完成任务。"穆立民轻轻攥紧拳头说。

"好，立民，我相信你能完成这次任务。"高志铭停了下来，手扶着矮墙，望着远处的神武门和面前的故宫角楼说，"我们的游击队，在平西一带非常活跃，已经连打了好几个胜仗，端掉了日军好几个据点。这些据点，都是日军用来掠夺我们的矿产的，这些胜仗，不但消灭了上百名日军，还保护了我国的资源。"

穆立民琢磨着高志铭的话，点点头，说："高老师，我明白您的意思，我前期的侦察工作做得越好，为游击队的突袭做的准备工作越充分，就能更好地减轻游击队战士们的伤亡。"

高志铭微笑着看看他，说："好，立民，你理解得很对。"他拿出怀表看了看，接着说："今天是6月5号，6月8号你就和文四方同志一起赶到居庸关车站执行此次任务。游击队发起进攻的时间是傍晚的七点钟，这个时间距离日落已经不远了，有利于游击队在完成任务后迅速撤出战场，隐藏到山林中，你需要在这之前，查明那批药品是否还存放在仓库中，并且确定日军的兵力是否发生变化。如果一切顺利，你就用这把信号枪发出红色的信号弹。游击队看到信号弹，就会马上发起进攻。如果发生异常情况，就发出蓝色信号弹，游击队就停止行动，撤出阵地。"

说着，他把手里的鸟笼放在地上，矮墙和柳树正好遮挡住路面上行人和车辆里的目光。穆立民会意，也放下了自己的鸟笼。

高志铭用眼角的余光打量着四周的情形，继续说着："立民，到时你计划如何撤退？"

穆立民早就把居庸关车站全天的列车时刻表背得滚瓜烂熟，他毫不迟疑地说："高老师，当天有一班火车，从南口站开出后，下午六点十二分抵达居庸关站，还有一班从青龙桥发出的列车，下午六点五十七分驶离居庸关站，开往北平方向。到时我和文四方同志乘坐这两班列车抵达再离开居庸关，我会在上车前发出信号弹。"

"很好。在任务开始前一天，有其他同志会查明驻防在青龙桥和南口的日军是否已经离开这两处，赶往永定河一带参加演习。如果这两处的日军并未离开，我再设法通知你取消任务。另外，还有一种可能会发生的情况。"高志铭看着面前静静流淌的筒子河河水，说，"国民政府方面，也有可能注意到这批药品，如果你在车站那边遇到他们，他们也在同一时刻采取行动，到时你就发出蓝色信号弹。"

"高老师，明明我们的队伍非常需要这批药品……"

高志铭看着他，说："立民，我现在给你说的，是上级的决定。

对于上级决定，我们能做的，就是执行，坚决地执行。你明白吗？"

穆立民点点头，说："您放心，高老师，我会按照您的要求去做的。国共合作抗日，是大局，我们必须维护。"

高志铭说："你能明白这个道理，我很欣慰。"他说完，从地上提起穆立民带来的那只鸟笼，快步往西华门方向走去。穆立民则提起另一只鸟笼，朝着相反的方向离开。

他到了沙滩，跳上一辆正在趴活儿的洋车。那洋车拉着他，向南上了北河沿大街。此时天色已经渐渐黑了，路面上行人稀少。穆立民闭着眼睛躺下去，佯装休息，实际上却轻声把这次任务的情况告诉了车夫文四方。

北平的夏天，向来是不管白天多么热，太阳一落山，四下里就颇为凉爽。此时凉风习习，文四方一听到有新的任务，脸上笑容越来越多，脚下也跑得越来越有劲儿。

穆立民回到珠市口家里，他先陪着奶奶和父母吃过晚饭，又聊了一会儿天，等三位长辈就寝后，才回到自己房间，锁好房门，轻轻转动鸟笼，打开了鸟笼下方的隔层。隔层里用油布包着一只巴掌大小的信号枪，还有一红一蓝两枚信号弹。他拆开信号枪，细细检查了每一个部件，把每个部件都用细纱擦拭了一遍，这才把枪弹重新包好，放回原处。他把鸟笼放回院子里平时挂鸟笼的地方，躺在床上重新在脑海里模拟着执行任务时的每一个步骤。直到确定自己的计划没有任何漏洞后，他才沉沉睡去。

此时，在景山脚下的那处四合院里，军统驻北平情报站的作战会议即将举行。在第三进跨院的堂屋里，墙上悬挂着整个京张铁路的路线图，马淮德身穿烟熏色长衫，坐在地图下方的太师椅上，椅子旁搭一根细藤杖。他的手边还是那台收音机，里面还在播放着京剧。只是因为音量比较小，除了马淮德自己，谁也听不清京剧的内容。马淮德微闭双眼，用余光扫视着屋里众人。屋里两排椅子上，坐着七八个情报站的骨干，聂壮勋自然也在其中，赵秀沅则站在马淮德身后，轻轻捶打着他的肩膀。

左边最下首的椅子还是空的。有几位处长瞥着那把椅子，额头上沁出了汗珠。

当，当，当……

落地钟响了起来，每一声都既尖锐，又冗长，几位处长紧攥着拳头，指甲扎着手心，都在埋怨为什么还没响完。终于，落地钟响了十一下，钟声停止了。马淮德伸出右手，啪的一声关闭了那台收音机。处长们纷纷坐正了身子，双手紧握着椅子的扶手。赵秀沅也停下手里的动作，站直了身体。

"现在开会。"马淮德说。他话音未落，一阵脚步声从院子里传来，接着房门被推开，一个三十五六岁的男人冲了进来。他朝马淮德讪讪一笑，说："马主任，汽车抛锚了……"

他紧紧攥着自己的帽子边，咽着口水，喉结处一抖一抖，神情紧张得仿佛随时会跪倒。他的两个黝黑的眼袋，看上去颇为滑稽。

马淮德一声不吭，用下巴朝那把空着的椅子微微示意。

"谢谢主任,谢谢主任。"这人长长出了一口气,讪笑着坐了过去。

"现在开会。"马淮德重复了一遍,举起藤杖朝后指了指,说:"诸位,这是整条京张线的路线图,我们下一个行动,就将在这条铁路线上进行。"

处长们紧紧盯着地图,马淮德想伸手去拿盖碗,他刚动了动肩膀,赵秀沉飞快地伸手端过茶碗递到他手边。马淮德接过来,低头吸溜了两口。因为房间里过于安静,他吸溜茶水的声音竟然格外响亮。他站了起来,拄着细藤杖,边走边说:"这次行动,是为了拖住日军在华中一带的进展,为国民政府从武汉向重庆转移人员和物资争取时间。戴局长已经发来密电,要求北平情报站破坏日军的物资供应,夺取日军存放在居庸关车站的大批药品。此次行动,是北平情报站成立以来最为重要的行动,各位处长一定要通力协作,精诚团结,勠力国事,以不负蒋委员长和戴局长的重托。"

他站在左手第一张椅子后面,微微俯下身子,对坐在上面的那位处长颇为亲切地说:"钱处长,你听明白了吗?"

那位钱处长身体绷得紧紧的,赶紧使劲点头,说:"钱某明白,钱某明白。"

马淮德满意地点点头,走到第二把椅子后,说:"辛处长,你呢,听明白了吗?"

"属下明白,属下记住了。"这位辛处长赶紧回答。

马淮德又问了一个处长,到了那个最后到来的处长身后,说:"鲍处长,你呢?"

鲍处长赶紧说："主任放心，属下明白。"

马淮德双手拄着拐杖，若有所思地说："哦，你明白，那就好，那就好。鲍处长，请问你的车是在哪里抛锚的？"

"灯市口，是在灯市口。"

"哦，灯市口。"马淮德伸手拍拍他的肩膀，说，"顺祥春的小月牙儿，就这么能黏人？"

这位鲍处长只觉得一颗心沉进了冰窖，嗫嚅着说："主任，我早就从顺祥春出来了，真的是路上抛锚了……"

"好，好，抛锚了不怪你，是汽车的事儿。"马淮德低下头，凑在鲍处长的耳边说。他的手在藤杖上某处按了一下，杖头上突然弹出一根半尺长的刀刃。他握着藤杖中间，把杖头在鲍处长咽喉处一横，鲍处长来不及叫出声，气管和颈动脉就被切断了，只见鲍处长的头一歪，鲜血顺着他的脖子涌了出来，他的眼睛还在睁着，眼神里满是震惊和恐惧。

马淮德神色不变，嘴里竟然还轻轻哼起了京戏。他把刀刃上的鲜血在鲍处长的肩膀处擦干净，然后又按了一下藤杖上某处，那根刀刃缩了回去。赵秀沅拍了拍手掌，门外的两人推门进屋。他们就像早就商量好了似的，一人抬头，一人抬脚，把鲍处长的尸体抬了出去。房间里重新安静了下来，仿佛什么都没发生过。

马淮德举起藤杖，指了指赵秀沅，又朝自己面前的空椅子使了个眼色。赵秀沅喜上眉梢，她赶紧朝马淮德鞠了一躬，快步来到空椅子旁坐下。马淮德用藤杖指着路线图，说："日军的居庸关车站，就是本次行动的目标。根据聂处长和赵处长",说到这里,他在"赵处长"三个字稍稍加重了一下语气,"实地考察的结果,经过向戴局长请示,我决定,于本月8日正式行动。现在,我来分配当天的任务。"

他回到路线图下,扫视着全场,说:"聂处长和赵处长,继续假扮夫妻,于当天下午赶往居庸关车站,确定日军并未将药品转移。"

聂壮勋和赵秀沅起身,说:"属下明白。"

马淮德点点头,抬手让他们坐下,又指着路线图,在居庸关车站的位置画了一个圈。"本次行动的目标虽然在居庸关车站,但行动能否成功,关键却在于这两处。"他指了指南口车站和青龙桥车站,接着说,"这两个车站,日军屯有重兵,如果居庸关车站的行动有所迟延,日军的援兵能够在二十分钟内赶到,一旦出现这种情况,我们恐怕就要全军覆没了。根据中共方面送来的情报,这两处的日军将在明天开赴永定河一带进行军事演习。这固然是个好消息,但对于中共的消息,我们还要谨慎些,不能全信。所以,"说到这里,他提高了音调,说,"钱处长,你带领你手下的特工,于行动当天赶往青龙桥车站。辛处长,你要去的是南口站。如果日军没有调防,你们要迅速发出信号,取消此次行动。如果日军已经调防,你们就要守住青龙桥站和南口站,确保居庸关的万无一失。居庸关车站的行动结束后,那里会发出信号,你们就分别撤离。"

钱处长和辛处长站了起来,大声答应着。

马淮德双手拄着藤杖,巡视着房间里各处,说:"其余各单位注意,我已经安排好车辆,停放在居庸关车站外,届时占领车站后,车辆将驶入车站，你们要火速将日军药品搬运上车。当晚七点二十八分会有一列火车抵达居庸关站，这是一趟货车，车长、司机均已经被我方控制，到时车站上所有人员，迅速乘车撤离！"说到这里，马淮德扫视了一圈众人，说："你们知道我为何将人员和药品分散撤离吗？"

众人互相看看，都摇摇头。马淮德说："这次我们整个情报站倾巢出动，不容有失，所以必须分散撤离，才能以防万一，否则一旦发生意外，我们的损失可就太大了。"

所有人站了起来，齐声说："属下明白！"

马淮德闭上眼，慢慢坐下，朝外一扬手，说："会议结束。你们去做好准备吧。"

众人退了出去，赵秀沅是最后一个，她正要出门时，一个女佣正端着茶盘进来。她接过茶盘，一努嘴示意女佣离开，自己端着茶盘，回到房内。她给马淮德的茶碗续好水，又站在他身后，给他揉起肩来。过了好一会儿，马淮德才打了个哈欠，说："怎么，嫌我给你的任务太轻，想干点重活儿？要不然，给你在山上架一挺重机枪，封锁住居庸关车站各个进出口，日本人要是从别处派兵来支援，全都得让你给突突喽。"

赵秀沅脸上掠过一丝厌恶的神情，她咬了咬嘴唇，说："马主任，您真爱说笑话，我一个弱女子，还没个机枪沉呢，您就让我干这活儿，您太不会心疼人了吧。"

马淮德仍然闭着眼，微笑着说："派你和姓聂的再装一次两口子，你嫌危险，让你守着机枪，你又嫌累。你倒是说说，你想干吗？这次偷袭日军占领的车站,应该没什么风险,反正鬼子的大队人马都调去搞演习了。所以说呢,你还得在这次行动里露露面,这样我才好跟上峰为你请功。听你这么一说,你还不领情,我这一番苦心,可都白费喽。"

赵秀沅的眼珠滴溜溜转着,心里盘算了一会儿,才说:"那我就听您的。您要的,我可都给您了,这回呢,我到了那个车站之后,只要下一班火车来了,我就上车回城里。反正我一个弱女子,没什么力气,装车之类的事儿,还是留给那些大老爷们儿去干吧。"

"行,我都依你。"马淮德拍拍她的手背说。

阮化吉出了临时政府大楼,仍然神情恍惚,他胡乱抬脚上了一辆洋车,有气无力地说:"珠市口,奎明戏院。"

那车夫刚跑出几步,一听这话,马上停下脚步,转过脸打量了他几眼,把车把往地上一摆,虎着脸说:"下车,滚。"

阮化吉正一肚子邪火无处发泄,冷笑一声,说:"你个臭拉车的,你让谁滚?你是哪个车厂的,我给你老板说一声,你他妈就别干了,你一家老小都给我喝西北风去!"

那车夫斜着眼瞟着他,扬着脖子说:"喝西北风,也比当断子绝孙的汉奸强!"

阮化吉只觉得脑子里嗡的一声,整个人僵住了一般,杵在原地一动不动。他当然知道自己是个汉奸,但是,毕竟还没人当着面这样叫他,他也就自欺欺人地觉得这个词和自己没有关系。他使劲定定神,说:"你嘴里放干净些!"

那车夫重重地吐了口痰,说:"老子比你个汉奸干净多了!"

阮化吉再也忍耐不住,吼了一声,抡起拳头朝那车夫冲了过去。阮化吉虽然年轻,但毕竟文弱,那车夫张开手掌,一把就攥住了他的拳头。车夫借着他冲过来的势头,把他的拳头往外一推,他只觉得脚下突然变得滑溜起来,扑通一声,他脸朝下摔倒在地。

"狗啃屎喽,快来看汉奸狗啃屎喽!"四周几个要饭的孩子欢叫起来。

阮化吉咬着牙爬起来,又朝那车夫一拳打去。车夫侧脸让过,先是飞起一脚踢在他小腿上,又抬起胳膊肘狠狠砸在他的脊背上。他又一次摔倒了,这次小腿上的剧痛让他无力站起。这时,有人蹲在他身旁,扶着他站了起来。他一看,这人正是刘喜。

周围的人越聚越多,刘喜低声说:"少东家,您一声也别言语,赶快走,离开这里!"阮化吉忍着疼,一瘸一拐地想离开。但这时候已经有一些市民围了过来。"揍死这个臭汉奸!""长得倒是人模狗样,可惜就是不办人事儿!"市民们高声斥骂着。

刘喜一手搀着阮化吉,一手在人群中找出道缝隙,两人挤了出去。这时候,又有无数的拳头落在阮化吉的后背和脑袋上。刘喜指着路旁边的一辆洋车说:"少东家,您赶紧上车!"阮化吉顾不上多琢磨,由刘喜扶着上车坐下,那车夫马上拉起车飞跑起来。刘喜则招手又找了辆洋车,两辆车一前一后离开了。

在洋车上坐了一阵,阮化吉扭头看看没人追来,这才慢慢没那么喘了。他弯下腰,轻轻掀开裤腿,只见小腿正面一片瘀青,短短几分钟就已经肿得老高。他咝咝地吸着凉气儿，用手指碰了那里一下。就这么轻轻地一碰，他又疼得直咧嘴。他刚要叫车夫拉着他去协和医院看看腿上的伤势，却发现这车夫不是别人，正是常年给父亲拉车的谭老四。他有些纳闷儿，这谭老四明明和父亲一起去了八仙庄啊。当初父母离开北平去八仙庄避暑休养，母亲带了两个随身丫鬟，父亲带了一个贴身男仆、两个厨师、一个车夫、一个跑腿小厮，这个谭老四就是跟随父亲一起去的。他心里一阵不妙，赶紧说："老四，我爹他们回来了？"

谭老四闷头快跑，头也不回，瓮声瓮气地说："您甭多问了，等回到家就都知道了。"

阮化吉愈发紧张，心想肯定是自己在奎明戏院放《天皇的慈悲》的事儿，被父亲知道了。"难道父亲从八仙庄赶回家了？"他心想，反正这部电影已经放完了，再说有母亲帮自己劝父亲，自己最多被父亲骂一顿也就没事儿了。至于以后帮助日本人拍电影的事儿，现在还没开始，父亲自然不知道。

虽然谭老四的声音听起来不太对劲儿，但阮化吉此时腿上正疼得厉害，没有顾得上多想。他低头看着自己的腿伤，就连谭老四一边拉车，一边举起袖口来抹眼泪都没注意到。

很快，阮化吉离家越来越近了，刚过鲜鱼口，他就看见自家门口有一些没见过的人在进进出出。他心生疑窦，但这时谭老四已经把车拉得快飞起来了，他也没法催谭老四拉得更快。

到了家门口，他一看几个用人都眼角通红，心里骤然一凉，快步进去。他到了堂屋，只见母亲正坐在椅子上低头抹眼泪，他赶紧过去，说："妈，您这是怎么了，我爹呢？"

一听到他的声音，阮夫人抬手就重重一记耳光打在他脸上。"呸，你还有脸问你爹！"她紧抓着椅子扶手，气得浑身发抖。

阮化吉被这一巴掌打蒙了，他本来腿上就疼得越来越要命，再也站不住了，身子一歪，倒在地上。他委屈地说："妈，您打我干吗？"

"你这个孽子，你爹要是有个三长两短，我也不活了！"阮夫人说着，又仰起脸痛哭起来。

阮化吉更着急了，手捶着地面，说："我爹呢，我爹到底怎么了？"

这时，刘喜也赶了回来，他和一个丫鬟把阮化吉扶起来，搀到西厢房，这才把事情的原委告诉了他。

原来，阮道谋本来和夫人在八仙庄自家的一处宅子里闲住，后来，有一回老两口吃过晚饭，由丫鬟、仆人陪着在山脚下遛弯儿，听到有刚从城里回来的人说，城里有家戏院要放映《天皇的慈悲》，阮夫人当即心里有些不踏实，说："老爷，这事儿说的不是咱家的戏园子吧？"

阮道谋当时的心思，都在几个从城里来逮蛐蛐儿的人身上，他挥挥手说："化吉这小子虽然骨头有点软，但还不至于这么没骨气。再说了，这小子不是从美国带回来好几部美国电影吗，够他放一阵子了。这《天皇的慈悲》又不会有人买票，他精着呢，肯定不会放这片子。"

阮夫人听了，只得点点头。可她心里还是不放心，就找了个由头，派那个小厮去城里打听打听。结果那小厮带回来一张报纸，那上面明明白白写着奎明戏院正在放映《天皇的慈悲》。阮夫人生怕阮道谋知道了这件事，再去找阮化吉拼了老命，就支支吾吾找了个借口要回城里。可她一张嘴，阮道谋就觉得不对劲。她最后只得说了实话。阮道谋看了报纸，二话不说就把报纸撕了个粉碎，接着就带着夫人和下人们回来了。

老两口回到珠市口，远远看到自家戏院门口挂的还是那几部美国电影的海报，心里就是一宽。两人下了洋车，正要往家里走，只见两个老主顾，虎坊桥的曲三爷和绒线胡同的卞二爷肩并肩一脸怒气地从戏院里跨出来。几个人一照面，曲三爷朝他一拱手，说："阮爷，老哥们儿在这戏园子里看了半辈子的戏了，今儿对不住了！"说完，他不等阮道谋答应，黑着脸大步从阮道谋身侧走了过去。卞二爷嘴里"唉"了一声，也朝阮道谋一拱手，看神色想说些什么，可又无从说起，他刚要从阮道谋身边绕过去，阮道谋一把拉住他，说："老卞，我有日子不在城里了，城里的事儿，我跟个睁眼瞎一样！你们今儿到这儿来，到底是怎么回事？"

卞二爷让他拉住脱不开身，神色惶急之下，只得朝曲三爷喊道："三爷，您先回来，咱们把事儿给阮爷说道说道！让他知道，咱们为什么非退这包厢票不可！"

"你们要退包厢票？！"阮道谋心中虽已明白了八九分，但仍哆嗦着说，"我这奎明戏院不过放了几天的西洋电影，你们就要退包厢票？"

卞二爷一拍大腿一跺脚，说："阮爷，看来还有您不知道的事儿！"他招手冲着曲三爷喊："三爷，咱们进去吧，把这事儿给阮爷掰扯明白喽。"

曲三爷停住脚步，扭脸说："这又不是什么光彩的事儿，还非要说个明白。行，说就说，我曲老三没怕过谁！"

几个人进了阮家后院，在堂屋里分宾主坐下，还没等下人来上茶，曲三爷按捺不住急性子，就说："阮爷，我曲家从我爷爷那辈儿就开始在这奎明戏院看戏，这事儿没错吧？"还没等阮道谋回答，他就接着说，"我打小儿就跟着我爹来这儿，那会儿您才从您父亲那儿把这戏园子接过来，这也没错吧？我爷爷，我爹，我，买的都是同一个包厢的票，已经连着买了六十多年了，就算一礼拜才来看一场，我们家在这儿，少说已经看了好几千场了，我没算错吧？"

阮道谋点点头，说："奎明戏院能有今天，的确太仰仗各位了。"说着，他朝曲三爷和卞二爷拱拱手。

说完一长串话，曲三爷的火气也小了一些，他一拍扶手，说："这缘分哪，就讲究个好聚好散，我虎坊桥曲家和您这珠市口阮家的缘分，到今儿，也就算是到头喽！"

阮道谋和夫人互相看了看对方，阮道谋刚要开口，卞二爷叹口气，说："曲三爷，我算看出来了，这事儿，他们老两位还没弄清楚来龙去脉！"

他转向阮道谋，说："想不到，这事儿还得我这个外人，给您来一回鹦鹉学舌！"接着，他把阮道谋离开北平城去了郊外后，阮化吉连续三天放映《天皇的慈悲》的事儿说了。末了，他说："阮爷，我估摸着，您这戏园子的包厢票，已经退了得有八九成了。虽说这三场拍日本人马屁的电影都是场场爆满，可架不住以后没人再愿意来奎明戏院看戏了！我们老哥儿俩，已经犹豫了好几天，才来退的这包厢票。"

阮道谋听到一半，脸上就涨得如同猪肝色一般。等到卞二爷说完，他已经气得浑身哆嗦，头晕目眩，说不出话来。卞二爷和曲三爷看他神色不对，都不再说话了，阮夫人低声说："老爷，要不要请回春堂的邓大夫过来瞧瞧？"

阮道谋一手撑着头，摆摆手，说："不用，把曹掌柜、刘喜叫来。"他身后的小厮去把曹德叫了进来，卞二爷和曲三爷起身告辞，阮道谋站不起来，叫曹德送了他们出去，说自己找阮化吉把情况问清楚了，日后亲自把奎明戏院的包厢票重新送到他们府上。

第十八章

巧　遇

　　曹德回来后，把阮道谋离开后的事情一五一十说了，最后说，整个戏园子的包厢票已经全都被退了，而且，自从放映完三场《天皇的慈悲》后，这两天奎明戏院再演别的戏，每场顶多卖出去三五张票。"老爷，这一阵子账房一共退了人家两万多块的包厢票钱，可进项只有十来块钱，到了月底，连下人的工钱都发不出来了。那三场电影，临时政府那边倒是给了两千块钱……"曹德垂着手说，说到最后，微微抬眼看着阮道谋的脸色。

　　"那些脏钱，一分都不能花！那个孽子呢，把他给找回来！"阮道谋死死地抓着椅子扶手说。

　　刘喜低声说："您回来前没多久，少东家出去了，好像是去了临时政府那里找什么人。"这个当口，他自然不敢再把阮化吉在西直门外有个影棚的事儿说出来。

　　"去，把他叫回来，我要在祖宗牌位前扒了他的皮！"阮道谋颤抖着举起胳膊，指着门外说。

刘喜正迟疑着,一个小厮跑了进来,气喘吁吁地说:"老爷,夫人,掌柜,外面不好了,有人要在戏院的墙上挂个匾!"

阮道谋双手撑着椅子扶手想站起来,刘喜连忙快走两步过来扶他,他挥挥手推开刘喜,使劲站了起来。刘喜赶紧抄起一根拐杖递给他。阮道谋和曹德、刘喜走到戏院门外,只见这里已经围了一大群人,正朝门外指指点点着。阮道谋一看,只见两个工人正往墙上钉一块牌匾,这牌匾白底黑字,写的是"日中合作东亚电影公司",他们身后,是一个身穿黑色中山装的男人,正得意扬扬地指挥着那两个工人。看他的衣着神态,不用说,肯定正是这一阵子在北平城里横行霸道的临时政府的人。

"你们,你们造反了!这是我家的墙,谁让你们钉这个的!"阮道谋喊道,挥起手杖朝这两个工人打去。他毕竟年纪大了,动作迟缓,两个工人侧身让开,对那个临时政府的人说:"我们哥儿俩就是干活儿挣钱的,您看这算怎么回事?"

这人满脸堆笑,上前一步,抽出一张名片递给阮道谋,说:"在下贝海波,在临时政府供职。"

阮道谋没接他的名片,喝道:"是谁让你在这里挂这牌子的?这儿是奎明戏院,我说了算,你赶紧给我把牌子摘下来!"

贝海波嘻嘻一笑,说:"阮老爷,您有所不知,您的公子已经和我们那儿,还有皇军北平特务机关处签了合同,一起成立这东亚电影公司。这家奎明戏院已经被阮少爷作价当成了股本儿了,现在是东亚电影公司的产业啦!"

"胡说！奎明戏院的事儿，是我阮道谋说了算，地契还在我手里呢，我谁都不卖！"阮道谋拿手杖杵着地面说。

"嘿，阮老爷，那我就给您瞧瞧这白纸黑字的合同！"说着，他从怀里抽出一沓纸，递给阮道谋。阮道谋接过合同，刘喜连忙把花镜递给他。阮道谋戴上花镜，一页页看起了合同。他越看脸色越难看，身子抖得越厉害。刘喜和曹德互相看了看，曹德上前一步，刚要说些什么，只见阮道谋身子猛地一晃，倒了下去。

"老爷子晕过去了！"

"不好，我瞅着像是中风！"

四周的人都喊叫起来，曹德急得一跺脚，说："谭老四呢，快点儿把老爷送协和医院！"

刘喜脑子比他快，说："洋车来不及，得汽车，我去车行租汽车！"

他快步跑去车行，租了一辆有司机的汽车，曹德赶紧上了车，送阮道谋去协和医院急救。阮夫人闻讯从家里出来，一看到瘫倒在地的阮道谋，登时放声大哭，也要上车去医院。刘喜怕她哭出个好歹，没让她上车，让司机赶快开车。汽车开走了，刘喜叫丫鬟来把阮夫人搀扶回家，他估摸着阮化吉还在临时政府，赶紧去找他，这才把他从人堆里救出来。

阮化吉明白了事情原委，赶紧又让谭老四拉着他去了协和医院。里面的大夫告诉他，病人情况很危急，是一次很严重的中风，目前手术已经进行了两个小时了，还需要继续抢救。

他耷拉着脑袋，在手术室门口坐下，这一阵子，他的确太累了，操心的事儿太多了，椅子背虽然硬邦邦的，但他还是很快睡着了。睡梦中，这些天的事儿，走马灯一般在他脑袋里转悠。自己让从前只唱京戏的奎明戏院，上映了电影，又从江品禄那里，弄到了西直门外的那处大仓库，那真是人生中最快活的时候啊，他带着大批的图纸，泡在仓库里，建成了有十来种布景的影棚。但是，命运很快急转直下，他被江品禄逼着要在奎明戏院上映汉奸电影，电影刚放完，他以为从此就消停了，却又被逼着拍汉奸电影……他的面前，出现了一些密密麻麻的人脸，都在嘲笑着他，斥骂着他，父亲也在其中，还举起了手杖，重重地抽打着他。这时，从远处飘来个什么东西，这东西忽忽悠悠，飘到他跟前，接着开始变得如同铁鞭铁索一般，飞到人群中间，抽打起那些人脸来。他可以慢慢地从地上爬起来了，看着被驱散的人群，觉得非常满意。这时，他也看清楚了，那个飘来的东西，就是一面日本人的太阳旗。他并不关心他父母被驱赶到了哪里，只是庆幸于自己终于安全了。这面旗飘到了他的头顶，微微抖动着，似乎在诱惑着他。他跳起来去抓，可连跳几次都没抓住。最后，他铆足力气腾空一跃，终于把旗子抓住了。旗子又飘了起来，越飘越高，他也跟着离开了地面，飘上了半空。他看着自己的双脚离地面越来越远，心里害怕起来，但他又不敢放手。旗子仍然在向高空飘，他终于决定放开旗子，可是，已经太晚了，他就像一团腐肉一样，重重地落在地上……

他惨叫着从噩梦中惊醒了，双腿仍然在抽搐着。他看到面前站着一位戴着口罩和眼镜的大夫，赶紧问："大夫，我爹怎么样了，手术顺利吗？"

这位大夫摘下口罩，露出高高的鼻梁，阮化吉才认出这是一位洋大夫。他用半生不熟的汉语说："我们已经尽了最大的努力，但是病人这次的中风非常严重，他清醒以后，可能会半身不遂，但这可能已经是最好的结果了。"

阮化吉一阵庆幸，赶紧进去查看。只见父亲头上缠满了纱布，正平平躺在手术床上，一缕缕涎水正从嘴角流出，一个护士正坐在一边，反复擦拭着。他走近了一些，看着父亲比当初离开北平去八仙庄时瘦了很多，脸上的皮肤都从腮部垂了下来，胸膛里不时发出各种低沉杂乱的声音。

"爹……"他趴在床边，头埋在被子里，呜咽了起来。这时，他听到一阵喧闹声，于是抬起头擦了擦眼泪，扭脸看到自己的母亲正跌跌撞撞地闯了进来。母亲一头扑在病床上大哭起来，扶着母亲进来的丫鬟则在一边抹眼泪。刘喜凑到他身边，低声说："少东家，老夫人硬是要来，我们都拼了命拦了，可根本拦不住！"

他还从怀里拿出一张大红色请柬，说："少东家，这是刚才临时政府那边派人送给您的。"

阮化吉出了病房，打开一看，请柬里写的是"日中合作东亚电影公司"的落成庆典将于6月7日举行，地点就是那处郊外的仓库。落款是日军北平特务机关处、临时政府和奎明戏院。请柬上没写邀请谁，自然是因为奎明戏院也是这家电影公司的股东，他阮化吉也就算是主人之一。

"等到落成庆典一举行，人们看到报纸上写奎明戏院和日本人一起成立了电影公司，我阮化吉就算是彻底遗臭万年了。"阮化吉苦笑着摇摇头，把请柬装进怀里。

"哪是遗臭万年，这是光宗耀祖的大喜事儿！以后全中国的电影公司，您铁定是这个——"刘喜说着，跷起大拇指，一脸喜气洋洋的神情。

阮化吉诧异地盯着他，说："刘喜，你不太对劲儿吧？"

刘喜嘻嘻一笑，说："少东家，您这么机灵的人，这还想不到吗？上海现如今已经成了日本人的地盘，原来的那些电影公司，差不离儿都倒闭了吧？没倒闭的，只能在租界里勉强喘口气儿，租界那巴掌大的地盘儿，这几家公司肯定也没多大的出息了。唯独这北平，日本人格外看重，想在这儿搞出大名堂。他们看中了您，这可是老天爷挑着您出大名，发大财！您只要跟着日本人好好干，可着他们的心意拍电影，他们绝不会亏待您，出不了两年，您在拍电影这事儿上，绝对能成全中国的头一份儿！"

阮化吉从头到脚打量着刘喜，说："我说刘喜，我让你在影棚里当监工，你就让日本人给收买了？"他仰着脸琢磨了一阵，说，"不过，你说的倒是也有几分道理。这会儿毕竟是日本人说了算，我想当全国第一，还真就得指望日本人抬举我。"

刘喜笑得更谄媚，说："这哪叫收买，是我替您多找了一条出名发财的阳关大道！老爷的身子骨，一时半会儿估计复原不了，老夫人肯定得把心思都花在老爷身上，到时咱们主仆二人，还愁干不成一番事业？"

阮化吉叹口气，说："我爹已然如此了，这个戏园子，要是沿着老路走下去，早晚是个死，我阮化吉就豁出去了，从今往后，我就上了日本人的船了，谁都甭想拦住我！"

"少东家，您英明！等老爷醒了，您得给他把这个道理掰扯明白了，要不然，他老得拦着您！"

这时，病房里传来一阵喧闹声，阮化吉一抬头，隔着玻璃看到父亲似乎醒了，手举了一尺多高，正哆嗦着说着什么。母亲眼里噙着眼泪，一边给父亲擦着嘴角的涎水，一边点头。阮化吉赶紧往病房里走，可他刚推开房门，脚才踏进去半只，父亲把手指向他，眼珠子也瞪大了。

"戏园子，你把戏园子卖给日本人了？"

"爹，您听我说，不是卖给日本人，是和日本人成立电影公司，戏园子算是咱家入的股份。"阮化吉硬着头皮说，"如今日本人才是这偌大北平城的主人，听他们的，不就像是当初清兵打进北京城，汉人都听满人的一样吗？我先和日本人合作拍一部电影，以后日本人还会帮我拍电影，这电影一部接一部地拍下去，这东亚电影公司准能成全中国的头一号。咱家的奎明戏院，在珠市口是能排第一，在南城差不离也是第一，可在全北平算第几？连前五都未必准能进吧？所以，等我这东亚电影公司成了全国第一，这是何等光宗耀祖的事儿啊。日本人能帮咱干成这件事儿，这是多大的福分，您怎么就不明白呢？"

"滚，叫这个畜生滚……"阮道谋的喉咙里，翻滚出这么一串声音。

"阮先生，为了病人早日康复，请你离开病房。"护士站起身来，冷冰冰地说。

阮化吉只好怏怏地出了病房。他叹着气,出了协和医院,坐在门口的台阶上。

这协和医院位于东单——煤渣胡同的东口,煤渣胡同正是日军北平特务机关处的驻地。阮化吉看着面前的路口上,一辆辆挂着日军牌照和临时政府牌照的黑色轿车、装着日本兵的军用卡车来回不停地穿梭,北平市民、黄包车纷纷避让,心想,谁也甭笑话我当汉奸,你们不也都怕日本人吗?

他坐在台阶上出了一会儿神,肚子有些饿了,刚站起来想叫辆车,却看见万云楼戏院的东家和掌柜两人急匆匆跳下黄包车,行走如风地从自己身边穿过进了医院。这万云楼位于厂桥一带,年头比奎明戏院长,座位也更多,在北平城大大小小几十家戏园子里,一直比奎明戏院高那么一头。他扭头看着两人的背影,心想,难道他家也有人发了急症?

这天早上,穆立民和文四方按照约好的时间来到丰台车站。两人仍然扮成主仆,穆立民身穿灰色短袖衬衫、灰裤子,拎着帆布书包,文四方则是白汗衫、黑单裤,系着土黄色褡裢,提着一只不大的行李箱。

这天候车室里旅客不少,散坐在各处。穆立民拿出一本书放在面前,用余光打量着四周的情形。"少爷,上回那对夫妻也在这里。"文四方借着递给他手巾把子,凑到他身边说。

穆立民顺着他用目光示意的方向看过去,只见候车室的一角,上次和自己一起去过居庸关车站的那对年轻夫妇正端坐着。那个男的身穿薄麻料的中山装，头戴薄呢鸭舌帽，跷着二郎腿在看报纸。女的则是一身豆青色旗袍，手里还端着一面小圆镜子补妆。

"那面报纸他已经看了半个钟头了，肯定是在装模作样。"文四方低声说。

穆立民拿手巾擦着脸，又从书包里拿出学生帽来戴上，把帽檐压得低低的。他嘴里轻声说："那个女的也不对劲。她用那面镜子，照的不是自己的脸，是在观察这里的人。上次咱们跟他们打过交道，别让他们认出来。"

文四方点点头，说："要不要把这里的情况报告给上级？"

穆立民说："暂时不需要。现在还不能确定他们的来头，但他们不像是日本人派来的。上次到了居庸关车站，我看见他们也在查看仓库那边的情况。"

文四方接过毛巾塞进皮箱，穆立民往候车室扫视了一圈，说："还有几个人不太对头。那个穿长衫的，一直在防着别人碰到他左下肋骨，他那里肯定有枪。"

火车发车时间已到，穆立民两人验过了车票，上了车。很快火车经过西直门站到了南口站，这里又有多个人上车。这些人都是衣着讲究，脸面白净，没什么行李，不像是上次那样，车上基本都是沿线的山民。

很快，火车就要开到居庸关站了。穆立民他们看到，刚刚上车的这些人，都慢慢聚集到车门处，看样子都准备在这里下车。穆立民对文四方低声说："咱们别忙去看站房里是不是还存放有药品，先分头弄清这些人的来路。"两人先等这些人下车后才下车，他们在站台上，看到这些人向四面散开，有的沿着出站口出了车站，还有人沿着铁轨渐渐走远，那一对年轻夫妻则进了站房。

穆立民对文四方大声说："我四处看看风景，顺便把回去的车票买好。你把吃的东西在山上找个干净地方铺好。"

文四方答应着，提着箱子往山上走去。穆立民进了站房，只见那个穿旗袍的女子已经找了个座位坐下，正摇着一把小扇子乘凉。那个男人则和十多个人一起在售票处前排队买票。穆立民站在队尾，倾听着前面的动静。那男人买的是当天下午六点五十七分由居庸关站回到丰台站的车票。接着，他就叫上自己妻子两人走了出去。穆立民一边排队，一边观察着两人的行踪。只见他们出了站房，也沿着山路，往居庸关长城方向走去。"难道这两人真的只是喜欢来这里爬爬山，看看风景？"穆立民心里想着，掏出钱包买好了车票。他看看墙上的挂钟，已经是下午四点十八分，距离自己发出信号弹、游击队发起进攻不到三个小时了。

他出了售票处，看到那两人已经爬到半山腰，又回头打量着车站上的情形。这里还和上次自己到来时差不多，那间被日军占据的仓库前，还是只有一个日本兵正在持枪站岗，仓库的玻璃上涂着黑色油漆，看不到里面的情形，另外几间房子则是日本兵的宿舍，里面正隐隐传出日本兵的怪笑声。

穆立民回想着高志铭交给他的任务，就是确认药品仍然存放在日军仓库中，然后向埋伏在四周的游击队发出信号弹。其实，按照那个美国记者拍摄的照片,这里毫无疑问就是日军存放药品的地点。

他遥望着四周的地形,这里是连绵起伏的群山之间的一片平地,车站外都有山路通往大山深处,铁路则一路由低向高延伸。高老师虽然没有告诉过他,游击队是从哪里来的,但他猜得出,这里山势险峻,游击队从别的地方来到这里,一定需要跋山涉水,经历无数的磨难。

绝不能让队伍打一场没有把握的战斗!他决定,一定要在预定的时间前,彻底弄清日军药品的情况!

这时,正在半山腰一处长城城楼上的文四方,从垛口探出头,拼命朝他招手,似乎有什么要紧事。穆立民赶紧出了站台,沿着山路爬了过去,走到文四方跟前。

文四方看看四周没人,说:"穆老弟,那一男一女肯定有问题!刚才他们也上山了,我一看他们上来,就留了个心眼儿,躲在林子里。结果他们上了山,相互谁也不搭理谁,哪儿像两口子?而且,他们走着走着,那男的说了句什么,我远远地也没听清楚,那女的不肯,冷笑了两声,就要下山。那男的急了,朝她大喊了一声,我听得很清楚,是在叫她什么处长!穆老弟,这荒山野岭的,什么处长会来这里?你瞅着他们会不会是那个临时政府里的?"

穆立民回想着自己这两次看到这对夫妻的情形,说:"他们不像是临时政府的人,临时政府的人哪里用得着处处小心谨慎?"

"这位老弟有眼光,我们的确不是临时政府的人。"两人背后传来说话声,他们刚要回头,只听到两声打开手枪保险的声音,那个人接着说,"请两位举起手,再把身上的武器扔到地上。"

穆立民听得出来，这就是那个男人的声音。他看到地上这人戴着鸭舌帽的影子，和他身旁另外一个留着波浪卷长发、穿着旗袍的女人影子，就更确定了。这对男女一定是察觉到了自己的行踪，于是从蜿蜒曲折的山路上又绕到了自己身后。但是这时又发生了一件奇怪的事情，他在地面上看到，竟然又有一个人影在无声无息地慢慢逼近。这人的手里，好像也握着一把手枪！而那对男女完全没有注意到身后的这个枪手！

"两位还是配合一点，赶紧扔掉武器！"戴鸭舌帽的男人又低声喝道。

"你们是国民政府的人？"穆立民说。

戴鸭舌帽的男人冷笑一声，说："你别猜了。赶紧把武器扔到地上，枪、子弹匣、匕首，都算。我这把枪已经装好了消音器，可以神不知鬼不觉地干掉你们。"

穆立民点头答应，慢慢从怀里拿出手枪和匕首，举起来给他看了看，然后慢慢蹲下，把手枪的子弹匣退出来，连手枪一起放在地上。他又把匕首从刀鞘中抽出来，摆在地上，然后举着手慢慢站了起来。那男人点点头，说："不错，就是这样，还有别的武器吗？"

穆立民说："还有，还有。"他又把手伸进怀里，刚要抽出什么，他的脚猛地向后一蹬，一道寒光从他的脚底飞出，直刺入刚刚逼近的那人的手背！那人惨叫一声，扔掉了手枪，穆立民飞身跃起，把他踢倒。这时，戴着鸭舌帽的男人也反应过来，他也猛扑过来，死死扭住了那人的胳膊。

那个女人从坤包里取出了一捆极细的绳子,把这人的胳膊牢牢绑了起来,还用手帕塞住了他的嘴。

这个女人,就是军统驻北平情报站的赵秀沅,戴鸭舌帽的男人,自然就是军统驻北平情报站行动处处长聂壮勋了。

赵秀沅一看已经控制住了这个枪手,马上又举起手枪,瞄准了穆立民。她把绳子扔到穆立民和文四方中间,冷冰冰地对文四方说:"你把他也捆起来吧,省得我动手。"

文四方一脸怒气,说:"我们刚刚救了你!"

赵秀沅一撩头发,柳眉一竖,扣动了扳机。子弹打在穆立民和文四方面前的长城砖上,砖屑四散。

"不识好歹!"文四方喝道。

赵秀沅一挺枪口,刚要再说什么,只听有人哈哈一笑,从城楼后面的阴影里转了出来。这人身穿长袍马褂,身后还跟着两个随从,胸口用一串大粗金链子挂着金怀表,手背上汗毛又长又密,满脸笑容,手里拄着一根细藤杖,正是军统驻北平情报站主任马淮德。

聂壮勋刚要说什么,马淮德看了看那个被牢牢捆起来的枪手,朝赵秀沅使了个眼色。赵秀沅走过去,蹲下去盯着他,慢慢举起了手枪。那人眼神里满是惊慌,嘴里发出嗬嗬的求饶声。赵秀沅微微一笑,掉转枪口,砸在他的脑后。他喉咙里咕哝一声,晕了过去。

"马主任,您认得他们?"聂壮勋眼珠一转,似乎明白了什么。

马淮德点点头,说:"想不到今儿大水冲了龙王庙。"他朝着穆立民说:"穆老弟,贵党真是人才辈出,我没猜错的话,你们也盯上了那里吧。"他朝山下的车站努努嘴。

"原来这两人是共产党。"聂壮勋心想。

"马主任,您提出的这个问题,有纪律要求,我可没法回答。"穆立民说。

马淮德拿出怀表看了看,又抬头看看天色,说:"如果我没猜错的话,贵党大概会在七点钟发起进攻,然后利用夜色掩护撤离战场。"

他一说完,就紧盯着穆立民的脸色,想看出自己的推测是不是准确。可穆立民的神情平静,看不出任何变化。

"这位老弟,还有这位老兄,想不到你们是共产党,我聂某从事情报工作多年,这次竟然看走眼了。"聂壮勋向前一步,朝穆立民和文四方拱拱手。

穆立民和文四方还了礼,聂壮勋又说:"既然咱们两个单位的任务其实就是一个任务,不知按照贵党的要求,两位接下来如何行事?是离开此处由我们接手,还是想和我们一争高下?眼下虽然这里只有两位,但这漫山遍野里,想必还有不少贵党人员吧?"

穆立民想起高志铭在筒子河边给他说过的话,说:"如果你们确实计划夺取日军在山下的那批药品,我们愿意撤出战场。"

马淮德心里长出了一口气,脸上却竭力保持神情不变,嘴里也淡淡地说:"看来贵党对国共合作抗日确有诚意。"

赵秀沅往他身边凑了凑,说:"马主任,您可别太相信他,这小子可滑头了,上回他还来这里查看情况,嘴里一句实话都没有。"

马淮德装作没听见,对穆立民微微一笑,说:"如此一来,还请穆老弟通知贵党各位，退出此次行动。"

穆立民点点头，从书包里取出油纸包里的信号枪和信号弹，将那枚蓝色信号弹装入枪中，向着正慢慢变暗的天空举了起来。他正要扣动扳机，又把枪慢慢放下，说："马主任，我和上级有约定，在七点钟前发出是采取行动还是放弃行动的信号弹。"

赵秀沅盯着他说："臭小子，你别耍花样！如果你出于一党私利，破坏了这次行动，致使日军把药品完好无损地运往武汉前线，你就是国家罪人，逃不过军法惩办！"

穆立民抬起头，说："共产党从来没有什么一党私利！这批药品关系重大，我们本来已经为夺取这批药品进行了详细部署，但现在既然贵党也注意到了这批药品，要从日军手里抢过来，我们当然欢迎这样爱国抗日的英勇行为。但是，我的上级事先已经为这种情况做出了部署，我必须遵从上级指示行事！"

赵秀沅还要继续说，马淮德摆摆手制止她，指了指天空，说："不用着急，天色不早了，我想，按照共产党方面的作战计划，想必也为时不远了，我们不必急于一时。"他指着被捆绑起来的那个枪手说："审问他一下，看看是否可以从他嘴里挖出情报。"

聂壮勋走过去，取出他嘴里的手帕，又连抽了他两个耳光，这人慢慢醒了过来。他惊恐地看着眼前的几个人，聂壮勋用手枪抵住他的太阳穴，喝道："你是什么人？到这里来干什么？"

这人哆嗦着说："我叫魏栋，在治安维持会行动处任职。是内政部行动处处长江品禄派我来的。"

聂壮勋和马淮德对视了一眼，穆立民也在暗想，江品禄为何派这人来这里，难道夺取日军药品的计划已经泄露？

聂壮勋紧紧揪住他的衣领说："江品禄派你来干什么？"

魏栋结结巴巴地说："江品禄说，这一阵子共产党的地下组织在北平城内外都很活跃，给皇军，不,给鬼子的军事行动造成了很大破坏。京张线沿线是战略要地，他派我们在沿线各站密切巡查，我就是被他派到了居庸关这里。"

他这一番话说完，马淮德心里放宽了一些，他朝聂壮勋做了一个往下切的手势，聂壮勋在他脑后打了一拳，他又重新晕了过去。聂壮勋在他身上翻了一阵，什么都没找到。

马淮德盯着他看了一会儿，扭脸对身后的随从说："你们通知各处的同志，太阳很快就落山了，距离行动时间不到一个小时了，大家休息一下，等发出信号弹，我们即刻行动。"

这两人点点头，沿山路下山到了车站。穆立民远远看到他们一人进了站房，一人则在站台上向一些旅客说着什么。

第十九章

转 机

此时,天色已晚,山风在峰岭间穿梭,比白天烈日炎炎的正午时分凉快了很多。赵秀沉看看天色,又看看腕上的小金表,想给马淮德说自己要乘坐下一班火车回城,却又不敢说。

穆立民望着天上飘荡的云彩和不远处的山岭上蜿蜒盘旋的长城,各种信息在他心里反复交错着。他似乎想到了什么,却又抓不到要领……美国报纸上的照片、被绑架的美国记者、成箱的药品、窗户刷满黑漆的仓库、红蓝两色信号弹……

他猛地抓过那个临时政府的特务,把水壶里的水浇到他脸上。聂壮勋朝马淮德看了看,露出询问的神色。马淮德摇摇头,表示再等等,看一下穆立民要干什么。

魏栋又醒了,他呆呆地看着穆立民,大张着嘴,一脸木然。穆立民说:"江品禄有没有告诉你们,如果发现有异常情况怎么办?"

魏栋口角流着涎水,断断续续地说:"江品禄说,如果发现异常情况,千万不能打草惊蛇,要是你们要撤退,还要拖住你们……"

"他有没有让你赶快向他报告？"

魏栋摇摇头，说："没有……"

赵秀沅没有听出丝毫异常，还在那里看表、看天色，神色焦急，一心只想赶快离开。马淮德和聂壮勋互相看着，眼神里的忧虑越来越多。

聂壮勋一个箭步跳过来，揪起魏栋的衣领，喝道："江品禄到底为什么要让你们来这里？"

魏栋没有回答，头一垂，一动不动了。聂壮勋伸手摸了摸他的鼻息，回头对马淮德说："死了。"

马淮德右手揉着下巴，两只眼珠不停地转动着。聂壮勋走到他旁边，说："马主任，这里面会不会有圈套？"

赵秀沅本来不明所以，一听这话，使劲甩着手嚷："是圈套？咱们赶快逃跑吧，要不非得把命送到这里不可！"

马淮德抡起胳膊，啪啪连抽了她两记耳光。她吓呆了，伸手捂着脸，呆呆地看着马淮德，愣了几秒钟，才哇的一声哭了出来。

马淮德说："穆老弟，此事你怎么看？"

穆立民放下魏栋的尸体，走到长城的垛口前，望着山下车站里三三两两的人群，说："马主任，这的确可能是日本人的圈套。"

马淮德紧盯着他说："何以见得？"

"时至今日，我们其实谁都没有见过日寇的药品存放于居庸关车站的仓库中，我们唯一的根据，就是那份美国报纸上的照片，还有那个美国记者所拍摄的没有刊登的照片。马主任，那个美国记者在六国饭店的住处，我前去调查过，感觉总有什么地方不太对劲儿。"

聂壮勋紧皱双眉，听完穆立民的话，又琢磨了一会儿，才说："但是，那个美国记者拍摄的照片里，的的确确有大批的药品，上面也明明白白地显示，存放药品的地点就是这座居庸关车站！我们派来的暗探，一直在观察这座车站，日军始终没有转移过这批药品！从美国记者拍下的照片来看，这批药品数量很大，绝对不会偷偷转移而不被我们的暗探察觉！"

马淮德点点头，说："而且，就算这是日本人的圈套，仓库里没有什么药品，他们又能拿我们怎么办呢？这个居庸关车站根本没什么兵力，青龙桥和南口两地虽然有日本人的重兵，但他们的的确确已经把这两处的兵力调去永定河进行军事演习了。这一点，不光我们的特工已经调查清楚，今天这一路上，我也看到沿线车站的日军兵力少了很多。此时我们开始行动的话，最多没有缴获鬼子的药品，自己不会受到什么损失。"他一边看着山下的铁道一边说着，像是在给四周的几个人说，又像是在劝着自己。

赵秀沅揉着脸，一句话不敢说。聂壮勋试探着说："马主任，我们下一步应该……"

马淮德在城楼上来回踱步，一言不发。穆立民看看表，说："时间到了，我应该发射信号弹了。马主任，按照你刚才所发布的命令，我发出信号弹后，你们的人就会行动。"马淮德紧盯着他，点点头。穆立民站在垛口前，高高举起了信号枪，毫不犹豫地扣动了扳机。一枚蓝色信号弹腾空而起，在已经变成灰蓝色的天空中划出了一道蓝色的亮光。

马淮德一直紧盯着信号弹，直到亮光完全消散，他猛地一拍垛口，喊道："开始行动！"

这时，从站房里涌出一群人，和站台上的人聚拢起来，两批人一起冲向日军仓库。站岗的两名日军猝不及防，还没来得及开枪，就已经被打倒了。这些人冲进了仓库，马淮德本来城府极深，早就喜怒不形于色，这会儿也忍不住紧紧扒着城墙，往下望着。

时间一秒一秒地流逝着，马淮德盼着有人从仓库里出来，告诉他在里面找到了大批药品，却听得仓库里传来砰的一声巨响，浓烟很快把整个站台都严严实实地笼罩住了。

这时，从西南方向传来了一阵低沉的轰隆声，这声音起初微弱，可听起来越来越近，也越来越响亮。穆立民皱眉一想，说："马主任，这是日军的飞机！快让你的人回来！"

马淮德面如土色，还没来得及说什么，只见半空中飞过两架涂着"膏药"图案的日军飞机，四枚炸弹正从机腹下落下！只听接连四声巨响，那座仓库爆炸了，一时间烟尘四起，砖块乱飞。那些冲进去的军统特工，也被炸得血肉横飞！马淮德惊得张大嘴，一句话也说不出来。几乎就在一瞬间，仓库被炸成了平地，还燃起了大火，惨叫声从火光中传出，一个个人影在仓库的废墟中挣扎，翻滚……

"完了，全完了，我的人……"马淮德老泪纵横，不停地捶打着城墙。

飞机飞走了，车站里仍然燃着大火。穆立民对聂壮勋和马淮德的两个随从说:"快去救他们,能救多少救多少,而且我们还有机会打赢这场仗!"

这三人不知道为何到了这种局面,这个共产党特工说还有机会赢,他们看着马淮德,马淮德垂着头,朝他们甩甩手,有气无力地说:"总得下去救人,能救几个,就救几个吧。"

几个人一起沿着山路冲下山去,看到车站内外到处都是死尸,还有几名重伤员,轻伤和没怎么受伤的,不过七八个人。穆立民把伤势最重的几个人扶起,握着拳头,对整个站台上的人说:"各位,今天咱们中了鬼子的诡计,有了损伤。今天牺牲的人,都是中国人的英雄。今天这一仗还没打完,中国人没有输,我们还有机会赢!我还有办法,去把鬼子的药品夺过来!谁愿意和我继续去和鬼子干一场?"

剩下的七八个人,身上的衣服都被炸成了碎条,全身上下都是焦黑色,他们看看穆立民,又看看聂壮勋,脸上神情有些迷惘。聂壮勋说:"各位,这一位是共产党方面在北平的特工。"

有个身材高大、面目黝黑的汉子上下打量了一番穆立民,说:"这位老弟,我们一共三十多人采取行动,结果中了鬼子的圈套,眼下就这么几个人了。我不是惜命,只是我们这些人是北平情报站最后一点儿家底,如果我们再有损伤,整个北平情报站也就不复存在了。我们这些人,还是弄到过不少鬼子的情报,惩处过不少汉奸,功劳也算不小了。如果我们再把命都送掉,那对于抗战,可是大大不利。"

聂壮勋说:"丛老弟,这位兄弟的身份你尽管放心,他是共产党的特工绝无可疑。眼下国共合作抗日……"

这个姓丛的挥手打断了他,说:"这位兄弟,我不是不信任你的身份,而是我们想知道,你下一步的计划到底是什么,你说我们还有机会赢,这到底是个什么机会,你要领着我们去哪里?"

穆立民朝他拱拱手,说:"在下穆立民,这位大哥怎么称呼?"

这个姓丛的也回了礼,说:"在下丛子旺,忝为锄奸处处长之职。"

穆立民说:"实不相瞒,我的计划是乘坐七点二十八分抵达这里的那列货车前往西直门火车站(从北京开往张家口的京张线,起点为丰台站,沿途有西直门站、南口站、沙河镇站、东园站、居庸关站、青龙桥站、康庄站等各站,终点为张家口站——作者注)。按照马主任事先所说的,这列货车已经完全由你们的人控制,那么我们就可以顺利乘车抵达西直门火车站,夺取日军存放在那里的药品。"

"日军把药品存在西直门火车站?你怎么知道?"

"你要是早知道这事儿,今天你还来这里干什么?"

站台上的人马上议论起来。聂壮勋说:"穆老弟,你是如何得知日军把药品存放在西直门车站的?"

穆立民说:"我们觉得日军把药品存放在这里,无非是受了那个美国记者拍摄的照片的影响。再加上暗探一直在盯着这里,确信日军并未有过任何转运行为,这才下决心对此处发动袭击。但是,眼下已经证明,日军并未在这里存放药品,那么,那张照片是怎么拍出来的?显然是那个美国记者作了假!那么,能够让他作假的地方又会是哪里?世界上唯一会让人觉得是这个居庸关车站的地方,只有一个地方,那就是拍电影的影棚,在西直门外,恰恰就有这么一处影棚!我去过这座影棚，那里各种布景一应俱全。虽然我没看到模仿居庸关车站的布景，但在那里搭建这么一处布景并不困难。"

站台上的人窃窃私语起来，聂壮勋稍一思忖，说："即使药品真的在那里，日军如果有重兵驻防，我们不一样劳而无功吗？就算日军疏于防范，我们又如何运走这批药品？"

穆立民说："日军将药品存放在那里，是极为秘密的，为了掩人耳目，日军不会在那里有多少兵力。至于如何运送药品，马主任刚刚提到，此处车站外，就停放了多辆卡车，你们计划用这批卡车运送药品，对不对？"

聂壮勋点点头，穆立民说："那我们就把药品再从西直门车站运回这里！"

丛子旺一皱眉，说："运回这里？"

聂壮勋稍一琢磨，眼神登时一亮，他猛地一攥拳头，说："穆老弟，你真有种！对，到时就把药品运回这里，鬼子刚在这里炸死我们这么多人，他们也想不到我们还敢回到这里！"

站台上的人都沉默了，都在琢磨穆立民的计划里有没有漏洞。过了片刻，丛子旺抬起头，说："这位老弟，你刚才说你去过西直门外的那处影棚，你到底为何会去那里？"

"对呀，我们都住在北平，谁知道那里还有这么个地方？"人们跟着议论起来。

穆立民目光炯炯地看着众人，坦坦荡荡地说："那座影棚属奎明戏院的少东家阮化吉所有，我和此人相识多年，从小玩到大。他买下这座仓库改建为影棚后,请我去过。"

"是阮化吉那个文化汉奸带你去的?"

"你和那个汉奸是多年的兄弟?那你的话,我们也不能信!"

国民党特工们大声嚷了起来,穆立民等议论声小了一些,把身子一挺,昂起胸膛,说:"诸位,这阮化吉这段时间的确为虎作伥,在奎明戏院放映那部《天皇的慈悲》,还要和日本人成立电影公司,拍一些长侵略者威风的电影。但我和他的行为毫无瓜葛,请各位放心。"他看看表,说:"还有三分钟,那班火车就要进站了,各位愿意和我一起去夺取药品的,请上车。信不过我的,或者伤势比较重的,请按照马主任原来的计划,登上站外的那些卡车,返回城里治伤。"

此时,天色已经黑透了,整个居庸关车站内外,只有一些正在燃烧的木料发出噼噼啪啪的爆裂声,还有几个重伤员的呻吟声。北平情报站的特工们,有的蹲下身子在地上画着什么,有的靠在摇摇欲倒的墙壁上冥思苦想,有的互相看着,想从对方的神情里找到答案。忽然,一阵高亢的汽笛声划破了这里的沉寂,一列火车正从远处的峡谷中驶来。人们纷纷站直,看着火车驶进了站台。这时,原本隐藏在站外土路上的卡车,也亮起来灯。从灯光看,那里停放着四辆卡车。

"各位,请把为国捐躯的英雄的遗体搬上卡车,再请重伤员也上卡车,马主任想必会马上安排医治。其余的人,愿意和我去的,请随我上火车。"穆立民说。

这时,火车停稳了,车头里的几个国民党特工探出头看到车站内外被炸得遍地狼藉的惨状,还有被炸身亡的特工遗体,正在痛苦呻吟的伤员，都吃了一惊，脸色都被吓得一片惨白。有人问聂壮勋："聂处长，这到底怎么回事？这次任务失败了？"

聂壮勋紧皱眉头，说："这儿被鬼子的飞机给炸了，咱们伤亡不小，死伤了不少兄弟。这车能开到西直门吗？"

那人点点头，说："南口的下一站就是西直门。"

"能从西直门开回这里吗？"

"开回这里？"那人用手枪指着火车司机的头，说："喂，问你呢，车能从西直门车站开回这儿吗？"

那个司机看起来早就被制服了，他吓得面如土色，拼命点着头说："可以，可以。到了晚上，就没车从城里发车了。车站里除了几个警卫，别人都下班了。"

穆立民看看表，说："距离开车只有一分钟了，如果不按时开车，会引起下一站东园站里鬼子的警觉。各位，愿意和我再去和鬼子干一场的，请随我上车。"

说完，他昂起头，拽住车厢上的拉手，大步踏进了车厢。

文四方也跟了进去。站台上的其他人，有人把遇难者的遗体和重伤员搬上了卡车。两辆卡车很快离开了，原地还有两辆车。这时，天上密集起成团的乌云，把星光都遮住了，还有大颗的雨水落了下来。

"妈的，大不了再中一次圈套，老子认了！老子自从来到北平情报站，还没和鬼子真刀真枪地干过，这次非得和鬼子拼一次不可！"丛子旺伸手一抹脸上的焦黑和汗水、雨水，也大步上了车。

"我听丛大哥的！"

"老子埋伏了一整天,鬼子没见着,就死了好几个兄弟,我和鬼子拼了!"

八个轻伤员和没有受伤的人里,有七个人上了车,只剩下最后一个人和聂壮勋还在车外。那个司机嗫嚅着说:"各位好汉,必须马上开车了。"

这时,马淮德和赵秀沅也到了站台上,聂壮勋朝马淮德一拱手,说:"如果这次聂某未能返回,请马主任转告戴局长,我聂某对得起他的重托,还请善待我的父母妻儿!"说完,他转身上车。

最后一名特工年纪很轻,不过二十一二岁的样子,他脸上稚气未脱,看上去神色犹豫,浑身颤抖。马淮德哆嗦着说:"你们不能都去啊,北平情报站可是戴局长多年的心血啊……"

这名特工看着马淮德惶急的神色,一咬牙,说:"就算北平情报站全军覆没,也比整天争名逐利苟活于人世强!"说完,他也上了车。

这时,天空中传出几声炸雷声,接着大片的雨水从满天的乌云中倾盆而下。在雨帘中,司机拉动汽笛,火车嘶叫着冲出了居庸关车站,朝着北平城方向开去。马淮德望着渐渐消失在黑暗中的火车,拄着藤杖,嘴里不停喃喃地说:"完了,全完了……"赵秀沅搀着他的胳膊,撑起一把雨伞,说:"马主任,您还有我呢,咱们重新招新人,要招对您忠心耿耿的,不要那些光知道逞能的。这北平情报站呀,还是您的地盘,都是您说了算……"

他们没有注意到,一个身穿青色长衫、身形清瘦的男人,正提着一盏马灯,打着油纸伞,从山路上走下来,站在了站台上。

"马主任,贵党这些为国捐躯的年轻人,不愧是民族精英,我们应该把他们的名字一个个记下来。"这人看着地面上正被雨水冲散的血迹说。

马淮德慢慢转过身,看着面前的中年人,说:"高先生,你怎么来了?"

这人自然就是高志铭了。他说:"马主任,想不到我们想到一起了,都选定在今晚袭击这里,夺取我们原本以为存放在这里的日军药品。"

马淮德望着已经面目全非的居庸关车站,说:"高先生,我们都错了,但是,你们却没什么损失,而我的北平情报站,已经不复存在了。一定是日本人早就设下圈套,利用那个美国记者,在报纸上登出照片,让我们以为药品就存放在这里。他们虽然把南口站和青龙桥站的守兵都撤走了,但早就在西郊机场预备了飞机,一旦发现我们对居庸关车站发动袭击,马上派飞机从西郊机场来轰炸……我马淮德如今成了光杆司令了,整个北平情报站的家业都毁了,戴局长也饶不了我……"

高志铭说:"日军自侵略我国以来,四处烧杀抢掠,我国不知有多少大好男儿为了消灭日寇勇赴沙场,以身殉国。这种牺牲,是光荣的,也是没法避免的。马主任,我们应该尽快振作起来,继承他们的遗志,而不是一味哀叹自己的实力受了多大损失。"

马淮德摇摇头,苦笑道:"高先生,你们共产党都是齐心协力干事情的,你不知道我们内部的情况,如果没有实力,没有地盘,那没人会看得起你,你会在第一时间,被排挤到边边角角,那份备受冷落的滋味,我是不想再尝试第二遍了!"

忽然，他攥住高志铭的手，两眼放光，说："高先生，刚才你的那个手下，带着我几个手下去了西直门，说日军的药品其实存放在那里，你觉得他们能全部回来吗？"

高志铭摇摇头，说："立民本来已经完成了任务，我也不知道他又发现了新线索。"

马淮德此时已经从刚才的心急如焚中冷静下来，他说："难道你没有给他任务，要求他夺取日军存放于此的药品？他的那两枚信号弹，不就是为贵党埋伏在四周的队伍发起进攻提供信号吗？"

高志铭说："起初我们是这样计划的，但后来我们改变了作战计划，实际上从未有一兵一卒埋伏于此地。"

马淮德万分惊讶。高志铭接着说："我们本来的确准备袭击这里，夺取日军药品。但是，我们的上级根据形势的变化，改变了行军路线。我们的队伍在离此不远的山谷小路里穿过，已经在今天下午夺取了昌平县城。"（1938年初，八路军晋察冀军区第四纵队在平西斋堂一带进行游击作战，6月8日，第四纵队取道平北，沿途攻克了昌平、延庆、兴隆等县城，消灭了大量敌伪据点，打开了向冀东挺进的道路——作者注）

"你们占领了昌平？昌平是北平的北大门，你们在北平郊外的队伍，不是一直在平西一带活动吗，为何要去占领昌平？"马淮德皱眉苦想，忽然说，"我明白了，你们占领昌平，是为了向东进军，你们的目标，是要把北平的东部、北部、西部打通，形成一个大的根据地！"

高志铭微笑不语，马淮德叹口气，说："共产党的谋略，真是远胜于我们啊！你们这样一来，就把大批日军牵制于北平外围，不能大举南侵，这对于日军组织武汉会战的计划，破坏作用可远远胜过夺取一批药品！"

高志铭还是没说话，马淮德接着说："本来要攻打昌平，却假装是为了夺取居庸关车站的药品，这是声东击西。趁着日军主力调往永定河进行军事演习的机会，轻而易举地夺取昌平县城，这叫作乘虚而入。用少许兵力牵制大批日军，这叫作以小博大。占领昌平后，贵军可以一路乘胜向东占领冀东一带，将多个根据地合为一处，这叫作聚少成多。贵党将领的军事指挥才能真是卓尔不凡，令我马某人眼界大开，心悦诚服啊！"

两人又商议了一会儿，大雨始终没有减弱，天空中闪电一道接着一道，每道闪电都是先把山谷中照得雪亮，接着一声巨响从天而降，在山谷间久久回荡。

马淮德神色焦虑，在站台上来回踱步，踱了十几个来回，赵秀沅始终给他打着雨伞，在他身边亦步亦趋地跟着。走了一阵子，马淮德摸出怀表，说："他们已经走了三个小时了。"

高志铭微微一笑，说："这条线索虽然是立民刚刚发现的，但是根据你刚才说的情况，这个险还是值得一冒的。根据现有的各种迹象，日军的确很可能把药品存放在立民所说的那个地方。"

马淮德叹口气，说："这位穆老弟虽然年轻，但是心思缜密、临危不乱，可谓泰山崩于前而不变色，处事镇定自若，从各种痕迹中找出了这条线索，真可谓自古英雄出少年。唉，贵党有如此杰出的人物，实在令人羡慕。"他朝南眺望着，嘴里喃喃地说："我北平情报站最后的一点家底，都在这趟火车上，如果再有个什么闪失，我真得向戴局长自裁谢罪了。"

此时，整个居庸关车站一带仍然是大雨滂沱。马淮德走不了几步，就要停下来，朝铁轨尽头反复张望，再掏出怀表来盯上几眼。忽然，赵秀沅说："我好像听到什么了。"马淮德就像是捞到救命稻草一般，一把拽住赵秀沅的胳膊，说："真的吗？你听到了什么？"

赵秀沅用另一只胳膊指着远处，说："好像有火车要开过来了。"马淮德的呼吸急促起来，他瞪大眼睛，竖起耳朵，捕捉着来自北平城方向的所有信息。终于，站台的地面微微颤动起来，隐隐的火车奔驰声从远处传来。当下一道闪电照亮山谷时，一个喷吐着蒸汽的火车头出现在了漆黑一团的远处。火车头拼命嘶吼着，这声音之大，就连闪电、大雨都压不过。

火车驶进了站台，高志铭、马淮德、赵秀沅看到，在驾驶室里，穆立民、文四方、聂壮勋、丛子旺就站在司机身后。火车刚一停下，穆立民看到高志铭，兴奋得一纵身从车上跳下，说："高老师，鬼子的药品，都被我们缴获了！"

高志铭抱住他的肩膀，说："好样的，立民，你又立了一功！"

马淮德则伸出手指，一一数着从车上跳下的人："一个，两个，三个，四个，五个，六个……我的人又少了两个！我可怎么给戴局长交代！"

聂壮勋说："马主任，这位共产党的小老弟可真行，完全被他猜着了，鬼子还真是把药品都存放在那个仓库里，还在里面搭建了居庸关车站的布景，就和这里一模一样！对了，我们还抓回来一个人！"说着，他又转身从车厢里拽出一个人来。马淮德一看，这人又高又瘦，长着一双蓝眼睛，大脑门儿，金黄色的头发稀稀拉拉，两眼滴溜乱转，一副心惊胆战的神情。"那些照片，全都是日本人逼着我拍的，和我没有任何关系。"这个洋人用半生不熟的中国话说。

马淮德一皱眉，说："你们抓个洋人来干什么？"

聂壮勋说："这人就是那个美国记者！那些照片，就是他拍的！他全招了！当初日本人找到他，让他在那个影棚的居庸关车站布景前，拍了一大堆往仓库里搬运药品的照片。他为了掩人耳目，还故意把有居庸关三个字的底片藏了起来。他在六国饭店的失踪，也是他和鬼子搞的鬼，其实压根儿没人绑架他，他是为了显得那些照片是他冒险拍的，才装作被人绑架。日本人在那个影棚里有个地库，把药品藏在里面，他也住在里面，里面有吃有喝，还有好几个日本人给他准备的女人，他过得舒服着呢！"

穆立民说："怪不得六国饭店他的包间里，窗子插销是从里面插的，他是自己关上的窗户，所以他才会在房间里插上插销，这就是他露出的马脚！"这时，穆立民想起自己当初和潘慕兰一起夜探六国饭店的情景，当时自己也以为这个美国记者真的被绑架了，而且绑架他的人里，一定有人就住在六国饭店，才能在房间内插上窗户的插销。现在看来，这个住在六国饭店的人，就是这个美国记者自己。

马淮德盯着面前的几个人，说："我们的人，怎么又少了两个？

仓库有日本人驻防吗？"

聂壮勋脸色有些沉重，说："仓库前没有日本鬼子，只有几个治安维持会的汉奸在把守，我们轻而易举地就把他们解决了。那个仓库很大，布景很多，好在有穆老弟的引导，我们很快找到了药品。但是，我们把药品搬上车后，正要把车开回这里，被正在车站上巡逻的鬼子察觉了，我们虽然马上开出了车站，但还是有两个同志被鬼子的机枪打中了。"

高志铭说："既然你们的行踪被鬼子察觉，他们随时可能追来。马主任，我们需要把药品搬上卡车，尽快离开这里！"

马淮德点点头，说："对，我有些乱了方寸了。经过今晚这一战，我已经深深感受到贵党对国共精诚合作、一致对外的诚意。我这里有两辆车，其中一辆车连同搬上去的药品，我都送给贵军了，请勿推辞！"

高志铭拱手致谢，马淮德问聂壮勋药品是不是都搬完了，聂壮勋说："没有，还剩下一些没来得及搬，但那也不能给鬼子留下，剩下的药品，我们扔了几个手榴弹，药品带仓库都报销了。那个仓库的门口那里还堆了不少的花篮之类，到处插了不少彩旗，写着什么日中合作东亚电影公司成立庆典之类，看来这个电影公司一时半会儿是没戏了。"

众人一起从火车上把一箱箱的药品搬上了卡车。两辆卡车都有防雨篷布，众人用篷布把药品盖得密密实实，没有让雨水淋上。高志铭和马淮德代表双方告辞，两辆卡车一前一后驶离了车站，马淮德他们的卡车驶向北平，高志铭却驾驶着卡车，驶向了相反的方向。

此时，大雨还没停歇，山路本来就崎岖难行，再加上路面湿滑，车辆开得不快。穆立民坐在车里,隐约感到车子是朝西北方向行驶。他似乎猜到高志铭要把车开向哪里,脸上浮现出喜色。他忍不住问:"高老师,您这是往昌平县城方向开吗?"

高志铭紧握着方向盘,点点头,眼睛紧盯着前方说:"今天我们的队伍虽然打了个大胜仗,但是也有不少战士负伤,这批药品,他们正好用得上!"

穆立民和文四方互相看了看,眼睛里都闪动着兴奋的神采。他们仿佛在说:"终于能见到自己的队伍了!"文四方激动得更是双眼通红,双手都像是不知道该放到哪里,一会儿紧握着,一会儿又摊开。汽车一直开着,穆立民坐在座位上,使劲儿挺直脊背,努力朝前面望着。虽然前面只有一片漆黑,除了车灯照亮的一小块儿,什么都看不见,但他还是看个不停。因为他知道,高老师所驾驶的这辆车的方向,就是希望的方向!胜利或许不在眼前,但一定在前方!

第二十章

使　命

这天早上，阮化吉醒来后，就觉得很不对劲。自家整个院子里，竟然一个人影都没有。他大声喊："四秃子！我口干，给我倒杯茶！"连喊了几声，都没人答应。这可太奇怪了，四秃子是他三个月前刚回到北平后，母亲安排给他的男仆。他只好自己蹬上拖鞋，走到圆桌旁给自己倒水。暖瓶里的水竟然也是凉的。他把暖瓶撂在桌上，觉得肯定出什么事儿了。自己家可是随时常备着开水的！他出了卧室，只见家里四处连一个人影儿都没有。

这人都上哪儿去了？他心里嘀咕着，穿过二道门进了后院厨房。往常这个时候，大清早正是忙的时候，男女仆人们正里里外外地来回走动，可他这一路上，谁都没瞧见，直到进了厨房，四下里也是干干净净。他是阮家唯一的少爷，自然养尊处优，这厨房他连上出洋那两年，至少五年没进来过了。

他东翻翻西翻翻，愣是连一点儿吃的都没找到。他肚子饿得叫了起来，忽然想到，母亲平时爱吃个零嘴儿，房里常年预备着花生瓜子山楂条之类。他快步进了母亲卧室,只见这里的那张鸡翅木小圆桌上不但空空如也,就连炕屏、挂钟之类摆件都不见了。他揉揉眼,心想自己是眼花了,还是没睡醒,怎么一觉醒来,这个家变得这么古怪?他寻思着,自己这两天一直早出晚归,每天清早就出门去西直门那个影棚,眼瞅着所有的布景都刷完了最后一道漆,日中合作东亚电影公司成立庆典的布置也弄完了,想象着自己到时西装革履地站在台上对着中外嘉宾,还有新闻记者发表演讲,第二天报纸上还登出了自己的照片,心里格外舒坦。他一是忙,二是怕被爹妈骂,这两天他一直没去协和医院。每天晚上回到家,他虽然发觉家里的人一天比一天少了,但猜想那些仆人们都去医院里照顾爹妈,也就没多想,都是倒头就睡。但这天早上,整个阮家除了他再也没活人了,他算是彻底蒙了。

他正纳闷儿,听到外面院子里传来一阵杂乱的脚步声,进来的人还不止一个。他也不管进来的是谁,大喊一声:"谁回来了,赶紧给我下碗面去!"接着他进了堂屋,在太师椅上坐下,等着吃面。

来人没去厨房,而是进屋走到他面前。他抬眼一看,站在面前的是万云楼掌柜严二和两个短打扮的工人。他稍稍一愣,也不起身,说:"严二爷,虽然说都是同行,您就这么直眉瞪眼地进来,也太不拿自个儿当外人了吧?"

严二朝他拱拱手,说:"阮公子,现如今在这个院子里,您大概还不知道您才是外人吧?"

阮化吉斜着眼看着他,说:"严二爷,您这话是什么意思?"

严二神色平淡,从怀里抽出一张纸,抖落开了,说:"阮公子,您瞅瞅这是什么？"

阮化吉懒洋洋地抬眼一扫，就像被蝎子蜇了一样跳了起来，喊道："房契，这是我家的房契，怎么会在你手里？"

严二表情如常，说："阮公子，令尊已经在三天前把整个奎明戏院还有这所宅子，索价五万块大洋卖给了我家东家。这宅子里的一应物品，也包括其中……"

"放屁，你少放屁！"阮化吉指着他说。严二冷冷一笑，又从怀里抽出一张纸往茶几上一按，说："阮公子，请过目这是不是令尊的笔迹。"

阮化吉想把纸抽出来，可严二按得很紧，只好低头细看。只见上面虽然写得有些歪扭，但正是父亲阮道谋的笔迹，印鉴也是父亲常用的那枚。上面清清楚楚写着，将奎明戏院和阮家宅子以大洋五万块的价钱卖给万云楼东家严家昌，三天内交割完毕，立此为据。

"阮公子，算我多句嘴，据我所知，我东家把五万块大洋交给令尊令堂两位后，他们就拿着三万块当作给府上仆人们的遣散费，只在身边留下三五个人。然后他们就拿着剩下的大洋，还有他们的体己钱，说是去八仙庄养老了。"严二淡淡地说着。

阮化吉脸色惨白，慢慢地瘫坐下去。严二朝身后使个眼色，两个工人每人手拎一个大口袋，开始把屋里的各色摆设装了进去。

阮化吉只觉得自己口干舌燥，心脏扑通扑通跳得厉害，接着就听见有人喊"少爷，少爷，您赶紧出来，车来了！"阮化吉听出是二掌柜刘喜的声音，心想还是刘喜最忠心。他出来一看，是二掌柜刘喜正满头大汗地站在院里,跺着脚朝四周喊着。他一见阮化吉,马上小跑几步过来,用袖口擦着汗说:"少爷,您真沉得住气,您忘了今天是什么大日子啦?"

阮化吉没回答,一把揪住他的袖口,说:"刘喜,我家到底出了什么事儿?这严二说我爹把戏园子和这宅子都卖给他东家了,这事儿你知道吗?"

刘喜看他这副急赤白脸的样子,叹口气说:"少爷,这是真的!"

"唉!"阮化吉叫了一声,捂着头蹲了下去。刘喜赶紧蹲在他旁边,说:"少爷,您甭着急,眼下您不是正在日本人面前得宠吗?您找他们去啊,让他们帮您把这房子,还有戏园子都要回来!那万云楼再牛,敢和日本人叫板?"

"行,就这么办!"阮化吉咬着牙说。

"那,今儿庆典的事儿,您没忘吧?"刘喜试探着说。

"这我哪能忘?今儿上午九点,在西直门外影棚那里办庆典,庆祝日中合作东亚电影公司成立。时间还早呢,我得先垫垫肚子再说。"

刘喜又跺起脚来,说:"少爷,这都八点半了,内政部派来接您的车,都在门口等了半个钟头了!您甭吃了,上车再说吧!"

"八点半了?"阮化吉一摸后脑勺,说,"糟了,昨晚上我让四秃子早上七点叫醒我的,他没叫,我睡过头了!四秃子,你给我出来!"

刘喜急得满脸通红,说:"这节骨眼儿上您就甭找四秃子了,人家早不知道拿着遣散费去哪儿享福了。赶紧洗把脸换身衣裳,咱们一块儿上车去西直门吧!"

阮化吉瞟着他说:"刘喜,别人都拿着遣散费跑了,你怎么不和他们一样?"

刘喜嘻嘻一笑,说:"那还不是因为我对您忠心!少爷,咱家这戏园子里,关二爷的戏我可没少看,知道做人得仁义!"

阮化吉半信半疑地听着,顾不得多想,一溜小跑回到卧室,找出了那身燕尾服,把领结也系好了,蹬上皮鞋,擦了把脸就和刘喜一起快步朝外跑。这时,一直站在堂屋里冷冷看着他们的严二,朝阮化吉的背影说:"阮公子,自从我进了这家门,您可没一句问起您老太爷的病情。"

阮化吉一愣,脚步迟疑了一下,刘喜拖了他一把,两人出了家门,跳上门口的汽车。

汽车起步了,阮化吉还在唉声叹气,刘喜眼珠一转,说:"少爷,今儿这么大的庆典,皇军特务机关处的人、内政部的人,还有别的有头有脸的人,来了少说好几百。这么大的场面,您必须得镇得住,所以,这会儿我不能给您添乱,不能让您担着心事,这眼瞅着就到西直门,您也甭琢磨别的没用的,还是好好想想待会儿要说的词儿吧。"

阮化吉抹了抹眼泪,不再说什么,把头往椅背上一靠,闭目思索起来。汽车就要开到西直门了,刘喜小声嘀咕着:"不对劲儿,不对劲儿。"阮化吉睁眼一看,只见西直门城楼下布满了日军和治安军,城门只能进不能出,进了城门的各色人等也排成了长队,拿着证件等着被检查。证件上稍有异常,就被士兵捆绑起来,推上旁边的卡车。两辆车上已经有几十个被捆绑起来的市民,车轮下还躺着几具尸体。

有的尸体胸前或者额头上的血洞里还流着鲜血,一看就是刚刚被开枪打死。

汽车一直开到西直门城楼下,几个士兵马上拉动枪栓,端起枪来,枪口直指着这辆汽车。司机摇下车窗,指了指车牌。两个治安军认出这是内政部的车牌,枪口垂了下来,但两个日本兵还是继续端着枪。司机赶紧下车,掏出证件,满脸堆笑地给日本兵解释着。一名日本兵点点头,到岗亭里打了一通电话,这才拉开铁丝网放行。

汽车出了西直门,刚一开进车站,阮化吉就看到这里不但丝毫没有即将举行庆典的迹象,原本足足有三层楼高的仓库,也就是他的那间影棚已经不复存在了,只剩下遍地的瓦砾,还有各种布景的碎片。围在四周的日本兵就更多了,每人都如临大敌一般,端着上了刺刀的步枪。他不等汽车停稳就跳了下去,只见地上还有一些没有完全烧尽的木块在冒着黑烟,他的腿都有些发软了,捡起一个黑不溜秋的东西,用力擦去上面的焦黑色,才认出这是卧室布景里的一只镜框。原本在镜框里的照片已经不见了,镜框也被烧得扭曲得像麻花一样。他哆嗦着望着四周,看到地上有一个他从未见过的大坑。这个坑足足有三米深,十多米见方。这时,他看到江品禄和那个日本人松崎葵正朝自己走过来。他凑过去,喃喃地说:"江处长,这里怎么会变成这样?我的影棚呢,我的布景呢?"

江品禄还没回答,松崎葵抡起胳膊重重抽了阮化吉一记耳光,把他打倒在地,还抽出军刀,指着他吼道:"八嘎!那个美国记者藏在这里的事情,是你泄露出去的?"

"什么美国记者？这里藏过美国记者？"阮化吉感觉到刀尖刺破了自己额头上的皮肤，鲜血涔涔流出，流进了眼睛里。他被这记耳光打得脑子里嗡嗡作响，隐隐听到江品禄说："太君，情报不会是他泄露的，否则他就不敢来了。"

松崎葵气急败坏，瞪圆眼珠叫嚷着："中国人，狡猾狡猾，说不定就是他泄露了情报后，故意装成和他无关，又来到这里！"

江品禄心里一寒，不敢再劝。松崎葵慢慢地按动军刀，刀尖从阮化吉的额头，再到鼻梁，鲜血已经流满了他大半张脸。"说，你的同党，都有谁？"松崎葵狞笑着说。

"不知道，我不知道啊……"鲜血流进阮化吉的嘴里，他含含糊糊地说着，但在别人听起来，他只是在嘴里发出了一串毫无意义的呻吟。他通过眼角的余光看到，刘喜也下了车，但他只是往这边看了一眼，就吓得面如土色，远远地跑开了。"我让这小子当监工，监督这里布景搭建的情况，一定是他被人收买了，瞒着我不知道干了些什么。"他紧紧地攥着一把泥土，脑子里混混沌沌的。

此时，在西北方向二十公里外的昌平县城，虽然也是大雨滂沱，但城里到处都是一派喜庆。刚刚占领这里的平西纵队，已经打开了粮库，给贫困农民发放粮食。一些因为欠租被关进监狱的农民也被放了出来。平西纵队还解散了日本人在昌平县扶持的治安维持会，里面几个最凶恶的汉奸恶霸，都已经被惩处。纵队首长下令全体原地休整，很多战士都休息了。

苏慕祥和很多战士一样，没有打扰老百姓，在一个恶霸的宅院里打起了地铺。他刚刚睡着不久，就被杨副连长叫醒了。杨副连长提着马灯，对他说："走，首长要见你。"他跟着杨副连长到了街上，他本以为要去连部，可杨副连长带着他穿过大半个县城，一直到了一处大房子里。他知道，这里是从前鬼子扶持的县治安维持会。这时，整个县城都已经安静了，路上除了站岗或者巡逻的战士，四下里都静悄悄的。他进了这所房子，刚到院子里，就看到堂屋里齐连长和几个干部正围在墙上的一张军用地图下面说着今天的战况。这些人中间，那个正抽着旱烟袋、留着满脸络腮胡子、绑腿打得格外整齐的人，不就是平时喜欢开玩笑、打仗时布置起战术又格外细致的支队首长吗？其余的干部，也都是营长、连长。他的脚步不由得慢了下来，杨副连长哈哈一笑，说："你打起仗来不要命，怎么见了首长就不会走路了？首长没架子，快进来吧。"杨副连长带他进了屋子，告诉支队首长他来了，他赶紧向首长敬礼。首长笑呵呵地还礼，带他和齐连长到了旁边的一间屋子。首长问了他一些个人情况。他都一一回答了，齐连长告诉首长，苏慕祥入伍以来，打仗非常勇敢，还肯动脑子，已经多次立功，这次攻打昌平县城的战斗中，他当代理班长的那个班，取得的战功非常突出，"他们这个班，不光炸了鬼子在县城外围阵地上的一个碉堡，还击毙鬼子少尉一名，缴获了鬼子的军刀、机枪，还有一辆轻型坦克呢"。支队首长听得很认真，到了最后，他拍了拍苏慕祥的肩膀，说有一个非常重要的任务，经过慎重考虑，在向纵队首长请示后，决定交给他。

苏慕祥马上站了起来，端端正正敬了个军礼："坚决完成任务！"

首长点点头，说："齐连长，你把任务的情况介绍一下。"齐连长让苏慕祥坐下，接着说："苏慕祥同志，这是一个和你从前在战场上和敌人作战完全不同的任务。这个任务，需要你回到北平从事地下工作。你将要在隐蔽战线上，和最凶恶狡猾的敌人作战。苏慕祥同志，你对北平的情况比较熟悉，作战勇敢，善于根据战场情况采取恰当的战法，政治觉悟和文化水平都高，还会武术，从这些情况来看，你的确是从事这项工作的合适人选。"齐连长说到这里停了下来，平静地看着他。

苏慕祥仔仔细细地听完，缓缓地说："我愿意执行这项任务！"齐连长站起来，敲了敲旁边屋子的房门。一个戴着金丝边眼镜、穿着青布长袍、手里提着一只皮箱的高大清瘦的中年男人和一个二十出头、穿着灰色学生装、看起来斯文清秀的男青年走了出来。

"这位是高志铭同志，他是你在新任务里的上级，你要完全服从他的领导。"齐连长指着中年人说，"接下来高志铭同志会向你介绍一些情况。以后你的任务，也会由他指派给你。这些情况涉及非常机密的内容，按照纪律，我和支队首长都不能留在这里了。你那个班里的同志，我会照顾好他们。苏慕祥同志，再见！"

苏慕祥的眼睛有些泛红，他看着支队首长和齐连长，说："首长，连长，我真舍不得离开队伍了。"支队首长弯下高大的身体，说："苏慕祥同志，我们会再见的，等到抗战胜利、全国解放了，欢迎你回到队伍！"

苏慕祥哽咽得说不出话来，支队首长故意把脸一板，说："怎么，你觉得是你还是我，还是齐连长，活不到抗战胜利那天？"

苏慕祥使劲摇头，说："都不是……"支队首长呵呵笑了，说："那就好，咱们后会有期！"说完，他和齐连长转身离开了。高志铭指着那个男青年说："这位是穆立民同志，以后你们组成一个地下工作小组，一起执行任务。这个小组里，还有一位文四方同志，他在今天晚上的一次紧急任务中受了伤，目前正在治疗。关于任务的具体情况，请穆立民同志给你介绍。"穆立民和他握了握手，高志铭接着说："接下来，你要先回到北平潜伏下来，最好是住在大杂院之类人员流动大的地方，以更好地隐蔽自己。新的任务或许很快就会到来。"

苏慕祥注意到，在高志铭说话的过程中，那个名叫穆立民的年轻人一直在盯着自己。

高志铭一说完，穆立民就冲着苏慕祥说："苏慕祥同志，你从前是不是还有一个名字，叫苏顺子？你从前是不是在前门外的煤市街住过？"

苏慕祥也认出了穆立民，说："你是珠市口天祥泰绸缎庄的少东家？"

穆立民兴奋地眨着眼，把自己和苏慕祥多年前怎么认识的过程说了。苏慕祥怎么在洋孩子的枪口前救了自己的事儿，他说得更是格外详细。高志铭听完笑了，说："你们早就认识，那就更好了，以后在执行任务时，会配合得更默契。"他把手里的皮箱递给苏慕祥，说："你将会带着全新的身份回到北平，这里面有你新的身份所需要的各种资料。你要在尽可能短的时间内，把这些内容都牢牢记住。"

苏慕祥点点头，高志铭指着皮包说："接下来你将处于潜伏状态，直到有同志去找你接头。接头的暗号，都在这里面。这里面还有一套便装。你将要等待的时间，有可能是几天，也有可能是几个月、几年、几十年，这就是地下工作的特殊性，你明白吗？"

苏慕祥说："我明白。"

"队伍明天就开拔了，我和穆立民同志都会在今天回到城里。你要按照这皮箱里提供的资料，回到北平安顿下来。"高志铭看看表，说，"这次会面结束后，你要在天亮前换上便装，步行离开昌平县城，到沙河镇找一家旅馆住下，你要从那里开始，按照新的身份开始活动。明天下午三点，你去安定门内的长宁旅社来找我。我将在三天的时间里，继续教你一些地下工作的方法。在正常情况下，这个训练需要至少三个月的时间，但是我还有其他任务，只有三天的时间，所以我们必须利用好这三天，你有大量的地下工作的方法和技巧要学习。你都记住了吗？"

苏慕祥在脑子里把高志铭的话重温了一遍，这才点点头。高志铭和他握了握手，说："苏慕祥同志，明天下午见。"说完，他和穆立民走出了这个房间。

苏慕祥看看窗外，只见东方原本漆黑的夜空中，已经出现了些许墨蓝色和深紫色的云彩，他知道，那里很快就会出现大片朝霞，在朝霞的下方，也会在个把小时内，跃升起一个红彤彤的太阳。他定定神，把皮箱搁在炕上打开，出现在面前的是一件刚刚浆洗干净的泥灰色长衫，一双八成新的布鞋，一副黑框眼镜，还有几大沓捆扎得整整齐齐的文书材料。他穿好衣服，拎着箱子走出了院子。

他站在昌平县城的大街上，看到四周不时出现出早操的八路军战士。他知道可能会碰到自己的战友，就尽量找偏僻一些的巷子，在天亮前出了县城。城外的田地里，已经有农民开始忙碌了。他沿着大路大步朝南，走向沙河镇，此时，他头顶的天空正在逐渐脱去最后的夜色，变得越来越明亮，在东方的朝霞深处，一轮闪着红色光芒的太阳，正一步步地升起！

霞光把他面前的道路照得越来越宽敞明亮，他的影子长长地映在地面上。他把影子甩在了身后，走得越来越有力了。清晨时分，这条路上只有他一个人，但他并不觉得孤独，他知道，自己的身后和前方，都有无数战友、无数同胞在支持着他，等待着他！

第二十一章

重 任

　　这是一柄相当锋利的小刀。刀刃薄，亮，刀柄坚固，修长，握起来很舒服。整把刀虽然只有十二三厘米长，但用来杀人，已经足够了。

　　江品禄平平地握着刀，他看到刃面上映着自己的脸，还有雪白的屋顶。现在还没到用它来杀人的时候，他想。他从果盘里拿出一只红彤彤的烟台苹果，慢条斯理地削了起来。病人在病床上躺着，打着石膏的右腿吊在半空，神情已经不像前几天那么恐惧了，正用讨好的神情看着自己。江品禄微微一笑，说："想吃？"病人眼睛里又浮现出那种惊恐，飞快地摇摇头。但是，他的喉结快速地抖动了一下，吞咽口水的声音随之传来。江品禄看着手里削完皮的苹果，光洁、饱满、圆润，散发出淡淡的清甜的味道，着实能勾起人的食欲。他笑了笑，说："吃吧，病人就该吃点儿好东西。"

　　病人又咽了一次口水，这才从被窝里伸出手，把苹果接了过去。他轻轻咬了一口，不敢咀嚼，和着口水用力吞咽下去，用力挤出一丝笑意。一个护士走了进来，她看了看吊瓶里剩下的药液，麻利地更换了一瓶。江品禄看看腕上的瑞士手表，心想，时间差不多到了。

这里是协和医院的重症病房，位于三楼，站在窗前，北平东城大部分建筑都位于视线之内。至于楼外的煤渣胡同，虽然看不到日军驻北平特务机关处里的情形，但大半条胡同也尽收眼底了。

傍晚时分，夕阳的光线给窗外的建筑物都镀上了一层淡金色。毕竟护士还在房间里，江品禄脸上始终还挂着一层微笑。他的眼睛看着对面这个面色枯黄、腿骨折断的干瘦病人，耳朵却在倾听着对面病房的动静。

在1938年，太平洋战争还没有爆发，日本正拼命讨好美国，想从美国尽量多地进口石油、铁矿石等各种战略物资。在协和医院这所美国人办的医院，日军驻北平特务机关处通信课课长住进来，也和普通人的待遇没什么区别。江品禄对面的房门，始终关闭着，只能偶尔听到里面传出几声咳嗽。那个名叫远藤笠人的日本人，真是一位模范病人。

这时，他听到隐隐一阵脚步声从走廊尽头传来，这声音沉重、密集、迅速，稍微有点儿军事训练经验的人就听得出来，这是至少两个人步调一致沿着楼梯走上三楼。

而江品禄更是仅仅通过几次脚步的起落，就听出了这是五个日本军人，其中一人脚穿普通军用皮鞋，另外四人则穿着那种又厚又沉鞋底还镶着铁掌的皮靴。作为日本人扶持的伪华北临时政府内政部行动处处长，自从日本兵占了北平，这大半年来他和日本人打的交道可真不少了。

三天前，他第一次听到这个声音时，就判断出这是四个日本兵在护送一个低级日本军官。

"处长，日本人来了，还是昨天的那几个。"一个穿着阴丹士林蓝色中山装的年轻人推开房门，快步走了进来，附在他耳边轻声说。

他点点头，朝门口使个眼色。年轻人从腰后抽出手枪，打开保险，站到了门后。

自从远藤笠人住进了协和医院，这样的年轻人，在整栋协和医院的住院大楼里，江品禄在每层都布置了三名。当日本军官带着日本兵来到这里，带走远藤笠人翻译好的电报时，自己布置下的人手都会对整个过程进行严密的监视。

走廊上，几个日本兵到了对面病房外，他们叽里呱啦说了些什么，里面有人答应后，他们推开门走了进去。这时，整层楼恢复了安静。这时，无论谁站在走廊里，都想象不到这两间静悄悄的病房里，正在发生着什么。江品禄这个时候也站到了门后，细细听着外面的动静。当然，他还是讲究了一下处长的风度，双手背在后腰，微闭双眼，好像入定的禅师。

那五个日本军人里，中间的那个，大概二十四五岁年纪，佩戴着中尉军衔。他前后的四人，则是四名军曹。他们进了对面的病房后，马上举手行礼，一个身穿病号服的清瘦男子放下手里的书，看了看他们。中尉说了句什么，站在他前后的四个日本兵条件反射一般转过身去。病人的军衔显然又比中尉高了很多。中尉先是用力弯下腰，嘴里说了声敬语，然后从公文包里取出一沓纸，弯腰朝那个病人递了过去，然后也转过了身体。病人嘴里叽里咕噜说着什么，迟缓地移动着病体，从房间里某处拿出一本薄薄的小册子，在桌前拧亮台灯，坐了下来。

大概持续了十分钟，病人做完了工作，拍了拍手，五个日本军人重新转过身体。病人指了指书桌，那个中尉又是用力一点头，走过去把桌上所有的纸都收回到公文包里。他最后一次朝病人鞠躬，和四名军曹离开了。

这段时间里，江品禄一直站在门后，直到那一串脚步声彻底消失，他这才摇摇头，重新坐了下来。从脚步声出现到消失，他的神经一直紧绷着。此时，他慢慢转身坐下，那个穿中山装的年轻人轻轻地吐出一口气，把手枪放回枪套。

"怎么，觉得这是个苦差事？"江品禄抬头说着，从衣兜里摸出一盒纸烟。

年轻人赶紧赔着笑，从怀里掏出打火机，打着了火。江品禄只是把烟卷凑到唇上闻了闻，又放了回去。年轻人愣在那里有些尴尬，江品禄噗的一声吹熄了火苗，说："浩丰，这儿是医院，人家可不准抽烟。"

年轻人讪讪地笑了，说："处长，这北平城里，还不是您想在哪儿抽，就在哪儿抽？"

江品禄微微一笑，从他手里拿过打火机，反复端详着。他嘴里轻声赞叹："洋鬼子的这玩意儿，做工还真不赖。"

年轻人刚说："处长，您要喜欢，就归您了——"

江品禄猛地站起来，攥住他的手掌，按到桌上，抄起那把水果刀，把他的右手钉到桌面上。年轻人疼得要喊叫起来，江品禄早就防备到了,他捏住年轻人的脸颊某处,他就只能干张着嘴,什么声音也喊不出来了。

"咱们是来出任务的,还是来摆谱的?"江品禄压低嗓音说。

大颗眼泪从年轻人脸上流了下来,他整张脸涨得通红,直到江品禄略微松了松手上的力气,他才含含糊糊地说:"出任务,出任务——"

"那你摆的什么谱?你就不怕暴露身份?"江品禄死死盯着他说,没有放手的意思。

"处长饶命——"年轻人疼得浑身抽搐起来,冷汗、泪水流到江品禄的手上。

"软骨头!"江品禄轻蔑地哼着,松开了手。年轻人忍着疼,从桌上拔出了刀子。

"收拾干净喽,利索点儿!"江品禄厌恶地说着。他从上衣兜里拿出手帕擦着手上的黏液,心想,行动处成立一年了,没招进来几个能成器的人。这些人,都把特务工作当成了肥差,整天想靠着华北临时政府内政部的招牌,干些敲诈勒索的勾当。指望这些草包跟中共地下党和军统特务斗,那是必败无疑了。

看着这个年轻人忍着疼,用没受伤的那只手擦着桌面上的血迹,江品禄心想,对于即将送到对面房间里的情报,国共两党在北平的情报人员毫无疑问将志在必得,要通过这条线索从这两家情报组织获得情报,还得靠这些手下。

但是,这两路人马,又会如何制订行动计划呢?他看着窗外已经完全笼罩在夜幕中的北平,陷入了沉默。

"处长,属下告退。"那个年轻人用没受伤的左手捂着右手的手心,疼得龇牙咧嘴地说。

"唔。"他仍然望着窗外,随口答应着。

年轻人刚要去拉门,江品禄说:"慢着。这层楼所有病号的身份,都甄别清楚了吗?"

年轻人点点头,说:"把有嫌疑的,都抓起来?"

江品禄又是轻蔑地哼了一声,说:"草包,这是条线索,把人抓起来,不就打草惊蛇了吗?我要把线头一直留着,等到他们采取行动时,我就可以顺藤摸瓜,把他们——"

他狞笑着朝夜空中伸出手,仿佛抓住了某个对手的喉咙,慢慢地说:"一个接一个地抓住,再一个接一个地弄死——"

他攥紧的拳头,发出咯吱咯吱的声音,那个年轻人看到他映在窗户玻璃上魔鬼般的脸,吓得连手掌的剧痛都忘了。

江品禄回过头,说:"把每个人的身份,无论是病号,还是陪床,都弄清楚给我,懂了吗?"

年轻人飞快地点点头,江品禄扭过头,不屑地一挥手。年轻人退出病房,江品禄继续望着窗外,眼睛看着楼下的院子里,那几名日本军人登上了那辆军用汽车。那名中尉坐在后排,两名军曹一左一右坐在他身旁,另外两名军曹则站在汽车两侧的挡板上。车子驶出了协和医院的院子,沿着煤渣胡同向不远处的日军驻北平特务机关处驶去。

江品禄知道,协和医院距离日军驻北平特务机关处不过几百米,住在对面病房的远藤笠人,身份是日军特务机关处通信课课长。所有由日军东京大本营发来的绝密电报，都是由远藤笠人翻译。按照日军的军令，密码本由通信课课长随身携带，不得由他人代为保存。五天前，远藤笠人突发重病，起初只是全身关节酸痛，很快发展为全身麻痹、心律失衡，日军军医无力医治，只好送进协和医院。远藤笠人在日军中虽然地位特殊，但这协和医院由美国传教士创办，也只把远藤笠人作为普通病人看待，给了他一间普通的单人病房，而且还不允许日军派兵守卫病房。

所以，日军只好每天在收到大本营发来的密电后，派人送到远藤笠人的病房，由他翻译后再送回。至于江品禄这位北平伪政权的特务头子为什么会出现在这里，说来也简单。远藤笠人的病情发作得既突然，又迅猛，情形看起来不太对劲。日军的情报人员和军医把远藤笠人的身体翻来覆去查了又查，光抽血就抽了十多管子，远藤笠人病发前去过的地方，更是掘地三尺，也没有查出任何可疑迹象。但日军驻北平特务机关长喜多诚一本身就是情报人员出身，他吩咐江品禄不但要确保远藤笠人的人身安全，还要保护好密码本。江品禄向来诡计多端，他下令打断手下一个特务的一条腿，顺利住进医院，自己又以陪床的身份待在病房里。他坚信远藤笠人突然犯病，一定是军统或者中共地下党干的好事，目的就是远藤笠人手里的密码本。

他瞟了一眼墙上的挂钟，心想，这一天最艰难的时间终于熬过去了，那份刚刚被译出的情报，只要被送进日军特务机关处，无论是否安全都和自己无关了。过不了几天，对面的病人病愈出院，他就彻底告别这桩要命的苦差事了。他看着窗外已经沉入了浓黑夜色的北平城，心想，军统或者中共地下党究竟会如何行动呢？

一个月前。

北平的夏天，既漫长，又短暂。说漫长，是因为北平一到立夏，太阳就毒得很了，满城的黄土路，都被烤得直冒烟，这股热气，一直到了八月十五还是散不去化不开。说短暂，其实哪怕到了三伏天，北平也不过晌午时分那两三个钟头热得让人受不了，太阳但凡偏西一点儿，在那些阴凉地方，就不用摇着蒲扇了。

这天下午，一个戴着草帽的汉子，拉完一个从城北六铺炕到和平门的客人，没在原地趴活儿，而是匆匆沿着城墙往东赶着路。他大汗珠子淌了一路，一直到了前门楼子跟前，他眼瞅着时间还够用，这才抄起挂在车杆子上的毛巾擦了擦脸，又一气喝了两碗大碗茶。他到了前门五牌楼下，在阴凉地儿里放下车。有人上前来要车，他也装没听见。没多久，珠市口方向有个穿着白色短袖衬衫、黑色吊带裤子的二十出头的年轻人快步走了过来。这人上了车，那车夫一直把车拉到先农坛南墙根儿底下。那里的松树成林，不少人在墙根儿底下斗蛐蛐、遛鸟，也有人卖些古玩字画，或者卖家里用不着的家伙事儿。

靠墙根儿的地方，有三五个人正在围着个象棋摊子。不远处，有个四十来岁的中年人，戴着副水晶墨镜，留着三撇半长不短的胡须，一顶透气不透光的草帽投下的阴影挡住了大半张脸。他面前整整齐齐摆着几叠新旧不等的线装书，旁边的松树上还挂了个纸条，写着"每册一元，不买勿动"。大概是被这标价吓住了，摊子前来往的行人连个问价的都没有。

这年轻人心里一动,他下了车,先慢慢踱到象棋摊子跟前。只听那下黑棋的,正飞起一个"炮",吃掉了对方的一个"车",他神色得意扬扬,拈起那个"车",啪的一声拍在棋盘外。下红棋的却面沉似水,神色如初,拈起旁边的茶壶抿了两口。

"六爷,您真沉得住气,统共俩'车',您前后脚都丢了,您这半壁江山,都快唱《空城计》了,您愣是不带着急上火的。"一个旁观者说。

这位"六爷"轻叹口气,说:"我丢俩'车'算啥,咱们的蒋委员长把半拉中国都丢了,人家不还是好好地当他的'委座'?"

一听谈到国事,看棋的人都有些紧张,朝四周瞅了瞅。有个穿青布小褂儿的男人说:"列位,你们知道吧,听说日本人在武汉吃了亏了!"

"日本人吃亏了?死了多少人?"

"丁四儿,这事儿你听谁说的?"

旁人一听这话,都无心看棋了,有人问了起来。有个提着鸟笼的脸色黝黑的大汉上下打量了一下丁四儿,说:"我说丁四儿,你肯定是在你们店里听客人说的吧?"

这丁四儿赶紧摇头,神情有些惶急,说:"偷听客人说话,还往外传,这是多大罪过?我丁四儿再没数,也不能砸自己个儿饭碗不是?"他定定神,瞅瞅棋盘四周围的都是大体上知根知底的熟人,这才压低嗓门儿,说:"昨儿夜里,我去前门车站那儿给我们店里新到的一批口外大尾巴羊（旧时北平的酒楼饭庄，每至夏日，往往从张家口采购活羊，以备立秋后宰杀上市供应——作者注）卸车，可那天整个车站都让治安维持会那帮人给封起来了，所有火车一律停运。幸好我们东家给治安维持会的人塞了一把大洋，这才特批我们进站卸车。我们刚把羊卸完，正赶上一列日本人的军车进站。好家伙，车厢里下来的，都是伤员。轻的吊着绷带裹着纱布，重的缺胳膊少腿，躺在担架里直哼哼。还有几节车厢，车门关得死死的，可那也架不住里面一股子臭气往外窜！各位爷，里面装的是什么，猜都不用猜了吧？"

"日本人的尸首！"

"死一个鬼子，咱中国就少受一份祸害！"

人们有些兴奋，互相看着议论起来。

"那你怎么知道这是从武汉运来的？再说了，几节车厢能装多少尸首？"那个黑脸大汉瞪着丁四儿说。

丁四儿一拍大腿，说："饶二爷，话都说到这分儿上了，您怎么还不信？车上还有几个日本人抓的老百姓帮着抬担架，他们低声说的，我都听见了，他们一张嘴就是河南话，光信阳这俩字，他们就说了好几遍！"

"六爷"嘿嘿一笑，说："这大武汉啊，从前我还真去过，是从北平沿着平汉线去的，那儿不光有平汉线，还有粤汉线。长江也是从城里穿过，这南来北往的人和物，甭管水路还是旱路，都得从那儿过。他蒋委员长自从丢了南京，把国民政府迁到了武汉，日本人能不惦记吗？"

"听说国军在长江南北都布置了防线,江南防线是陈诚管,江北是李宗仁将军负责,也不知道这一车皮的鬼子,是挨了他们哪一位的揍?"

"这还用猜?既然是从信阳开来的,肯定是李宗仁将军的队伍又把鬼子打趴下了!"

"陈诚可是蒋委员长的心腹爱将,什么德式美式的装备,先尽着他们用,可还是连输好几仗,丢了一大片武汉外围的地方。"

这时,人们瞥见远处走来两个拖着警棍、穿着北平治安维持委员会制服的男人,赶紧不再吱声,纷纷低下头,把注意力放到棋盘上。

这些人说的,穆立民几天前就在燕京大学从同学们带来的美国报纸上看到了。在这年的夏天,日军大本营在御前会议上做出决定,对华发动武汉会战。穆立民有同学的家长在美国的领事馆或者企业里工作,这场仗打起来之后,每当这些同学把美国报纸带到学校,他都一字不漏地把关于武汉会战的消息看上个几遍。

不久前,他接到上级通知,要他和苏慕祥、文四方两位同志一起完成一项任务。这天,学校正式开始放暑假,他吃过早饭,把自己的几本书和一些杂物装进背包,趁着还凉快,出了燕京大学,一路骑车回城里。刚进西直门,路边一个算命摊上的测字先生站了起来,把手里的一碗剩茶随手往前一泼,茶水正好泼在穆立民车前。穆立民赶紧一捏闸,自行车停下了。这个算命先生戴着水晶墨镜,身穿细纱马褂,身边放着一根文明棍,他身后竹竿上挑着的长幡上写着"一字知福祸,半句断吉凶"。他朝穆立民一拱手,飞快地说了句"既是有缘人,这位仁兄不妨坐下聊聊"。穆立民心想，高老师突然来和我接头，一定有紧急任务。他停好车，在算命先生面前坐了下来，大声说："先生，我最近诸事不顺，求您给破一破吧。"

这算命先生捻了捻胡须，打量了一下穆立民的五官面相，微闭着眼，摇头晃脑地轻声说："日军要尽快灭亡中国，结束对华战事，就必须占领武汉，打断中国的脊梁。这次，日军在华中地区集中十四个师团的兵力。直接参加武汉作战的是第二军和第十一军共九个师团的兵力，约二十五万余人。目前武汉会战已经正式开始，日军分成南北两路，攻占了多个外围军事要地，正在向武汉市区逼近。日军驻北平特务机关处机关长喜多诚一会接到很多关于战场形势和下一步行动计划的绝密电文，我们的电台虽然能够截获这些电文，但缺少密码本，无法破译电报内容。为了协助武汉守军掌握日军动向，上级命令你们设法获取日军密码本。一旦能破译日军密电，我们就能及时了解日军的行动计划了。"

这个算命先生，自然就是穆立民的上级，也是他从前的国文老师高志铭了。穆立民点点头，高志铭继续说："负责保管日军密码本的，是通信课课长远藤笠人。这次任务，由你和苏慕祥、文四方共同完成，你是行动负责人。你们要尽快接头，制订出行动方案，你们第一次的接头地点是……"

穆立民记住了高志铭的每一句话，最后，他站了起来，朝高志铭微微鞠躬，嘴里说："多谢先生指点命理。"他摸出一块银圆放到木桌上，转身骑车离开了。这天，他就是专门把苏慕祥和文四方召集在一起，商量如何完成任务的。

他慢慢踱到那个旧书摊前，拾起一本《曾文正公文集》，懒懒散散地翻了翻，看到四周没人注意这边，这才眼睛继续盯着书，嘴里说："我接到了新任务，需要我们三人共同完成。"

那个摊主自然就是苏慕祥了。他因为在北平南城居住多年，认识的人不少，每次出门都会乔装改扮一番。他低头整理着书册，低声说："是和武汉会战有关？"

"对。目标就是这个人。"穆立民把《曾文正公文集》递给了他。苏慕祥把书翻开，看到里面已经夹了一张照片。照片上是一个穿着日军中佐制服的日本男人，这人大概三十出头的年纪，身形清瘦，面容有些斯文。他直直站着，不像别的军官喜欢用坦克大炮当作布景，他身后只是一座一人多高的假山和几个盆景。

穆立民又拿起一本《辋川集》，一边翻动着书页，一边说："他叫远藤笠人，是颇受日军驻北平特务机关处机关长喜多诚一器重的通信课课长。日军东京大本营发给喜多诚一的电报，都由他翻译。目前武汉会战进入最关键的阶段，日军在多个战线虽然取得突破，但也付出了巨大代价。日军下一步，究竟会延续原定的战略战术，继续包围进攻武汉，还是改变战术和进攻方向？会不会增援参战队伍，扩大会战规模？上级交给我们的任务是，掌握日军密码本，随时获取日军下一步行动计划。"

苏慕祥低声说："你是我们这个小组的负责人，你来安排具体工作吧。"

穆立民点点头，说："自从上次日军向台儿庄战场运送军火的计划被我们获取后，日军对特务机关处的防范比以前更严了，在夜间每层楼都设有多个哨位，机要室、机关长办公室等处还单独设为卫兵日夜值守，直接进入日军特务机关处的难度很大。不过，远藤笠人住在日军特务机关处外，根据日军制度，密码本他必须随身携带，这样就为我们完成任务提供了机会。目前关于远藤笠人，我们只知道住在金鱼胡同，苏大哥，我的意见是，由你探听远藤笠人的活动规律，为制订夺取密码本的计划提供依据。"

苏慕祥想了想，说："金鱼胡同靠近东安市场和王府井，流动人口多，我假扮成收旧书旧货的，一定能打听到不少情况。"

"那三天后，我们在这个地方见。"穆立民摊开左手，放到他面前。苏慕祥看到掌心里有一行字，点了点头。穆立民双手揉了揉，那行字变成了一团污黑。接着，他嘴里大声嘟囔着："几本破书还那么贵，老子不买了。"说着，他转身走开了，重新坐上了把他拉到这里的那辆洋车。

苏慕祥看着那辆洋车沿着内城城墙往永定门方向跑去，渐渐消失在城楼的阴影里。他仍然站在原地，脑子里开始盘算如何完成任务。蝉鸣从无数棵树木的枝叶里传来，在这样一个炎热的盛夏午后，过了个把钟头，再也没有第二个人对他摊子上的货物产生兴趣。他看着远处的永定门城楼，原本照射在琉璃瓦上的明晃晃的阳光，终于有些泛黄了。他把面前的书都收了起来，用包袱皮包好，沿着相反的方向，朝着陶然亭方向走去。他穿过一个又一个大杂院，确定没人跟踪，这才在虎坊桥跳上一辆洋车，回到了他在西单缸瓦市的住处。

他在这里一处大杂院的二进院子里赁下了一间厢房，他刚刚迈过二道门，就听北屋里传来一串哗啦啦泼水的声音。他自然知道，这是冯二嫂在往院子里倒水。他抬头看着冯二嫂正把一件件衣服晾在一根细绳上，她脚边还有个八九岁的小女孩，身上的衣裳早就烂成了一条一条的，正在那里缝着一件旧衣裳上的扣子。他笑了笑，说："二嫂，这会儿把衣服晾上，天黑前就全干了。"

冯二嫂抹抹眼泪，说："我洗再多衣裳，也不够填我们家的无底洞的。"

苏慕祥一皱眉，说："二哥又出去耍钱了？"

冯二嫂说："那可不是，天一亮就走了，这会儿还没回来，没回来倒好，等他回来，指不定又背了多少新账！为了赌钱，连买卖旧货的事儿也不干了，到现在都不知道输进去多少钱了！"

这时，苏慕祥只听身后传来一阵杂乱无章的脚步声，他扭头一看，一个穿着土布小褂、光着两只脚的干瘦汉子正踉踉跄跄地进了二道门。这人看来已经筋疲力尽，他满眼血丝，眼角堆满眼屎，直接坐在二道门的门槛上，吭哧吭哧地喘着粗气，一双瘦骨伶仃的细腿抖个不停。冯二嫂把手里正拧着的衣裳往木盆里一扔，快步走过去，一把揪住他的耳朵，说："冯二，你今天又输了多少？"

冯二使劲扒开她的手，说："今儿开始我的手气其实不赖，赢了八毛多钱。后来不知道怎么回事手风变了，妈的，丰盛胡同的牛家哥儿俩不知道怎么玩了个哩哏儿愣，我倒输给他们八块多！凤儿她妈，你收拾收拾，咱们今儿晚上搬家。"

"你把房子输了？"冯二嫂气得又揪住他的耳朵。

冯二龇牙咧嘴地喊了几声疼，说："咱家房契你不早就藏起来了吗，我拿什么输？"

冯二嫂收回手，说："房契没输，那搬家干什么？"

冯二斜着脸看了他女儿一眼，不说话了。冯二嫂登时明白了，扑通趴在地上大哭起来："你这个没人伦的畜生，连自己闺女都给卖了！"那个叫凤儿的女孩，一听这话，吓得手一松，衣裳滑到地上，双眼通红地看着自己父母。

冯二揉着耳朵，咕哝着说："我这不是说连夜搬家吗，咱们带着闺女走，人都跑了，他们明儿早上来要账，往哪儿找咱们去？"

苏慕祥往前走一步，从怀里摸出几块大洋，说："二哥，二嫂，我这里有五块钱，你们先拿去应急。二哥，当务之急是你得把赌戒了。"

冯二伸手去接钱，冯二嫂一把打开他的手，接住钱，眼里噙着泪，胳膊颤抖着一句话也说不出来。苏慕祥瞥见院子角上放着一辆破破烂烂的小推车，说："二哥，你这车，要不这两天借我使使？"

第二十二章

密 访

第二天早上，苏慕祥换了一身短打扮，推着手推车，打南长街绕过筒子河，穿过沙滩，到了金鱼胡同。手推车上，放着几张包袱皮，还插着一只拨浪鼓。在胡同口，苏慕祥放下车，朝四周打量了一番。胡同口就是吉祥戏院，看样子前一天晚上的戏挺卖座，门口满是撕碎的票根、瓜子壳之类，几个杂役正在那里扫地。再往胡同里面看，只见这条胡同足足有三米宽，比平常的胡同宽了不少，容得下两辆汽车并排行驶，两边的房子也都是挺大的四合院，其中还有一处宅院，似乎格外气派，门楼比寻常人家高出一大截。门洞更是宽敞，足足可以容纳八抬轿子进出。苏慕祥知道，此处叫作贤良寺，本来是雍正年间怡亲王的王府，后来怡亲王早早去世，雍正皇帝想念这位弟弟，就把王府改建成了贤良寺。

苏慕祥正往胡同里瞅着，这时，有一阵子笛声从里面某处院子里传了出来。他站在原地听了听，觉得这调子和自己从前听过的曲子都不太一样。苏慕祥还没来得及细听，笛声就停下了。他看过四周地形，推起手推车就准备往胡同里推,他刚起身走了两步,就听到身后传来一阵嗤嗤的低笑声。他感觉得到这笑声是冲着自己来的,接着后面有人说:"这位老弟,甭往里面走啦,没戏。"

他放下车,回头一看,只见那几个杂役正笑着看自己。他从怀里拿出一包纸烟,给每人递了一支烟,朝金鱼胡同深处努努嘴,说:"哥几个,这一带我头回来,这胡同有什么讲究吗?"

杂役里有个身材格外高大的,他把烟卷往耳朵上一夹,说:"这胡同可不一般,你看着面生,想进去踅摸点儿什么?"

苏慕祥笑笑,说:"我是从山东来北平投奔亲戚的——"说到这里,他把自己的山东口音加重了一些,"没想到亲戚没找着,自个儿的盘缠却花得一毛不剩。北平城里不是好东西多吗,我就寻思着做点旧货生意赚点盘缠,好早点回山东老家去。"说着,他把手里的拨浪鼓晃动了几下。

"你都收哪路旧货?金银珠宝,还是字画古玩?你这买卖,能挣着钱吗?"

苏慕祥赶紧摇头,说:"我连本钱都是借的,哪儿能收那路细货?什么破瓷烂瓦、头上戴的身上盖的,我才收。我在这儿收了,再到城南穷人扎堆儿的地方卖了,一天怎么着,也能挣几个辛苦钱吧?"

那个杂役瞟了一眼苏慕祥的推车,说:"今儿还没开张?"

苏慕祥不好意思地笑笑,说:"那可不!我光听说北城富贵人家多,可摸不着门道儿,着急也没用。"

这人身旁的一个杂役,伸出大拇指朝这人晃了晃,对苏慕祥说:

"那你今天可来着了,整个北城,没有我们查二爷不熟的地方。我们查二爷,打祖上多少代,都是吃铁杆庄稼的,他当年一落生,就满屋子丫鬟伺候着。漫说这金鱼胡同,整个北城,哪条胡同里没他家的产业?"

这位查二爷还是一副高深莫测的神情,淡淡地朝胡同深处一努嘴,说:"那这个地方你可不该来。这里面的人家,和北平城里的老百姓,根本不是一层水里的鱼。"他重重打了个哈欠,朝苏慕祥招招手,说,"你过来,我给你讲讲这个北平城里独一无二的金鱼胡同。"

苏慕祥朝他走近些,这人说:"这里面的人家,要是搁在前清,就没下来四品的官。乍一看,这胡同看不出什么来,可不论哪户人家都有几个看家护院的!"

苏慕祥终于听明白了,这伙人把他当成来踩盘子的毛贼了。他索性把手里的烟盒往这人手里一塞,低声说:"您给我指指道。我要是真能捞着好东西,忘不了您的好处!"

这人看看烟盒里的一小卷儿钞票,低声说:"里面那户门墩子光剩下一个的,是前清吏部的一个官儿,听说还是个侍郎什么的,这官位不小吧,可家里早就折腾干净了。大门上铜环特厚的那家,从前是干洋务的,日本人刚一进城,就全家逃难了,光留着几个仆人看家,他们家底怎么样,我就不知道了。"

苏慕祥说:"刚才我听见有个院子里,有人吹笛子——"

这人哈哈一笑,说:"你说的,是右边第四户,门板上刻着竹子,紧挨着贤良寺的那家。可你千万别打那家的主意。"

苏慕祥心里一动,朝左右看看,说:"那户人家哪里稀奇了?"

查二爷对面前的几个人说:"你们说说那户人家怎么个稀奇法儿?"

他旁边马上有人说:"我们哥儿几个,在这里干了没俩月,已经在那户人家门口,见过仨尸首了。"

"这些尸首,不是脑门上挨了一枪,就是脖颈子给人拧折了!身上还到处是伤!"

"最古怪的是,巡警来了看到尸首,连去那户人家里问问怎么回事都不敢,一个个臊眉耷眼地把尸首抬上车就滚蛋了。对了,昨天早上,就有这么一具尸首!"

苏慕祥心想,看来这家院子里住的不是一般人。于是不动声色地对那几个杂役笑着说:"这金鱼胡同我久闻大名了,反正今天来都来了,我就进去踅摸一圈儿。我也不指望做什么生意了,开开眼就行!"

说着,他推起手推车往胡同里走去。在他身后,那几个杂役还在继续嬉笑着。

两天后的早上,穆立民趁着太阳升高前的凉爽,背着支钓鱼竿,车把上挂着鱼食,早早骑车出了家门,穿过大栅栏、前门,沿着北河沿,绕过故宫、北海,到了什刹海。他在前海南沿租了只小船,一直往北,划到了银锭桥下。这时太阳已经升起来了,等他在桥下阴凉里停好船,腋下已经是汗津津的了。他略略休息,就把鱼竿、鱼线理好。他往鱼钩上挂好饵,远远地甩出去,这才轻轻舒了口气。

这时,桥洞里另一只船上,一个同样握着钓竿的人说:"金鱼胡同那边，情况我已经掌握了一些。"

穆立民伸手轻轻扣了扣船舷，表示自己听到了。

这个早来一步的，自然就是苏慕祥了。他和穆立民同在桥洞里，一个面朝荷花市场，一个面向鼓楼，桥洞里也不大，其他的游船划到附近，本来想到桥洞里歇歇，也只能离开了。在桥边的柳树下，一个黝黑粗壮的汉子，正拉着一辆洋车路过。车夫不停地抄起车把上挂着的旧毛巾擦汗，看到树下的阴凉，索性把车撂下，从车座底下翻出一块平时用来挡雨的帆布铺在地上，然后把毛巾当作枕头，躺了上去。很快，他就头一歪，发出了一阵阵鼾声。

苏慕祥说："远藤笠人的确住在金鱼胡同，就住在从前怡亲王府的隔壁。他除了上班，平时根本不出门，即使是上班，也有专车接送，他每天早上八点在家门口上车，然后下午六点下班。他家的院门经过了特殊改造，可以驶入汽车。而且，他家门口多次出现不明尸体——"

这时，两个学生打扮的青年女子各拿着一根冰棍从荷花市场那边沿着树荫快步走过来。正在打鼾的车夫翻了个身，鞋底在河沿上拍打了两下。苏慕祥马上不再说话，他们两人在桥下，听到女学生的凉鞋踢踢踏踏在桥面上轻快地走过，又沿着湖边走远了。

"我找到当时值班的巡警，查到尸体被埋在左安门外的坟地。我检查了尸体，死者双眼被挖掉，全部牙齿都被拔掉了，两条小腿腿骨都有多处骨折，右手在手腕处被砍掉，左手手指均被穿入了铁扦，指骨也被铁钳夹得粉碎，生前显然受过长时间的酷刑。"

"苏大哥，如果远藤笠人每次上车都在自家院子里，你是怎么判断远藤笠人就住在这个院子里的？"

"昨天早上，我继续化装成旧货贩子，在金鱼胡同记下了那辆从院子里开出来的汽车的车牌。下午，我又在从煤渣胡同日军特务机关处驶出的汽车里，发现了这部汽车。有一点很重要，这部汽车的两侧车窗，都涂成了黑色，从外面根本看不到车内的情况。"

穆立民点点头，说："那几具尸首，很可能是军统的人。他们把尸体扔出来，就是想震慑别人。苏大哥，你还有什么有价值的线索？"

"每天早上，还会有一部汽车驶进这个院子，有人曾经看到过，汽车后排坐的是一个身穿和服的中年女人。汽车上的牌照我已经查清，这辆车是属于日本侨民学校的。"

"这也就意味着，这个女人很可能是来给远藤笠人的孩子上课的。看来为了减少和外界的接触，远藤笠人没有送孩子到学校去读书。"

"我还了解到，贤良寺目前是日本人扶持的'新民会'的办公地点，平时是由'治安军'的伪兵站岗守卫。但是每周日下午的三点到五点，那里会换防，前门和后门都由日军守卫。"

"你的意思是——"

"贤良寺里还保留着当年怡亲王府的后花园。我猜测，远藤笠人一家会在那个时间里，到这座花园里游玩。这大概也是这个家庭唯一的娱乐了。"

"也可能是我们唯一的机会。"

"这个远藤笠人太神秘了，我们要在他身上打开突破口，还有很多工作要做。"

"苏大哥,你了解的情况非常重要,你已经在那里出现过,不宜过多出现,否则会引起敌人警觉。下一步工作由我来做,我和文大哥把那里的情况掌握得更充分一些,我们就可以制订行动方案了。"

两人确定好下一次的接头地点和时间,苏慕祥故意大声骂骂咧咧地说:"妈的,湖里的鱼都他妈死绝了?"他收拾好钓具,划着船离开了。

躺在河沿上的那个车夫,在睡梦中吧唧了几下嘴,也打着哈欠坐了起来。他揉揉眼,慢腾腾地站起身来,把帆布放回远处,又拿着旧毛巾在湖水里涮了涮,擦了把脸,这才重新拉起洋车,往鼓楼方向走去。

此时正值午后最安静的那一阵子,北平的市民,有条件的一般会在这个时间睡个午觉。这时如果走进城里的各条胡同,四下里除了偶尔有一丝丝凉风吹动屋顶上茅草的声音,听不见半点声响。桥洞里四下无人,更是格外寂静,只有水波在轻轻拂动着桥墩。穆立民看着在湖水中漂来荡去的水藻,琢磨着下一步的行动方案。

在远藤笠人的记忆里,自己在至少一半的生命里都在经受骨痛病的折磨。在上寻常小学(日本明治维新后逐渐建立的小学制度,相当于中国小学的一至四年级)时,他年仅十岁,就在一次连续三天的插秧后,右腿的膝盖产生了挥之不去的疼痛。从那之后,这种疼痛就没有消失过。进入中学后,校医告诉他,他的膝关节已经受到严重的损伤,可能永远无法治愈。考取日本陆军大学时,他险些因为膝关节的伤势,没能通过体检。当时,他和别的考生脱光衣服后,那个脸色严峻的军医拿出一柄精巧的橡皮锤,逐一敲打考生们的身体,肋部、胸膛、关节、腿骨,都没有放过。每检查完毕一个考生,军医会在花名册上这个考生的姓名后写下检查结果。眼看着军医距离自己越来越近,他大喊着肚子疼,要去上厕所,在那里找到原来站在队列最前方的那个考生。他早注意到,这个考生的身高体态都和自己很像。在那里,他许诺给那个考生一些钱,请那个考生回到队列里,站到自己原来的位置。最后,他通过了体检,被陆军大学录取了,代价是在整整一个暑假里,他必须做刷洗澡堂、担粪之类的苦力,来筹集当时承诺给那个考生的钱。

开学后没多久,有一天,班主任突然把他从教室里叫了出来。班主任默不作声,带着他在走廊里快步疾行。他本来就有些纳闷儿,更让他惊讶的是,班主任竟然把他一直带到了陆军大学校长的办公室。那天,在办公室里的人不是校长,而是另外一个人。这人背光坐着,看不清面孔,只隐约看出是一个矮矮胖胖的军官。

这人虽然不是校长,但班主任对他异常恭敬,在把远藤笠人带到这个军官面前时,班主任不停地朝这人鞠躬,然后倒退着出了办公室,把远藤笠人和这个军官单独留在里面。远藤笠人直到很多年后,都清楚记得当时的情形。当时,校长的办公室里非常安静,只有操场上军校学员的脚步声和喊叫声沿着窗缝传了进来。在校长办公桌的后方墙上,悬挂着和真人一样大小、一身戎装的天皇肖像。

这个矮胖军官站了起来,走到远藤笠人面前。

"远藤君,看来你是真的很渴望加入皇军,为天皇陛下效力,对不对?"这个军官仰起脸来看了远藤笠人一会儿,笑眯眯地说。

远藤笠人有些纳闷儿,但也只能大声喊着回答:"是的,我誓死为天皇陛下效力!"

"你认识我吗,远藤君?"这人继续微笑着说。

远藤笠人这才低下头,细细打量起这个人。这人大概四十多岁,长着一张毫无特色的脸,脸比较圆胖,眼皮也浮肿得厉害,这也是很多日本中年男人的共同特征。他迟疑着摇摇头,这人倒背着手,说:"我的名字,叫喜多诚一。"

远藤笠人大吃一惊,他本来就用最严格的军姿站在那里,这时他把双脚并拢得更紧,脸上浮现出激动的神色,颤抖地说:"原来您就是我一直仰慕的喜多阁下——"

那时,对于日本的年轻军人,喜多诚一完全是一个神话。他凭借陆军省军务局课员的身份,在驻扎中国时,搜集到大量军事、政治、经济方面的情报,还拼命鼓吹对华开战,从此成为日军少壮派军人的偶像。

喜多诚一似乎早就习惯了年轻军人在自己面前毕恭毕敬的神态,他微微一笑,说:"远藤君,你想从事情报工作吗?"

对于自己的职业前景,远藤笠人当然有过很多次畅想,但在他的想象中最常出现的情景,都是自己骑着战马指挥一支又一支军队向着敌人冲杀,从来没想过从事情报工作。但这个时候,他知道喜多诚一不会平白无故问自己这个问题,马上把头一昂,大声喊道:"阁下,我非常乐意从事情报工作,请阁下多指教!"

喜多诚一满意地点点头,说:"那就好,远藤君,这一届陆军大学的学员里,我注意到你是非常适合去做情报工作的。"

远藤笠人不知道他是如何发现这一点的,只得不置可否地点点头。

喜多诚一的神情严肃起来,他说:"在体检时,我看到你在紧急时刻,急中生智,顺利通过了体检。其实,当时你的行为已经被军医察觉,是我特意叮嘱他,让你通过体检。远藤君,你当时表现出来的机智和果断,是有着多年工作经验的情报人员都不具备的。当时我就断定,你是一个做情报工作的天才。"

远藤笠人用力一低头,喊道:"嗨!"

喜多诚一若有所思地看着他,看了一会儿,才说:"但是,远藤君,当时真正打动我的,让我下定决心要培养你成为一名情报人员的,却是另外一件事。"

远藤笠人有些诧异,喜多诚一的神情变得严肃起来,说:"是你对天皇陛下的忠诚打动了我,远藤君,这也是你最宝贵的财产!在你的精神力量面前,所有的体检指标都是毫无意义的!远藤君,你不愧是大日本帝国的优秀军人!"

远藤笠人的眼中泛起泪花,他站得更加笔直了,说:"能为天皇陛下效命,是我最大的荣耀!"

喜多诚一告诉他,等他从陆军大学毕业后,自己就会把他招入陆军省的情报部门。以后军校所有的课程,他都要好好学习,对于和情报工作有关的课程,比如收发电文、密码破译等,更必须彻底掌握。

他从陆军大学毕业后,果然被陆军省军务局招入,专门从事密码编制、破译方面的工作。他在繁忙的工作间隙,时刻关注着喜多诚一的动向。后来有一天，他听说喜多诚一担任了日军驻北平特务机关处机关长，当晚他下班回到家，就对妻子远藤真奈和刚刚三岁的儿子远藤英树说，我们全家要搬去北平了！

果然，没过多久，他就接到喜多诚一发来的调令，任命他为通信课课长。能够在喜多诚一身边工作，让他欣喜若狂，更让他振奋的是，他在密码方面的知识和经验，在北平都派上了用场。后来，特务机关处里连续发生泄密事件，喜多诚一费尽心思制订的向徐州战场运送军火的绝密计划，被中方特工获取，直接导致大批军火被炸毁。后来，喜多诚一又用军用药品为诱饵，要把中国国共两党在北平的地下情报网彻底铲除。为了完成这个计划，喜多诚一还特意向他的上级、华北方面军司令寺内寿一恳求，调动了宝贵的轰炸机。但是，这个计划的结果仍然是惨败。虽然消灭了一批军统特工，但用来作为诱饵的药品却被抢走，作为北平重要门户的昌平县城也落入共产党手里。

那天深夜，他本来已经休息，却被喜多诚一打电话叫到了办公室。那时，北平正笼罩在暴雨之中，当他的汽车进入日军特务机关处的院子时，他隔着挡风玻璃看到整座大楼里仍然有不少房间亮着灯。直觉告诉他，一定发生了很严重的事情。当他走进喜多诚一的办公室时，被看到的情形吓了一跳。只见喜多诚一站在办公桌前，脸上挂着两个黑灰色的眼袋，眼睛里没有了往日的自信，只剩下愤怒和惶恐。他的牙齿咬得吱吱作响，握成拳头的双手紧紧抵在桌面上。

"机关长阁下真像一只受伤的雄狮。"他心想。

"请远藤君向寺内寿一司令长官和大本营发出密电，"喜多诚一看到他进来，慢慢站直身体，说，"电文的内容是：原计划向武汉方向运送的军用药品，已经被中方截获。"

远藤笠人吓了一跳，作为通信课课长，他当然知道，最近一两个月，喜多诚一已经多次接到东京大本营和华北方面军司令寺内寿一的催促，要求他尽快把这批药品运往武汉方向。

喜多诚一见他愣住，摆了摆手，说："远藤君，你就照此内容发出电文吧。大本营和寺内长官要对我进行处罚，我甘愿受罚。"

远藤笠人只得答应。他发出电报后，仍然一声不吭地坐在自己的办公室里，他知道，这份电报事关重大，很可能很快就会收到大本营或者华北方面军司令部的回电。时间一分一秒地流逝，他看到，窗外的大雨没有任何停歇的意思，一辆又一辆汽车在院子里不停地进进出出。

天色渐渐亮了，他看到，三部汽车和两部装满士兵的卡车驶进了特务机关处。最前面那辆汽车的车牌他很熟悉，那是喜多诚一的副官松崎葵的专车。

他知道，在整个日军驻北平特务机关处，喜多诚一最信任的两个人，就是自己和副官松崎葵。最近这段时间，松崎葵频繁外出，似乎在执行某个重大任务。车队在他的视线里消失了，他心里渐渐浮现出一个感觉，就是松崎葵很快就将遭到重大打击。

这时，他身后的电报收发机响了起来，他扭头一看，那枚红色的讯号灯正在高速闪烁。他赶紧坐下，记录下几乎同时到达的东京大本营和华北方面军司令部的两份电报。

等他把电文译完，心里已经一片冰凉。两份电报的内容很接近，都对喜多诚一进行了严厉斥责，还要求喜多诚一尽快重新筹措药品运往武汉，确保武汉会战顺利进行，并且要尽快铲除中方在北平的地下情报网。

寺内寿一发来的电报中，还特意强调喜多诚一本来就是从情报工作起家，绝不应该对中国的情报人员束手无策。

他把两份电报送到了喜多诚一的办公室，迎面看到满脸通红的松崎葵从里面出来，两人险些撞个满怀。他进了办公室，把电报交给喜多诚一。他注视着喜多诚一的表情，只见他读完了电报，并没有说什么，默默地把电报放到一边。

过了片刻，喜多诚一看到他的神色，从办公桌后走过来，拍拍他的肩膀，说："远藤君，你不必为我担心，大本营和寺内将军虽然对我进行了训斥，但马上又指派给我新的任务，这说明，他们对我还是信任的。更何况，我没有完成任务，损失了大批珍贵药品，给武汉会战的备战造成不利影响，但寺内将军并没有用明码发出电文，我已经感激不尽了。"

远藤笠人明白他的意思。在等级森严的日本军界，一些比较严厉的高级将领，会用明码电报对犯了错误的下属进行斥责。寺内寿一出身于名门望族，有伯爵头衔，在军中资历深厚，又是堂堂的陆军大将，如果发出明码电报斥责只不过是区区陆军少将的喜多诚一，喜多诚一只能默默咽下这份屈辱。

喜多诚一虽然这么说，但远藤笠人看得出来，自己这位上司的脸上仍然满是积郁悲哀的神色。他正要再劝慰几句,忽然,砰的一声枪响传了进来。日军虽然经常在特务机关处的大楼内外处决中国人,但这声枪响沉闷短促,明显是手枪的声音,不可能来自普通士兵使用的步枪。而且,这声枪响似乎就来自于这栋大楼内!

喜多诚一似乎猜到了什么,他的神色猛然一变,接着办公桌上电话机的铃声响了,喜多诚一快步走过去拿起话筒,听了几句,身体晃了晃,话筒从他手里掉了下来。

"松崎君,在他的办公室里,为了向天皇陛下谢罪,毅然玉碎了!"喜多诚一双手扛在桌上,头深深地垂下,有些哽咽地说。

"松崎君做任何事情,一向极其谨慎,究竟是什么样的对手,才能战胜他,导致他不得不自裁谢罪?"远藤笠人心想。他和松崎葵虽然在工作中接触不多,但也深知此人头脑冷静,智谋过人,在年轻军官中算得上是出类拔萃的。

喜多诚一就像看穿了他的心思,抬起头,慢慢地说:"如果我没有猜错,先后战胜了我们多位优秀的情报人员的,是同一拨人。而且,很可能是中共方面的特工。"

瓢泼大雨中,一道闪电从夜空中劈下,把整间办公室照得亮如白昼。喜多诚一那张浮肿圆胖的脸,在这一瞬间变得更加苍白狰狞。他咬着牙,慢慢地说:"军统方面早就在北平设有情报站,经过我多次打击,他们的力量已经很弱小了,根本无力和我们抗衡。但是,最近这半年来,我们多次重要行动都失败了,说明敌人的力量是非常强大的。这个力量,只能来自中共方面。"

远藤笠人往前一步，说："机关长阁下，我愿意为您效劳，铲除中共在北平的特工！"

喜多诚一勉强点点头，说："目前暂时没有格外重要的工作，远藤君，你的话我记住了。走吧，我们去看一下松崎君的遗体。"说着，他系紧纽扣，朝门外走去。

这天晚上回到家里，远藤笠人草草吃过晚饭，因为前一天晚上几乎彻夜未眠，所以早早就睡了。等他醒来，已经是午夜时分，他看了看身边熟睡的妻子远藤真奈，轻手轻脚地穿上和服走出卧室，又打开那扇通往隔壁贤良寺的暗门，走进了贤良寺。

因为前一晚刚刚下过大雨，这天晚上的气温比平时清凉了一些。他每次来到这里，都有一种回到奈良故乡的错觉。他望着那十几座藏着历代住持遗骨的砖塔，想到的是自己童年时到那些寺庙中参拜的情景。

等他回到卧室，在榻榻米上重新躺下，发现远藤真奈的脸上流满了泪水。

"真奈，你又想念家乡了？"他用手指抹去真奈脸上的泪珠说。

远藤真奈点点头，说："听说松崎大佐昨天……"

远藤笠人慢慢点点头，远藤真奈从被子里伸出手，紧紧攥住他的手，说："英树爸爸，为了我和英树，我们回国吧！松崎君已经因为任务失败自尽了。我真怕这样的命运会落在你身上！"

远藤笠人把妻子搂进怀里，说："真奈，我是为了向天皇陛下效忠，也为了我的前途才来到支那的。现在，松崎君不在了，我就成了机关长阁下最信任的人。如果我抓住这个机会立下战功,一定会得到提拔。这样的机会,在一个军人一生中都没有几次,所以这次我一定要抓住机会。"

远藤真奈使劲摇摇头,眼泪扑簌扑簌地掉落。她说:"英树爸爸,每天你去上班后,我和英树两个人待在这么大的院子里,真的非常害怕。四周都是支那人的房子,我真担心他们会突然冲进来……"

远藤笠人拍拍妻子的后背,说:"那我向机关长阁下申请,把英树送到日本侨民学校去读书。这样的话你每天就自由了,可以由卫兵陪着到处走走。"

远藤真奈知道无法改变丈夫的决定,只得点点头,接着又有些控制不住情绪,更深地扑进丈夫的胸膛,抽泣了起来。

远藤笠人在黑暗中望着天花板,迟迟未能入睡。

第二天一早,他起床时,望着妻子,说:"真奈,我觉得还是请教师到家里来给英树上课吧,我的工作太特殊了,恐怕不宜像普通日本侨民一样,把英树送到侨民学校去。家里有了家庭教师,你也多了一个说话的伴儿。"

远藤真奈不出声地听着,到了最后,噙着眼泪默默地点了点头。

"对了,隔壁的贤良寺,我不是一直不同意你去吗?因为去那里拜佛的支那人太多,我不希望这些低等人看到你美丽的脸。不过,最近我去了几次,感觉那里很像我们的故乡奈良,我们选一个时间,由皇军去守卫寺门,不让支那人进入,这样的话,我们可以每周去参观两个小时。"远藤笠人把军装穿好,在戴军帽的时候说。

远藤真奈带着凄凉的笑意点了点头。

"每个周日的下午好吗？"远藤笠人凑到她面前说。

远藤真奈有些犹豫，过了一阵子，她才说："英树爸爸，你的工作是需要绝对保密的，我都曾经接到过通知，要杜绝一切未经允许的外出活动，所以，参观贤良寺的事情，就算了吧。"

远藤笠人笑了笑，说："我从来没有向机关长阁下提过任何要求，这件事并不是多困难，我相信机关长阁下会同意的。"

说完，远藤笠人就离开了，远藤真奈看着他的背影，一阵又伤感又有些期待的情绪在心里浮现出来，忍不住又流下了泪水。

第二十三章

游 园

很快,周日到了。这天中午,远藤笠人吃过午饭,就派勤务兵去贤良寺查看里面的情形。很快,勤务兵回来了,说里面已经清理完毕,没有任何外人了。远藤笠人和妻子都换上和服,通过两个院子之间的暗门,来到了贤良寺。

这里并非一开始就是寺院,所谓贤良寺,是由雍正年间的怡亲王府改建而来,所以,哪怕是在两百多年后,这里也比普通的寺院更加气派典雅。尤其是当年的王府花园,得以完整保留下来。几人进入花园,只见这里到处栽满了各式花卉,院子的角落还有一处小小的池塘,水面上正有十多朵莲花在盛开着。

"英树爸爸,这里真的很像奈良。"远藤真奈激动得流下了泪水。远藤笠人微笑着点点头,其实他也是第一次在白天来到这里。

一阵蝉鸣从树丛中传出,远藤笠人摸摸儿子英树的头顶,说:"英树,爸爸教你粘蝉吧。"

远藤英树兴奋地使劲儿点头,远藤笠人吩咐勤务兵去厨房取来了竹竿和湿面团，然后告诉英树如何在茂密的树枝中间发现蝉，如何用湿面团粘住蝉。远藤英树在东京长大，没有在乡村生活过，今天在这个花园里玩得格外兴奋。

远藤真奈看看攀缘在篱笆和树上的凌霄花，再看看铺满草地的波斯菊，十分开心。远藤笠人微微一笑，索性摘了一大把花，给妻子编了一顶花冠。

时间过得飞快，正当一家人坐在树荫里，真奈给英树讲解各种植物的名字时，远藤笠人指了指表，提醒妻子两个小时的时间到了。一家人恋恋不舍地回到了自己家的院子，远藤笠人告诉妻子，下周同一个时间还可以继续去参观，而且这个时间里也可以给自己家的厨师、司机、女佣等人放假，这里只留几个卫兵就可以了。

"爸爸，妈妈，到了下周，那个花园里还会有蝉吗？"英树问。

"会的。很快花园里会出现蟋蟀，那可比抓蝉好玩多了。"远藤笠人摸着他的头顶，微笑着说。

就这样，一个又一个周日到来了，远藤一家越来越喜欢去贤良寺度过两个小时的时间。对于远藤真奈来说，这两个小时的时间更是成了她生活里最宝贵的时刻。她可以排遣寂寞和思乡之情了，时间就不那么难熬了。但是，意料之外的事情很快发生了。

在他们第一次去贤良寺游玩的一个多月后，这天远藤笠人回到家里，真奈一边帮他脱下军装，一边犹豫着说："英树爸爸，今天发生了一件非常奇怪的事情。"

远藤笠人盘腿坐下，喝了一口茶，说："哦，什么事情？"

真奈的神情有些畏惧，她咬着嘴唇，说："今天来给英树上日语课的老师，告诉我她以后不再来了。"

远藤笠人皱皱眉，说："为什么？她是机关长阁下特意为英树从日本侨民学校里请来的老师，怎么能这么不负责任？她是嫌工资太低吗？"

真奈摇摇头，脸色更加苍白了，她说："不是这个原因。她说，已经连续两周在咱们家外面发现死人了。尸体都是清早出现的，而且周围没有走动的痕迹，这说明——"

"这说明，尸体是从咱们家里扔出去的，对吗？"远藤笠人的语气冷淡下来。

真奈先点点头，接着又赶快摇头，说："我也不知道到底是怎么回事，总之那位老师说自己很害怕，哪怕被上级惩罚，她也不敢来了。"

远藤笠人生气地推开茶碗，茶水洒满了矮桌，真奈顾不上叫用人，自己赶紧用毛巾擦了起来。

远藤笠人哼了一声，说："这件事，机关处内务课的人已经问过我了，我说我不知道尸体的来历。内务课查来查去，说可能是有人故意用暴死者的尸体来陷害我。就连那个北平治安维持会的支那人，竟然也敢来过问此事，我派人把他们直接轰走了。如果不是机关长阁下总是劝我说这些支那人在和皇军合作，有很多需要他们的地方，我早就把这些狂妄的支那人击毙了。"

真奈赶紧在他身边跪下，说："这些尸体不是从我们家里扔出去的？"

远藤笠人双手抱肩,说:"当然不是,否则我们怎么完全不知道这件事?"

真奈看着丈夫坚决的神情,只好点点头,无奈地继续擦着桌上的茶渍。

从前门外的煤市街往东,有一条西南朝向的斜街,叫作杨梅竹斜街。这条街上店铺林立,最多的是书局、票号,药店、饭铺也不少,但如果有人从东口进去,他先看到的,却是一栋三层的建筑,这栋楼就是东升平浴池。这里的一楼二楼是散座,三楼是包间。这天,在三楼最靠里的包间里,两个刚刚泡完澡的中年男人,正一左一右躺着,其中一个中年男人,已经穿好衣服,另一个则只用一块浴巾盖住身体,正在由一位修脚师傅修脚。他仰面躺在凉席上,左手轻轻打着拍子,身旁摆着一部收音机,里面正播放着余叔岩的《捉放曹》。他的右手,则似乎无意地搭在脑门上。就在他的枕头下,放着一把勃朗宁 M1900 半自动手枪。

他就是国民政府军事委员会调查统计局驻北平情报站主任马淮德。

修脚师傅忙完,就揣好马淮德给他的银圆,千恩万谢着关上包间门,退了出去。马淮德听他的脚步声去得远了,这才把腰间的浴巾系得紧了些,端起茶碗来抿了一口,在水汽中摇头晃脑地冲着对面那张长榻上刚刚坐起来的人说:"高老弟,来,你也尝尝这'龙珠'。不瞒你说,我来北平这几年,在喝茉莉花茶上,可是比老北平人还讲究。

今天这'龙珠',是我提前仨月就在'张一元'订好的,昨儿刚到货,你尝尝这味儿正不正!"

坐在马淮德面前的,就是高志铭了。三天前,他收到上级通知,说马淮德要尽快和他见一面,见面地址是北平前门大栅栏路西的"东升平",这是北平一家颇为高级的澡堂子。

高志铭没喝茶,说:"马主任,请问你这次把我找来,有何见教?"

马淮德稍一犹豫,脸上露出一丝无奈,说:"唉,高老弟,你有所不知。"说到这里,一堆烦心事涌上来,他连最爱听的那段戏也无心细听了。他关了收音机,压低声音说:"高老弟,你知道不知道武汉方向战况如何?"

高志铭沉吟不语,马淮德赶紧说:"高老弟,你放心,这澡堂子里我已经安排了好几个弟兄,不会放不明底细的人过来。"

高志铭说:"我听说,此次武汉会战,以长江为界,分为南北两线,南线由第九战区司令长官陈诚负责,北线的防御,则归第五战区司令长官李宗仁指挥。如今长江南岸的鄱阳湖一线失守,安庆和九江两城,已经落入日寇之手。至于北线,曾在南京大肆杀害我同胞的日军第六师团,已经被白崇禧长官切断了补给,正在做困兽之斗。"

马淮德一拍大腿,说:"谁说不是啊!"他搓搓双手,满脸堆笑,说,"高老弟,武汉方向的战事,你说的丝毫不差,这南线的总指挥陈诚长官,那可是头号天子门生,委座的心腹爱将,但他和我们戴局长不睦,这是众所周知之事,我也不必隐瞒。恰恰因此,戴局长给北平站发来密电,要我们不惜一切代价,弄到日寇在武汉方向将如何行动的情报,这样一来,于公,可以痛歼日寇,守卫国土;于私,这个陈长官,靠着我们弄到的情报才侥幸取胜,那他以后在我们戴局长面前,可就再也抬不起头了。"

一阵厌恶在高志铭心里闪过,他心想,如今国家到了什么地步,这些国民党高官最在意的还是如何邀宠争斗。他拿过外衣慢慢穿上,说:"马主任的意思是——"

马淮德搓着手,讪笑着慢吞吞地说:"这个——前两次你我兄弟同心,精诚团结,先后截获日军军火运输计划,缴获大批药品,戴局长已经通令嘉奖,我这个老哥哥,很承你高老弟的情哪。"

高志铭淡淡一笑,说:"马主任,现在国共合作抗日,这些都是我的分内事,你不必客气,有话请直说。"

马淮德一伸大拇指,说:"高老弟真是爽快人!依我看,如果要掌握日军行动,当务之急就是弄到日军的密码本。有了密码本,日军大本营发到中国的绝密电报,咱们可就能一目了然了。我已经探听到,日军的密码本,向来由日军驻北平特务机关处通信课课长掌握。这人就住在——"

高志铭说:"就住在金鱼胡同,对吧?"

马淮德惊讶异常,慢慢睁大眼,然后恍然大悟,一拍脑门:"我明白了,咱们这是英雄所见略同,想到一块儿去了!高老弟,敢情你们已经对这个通信课课长远藤笠人采取行动了?"

高志铭点点头,他忽然想到穆立民给他说过的一件事,微微弯下腰,对马淮德说:"马主任,这么说的话,你们还没开始行动?这个远藤笠人家门口，已经多次发现尸体，而且这些尸体个个残缺不全，像是遭到了严刑逼供。马主任，这些不是你的人？"

马淮德也是吃了一惊，他摇摇头，说："绝无此事。高老弟，我今天找你，就是想和你商议一番，下一步咱们如何合作，齐心协力把密码本弄到手。"说着，他从床边的皮包里拿出一盒香烟、一盒火柴。他打开烟盒递到高志铭面前，高志铭并未接烟，只是摆摆手。他自己点着了烟，大口大口地吸了起来。

高志铭沉默了片刻，慢慢地说："马主任，既然你的人尚未行动，那么，那几具尸体从何而来？难道这座北平城里，还有一股力量把目标对准了那个密码本？"

马淮德吃了一惊，神色顿时变得有些惶急，他一口口地吸着烟，脑子里在飞快地盘算着。突然，一截烟灰掉了下来，正落在他的大腿上。他疼得龇牙咧嘴，赶紧拍打着烟灰。

一阵手忙脚乱之后，他狠狠咬着牙，说："哼，准是徐恩曾的人！来到我的地盘上逞能，怎么样，连全尸都保不住了吧？"

高志铭知道，他说的徐恩曾，是国民党内另一个特务组织中央执行委员会调查统计局的头目。徐恩曾的"中统"和戴笠的"军统"，为了在蒋介石面前争宠，已经势如水火了。

"高老弟，既然中统插手此事，咱们更得快马加鞭了，"马淮德喷出一口烟雾，神色在烟雾中显得更加阴郁，他转动着眼珠，说，"万一被徐恩曾的人抢先拿到密码本，我可没脸见戴局长了。下一步该怎么办，咱们得赶紧拿个主意。"

高志铭说:"马主任,既然咱们合作抗日,自然要心往一处想,劲往一处使。这样吧,我们这边的同志,如果遇到了困难,一定向你求援,到时还望马主任能给予援手——"

"行,要人有人,要枪有枪!"马淮德插话说。

高志铭笑了笑,说:"如果他们一切顺利,我看倒不如让他们继续干下去,不必多生事端,你说呢?"

马淮德讪讪一笑,说:"有道理,有道理,没必要多生事端。"他紧接着说:"那这密码本——"

高志铭昂着头说:"马主任,既然国共合作抗日,那我们一旦有所收获,会向贵处通报,密码本自然是两家共用。"

高志铭穿好灰布长袍就告辞离开了,马淮德看着他瘦削的身影从走廊尽头拐下楼梯,心想,你们共产党卖力气,得到了密码本我也能用,这种稳赚不赔的生意,傻子才不肯做。他回到包厢里,重新打开了收音机。《捉放曹》还没播完,余叔岩的唱腔传了出来。

他半躺着打着拍子,心里却在盘算:如果共产党拿到了密码本,却不给我,或者明明拿到了,却说没拿到,那该怎么办?

还是得派个人和他们一起干!想到这里,他猛地坐起来,得意地笑了起来。

这天清早,天还没大亮,贤良寺的大门外,聚集了二十多号都是一身短打扮的大老爷们儿,大部分人互不相识,都眼巴巴地望着关得严严实实的寺门。天色越来越亮,寺门终于打开了,一个伪华北临时政府的警察拎着警棍出现了。壮汉们一下子全围了过去，聚在台阶下朝他嘻嘻笑着。

这个身形干瘦、满脸皱纹的中年警察鄙夷地扫了他们几眼，吐了口痰，说："后院只需要四名抬棺材的'窝脖儿'，你们排好队，我选完四个人，剩下的滚蛋。"

说完，他走下台阶，在两排人中走了一圈。其中一个精壮汉子趁旁人没留神，把一小卷儿钞票塞到他手里。这个警察紧紧攥着钞票，在四个人脑门上点了点，说："你们跟我走。"他们几个人在大殿旁的甬道穿过，一直到了后殿。这警察指着摆放在墙下的棺材，说："每天上午大殿里会给这些死人做法事。到时候，你们提前把棺材抬到殿上去。等法事完了，你们再把这些棺材抬出寺，抬到那里的灵车上就没你们什么事儿了。听明白了吗？"

几个苦力都点头，警察扬起警棍，指着刚才那个给自己塞钱的精壮汉子，说："看你挺有眼力见儿，你们这几个人里面，你当个头儿吧。"

这几个苦力连忙答应。这警察接着说："你们这些穷哈哈，我可告诉你们，在这贤良寺停灵做法事，不是什么人都能办得到的。棺材里面的死人，一个个非富即贵，你们要是穷得不怕死，就只管去动死人身上的东西，看你们还能活几天！"苦力们赶紧说自己不敢，这警察重重哼了一声，说："要是有什么金的银的从棺材里掉出来，谁敢私吞，我扒了谁的皮！一律交给我，听明白了吗？"

北平从夏天到秋天，经常就是几场雨的事儿。立了秋，北平很少再下那种黄豆粒大小的雨点,一旦下起来,也不会个把钟头就完事儿,总要飘上个一夜半宿的。这样的雨,只要下过一场,北平各处的秋意就会慢慢泛起来,要是下过两场,再壮实的小伙子,也没法再穿一身短衣裳出门了。

这天因为下着雨,天色一黑,北平城里各处就都凉飕飕的。在六国饭店门口,一个车夫拉着一辆洋车在这种牛毛细雨中跑了过来,车上坐着的是一对衣着入时的年轻夫妇。男客穿着一身青灰色亚麻西装,女客则穿着一身长袖连衣裙,头戴法式宽檐帽。虽说车有雨篷,可客人在下车时,头上、肩上还是被淋上了几串雨丝。这女客当即不耐烦了,恶狠狠地盯着车夫,嘴唇一动刚要说些什么,男客摆摆手,朝四周看了看,又朝她使了个眼色。女客忍住了没说话,可脸上却气鼓鼓的,往酒店大堂走时,高跟鞋在大理石地面上踩得嗒嗒作响。

两人进了六国饭店,开了一个顶楼房间。这是一个颇为宽敞的套间,一进房间,男客马上把床下、衣柜里、窗帘后各处检查了一番,动作颇为利落。女客则把坤包一甩,一屁股坐在床上,刚喊了一声"累死——"男客马上对她做出一个闭嘴的动作,女客马上捂住嘴,不好意思地笑了笑,细细抚摸起被褥床单的面料来。

此时,在饭店门口,又是一辆汽车停下,一个四十出头、腆胸挺肚、挂着文明棍、戴着水晶墨镜、手指上夹着雪茄的"阔佬儿"下了车,他一左一右各有一个分别穿着西装和学生装的年轻跟班,三人也开好了房间,正位于刚才那对夫妇的隔壁。这阔佬儿看起来派头不小,那两个跟班分别拎着两只硕大的皮箱。

夜色越来越深，六国饭店却到了最热闹的时刻。不少房间里飘出了留声机的音乐，至于打牌打麻将、喝酒猜拳的声音，就更加响了。

"阔佬儿"打开了收音机，开始播放评书《三侠五义》。隔壁那对客人，女客正在浴缸里舒舒服服地躺着，浑身沾满了泡沫。男客则坐在外间的餐桌旁，把一只毛瑟 M1932 型手枪拆开，细细擦拭着手枪的各个部件。评书的声音从隔壁传来，这男客马上站起身来，飞快地把枪装好，然后闪身到了浴室门口，轻轻敲了三下。那女客对受到打扰似乎很不耐烦，但也只得从浴缸里起身，冲干净身上的泡沫，换上一身便装。出浴室前，她把梳妆台上一把小巧精致的勃朗宁 M1906 型袖珍手枪揣进了腋下。

男客打开了房间里的留声机，一阵周璇的歌声传了出来。两人探身出了房间，只见走廊里虽然四处都散布着吵闹声和笑声，却没什么人。他们按照三长两短的节奏敲了敲隔壁房门，听到门锁的锁舌咔嗒一声打开，然后飞快地推开门，闪了进去。

"穆老弟，咱们又见面了。"这男客朝着那个穿学生服的跟班拱了拱手。女客则打量了房间里的三个人，朝这个跟班说："哟，穆公子，得有俩月没见了吧，你今儿可比前一阵子更精神了。"

这跟班也拱拱手，说："聂先生，赵小姐，多日不见，别来无恙！"

此时，在隔壁空荡荡的套房里，那部留声机里传出的《何日君再来》的歌声，始终在飘荡着。

这一对夫妇，自然就是军统驻北平情报站特务聂壮勋和赵秀沅了，在这个房间里和他们接头的，则是中共在北平的地下党成员穆立民、苏慕祥和文四方。

穆立民先是锁好房门,接着从行李箱里抽出一张唱片,放进留声机里。顿时,一阵打麻将的声音传了出来,中间还夹杂着笑声、说话声和各种各样的杂音。

赵秀沅扑哧一笑,说:"穆公子,你这以假乱真的功夫,可真是做到家了,这搁谁在门外一听,都觉得里面是在打牌。"

聂壮勋心想:"自己的房间那边,只放着一张普普通通的唱片,除了歌声,一点儿其他声音都没有。这几个共产党的情报人员,就想得到专门造一张各种杂音都有的唱片。唉,仅凭这一件事就可以知道,共产党的情报人员比我们想得周到啊。有的时候,一次行动是胜是败,不就是一两个细节决定的吗?"

五个人围在桌旁坐下,穆立民指着苏慕祥,说:"聂先生、赵小姐,这位苏大哥是新加入这次行动的同志。日军特务机关处通信课课长远藤笠人在北平的家,隔壁就是原来的怡亲王府、现在的贤良寺。我们这位同志已经在寺里当了两周的苦力,把远藤一家的情况摸到了一些。现在就请他介绍一下。"

苏慕祥拿起麻将牌,摆成两个院子的形状,说:"这几天我已经打听清楚,每个礼拜天下午两点,这个远藤笠人都会带着老婆孩子从自己家到旁边这个院子——也就是贤良寺的后花园去。贤良寺里僧人不多,都住在后殿旁边的厢房里。这个后花园里只有一些花草树木,还有假山、池塘,假山上有亭子。这里还有几座砖塔,是安放寺里历代高僧住持遗骨的。"他一边说着,一边把三只麻将牌从一个"院子",

拿到另一个"院子"里。

"后花园和后殿之间，通过甬道相连。甬道上还有一道木门。在这段时间里，日本兵会提前清空整个贤良寺，除了在大殿上轮值的和尚，寺里面一个人也没有了。到了这个时候，那一家人才会到贤良寺里来。他们至少会在寺里待上两个小时。这时，伺候他们家的那些厨子、火工之类，都会放假外出。虽然他们家的前后门还有日本兵站岗，但家里面再也没有其他人了。"

聂壮勋听他说完，先是皱眉琢磨了一会儿，说："苏老弟，这些情报来之不易，您辛苦了。"说着，他朝苏慕祥拱拱手。

苏慕祥摆摆手，说："甭客气，咱们不都是为了打鬼子嘛！"

穆立民说："聂处长，咱们的目标，是远藤笠人的密码本，不知你有何高见？"

聂壮勋笑着说："穆老弟，你别客气，既然你约我们来这里见面，想必你已经胸有成竹。上次在居庸关我就知道你虽然年轻，但是有胆有谋，你有什么计划，就尽管说吧。"

穆立民毕竟年轻，他有些不好意思，脸上微微泛了泛红，说："这个密码本，远藤笠人一向看管得极严，基本上是随身携带。但他到贤良寺，我猜测却不会携带，只会把密码本放在家里的某个地方。"

赵秀沅盯着自己长长的红指甲翻来覆去地看着，嘴里说："穆老弟，既然这个日本人这么尽职尽责，为何他在去贤良寺时不带着密码本呢？他就不怕丢了吗？"

穆立民神色平静，说："赵小姐，对于远藤笠人来说，他固然有保管密码本的职责，但更要紧的是，他必须在接到电文后及时翻译出来。他总不能在贤良寺破译电文，所以，他也就没必要携带密码本去贤良寺。"

赵秀沅还要再说，聂壮勋马上说："穆老弟，我也觉得他不可能带着密码本到处行动。咱们之所以把这个时间定为唯一的行动机会，不就是因为他除了家和日军特务机关处，从不涉足别处吗？你先讲讲你的计划，咱们一起推敲。"

穆立民点点头，指着桌面上麻将牌摆成的"院子"，说："按照苏大哥查到的情况，这贤良寺里，经常会停放棺材。这些棺材往往会提前一两日放到后殿中，上午在大殿举行法事前，再将棺材放入大殿。法事结束后，棺材即拉去墓地掩埋。我的计划是，由文大哥出面，假装家中有人去世，把三口棺材送到寺里，我和聂处长提前潜入棺材，等远藤笠人一家人来到贤良寺后，我们即从棺材中钻出，进入远藤家中寻找密码本。我们各自携带一部微型相机，拍下密码本的内容后，我们再返回寺中。等远藤一家离开后，日本兵也随即撤走，贤良寺由伪治安军守卫，我们只能继续在棺材里等到第二天。文大哥，你到时在法事结束后，把棺材送到城外掩埋，等到出殡人群散去，你再把我和聂处长两人从棺材里救出。"他仰起脸，对苏慕祥说："苏大哥，到时你也伺机潜入棺材，我和聂处长进入远藤家里时，你从棺材中出来，在贤良寺的花园外藏好，随时掌握远藤一家的情况。如果他们有谁突然返回家中，你就给我们发信号，我和聂处长再根据当时的情况，决定是回到寺里还是在远藤家藏起来。"

穆立民话音刚落,还没等聂壮勋和赵秀沅说话,文四方有些着急了,他呼的一声站起来,说:"穆老弟,照你这么说,危险都是你们几个担着,我除了头一天把棺材送进寺里去,第二天再把棺材从土里刨出来,就啥事儿没有了,这可不行!咱哥儿俩出生入死好几回了,怎么今天到了这根节儿上,你把我这个当哥的,当成废物点心了!"

穆立民说:"文大哥,你身上的担子可一点不轻!我和苏大哥、聂处长都躺在棺材里,就靠你和寺院里的人打交道,你装得像不像,直接关系到任务的成败呢。"

聂壮勋一直在看着桌上的"院子",他琢磨了一会儿,说:"穆老弟,按照你的计划,这次行动最大的风险,在于你我二人在远藤家中能不能及时找到密码本,对不对?"

穆立民点点头,说:"的确如此。苏大哥已经打听清楚,远藤一家人从来没有提前返回过,咱们有两个小时的时间搜寻密码本。尽管如此,远藤笠人肯定把密码本藏得异常隐蔽,咱们如果没能及时找到,也只能先行撤退。"

"咱们撤回贤良寺时,会不会和远藤一家遭遇?"

没等穆立民回答,苏慕祥说:"聂处长,你放心,远藤他们这一家三口,进了贤良寺后,都在从前的王府花园游玩,这个花园在贤良寺的最后面。他们进出贤良寺的暗门,位于大殿和后殿之间的甬道上,所以,只要他们在花园里,你们就不会碰上。"

这时,赵秀沅一看没给自己安排什么有危险的任务,马上说:"哟,穆老弟,我虽然是一介女子,可也干过多年的情报工作了。这次你怎么不给我安排差使，是不是看不起女人？"

穆立民微微一笑，说："赵小姐，你有事情做。当时，整个贤良寺禁止香客入内，你呢，就假扮成要进去拜佛的香客。你一是要观察寺外的情况，如果有日本兵和军警要闯入寺内——"

赵秀沅本来听得喜滋滋的，心想无非就是站在寺外，这倒是没什么风险。接着她觉得不对劲，马上说："穆公子，我一个弱女子，如果有大队军警赶到，我可没什么法子和人家较量。"

穆立民保持着微笑，说："赵小姐，我的意思是，如果有军警赶到，你需要火速离开，马上向马主任报告此事。"

赵秀沅一脸迷惑，说："向马主任报告？"

聂壮勋暗暗叹口气，说："赵处长，穆公子的意思是，既然有大批军警赶到了，这说明这次行动已经暴露了，你需要马上报告马主任，把我们的情报人员马上疏散，躲避日本人的抓捕。"

赵秀沅这次明白过来，她脸上浮现出一阵犹豫的神色，嘴唇动了动，似乎欲言又止。

穆立民说："赵小姐，咱们既然一起商讨这次行动计划，你觉得计划里有不够周全的地方，就请你知无不言，言无不尽。"

赵秀沅咬咬嘴唇，说："聂处长，听你话里的意思，似乎只要你们——"她不好意思继续说，只是用手指了指聂壮勋和穆立民。

聂壮勋明白，暗暗摇了摇头，对她说："赵处长，不是我和穆老弟一旦被捕就会叛变，只是咱们干情报工作，必须讲这条纪律，就是一旦有同志被逮捕，其余人必须马上隐蔽，所有的接头地点、暗号之类，全都不能再用。这是为了以防万一,并非是针对我和穆老弟而言。"

五个人聚在一起,目标太大,聂壮勋不想多浪费时间,说:"我看眼下的当务之急,是打听清楚谁家遇到了丧事,会在贤良寺办法事。这样的话,咱们提前潜入棺材,等着被送进寺里。"

穆立民皱眉想了想,说:"聂处长说得对。如果能找到要办丧事的,当然最好,如果一时实在不知道谁家会在贤良寺办丧事,我看不如捏造一户人家,由文大哥出面,说亲戚家中的三口人得了传染病,几天之内先后死了。这样咱们就可以大大方方把三口棺材抬进贤良寺了。"

聂壮勋眼神一亮,说:"穆老弟,你这条计策太妙了。这种捏造出来的人物,就算鬼子以后发现不对劲,也没法从这条线索查到咱们的行踪。"

"穆公子,我看呀,"赵秀沅媚眼如丝地瞟着穆立民,说,"你这条计策最妙的地方,就是你们化装成尸首就可以了,要不然,还真的得和一具尸首藏在一个棺材里。啧啧,这事儿别说让我干了,想想就瘆得慌。"

几个人商议完毕,聂、赵二人回到自己房里。这个套间中只有一张大床,赵秀沅上床睡了,聂壮勋则和衣躺在外间的沙发上。他迟迟不能入睡,索性起身点着了一根烟,在一片黑暗中走到阳台上。面前不远的东交民巷,还是灯火交映,不时有名牌汽车穿梭出入,一阵阵舞曲从最近的几家外国领事馆中飘出。这座六国饭店里,更是猜拳行令声、说笑声从各个楼层传出。

他慢慢吐着烟圈,眼看着烟圈在夜色中升腾、消散,想起三个月前自己刚刚离开武汉时的情形。那时，整个国民政府从南京迁出后，上万名大小官员集中到了武汉，人心惶惶，很多人都觉得日本人随时可能沿着长江、沿着平汉铁路打过来。为了一张开往重庆的船票，这些平时衣冠楚楚的部长、处长们都顾不得颜面了。那些格外有权有势的党国大员，不但要把自己的妻儿老小统统带上船，连金银细软都是装了一箱又一箱，堂而皇之用军车送上船。

就连自己一向敬畏的戴局长，这个时候最热衷的，仍然是和特务头目徐恩曾斗法。这一年，蒋介石不愿意原来的特务组织力行社一家独大，硬是分成了军统和中统两个系列，还故意让本来就关系不睦的戴笠和徐恩曾担任两家特务组织的头目。结果，原本烜赫一时的力行社就此化为泡影。蒋介石当众说过，两个组织都身负党国重任，作为革命同志一定要亲爱友善。但是，两个特务组织这大半年来，没有进行过一次合作，反而是互相拆台。就拿这次窃取日军密码本的行动来说，那几具惨遭虐杀、被扔出远藤笠人住处的尸首，很可能就是徐恩曾手下的中统特工。

和国民党内乌烟瘴气的局面截然相反的是，中共的地下组织，个个志同道合，每个人都有一股为了消灭日寇情愿豁出性命的架势。自己所在的这个情报站，负责人马淮德只知道保存实力，他对日本人怕得要死，对窃取情报、铲除汉奸没多大兴趣，心思都花在巩固自己的地位上。他故意在这个区区三十多人的组织里培植了好几股势力，这样一来，几个处长争权夺利起来，他就能渔翁得利了。

望着黑沉沉的夜色，他越想越觉得绝望，于是暗暗下定决心，等完成了这次任务，一定要换个活法了。

第二十四章

暗 室

第二天，苏慕祥回到贤良寺，继续做搬运棺材的事情。这天快中午的时候，他和几个苦力正各自靠着一根柱子闭目养神，突然听到那个监工跑进来，大喊着让他们赶紧去扛棺材。他们到了寺门，只见三辆马车停在那里，每辆车上都装着一只红漆棺材。这种马车是北平郊区农民常用的，骑马守在第一辆马车旁边的，正是文四方。只见他头戴藏青色缎帽，上面还镶着块一寸见方的白玉，身穿烟灰色府绸大褂，手里端着只景泰蓝的鼻烟壶，一副城外地主的打扮做派。

文四方赔着笑脸，凑到那个监工跟前，和他小声嘀咕了几句，又把几块银圆塞到他的袖筒里。那监工眉开眼笑地朝文四方点点头，一转脸，又大声吆喝着，让苏慕祥和其他苦力把棺材扛进寺里。在北平，这种"窝脖儿"都是把一条麻袋搭在肩膀上，这样扛各种重物才好使劲儿。苦力们把棺材抬进后殿，这里已经有七八个棺材了。那监工拿鞭子在空中啪啪抽了两下，喝道："待会儿吃完饭，你们都早点儿给我滚出去，要不然过一会儿皇军来了，看到寺里还有中国人，非得开枪毙了不可。你们小命玩完不要紧,还得连累我。"

中午吃完饭,苏慕祥趁着四周无人注意,按照早就商量好的标记,掀开那口没人的棺材盖子跳了进去。没多久,那监工就吆喝着苦力们赶紧离开,很快,一阵杂沓的脚步声后,寺里安静了下来。苏慕祥知道最要紧的时刻马上到来。果然,短暂的寂静后,一阵马靴的声音传了进来。接着,似乎有日本兵看到了这几口棺材,叽里呱啦地吼叫起来。进来的人里,似乎有人是翻译,说:"皇军问,这里为什么有棺材?"

那监工小心翼翼地说:"禀报皇军,这贤良寺历来就在给人做法事时在这里停放棺材,您放心,这些棺材里面都是死人。"

那翻译说:"皇军让你把棺材打开,皇军要检查。"监工答应着,慢慢走了过来。

"慢着!"翻译突然大喊一声,"皇军问,这几口棺材里面的人,是怎么死的?"

"病死的,得了麻风病。是一家三口,前后脚死的——"

"八嘎!"那个翻译刚刚翻译成日语,就听到日本兵的吼叫声。

"皇军说,以后一定不能在这里停放棺材。"

监工赶紧答应着,日本兵的马靴声又扑通扑通地向着后院移动。没多久,寺里又安静了下来。

这次安静的时间更久一些,人的声音也是渐渐传来的。这次是很轻的说笑声,而且这声音并未进入后殿,而是一直通向了后院花园。苏慕祥知道,这一定就是远藤笠人一家了。

该出来了。他慢慢坐起来,用力推开了棺材板,他刚露出头,就看到另外两口棺材也打开了，穆立民和聂壮勋翻身跳了出来。苏慕祥自己还穿着日常的短裤短褂，另外两人却穿着一身颇为考究的寿服。他知道，这是为了防备有人打开棺材查看。

寺里的地形他最熟悉，他朝另外两人使了个眼色，三人一言不发，轻手轻脚地出了后殿，来到殿外的甬道。他指了指墙上一道窄窄的铁门，又指了指通往后院的木门，意思是说从这道铁门可以通往远藤家中，你们进去后，我会守在这道木门前。

穆立民伸手轻轻拉开铁门，面前正是远藤一家居住的院子。虽然他们住在中式的四合院里，这里仍然按照日本的庭院风格，布置了圆石、盆景之类。穆立民和聂壮勋一言不发，穿过铁门，进了院子。他们没有在院里停留，而是直接来到正房前。从院子的格局来看，这也是远藤一家居住的房间。

按照苏慕祥早就探听到的情形，这个院子的前院和后门，都有日军守卫。

苏慕祥看到，穆立民和聂壮勋来到房门前，上面正挂着一把巴掌大小的铜锁。这个锁看起来硕大结实，但苏慕祥知道，这种普通的家用锁，对职业特工来说完全不是障碍。果然，聂壮勋从身上摸出一根铜丝，没费多少时间就打开了这把锁。两人打开房门，钻了进去。

苏慕祥站在那道木门前，透过门缝，观察着花园里的情况。远藤一家都穿着和服，远藤真奈还打着一把绘着富士山图案的酒红色纸伞。他们坐在一棵银杏树下，面前铺着一张一米见方的毯子，上面还放着各种食物，还有酒壶和酒盅。

一阵轻风吹过，几片叶子掉落下来。那个男孩骑了一辆车，绕着银杏树转了起来。远藤真奈靠在远藤笠人胸前，用纸伞给两人遮住阳光，两人一副如胶似漆的样子。过了一会儿，远藤真奈放下伞，倒了一杯酒，递给了远藤笠人。他正要喝，那个男孩似乎对骑车有些厌烦，他扔下车，摇晃着远藤笠人的胳膊，似乎要让他做什么事儿。远藤真奈朝男孩额头轻轻戳了一下，似乎在劝他什么。男孩仍然晃着远藤笠人的胳膊，远藤笠人扬头笑了笑，站起身来，朝这边走了过来。他在起身的时候，右腿并未站稳，而是晃动了一下。他还伸手揉了揉右腿，似乎那里有些疼痛。

他们要去哪里？苏慕祥心想，他紧紧盯着两人的脚步，只见他们朝木门的方向走了过来。穆立民他们刚刚潜入远藤家中，如果现在就让他们出来，这次的行动肯定就失败了。远藤笠人父子距离木门越来越近，如果再不及时发出信号，穆立民和聂壮勋的行踪随时可能被远藤笠人察觉。如果那样，在寺门和远藤家前院守卫的日军，会在十几秒内出现，穆立民他们根本无法逃脱。

到底该怎么办？

远藤父子两人的神情，已经越来越清晰了。远藤笠人伸出手，轻轻抚摸着儿子的头顶。在这个瞬间，苏慕祥判断，两人不是要离开这里，决定不发出报警信号。两人走到木门外，拿起靠在门后墙上的两根竹竿，转身走回了院子。他们回到树下，高高地抬起头，把竹竿朝树枝中间伸去。

他们在粘知了，苏慕祥心想。

远藤笠人的本事可比他儿子强多了，过不多时，就粘住了好几只知了，他把知了都塞进了一只布袋子。男孩却一直没粘住，他有些不高兴，开始用袖子擦眼泪。远藤笠人把自己的布袋子递给男孩，男孩高高兴兴地坐在树下玩起了知了。远藤笠人则回到树下，一边喝着远藤真奈递给他的酒，一边看着男孩。

太阳有些偏西了，苏慕祥看了看表，发现穆立民他们已经进去一个小时了。

突然，他听到远藤家的院子里有了一些响动。他从铁门的门缝里看进去，只见穆立民和聂壮勋已经出了房门，正重新上好锁，又飞步朝这边跑来。两人出了铁门，穆立民脸色颇为凝重，朝苏慕祥点点头。苏慕祥感觉到任务虽然完成了，但事情不像预想的那么简单。

"密码本拍下来了，下一步按原计划行动。"穆立民说。三人回到停放棺材的后殿，各自钻回了棺材。

时间慢慢流逝着，远藤一家周日下午的休闲时光结束了。三人在棺材里听到，一阵喧哗声从寺门方向传来，香客和僧人又回到了寺中。

又过了几个钟头，夜晚降临了，后殿里重新安静了下来。苏慕祥知道，一般来说，等僧人们在大殿里做完晚课，穿过后殿回到住处后，后殿里就不会再有人来了。他听着棺材外的声音，等僧人们的脚步消失，又过了一会儿，他第一个轻轻推开棺盖，钻了出来。

他又帮着穆立民和聂壮勋打开棺盖，穆立民已经把胶卷从微型相机里面取出，说："苏大哥，除了拍下来整本密码本，我和聂处长还看到了其他一些情报。有些情况非常紧急，我必须马上见到高老师，把情况通知给上级。按照计划，本来是明天我们在棺材里离开此地，但根据眼下的情况，我们必须马上离开。"

苏慕祥看看聂壮勋，只见他脸色严峻，朝自己一拱手，说："有劳苏兄尽快把我们带出此地。"

苏慕祥低声说："贤良寺前后门都有北平治安维持会的人看守，你们先找个地方藏好，我想想办法怎么把他们引开。"

穆立民和聂壮勋对视一眼，都点点头。苏慕祥走向贤良寺后门，一边走，一边想着办法。他穿过花园，到了后门前，大喊一声："闹鬼啦，闹鬼啦！"然后猛地拨开门闩，拉开寺门冲了出去。

"喂，你抽什么风？"

门外站着两个提着警棍、身穿北平治安维持会制服的警察，其中一个满口金牙，身材壮硕；另一个吊着两个黑黢黢的眼袋，身形枯瘦，一看就是大烟鬼。苏慕祥冲出寺门，站在台阶上大口喘着气。这个大烟鬼抬腿朝他踹了一脚，恶狠狠地说。

苏慕祥转过身，朝这两人连连作揖，又指着寺院里面说："两位长官，不好了，里面，里面——"

那个镶金牙的警察用警棍杵着他的胸口，说："你是寺里扛棺材的窝脖儿吧，里面怎么了，说！"

苏慕祥一手捂着胸口，气喘吁吁地说："闹鬼了，闹鬼了，有口棺材里的死人，活了！"

这两人也吓了一跳，那个大烟鬼说："你怎么知道死人活了？"

苏慕祥神色有些忸怩，说："我不是在寺里值夜吗，我寻思着，

391

棺材明天做完法事，不就得运出城埋了吗？那棺材里要是有什么好东西，埋了多可惜，所以我就——"

两个警察有些听明白了，那个大烟鬼说："你小子，想钻进棺材偷死人的东西？"

苏慕祥点点头，说："不拿白不拿，反正死人也没法再用了。我刚把一块银圆从死人心口那儿掏出来，那个死人明明都臭了，腿还蹬了一下。这可不要了我的命了吗，吓得我把银圆一扔，就窜出来了。唉，看来这死人的钱可真不是谁都能花的！"

"妈的，不就是诈尸吗，这有什么——"镶金牙的警察一咧嘴，刚说了半句，那个大烟鬼咳嗽一声，说："你领我们进去看看怎么回事。"

苏慕祥连连摆手，说："我可不敢进去了，非得让鬼给掐死不可！"

镶金牙的警察脑子也转过弯来，又踹了他一脚，说："废什么话，赶紧领我们进去！"

苏慕祥浑身哆嗦着，带着他们来到后殿，指着角落里的一口棺材说："就是那里面！"

两个伪警察也不敢过去，镶金牙的那个说："除了银圆，死人身上还有值钱的吗？"

苏慕祥摇摇头，那个大烟鬼举起警棍，指着苏慕祥的额头，说："银圆你扔在哪儿了？"

苏慕祥胡乱指了指，说："就在那边。"

两个伪警察慢慢走了过去，嘴里嘟哝着，弯下腰在地上细细看着。

苏慕祥看到，藏在殿门后的穆立民和聂壮勋，轻轻迈过门坎，朝后门方向跑去。

两个伪警察找得有些不耐烦了，那个镶金牙的朝苏慕祥一瞪眼，说："你个穷不死的臭窝脖儿，到底把银圆扔哪儿了？"

苏慕祥赔着笑，装出一副大惑不解的神情，说："我吓得半条命都没了，就随手那么一扔，谁知道扔哪儿了？"

忽然，他朝墙角某处一指，说："嘿，不就在那儿吗？"说着，他把银圆放在地上滑了出去。

两个伪警察三两步蹦过来，那个大烟鬼手更快，从墙角捡起了银圆，那个满嘴金牙的赶紧凑了过来。"啧啧，地道，正经的大银子儿。"两人瞪大眼看着银圆，嘴里嘀嘀咕咕着。

大烟鬼把苏慕祥叫过来，揽着他的脖子，说："小子，我告诉你，这银圆是你偷来的赃物，充公了，知道吗？"

苏慕祥赶紧点头，他又说："这事儿不能往外说，说了，你就得按照偷盗法办。明白了吧，明白了就滚回去接茬儿睡觉！"

苏慕祥连连鞠躬，又一溜小跑出了后殿。这两个伪警察则一边盘算着去哪个银行把这块银圆兑换成零钱，一边迈步朝后门走去。

苏慕祥回到自己的住处，躺到凉席上，回想着今天的行动，觉得自己没有露出破绽，至于穆立民和聂壮勋在远藤笠人家中发现的紧急军情，或许很快就会变成下一个任务。

穆立民出了贤良寺，和聂壮勋告了别，找了一个僻静的角落，脱掉了穿在外面的寿衣，然后快步朝东安市场方向走去。此时已是深夜

393

时分,东安市场是全北平仅有的几处还算热闹的地方。果然,东安市场里面虽然远不如白天人流涌动,但一些饭铺商号门前还有顾客出入。吉祥戏院门口更是密密麻麻停了几十辆洋车,等着拉上看完晚场京戏的客人。

他跳上一辆洋车,说:"去地安门外的西盛堂澡堂子洗个澡。"那车夫答应着,朝北穿过灯市口,绕过北海,又眼瞅着远处的钟鼓楼,在胡同里穿了一阵子,就到了。穆立民打发走车夫,进了澡堂子。他按规矩领了只木箱子装衣服,还领了手巾、胰子、拖鞋。此时,水汽蒸腾的浴池里还有十来个客人。他进了浴池,拿着手巾在身上擦了擦,就闪身出了浴池,到外间找了别人的衣箱,穿戴整齐后,又戴上帽子,压低帽檐,找了根手杖拄着,出了西盛堂。身上这身行头,看来原来属于一个生意人,长袍马褂都颇为考究。他又上了辆洋车,到了隆福寺门前。这里平时也是个热闹地方,买卖旧货的,算卦测字的,卖丸散膏丹的,卖烟卷的,捏面人的,捏糖人的,占据了寺门前面和寺周围的空地。可到了晚上,这里比东安市场冷清多了,空地上和马路上连人影都没有,只偶尔有一两辆汽车飞快地驶过。他手心里扣着一块带尖角的石头,钻进寺旁的树林里,在隆福寺南墙和东墙交界的墙角上,飞快地刻了一个三角形。

他记得很清楚,这是希望尽快和上级接头的最紧急的暗号了。

他知道刚才那个车夫肯定又回东安市场继续趴活儿了,就往北走,一直到了北新桥一带,才找了家旅店住了进去。按照地下工作的要求,每次完成任务,都不能立即和其他同志接触,需要彻底排除被跟踪的可能后，才能执行下一步的任务。

第二天一早，他洗漱完毕，早早结了账，就快步朝隆福寺走去。快到隆福寺了，他的脚步慢了下来，装作遛早儿的样式，倒背着手，慢慢地溜达着。到了昨天那处墙角，他看到自己刻上去的那个三角，已经被人画上一个圆圈。这意味着，接头的人就在附近。他长舒一口气，开始在隆福寺前转悠。因为时间还早，隆福寺门口只有零零散散的几个摊子。

终于，在几个遛鸟的人背后，他看到一个馄饨摊子，几个男人正低着头围坐在那里吃着馄饨。他慢慢踱过去，坐了下来，要了一碗馄饨，两只烧饼。他坐了下来，慢慢就着馄饨吃起烧饼来。这时，又有人过来要馄饨，那个卖馄饨的客客气气地说，今天的馄饨都卖完了，说着，把煮馄饨的那口小锅里的汤水往地上一倒，把小锅挂在扁担头上。

几个顾客吃完馄饨就走了，坐在小木桌旁边的，只有穆立民和另一个一直戴着宽檐帽的男人。穆立民把缩微胶卷握在手心里，说："高老师，日军密码本我已经拍了下来。"说着，把手从桌下伸了过去。

对面的人，就是他的上级高志铭。按照他们之间的约定，北平城里有三处地方，是用来画紧急接头的标记的。高志铭每天都会把这三处地方走一遍，如果发现了紧急接头的标记，就马上确定第二天一早接头的地点。

"还有其他发现？"高志铭接过了胶卷，低声说。按照正常情况，穆立民完全可以在常规的接头地点，把这份缩微胶卷交给自己。他用最紧急的方式来联系自己，一定是因为他在执行任务过程中有了更重

395

要的发现。

"还发现了日军在武汉战场的行动计划。从情报内容来看,日军马上就会采取行动,一旦行动成功,会对武汉会战的战局产生巨大影响。"

"情报可靠吗?"

"可靠。远藤笠人在家中设有电台,我们进去的时候,电台收到了一份情报。我和聂壮勋按照密码本的内容,破译了这份情报,情报的具体内容在这里。"说着,他把吃光的碗往前一推,从怀里取出烟盒,啪的一声打开,露出整整齐齐的一排烟卷。他伸手拿出一根烟卷,似乎不小心把另一根烟弄掉了,滚落到桌下。

他似乎没注意到,打了个饱嗝儿,仍然舒舒服服地吸着烟。高志铭伸手捡起了那根烟,塞进了袜子里。

"有人跟踪吗?"高志铭似乎对馄饨汤的味道很满意,仍然在用汤勺慢条斯理地一勺勺舀起来喝着。

穆立民摇摇头。高志铭不易察觉地点点头,然后放下汤勺,站起来结完账,就离开了。穆立民又等了一会儿,太阳越升越高,隆福寺门前的各种摊贩也越聚越多,他这才站起来,上了路边的一辆洋车,直奔天桥。路上,他仰面躺着,一遍遍回想着昨天下午潜入远藤家中后的情形。

昨天下午,他和聂壮勋两人钻过铁门进了远藤家的院子,又打开那把铜锁,进了远藤的卧室和书房。远藤真奈把他们的卧室完全布置成日本人那种榻榻米的样子，隔扇后面是摆放得整整齐齐的卧具。他们细细查看了房间里的每处角落，都没发现任何藏有密码本的痕迹。两人又来到书房，这里有一张书桌、两把椅子，还有一个足有一面墙的书架。书架一共五格，每格都约莫二尺宽。书桌上摆放着文具、茶具和插着花的瓷瓶，整个书房看起来颇为雅致。

两人在这里也细细翻找了一番，仍然没有找到密码本。他们都不着急，毕竟如果轻易找到，反而不对劲了。

"这个远藤笠人，会不会把密码本藏在别处？"聂壮勋说。

"不会的。他必须保证在接到电文后，能迅速翻译出来，这样的话，他不会把密码本藏到其他地方。毕竟，只有卧室和书房，是他最常出现的地方。"穆立民站在房间中央，细细打量着四周，慢慢地说，"北平的豪门富户，常常在四合院的北房里设置暗室，更讲究一些的，还设有地窖，不但可以收纳金银珠宝，还可以藏人。当年八国联军入城，就有不少人是藏在暗室里才逃过了一劫。"他看了一会儿窗户的位置，指着占据了整整一面墙的书架，说，"这间房，不该这么窄的，我猜暗室就在书架后面。"

两人站在书架前细细打量，忽然，聂壮勋看到有一格书架和左右书架之间的缝隙都格外大一些。他伸手按了按，这格书架轻轻摇晃起来。他想了想，慢慢把手伸进每一个格子里摸索起来。终于，在一个格子的深处，他摸到一个拉环。他一拽拉环，一阵细微的窸窸窣窣的声音从脚下传来，这一格书架竟慢慢滑了出来。这时，两人才看到，这格书架下方装有滑轮。

书架滑开后,墙上露出一个约二尺宽的铁门,铁门四周和门框上还包裹着厚实的缎布,以防止铁门开关发出大的声音。穆立民和聂壮勋脸色严峻,互相看了看,他们都明白,远藤笠人精心设计了这样一个密室,里面一定隐藏着重大秘密。

铁门上有一个铁质的把手,但没有锁。大概远藤笠人觉得,这个密室如此隐蔽,再加一道锁就纯属多此一举了。穆立民这样想着,伸手拉开铁门,两人侧身钻了进去。密室没有窗户,两人通过从窄门透进来的一点光亮模模糊糊看到,密室只有两米长,不到一米宽,里面只搁得下一张小小的桌子。桌上摆放着一部电报机,还有一沓文件和几件文具。

这里面一定有灯。聂壮勋心里想着,在墙上发现了一个开关。他伸手按了一下,头顶的一只灯泡亮了起来。这时,他和穆立民都看到,电报机旁边,正摆放着一个巴掌大小的薄薄的小册子。聂壮勋伸手拿过来翻开一看,正是一册专供日军高级将领使用的密码本!两人的神情一下子兴奋起来,聂壮勋摊开密码本,两人各自掏出微型相机拍了起来。密码本不过十多页,很快就拍完了。两人又把桌上的文件都拍了一遍。这时,穆立民看到,这张桌子下方还有一只抽屉。他打开抽屉,发现里面是五个形状各异的本子。他拿出这些本子一翻,看到有四个本子都写满了日文字迹,最上方的那个本子则只写了一半。

"每一页都记了日期,这是远藤笠人的日记。"聂壮勋低声说。

"咱们看看他最近一段时间记的内容,说不定有什么重要情报。"穆立民说。他翻开那个没用完的本子,找到最近几天的内容。两人都懂得日文，看得出来日记里记的大部分都是妻子远藤真奈今天如何想家，儿子远藤英树如何调皮捣蛋这一类家长里短的内容。穆立民一页页地看着，聂壮勋有些焦急，说："穆老弟，密码本搞到手了，任务已经完成，咱们撤吧。"

穆立民抬起头，轻声说："既然是日记，还放在这么隐蔽的地方，远藤笠人一定会很肆无忌惮地记下各种内容，这本日记里，只要有一句话涉及日军的军事行动，说不定就会很重要。"

聂壮勋有些不耐烦，刚要再说些什么，忽然，穆立民"咦"了一声，脸色也变得诧异起来。

他顺着穆立民的目光看过去，只见日记本上，出现了好几个"X"。

"这个'X'，代表什么？"聂壮勋问。

穆立民摇摇头，说："聂处长，你看，昨天的日记里，远藤笠人还提到了这个'X'。"说着，他轻轻念出来日记里的内容："X在电话里再一次恳请我离开喜多机关长，去他的麾下服务。他说，等他占领了"，念到这里，穆立民和聂壮勋看到，接下来是一个空格。

"这里应该是一个地名。"聂壮勋说。

穆立民继续念："一定会需要和东京大本营之间发送大量的电报。他说，眼下他的队伍虽然被支那的军队暂时阻止，只要他马上大胆采取迂回战术，一定会彻底击溃敌人。这个战术一旦成功，自己的队伍就会打开进军路线，夺取这座城市。"

"这的确是一份绝密情报！"聂壮勋的心脏狂跳起来，他的声音都有些发颤了，说："这个'X'到底是谁？他又在哪里采取迂回战术？"

穆立民神色平静，他想了想，说："这个'X'一定不会是凭空出现的。"说着，他拿起另外一本日记，翻找了起来。

聂壮勋点点头，也拿起一本日记。"这里又有一个'X'！"聂壮勋压抑着兴奋，指着日记上的某处说，"穆老弟，你看这里！"

穆立民扭脸看过来，只见这个本子里的纸张已经泛黄，字迹看上去也像是很久以前写上去的。聂壮勋说的这页日记，从时间上看，是六年前的某天，记载的内容是这位"X"来到日本陆军大学进行讲演。只不过这里的"X"，原来是日文，后来被涂改成了"X"。此时，已经看不出原来的字迹是什么。

"再找找，说不定还有！"穆立民低声说。

两人继续翻看日记，终于，又一个"X"映入眼帘。而且，这里被涂抹的地方，似乎隐隐约约还能看出有"殿下"的字样。

"殿下？这个和远藤笠人通电话的，难道是日本皇族？"聂壮勋喃喃地说。

穆立民回想着自己所知道的关于武汉战场的情况，说："在日军指挥官里，的确有个日本皇族，是日本第二集团军的司令官，名叫东久迩宫稔彦王。此人是日军陆军中将，在武汉战场上，他的地位仅次于华中派遣军司令畑俊六。我从广播里听到过，这人正率领第二集团军从合肥出发后兵分两路进攻武汉。"

聂壮勋说："这个远藤笠人只是一个文官，军衔最多也就是个少佐、中佐，和陆军中将地位悬殊，这个东久迩宫稔彦王为什么还专门给他打电话，难道他们两人有特殊的联系？"

穆立民说："从日记里的内容来看，这个东久迩宫稔彦王非常欣赏远藤笠人在密码方面的才干。似乎早在远藤笠人在陆军大学上学时，东久迩宫稔彦王就已经注意到他了。"

聂壮勋紧紧盯着日记本，又把几本日记都翻了一下，说："穆老弟，咱们既然胶卷不多了，就只把日记里最关键的地方拍下来吧！日记里的内容，我觉得八九不离十，咱们交给上级，让上级来判断吧。一旦确定情报是真的，这个日本第二集团军司令官即将在接下来采取迂回战术，国军就可以提前做好准备，咱俩就算是立了大功了。"

穆立民点点头。两人把日记里最近两周的内容和前面涂抹过的内容拍了下来，然后把密码本和日记本放回了原处，退出了暗室。

第二十五章

重 启

穆立民到了天桥,又在那些摊贩中间转悠了一阵,确定无人跟踪,这才回到家里。他早就给父母说过,暑假很快就结束了,燕京大学规定学生需要返校一天,所以父母也没问他昨晚去了哪里。这时已经到了午饭时间,他陪着穆老夫人和父母吃完饭,就回到自己卧室。他和衣躺在床上,总感觉这次任务虽然已经完成,但似乎哪里不太对劲儿。他闭着眼睛,一遍遍回想着整个任务,虽然想不出哪里有破绽,但又觉得自己可能有没考虑到的地方。

一种恐惧的感觉,在他的心里慢慢泛了起来。他再也躺不下去,出了房间。这时,穆老夫人和父母都在午休,家里的用人和天祥泰绸缎庄的伙计,如果不睡觉,一般都会聚在前院的柴房里小声说话聊天。

按照原计划,这天上午,苏慕祥要继续留在贤良寺,好掩人耳目。等法事做完,再由文四方出面,把后殿的棺材送到城外坟地里埋好后,等四下无人,文四方再把棺材挖出,自己和聂壮勋就能从棺材里出来了。但是,自己和聂壮勋因为军情紧急,已经提前带着情报从贤良寺离开，这样的话，对文四方的行动倒是没什么影响。

穆立民想来想去，决定还是去城外看看动静。他骑上自行车，往东出了崇文门、东便门，又走了两三里，到了一片坟地，这里布满了大大小小的坟头。他记得当初和文四方商量好的姓名，三个棺材的主人，分别是高大寿、高陈氏、高士星。此时是午后时分，太阳正毒，他顶着阳光，把大半个坟地都走遍了，也没看到刻着这三个名字的墓碑。

他有些头晕，喉咙里干得像要着火了一样。他知道，自己的双眼一定是血红的。他心里越发慌了，脚步都有些踉跄。忽然，在坟地的边界，他看到了三个坟堆。这三个坟堆都被挖开了，土壤很湿润，可见这里刚刚被挖开不久。坟堆前东倒西歪着三个墓碑，地上满是杂乱的脚印，还有零零散散的孝衣孝帽之类的东西。地上还有小汽车和卡车留下的车辙！尤其刺眼的，是三个墓穴里，各摆放着一口被打开的棺材！

他的心脏跳得更厉害了，他慢慢蹲下，掀开了一个墓碑，看清了上面的字——"高士星之墓"。

最后的一丝希望也破灭了。他的眼泪涌了出来，他又接连把另外的墓碑掀开，上面分别刻着"高大寿之墓"和"高陈氏之墓"。

"文大哥！"他在心里喊着，同时，他心里又有一个声音慢慢出现了，这个声音告诉他，敌人已经占了上风，这个非常时刻，自己必须保持冷静。眼前的情况已经很明显：这天上午，文四方按照原定计划去贤良寺做完法事，然后把三口棺材运到这里埋下。但是，他的身份被敌人识破了，敌人暗地里跟踪他来到这里。在这片坟地里，敌人打开了棺材，确认里面并没有死人。或许文四方会纳闷儿为什么穆立民和苏慕祥、聂壮勋不在里面，但这并不重要了。棺材里没有死人，这足以证明文四方身份可疑，于是，日军特务就把他现场打死，或者抓回去审讯。

那么，敌人为什么会怀疑文四方呢？难道是自己，或者苏慕祥、聂壮勋露出了马脚？

按照地下工作的要求，一旦发现战友落入敌手，一定要火速通知上级。所以，他必须尽快回到城里。他调整着呼吸，慢慢站了起来。

穆立民回到了城里，连续去了三个地方，画下了要求紧急接头的暗号。他想，第二天就可以见到上级，商量一起营救文四方了。回到家，他一晚上没睡着，第二天早早起床，给父母说有事回学校，就匆匆出了门。他去了三个画暗号的地方，那三个暗号都没有任何变化。他又去了文四方在新街口的大杂院，那里的人说文四方昨天一早出门后还没有回来。

他回到家，第二天再次出门，那三个暗号还是没有任何变化。他知道，一定有比自己的猜测更可怕的事情发生了。

第三天，第四天，第五天，都是这样。

又过了几天，燕京大学开学了，他重新回到校园里。同学们之间聊得最多的，还是武汉会战。那些能看到外国报纸，或者收听到国民政府电台的同学，每次课间或者吃饭时都会成为所有人关注的焦点。日军正一个个攻克外围据点，向着武汉城区逼近。穆立民也会仔仔细细听他们说的战地新闻，但从不参加讨论。每天他都会骑车回到城里，去那三个自己画了紧急接头暗号的地方。每次他都看到，自己画的三角形没有任何变化。

已经是九月中旬了，这天吃过午饭，穆立民拿了本书，到未名湖边找了个长椅坐了。这时，北平的天气已经凉爽下来，湖边的柳树已经有柳叶飘落。他看着落在水面上的柳叶，有的打着旋儿沉了下去，有的则被微风吹着，在水纹中一点点漂远。他的眼睛在注视着水面，心里又在一遍遍琢磨那天潜入远藤笠人家中的前前后后。这一次，他又翻来覆去想了很久，也没想出这次行动究竟在哪里出了问题。他拿起书正要看，却发现书页上画上了一个指甲盖大小的符号。

他以为自己眼花了，赶紧揉揉眼。他没有看错，正是紧急接头的暗号！这个暗号意味着，接头人就在附近！

他抬起头，只见未名湖对岸，一个穿着青竹布长袍的清瘦背影正沿着小径往图书馆方向走去。

他站了起来，扫视了一下四周。湖岸边只有三三两两几个学生，有人在倒背着手背单词，有人带了画架，在画着未名湖、博雅塔的风景。他望着那个背影，跟了过去。

那个背影进了图书馆，又踩着楼梯往上走去。穆立民一路跟着，两人一直到了存放古代典籍的书架前才停下。

这里是图书馆最乏人问津的角落了。那个背影停下脚步，背靠着窗子，看着慢慢走近的穆立民。午后炽烈的阳光照射进来，把他的影子映在两道书架之间的地板上。

"高老师,我一直没有文大哥的消息。"穆立民轻声说。

高志铭的面孔都隐藏在阴影里,过了一会儿,他才说:"你们从远藤笠人家里离开后的第二天,文四方同志按照你们原来的行动方案,到贤良寺给三口空棺材出殡,后来又把空棺材下葬。出完殡后,文四方同志又返回墓地,中了日本特务的埋伏。"

"他现在怎么样?组织营救他了吗?"穆立民踏上一步说。

"日本特务的这次行动,经过了极其周密的预先部署,文四方同志被捕后,立即被押送去了日军在北平的秘密审讯基地,在那个地方,日军的一贯做法是,所抓来的人,不管有没有交代,都会被处死。"

"文大哥是为了把我从棺材里救出来才——"穆立民双手捂着眼,泪水从指缝里流了出来。高志铭正要往下说,穆立民猛地抬起头,用袖子擦擦眼泪,抓住高志铭的胳膊,低声说:"高老师,我们去救文大哥!日军特务机关处我们都进去过,不管他被关押在哪里,我们好好想办法,都能把他救出来!"

高志铭看着他,说:"穆立民同志,作为一名合格的地下工作者,你必须在任何时候,都保持冷静,在任何时候,都要把国家、民族的利益,把党的纪律,放在第一位,不能被个人的情绪所左右。"

"高老师,文四方同志他是个好同志啊,他能为抗战做很多贡献!"

"穆立民同志,我代表组织再次提醒你,希望你保持冷静,保持克制!关于文四方同志,组织会尽一切努力寻找他的下落!"

高志铭严厉而低沉的语调,在穆立民听起来就如同暴风骤雨在耳边轰鸣一般。他心里一阵震颤,望着高志铭点点头。

高志铭接着说:"穆立民同志,希望你能想到,即使文四方同志真的牺牲了,他最希望你做的是什么?是继承他的遗志,打鬼子,杀汉奸,早日把侵略者赶出中国!"说到这里,他的语气缓和了一些,他的目光越过穆立民的肩膀,望着对面墙上的某处,说,"文四方同志是我发展到革命队伍里来的。他的被捕,我也很心痛。我们要做的,就是尽快从这次行动中吸取教训,更好地完成下一次任务。"

穆立民说:"上次我和聂壮勋从远藤笠人家中拍下的密码本和日记本,都是假的,是他们的圈套,对吗?"

"这次我们遇到了一个非常狡猾的对手。那几个日记本,完全是伪造的,远藤笠人和日军第二集团军司令东久迩宫稔彦王没有任何交往,是他伪造了日记。开始我也上当了,把情报交给了上级。军统驻北平情报站方面,想必也把情报报告给了他们上级。当时,这个第二集团军的确有一支部队,在进攻武汉外围战略要地富金山时遇到了顽强阻击。他们就故意制造假情报,说要分兵迂回,为的是让富金山的守军分散兵力。"

"那,最后——"

"富金山最后没有守住。日军当时的确派出小股部队进行迂回,但最后的战局和这个没有直接关系。"

穆立民轻轻出了一口气,高志铭说:"军统驻北平情报站已经全军覆没了。"

穆立民睁大眼睛,说:"高老师,您是说,马主任、聂壮勋他们,都被鬼子发现了?"

高志铭点点头，说："上次聂壮勋和你一起离开远藤笠人家后，没有严格按照情报工作的要求摆脱跟踪，就直接返回驻地。结果地址暴露，军统驻北平情报站三十多人遭到日军围捕。现在，军统在平津两地，还有承德、保定的特务，已经有多人被日军逮捕或者枪杀。军统在华北一带的情报网，已经彻底瘫痪。"

穆立民当然清楚，高志铭说的这些，意味着军统驻北平情报站的特务里，已经有人叛变！

高志铭接着说："立民，幸好当初你在离开远藤笠人家后，严格地依照地下工作的要求，确保了无人跟踪才和我接头。军统的事也给了我们一个教训，必须严格按照工作纪律来执行任务。我们地下工作的每一条纪律，都是无数先烈的鲜血凝成的呀！"

穆立民回想着当天的情况。当时他并不知道是否有人跟踪，但他还是采取了多个摆脱跟踪的方法。

"这个远藤笠人，不仅我们，就连日军特务机关处内部，对他都低估了。你还记得当初被扔在远藤笠人家门外的几具尸体吗？我们和军统方面沟通后确认，他们并没有对远藤笠人家采取过行动。"

穆立民心里一震，说："这就意味着，这件事从一开始，就是这个远藤笠人布置的圈套。他故意让我们以为他的院子里隐藏着天大的秘密，其实却是在制造一个陷阱！"

"立民，这两三周，虽然没有给你布置任何任务，实际上，我，还有其他同志，一直在观察你，重新评估你。最后的结论是，你还是一位可以信赖的同志。"

"我明白，高老师！上次的行动失败了，文大哥被捕，军统驻北平情报站又被围捕，这种情况下，我理解组织需要重新甄别我。"

高志铭沉默着在书架中间走了几步，回过头来说："眼下，武汉会战已经到了最紧要的关头，武汉的外围防御已经大部分被摧毁，据点已经所剩无几，不但武汉有可能落入日军手中，就连城防部队和机动部队，都可能被日军团团包围。如果这些部队也被日军击垮，对于日后抗战的局面是极为不利的。根据我们已经掌握的情报，最近一段时间，日军东京大本营和侵华部队之间的联系格外频繁，这说明，日军很可能即将采取一次非常重大的行动。"

"高老师，上次盗取密码本的任务我没能完成，我希望把这个任务继续交给我。不管这个远藤笠人多狡猾，我一定能打败他。"穆立民扬着脸说。

高志铭看着他，说："接下来的任务，和上次一样，就是获取日军密码本。穆立民同志，这次任务的负责人，我决定由苏慕祥同志担任，你必须完全服从他的领导、指挥。上次的行动结束后，为了不引起别人的怀疑，他还一直在贤良寺里当苦力。"

穆立民点点头，说："高老师，您放心，我一定百分之百服从苏大哥的领导。只要能完成任务，让我干什么都行。"

高志铭拍拍他的肩膀，说："立民，和上次不一样的是，军统驻北平情报站没人帮你，我们自己这边，也只有苏慕祥同志和你，还有另外一个同志，你们三人一起来完成这次任务。"

"另外一个同志？"穆立民有些纳闷儿。

高志铭朝阅览室的另一个方向招招手。随即，一个轻盈的脚步声从一排排的书架后传来，慢慢到了穆立民面前。出现在高志铭身旁的，是一个留着披肩发、穿着墨绿色裙装、带着温和笑容的姑娘。

穆立民在同龄的年轻人里，算得上沉稳老练了，此时却也不由得慢慢举起手，指着这个姑娘，嘴张得大大的，说："怎么是你？"

高志铭一向严肃，但这时看到穆立民这副神情，也忍不住嘴角一弯，微笑了一下，说："没想到是她吧？"

出现在穆立民面前的，不是别人，正是曾经和潘慕兰一起来过自己寝室的秦映雪。秦映雪大大方方地伸出手，说："怎么样，穆立民同志，没想到吧，咱们由校友，又变成同志啦。以前把咱们联系起来的人是潘慕兰。现在，又多了一个高老师。"

高志铭看着这两个朝气蓬勃的年轻人，说："穆立民同志、秦映雪同志，现在武汉方面形势危急，武汉能不能守住，能守多久，对于全国的抗战局面至关重要。日本国力没有敌人吹嘘的那么强大，只要我们把日军拖在武汉，把侵略者拖进持久战的泥淖，哪怕武汉最后丢了，这也是一场胜利！只要我们能及时获取日军的密码本，提前掌握日军的行动，就能为保住武汉做出贡献！明天下午，你们可以去这个地方和苏慕祥同志见面，商量下一步的行动。"说着，他朝穆立民张开右手，露出掌心上写着的字迹。

一场连绵了数日的细雨袭来，北平的温度骤降，只在两三天之间，北平就进入了秋天。原本在街头露天过夜的穷苦人，没等太阳落山，就躲进了桥下,或者寺庙大门的门洞里,佝偻着躲避夜晚的寒气。北平大小饭馆里,涮肉、烤肉的生意好了很多,什刹海的会贤堂等一些主打消暑纳凉生意的馆子,顾客自然变得稀少了很多。有的干果铺子,已经架起了大铁锅,炒起了栗子。手头有两个闲钱的行人,每每走到街头,都被糖炒栗子的异香吸引,买上半纸口袋热乎乎的栗子,边嚼边走。

这天黄昏时分,在日军驻北平特务机关处机关长喜多诚一的私宅里,他和远藤笠人两人身穿和服,按照日式礼仪,端端正正地跪坐在和室里,轻声细语地聊着,面前的矮几上摆放着清酒和羊羹之类的各式和果子。

"远藤君,想不到你这样一位文官,竟然有如此出众的谋略。你这条妙计,将军统驻北平情报站的特工吸引到你家,又跟踪中计的特工,查获军统驻北平情报站的地址,一举击毙、逮捕三十多名军统特工,还逮捕了一名中共特工,真是为天皇陛下立了一件奇功啊。"喜多诚一欣赏地看着远藤笠人说。

远藤笠人一低头,说:"我看到机关长阁下为了肃清敌方情报人员,日夜操劳,实在心中不忍!虽然这次围捕了军统驻北平情报站,但毕竟还有两人漏网,尤其是情报站主任马淮德也通过暗道逃脱。而且那个中共特工,虽然由最有经验的审讯人员对他进行了地狱般的审讯,但他始终不肯投降,没有透露任何情报。机关长阁下,我会继续努力,设计出新的行动方案!"

"远藤君,不必急于一时,这次已经是皇军进驻北平以来,情报工作方面最大的成功了。"喜多诚一说着,起身从旁边的刀架上,取下一把装饰精美的武士刀,说,"远藤君,这是当年我向御前会议呈送了大批军事情报后,天皇陛下赏赐给我的。现在我转赠给你,希望你不负皇恩,彻底铲除国共两党在北平的情报组织,为陛下分忧!"

远藤笠人随之起身,接过了武士刀。只是在起身的时候,他眼神里似乎掠过一丝痛楚,右腿也微微悸动了一下。喜多诚一捕捉到了他的神情,说:"远藤君,你的骨痛病还没有好转?"

远藤笠人轻轻抚摸着右膝,说:"我小时候,随家父在稻田间劳作,既要给自己家插秧,为了贴补家用,还要去邻村帮助别人家插秧。每年都是如此,我的膝盖由此受到损伤,至今无法治愈。"

喜多诚一叹息道:"远藤君,我马上调派全北平最优秀的骨科军医来为你诊治!"

远藤笠人双手握着武士刀,深深鞠了个躬,然后说:"机关长阁下,我的骨痛病当初在东京就请大医院里的名医看过,他们都说因为我患病已经年深日久,无法根治。只有一名汉方医师给我开了药方,我每天饮用两杯药酒,倒是能够把病痛克制住。"

喜多诚一点点头,说:"远藤君,只要有益于你的病情,我可以送你到北平最好的医院进行治疗!"

第二天中午,天气转晴,穆立民和秦映雪骑车出了燕京大学,他们谁都没注意到,潘慕兰正握着书,倒背着手,在未名湖边念念有词地背英文单词。忽然,她看到穆立民和秦映雪两人并排骑车外出,惊讶得睁大眼睛，然后扑哧笑了出来。

穆立民他们从西直门进了城，停好车，上了辆洋车到了东安市场，装作闲逛的情侣，先是看了一会儿练气功的，又在评书摊前鼓了一会儿掌，这才进了打着聚元斋分号的茶汤铺子。此时刚过午饭的饭口，铺子里没有别的顾客，他们各自要了一碗茶汤，正小口喝着，一个穿着一身土布裤褂、胳膊底下夹着条麻袋的苦力坐到他们对面。

穆立民看着手里的茶汤碗，轻声说："苏大哥，高老师已经告诉我，下次行动由你负责。这是秦映雪，她也参加这次行动。"

苏慕祥和秦映雪不动声色地互相打量了一番对方，点点头，表示记住了对方的相貌。苏慕祥说："立民，你把远藤笠人家里的情况，都说一下吧，我也说一下我看到过的他们一家三口的情况。"

穆立民把那天进入远藤笠人家中后，在庭院、房间中看到的各种情况都说了一遍，苏慕祥也说了自己看到的他们全家在贤良寺后院花园中游览的情形。过了一会儿，苏慕祥说："立民，你提供的线索很重要。你看到的药酒，很可能是川乌药酒。这个远藤笠人，很可能患有关节痛、骨痛之类的病。"

"苏大哥，这个线索，咱们用得上吗？"穆立民有些兴奋地说。

苏慕祥点点头，说："进入远藤笠人家里去盗取密码本，从现在看难度很大，日军特务机关处也是戒备森严。所以，最好的办法其实是调虎离山，让这个远藤笠人带着密码本离开他家和日军特务机关处。我小时候住大杂院的时候，我妈因为常年给人洗衣服，哪怕到了寒冬腊月，也得洗。她和好多靠卖力气挣辛苦钱的穷人，都有关节痛、风湿病之类的毛病。他们很多人都喝这种川乌药酒。我在部队上的时候，有的战士受伤伤到了骨头，老乡给战士喝了这种酒，有止痛的药效。"

秦映雪仔细地听了一会儿，这时也说："从前我家有人骨头疼，大夫也开过川乌药酒的方子。我记得当时大夫说，这种药酒其实是有毒的，千万不能喝过量。"

说到这里，东安市场已经渐渐热闹起来，铺子外的脚步声也越来越多。苏慕祥端起碗把剩下的茶汤一饮而尽，抹抹嘴，说："我先走，立民，我有了计划再通知你。"

又过了一会儿，他们估计苏慕祥已经走远，这才出了茶汤铺子。这时，他们看到，五六名日本兵和一队北平治安维持会的伪警察把整个东安市场围了起来，只留了一个出口，正在盘查市民的证件。站在最前面的，是一个拎着手枪的伪警察头目，他身旁站着一个穿着黑色中山装、梳着背头、腋下架着双拐的男人。他细细看着每人的面目，每看一个人，他摇摇头，举着刺刀的日本兵才会放过这个人。

"这人是军统驻北平情报站的，看来他已经叛变了。"穆立民低声说。他记得这人的相貌，这人名叫皮祖庭，是军统驻北平情报站的行动处副处长，三个月前在居庸关车站，这人曾经在军统特务当中出现过。当时他被日军飞机扔下的炸弹炸断了腿，没有去西直门车站，但毕竟和穆立民打过照面。

"他见过你？"秦映雪说。

穆立民点点头，说："对。不过当时天色很晚，又下着暴雨，我的相貌他未免看清楚了。今天这情况，我估计只是例行巡查，派这个皮祖庭到了人多的地方，看看能否找到他见过的人。"

他们两人看着东安市场出口处的情形，只见这个皮祖庭只要对谁的相貌稍有怀疑，那人就会被伪警察戴上手铐，推上旁边的卡车。穆立民说："你先离开，我再想办法。如果我被捕，大不了只损失我自己。"

秦映雪说："咱们两人在一起，总能想到办法离开。如果只剩你自己，那就太危险了。"

这时，被围起来的市民越来越少，秦映雪低声说："咱们一起走。"说着，扯了一下穆立民的衣角，拉着他朝外走。距离出口越来越近，秦映雪猛地停步，朝穆立民脸上重重打了一巴掌，怒气冲冲地说："我这么个大美人儿就在家里，你一天到晚连三句话都没有。说，你大老远跑到这里来，是来和哪个小妖精幽会来了？"

穆立民会意，捂着脸赶紧说："媳妇儿，我就好喝口茶汤，这也该死？哪有什么小妖精？"

秦映雪一手掐住穆立民的另一侧脸，说："刚才我明明看到，你和一个打扮得跟妖精似的女的，两人勾肩搭背的。一看见我来，她赶紧跑了，我非得把她抓回来，撕了她的嘴不可！那边那个女的，不就是吗？"说着，她朝远处使了个眼色。

"你看错了，我根本不认识那个人！"穆立民哭丧着脸说。

"你还死不承认，等我把她抓回来！"秦映雪的嗓门越来越高了，她掐着穆立民的脸，朝出口大步闯去。穆立民张大着嘴，弯着腰，跟跟跄跄地跟着。

把守出口的几个伪警察也在嬉皮笑脸地看着,到了出口,秦映雪一只手继续掐着穆立民,另一只手从他身上拿出良民证,也拿出了自己的良民证,在一名伪警察面前一晃,就朝外大步迈去。

两人刚迈出两步,身后传来一个阴恻恻的声音:"站住。"话音未落,日本兵的刺刀哗的一声伸到了两人面前。皮祖庭拄着拐杖,蹭到两人面前,仰起脸来打量着穆立民。

"这位少爷,我怎么看您这么面熟?咱们是不是见过?"皮祖庭皮笑肉不笑地说。穆立民站直身体,冷冷地说:"我不认识你。"

"你不认识我?"皮祖庭哼了一声,说,"我姓皮的派到北平来才半年,整天窝在那个破院子里,见过的人,把拉车的、跑堂的,就算连堂子里的妞儿都算上,满打满算也不到一百个!"

秦映雪抡起胳膊,又是一巴掌打在穆立民脸上。"说,你到底背着我去过什么脏地方?这个人不像人鬼不像鬼的东西,你在哪个妓院里见过?"说着,她使劲眨了眨眼。

穆立民一拍脑门,一脸恍然大悟的神情,指着皮祖庭说:"原来是你!那天在宝祥春和我争小五福的,就是你!"

皮祖庭一脸蒙,说:"我哪在宝祥春见过你?那地方我统共去过没几回!"

"呸!你仗着你有枪,还抢了我十好几块大洋!"他转过身,面朝那个拎着手枪的伪警察头目,一把抓住他的胳膊,说:"您得管管这个狗东西,在八大胡同到处欺负人,不光找姑娘不给钱,还硬抢别人的钱!您让他把抢我的十来块大洋还给我,要不然我就不走了!"

说着，穆立民一屁股坐了下来。

这个头目气得两只眼瞪得溜圆，把枪口顶在皮祖庭额头，说："嘿，你这个狗东西，合着你是拿我们来给你报私仇来了？你活腻歪了，拿我们当猴耍？"

皮祖庭吓得脸色煞白，颤抖着说："长官，我真不记得在宝祥春见过这人！"

这个头目朝穆立民后背踢了一脚，喝道："敢找老子要钱，妈了个巴子，赶紧滚！"

秦映雪拿中指在穆立民脑门戳了一下，说："回家再跟你算账！"说着，拧着穆立民的耳朵把他拽起来，又不断戳着他的后脑勺，两人这才一前一后，朝南渐渐走远了。

他们到了王府井，又连换了几回洋车，这才到西直门骑上车出城。此时天色将晚，夕阳给路边的杨树、桦树都镀上了金色，就连天边飘浮的白云，也被染上了一层淡金色的光晕。这本来就是秋高气爽的时节，郊外路上没什么行人，更让人觉得天高地阔、心情舒畅。离城越远，四下里越是安静，两人只听得到干脆的落叶被车轮碾轧发出的碎裂声。秦映雪又骑了一会儿车，已经能远远地看到未名湖边的博雅塔了，她终于忍不住扑哧笑了出来。穆立民猜出来她为什么笑，仍然板着脸，面无表情地继续骑着。过了片刻，他目视前方，自言自语道："想不到，看起来斯斯文文的女学生，装起女人吃醋来这么像，一巴掌下去我都蒙了。"

秦映雪瞟了他一眼，说："想不到你装起花花公子来更像，连什么宝祥春、小五福都知道。"

穆立民说:"这样的人,到处都有,装起来不难。你反应那么快,我倒是真没想到。虽然挨了两下,从那么危险的环境里逃出来倒也值得。当时我其实都没招了,幸亏你有办法。"说着,他腾出一只手,揉了揉被秦映雪打过的那边脸颊。

"这些呀,遇到危急情况怎么脱身,从前学习情报工作的时候都学过。对了,当时为了蒙住那些人,我下手挺重的,你还疼吗?"她歪过脑袋看了看穆立民,轻声说。

穆立民松开手,让她看自己挨打的地方。"哎呀,太不好意思了,都肿了。"秦映雪一看,只见他的右脸已经红肿了,赶紧捏闸停下车,又拉住穆立民的车,细细看了一会儿。

穆立民满不在乎地说:"没事儿,压根儿不疼,睡一觉就好了。"

秦映雪咬着嘴唇,拿出自己的化妆盒,把粉细细地扑在穆立民脸上。"嗯,这下好多了,看上去不红也不怎么肿了。"秦映雪喃喃地说。

两人重新骑上车,向着燕京大学骑去。

第二十六章

血　战

　　这一阵子，伪华北临时政府内务部行动处处长江品禄格外忙碌。他算是伪政府里的特务头目了，可自从他走马上任以来，没干过几件在喜多诚一面前露脸的事儿。三个月前的一个晚上，他带领一百多名治安军和三十多名日本兵把景山后街的那处院落团团围住，那里是军统驻北平情报站的驻地。当时情报站的人都在里面开会。一场激战后，他的手下死了十八个，日本兵死了五六个，军统特务死了二十三人，十二人被逮捕。

　　抓到的活口里，所有的正、副处长都被抓进日本特务机关处，落到自己手里的只有七个小特务。这一阵子，他在这七个军统特务身上用尽了各种酷刑，活活折磨死了三个，虽然有四个没熬过去吐了口，可他们都是最底层的特务，说出来的情报没多大价值。

　　当天晚上，江品禄就亲自审讯那个最年轻的特务。审讯开始时这个年轻特务还嘴硬，但当江品禄把烧红的烙铁从炉子上拿起来时，这个年轻特务浑身都哆嗦起来，大喊着自己愿意投降。他面带微笑地看着这个年轻特务,听着他竹筒倒豆子一般,把自己知道的一切说了出来。

"没有了,就这些?"他看着暗红色的烙铁,冷冷地说。

这个年轻特务拼命地点着头,说自己刚刚被招募不久,对于军统的情况知道得并不多。江品禄相信这个年轻特务说的是真的,但还是把烙铁烫到他只有薄薄一层脂肪的肋下。在这个年轻特务的惨叫声中,江品禄突然接到喜多诚一的电话。他擦干脸上的血迹,上车到了特务机关处。在台灯雪亮的灯光照射下,喜多诚一的脸色惨白得可怕。

"江处长,通信课课长远藤笠人将很快住进协和医院。"喜多诚一淡淡地说着。

"哦,哦。"他答应着,却不知道喜多诚一为什么要告诉自己这些。他心里有些纳闷儿,心想这个远藤笠人可以享受到日军里级别非常高的医疗服务,为什么要住进美国人开的协和医院里呢。

"远藤君的病情非常特殊,超过了普通军医的治疗能力。"喜多诚一继续说着,"但是,我和东京大本营之间的电报,要由远藤君进行翻译。按照军部的军令,密码本必须由他随身携带。"

听到这里,江品禄渐渐有些明白为何把他连夜叫来,但他还是一声不吭地听着。

"眼下,皇军在武汉方向的战事到了最关键的阶段,如果电报内容被中共或者国民政府破获,一定会给皇军造成巨大损失。协和医院是美国人开办的,皇军已经和他们进行了多次交涉,但是他们始终表示,对于他们来说,远藤君只是一名普通的病人,不可能允许大批皇军士兵进驻医院保卫他的安全。江处长,你和你的下属都是中国人,医院不会介意你们去住院的。医院方面说远藤君大概需要住院两周，我需要你在两周内，从远藤君的病房，一直到机关处，都做好沿路的保卫工作，确保远藤君和密码本的安全，也要确保每次经远藤君翻译过的电报，能顺利经过煤渣胡同，送到这间办公室来。这个任务，你能完成吗？"

"原来如此。"江品禄心想，协和医院位于煤渣胡同东头，日军特务机关处在煤渣胡同西侧，二者相距不远，确保这段距离的安全，应该没有什么难度。大不了在医院里和沿路多多布置人手，反正协和医院距离特务机关处近在咫尺，就算中共方面或者军统的特工大举出动，来抢夺电报或者密码本，自己也完全可以及时获得日军的支援。想到这里，他一挺胸，说："机关长阁下，您放心，这事儿我一定给您办得妥妥当当的！"

"吆西，吆西！"喜多诚一从办公桌后走出来，拍拍他的肩膀，说，"这次任务成功后，我推荐你担任内政副总长。"

江品禄又惊又喜，双眼放光，深深鞠着躬说："多谢机关长阁下！"

因为远离城区，四周偏僻，燕园总是比北平城里阴冷一些。到了中秋节前后，城里的暑气还没散去，晌午时分太阳还有几分毒辣。树叶虽然有些变了色，但大部分还挂在树上，阳光一照，看起来金黄耀眼，颇为醒目。此时的城外，可就是另外一番景象了。不但树叶基本已经变黄，而且大半都飘落在地。日寇侵占北平前，到了这个时节，城外官道上最常见的，就是一匹匹的骆驼，驮了装满煤块的麻袋，从房山、门头沟乃至山西大同、阳泉的煤矿,晃着驼铃,一路运进北平,老百姓也就可以到城里各处煤店买煤过冬。自从日军占了北平,城外的煤矿都被日军充作了军产,城里的老百姓,只能高价去买日本人按户配给的那点煤了。

北平只要一入秋,几乎一天比一天冷,有时夜里刮上一阵的北风,第二天气温就会降下来好几度。燕京大学里怕冷的同学,已经穿起了棉袍。天祥泰绸缎庄的穆老夫人,也遣仆人周双林给穆立民送来了厚衣服。

这天下午,又是一个阴雨天气,上完课的大学生无心玩耍,都急急忙忙赶回寝室烤火取暖。穆立民也撑着油布雨伞,沿着未名湖边的小路往寝室走。这时几个男生又讨论起武汉的战事。

有人说:"守卫信阳的,可是蒋委员长的心腹爱将胡宗南将军。他手下的突击军第一纵队,可是地地道道的装甲部队,论起装备水平,在整个国军里都是头一份儿。"

"我看不见得。他胡宗南眼里只有蒋校长,这李宗仁长官未必指挥得动他。"

"现在武汉会战是全世界舆论的中心,这胡宗南敢冒天下之大不韪吗?"

男生们争论着往回走。穆立民开始还细细听着他们说出来的各种消息,后来,他想着自己夺取日军密码本的任务,就和他们离得越来越远了。距离他和苏慕祥上次见面已经过去两周了,这两周里,武汉的局势不断恶化,长江南北两岸的各处要塞相继失陷,武汉眼看着成了一座孤城，不但陷落难以避免，城防部队更有被日军截断退路、分割包围的危险。他每次听到国军吃了败仗的消息，都希望马上开始执行新的行动计划，去夺取日军密码本。可是，这两周苏慕祥始终没有找过他。他知道，在这种情况下，自己唯一能做的就是等待，可是，武汉随时可能落入日军手里，现在的每一天都很珍贵，中方必须尽快获得日军的密码本！

他心事重重地慢慢走着，忽然，他在细雨中看到，博雅塔脚的砖面上画着一个三角形，上面还覆盖着一个圆形。这些笔画都是青白色，看得出刚刚画上不久。他抬头朝四下眺望，只见一个戴着斗笠的人正往校外走去。穆立民快步跟上去，两人一前一后走着，很快到了东门外的一处大酒缸。这种大酒缸，顾名思义，就是在店门口摆上一口大缸，里面装满白酒，谁进了店门，都可以要上几碗酒，再要点儿蚕豆、花生之类，就可以消磨上个把钟头。这里是穷人有了点闲钱来喝酒的地方，穆立民一身学生打扮，若在平时出现在这里，旁人看了多少有些奇怪。这会儿雨一直下，他进来后到角落里坐下，要了酒菜，斯斯文文地端坐着，人们只道他在躲雨，也就不纳闷了。

穆立民正坐在戴斗笠那人对面。那人只要了一碗酒，一把五香蚕豆。等酒端上来，他端起碗来抿了一口，擦擦嘴，轻声说："立民，昨天下午高老师来找我了。"

这人正是苏慕祥。穆立民刚要说些什么，苏慕祥使个眼色，示意他先别说，接着自己说道："高老师告诉我，日本即将召开御前会议，确定在武汉战场采取新的作战行动，这次的行动将对整个武汉会战产生决定性影响。按照日军的活动规律，行动计划将在明天发到日军驻北平特务机关处。上级命令我们，一定要截获这份电报！"

穆立民懒懒散散地吃着酒菜，微微点点头，表示自己听到了。苏慕祥继续说："一周前，我已经再次潜入远藤笠人家中，把他的川乌药酒换成味道相近的其他药酒。我猜测，既然远藤笠人要喝这种药酒来控制病情，说明他的病是日本军医无法医治的。果然，没几天远藤笠人就因为骨痛病复发，住进了协和医院。协和医院是美国人开的，日本人不能派兵进去保护远藤笠人，只好由伪华北临时政府内政部行动处处长江品禄带领特务装作病人，住进协和医院。他们每天的活动规律是，日军特务机关处收到电报后，把电文送到远藤笠人的病房，由他翻译完成后，再由多名日本兵护送回到日军特务机关处。日军的防护非常严密，协和医院距离日军特务机关处不远，留给我们截取电报的机会非常小，这次任务非常艰巨。但是，武汉会战对抗战大局至关重要，我们必须按照上级命令，在明天截获这份情报。"

穆立民一边吃喝，一边细细听着。这时已经是黄昏时分，大酒缸里又没电灯，格外昏暗，倒是没什么人注意到他们。那些顾客大声吆喝劝酒的声音，对他们的交谈反而成了保护。

"立民，这次的任务，单靠咱们和秦映雪，力量单薄了一些。前几天我回了趟平西山区，找到了在斋堂镇一带活动的部队，见到了部队首长。首长决定，不但可以抽调一个侦察班协助我们，还能再支援我们一批刚刚缴获的日军装备。"

穆立民仍然一声不吭地低着头，但眼神里已经多了一些惊喜。苏慕祥蘸了些白酒，在桌上画了几条线，告诉了他明天的行动计划。

第二天，北平仍然笼罩在连绵细雨中。黄昏时分，在协和医院三楼一间朝北的单人病房里，有一道冰冷锐利的眼神，正居高临下地打量着协和医院的停车场和整条煤渣胡同。江品禄对自己的布置是颇为放心的，在他的想象里，无论出现什么样的情形，自己预先的布置都足以应付。他心里甚至隐隐有一些渴望，他盼着军统或者中共方面在北平的特工能出现在自己的视线里，去抢夺那份日军东京大本营发来的绝密电报。这样的话，自己又可以在喜多诚一面前立上一功了。就在刚才，那几个日本兵已经和往常一样，在对面远藤笠人的病房里拿到了刚刚译好的电报，按部就班地离开了。

在不远处的东安市场，最大最热闹的那家茶馆，刚刚有一场评书散场。几辆打开雨篷的洋车，接上听完评书的客人进了煤渣胡同，向着胡同东头的协和医院跑去。而在协和医院的停车场，那辆日本军车已经启动，向院外驶去。按照正常的速度，等日本军车开出院子，那些洋车也该从煤渣胡同出来了。

突然，最前面的洋车车夫脚下一滑，打了个趔趄摔倒了，洋车也横了过来，倒在地上。雨天路滑，后面的洋车都没刹住，接二连三撞上去，结果歪的歪、倒的倒，把整条胡同都堵住了。那些客人狼狈不堪地钻出车篷，有的朝车夫大声斥骂，有的则顾不得泥水，坐在一边掀开裤脚查看伤势。这时，那辆军车也已经开进了煤渣胡同，司机一看到眼前的情形，猛然刹住了车。

"雕虫小技！就这点道行，还敢来老子面前显摆？"他朝旁边一歪头，说："按龙字号计划行动！"他身旁的一个特务马上抄起电话，拨出一个号码后，说："江处长命令，按龙字号计划行动！"

几秒钟后，煤渣胡同里一个四合院的院门猛然打开，十多个身穿黑色中山装、拎着手枪的男人冲了出来。这些人一言不发，抄起手枪朝车夫和客人开起枪来。按照江品禄的命令，这些手枪都装上了消音器。他觉得，如果枪声惊动了日本特务机关处，他们派出大批日军，就算及时打死了这些军统或者中共方面的特工，那也不是自己的功劳了。

江品禄面带微笑地看着这场似乎一边倒的枪战，可没过几秒钟，他就感觉不对劲。那些打在洋车顶篷上的子弹，似乎并没有打穿洋车。他的心脏骤然一紧，紧接着他看到，那些洋车竟然朝着日本军车慢慢移动起来。而且，藏在车后的车夫和客人，都从怀里掏出了枪，自己那些手下，一个接一个地倒了下去。那辆军车上的日本兵一看情势不对，从车上跳下两人，抄起步枪朝洋车开起枪来。顿时，尖厉的枪声响了起来，日军特务机关处那边马上响应，警报声大作！江品禄知道，三十秒之内，就会有大批日本兵，从日军特务机关处冲出来。

"车篷里装上了铁板！妈的，看来他们早有准备。哼，我看你们能不能逃出老子的手掌心！"眼看洋车已经越来越逼近那辆日本军车，他咬紧牙，说："执行豹字号计划！"他的手下又拨出一个号码，只见煤渣胡同里又一处四合院的屋顶上，两个埋伏在那里的机枪手掀开伪装，一个托着子弹带，一个握着枪把，朝那些洋车扫射起来。江品禄咬牙切齿地说："不管车篷里装的是多么厚的钢板铁板，这下也能把你打成漏勺！"

机枪射出的子弹发出沉闷的噗噗声，钻进了洋车车篷，但却没看到车后出现血肉横飞的景象。江品禄拿过望远镜，这才看到那些冒牌的车夫、客人，都钻进了旁边的巷子，很快就沿着帅府园胡同、金鱼胡同消失在北平密如棋盘的胡同街巷中。

江品禄一拳砸在窗框上，说："妈的，要不是你们跑得快，老子非把你们腌成人肉干，当下酒菜吃了！"这时，已经有大群日本兵从特务机关处里冲出来，从那一堆已经快要变成碎片的洋车里清理出一条道路，那辆装着绝密电报的日本军车缓缓地朝前开着。江品禄拿起手帕，擦着额头的冷汗，继续死死盯着楼下的煤渣胡同。就在军车即将从那堆洋车里驶过时，突然传出一声巨响，整辆车被炸得飞起一米多高，又重重落下，猛烈地燃烧起来。江品禄恍然大悟，原来，那些车夫、客人，刚刚一直藏在车后，是为了埋下地雷！

这时已经入夜，军车上钻出的烈焰升腾而起，一直蹿到了十多米高。又是一队日本兵从特务机关处冲出来，扑灭了大火，这时那部军车已经只剩下一副扭曲的车架。日本兵把车架推到一旁，又有一部军车从特务机关处方向驶出，穿过煤渣胡同，开进了协和医院。这部车停下后，有两名日本军人跳了下来，从制服上看，是一名中尉和一名军曹。

"刚才那份电报，还需要远藤笠人重新翻译。"江品禄心里想着。过了片刻，一个手下快步进了这个房间，说："处长，今天这两个人都面生。"江品禄一摆手,说:"不面生的,都烧成了炭了。可不就得派别人来吗?"他定了定神,来到房门,透过猫眼看着走廊里的情形。过了片刻,一阵急促杂乱的脚步声从走廊尽头传来,一个护士端着一只摆放了药瓶、针管的托盘,带着那两个日本军人走了过来。

"远藤笠人就在这个病房。"那个护士指了指房门。那个日军中尉敲了敲门,说了句日语,里面传来远藤笠人的答应声。护士和两个日本军人推开房门走了进去,又重重关上了房门。

苏慕祥和穆立民站在房间里,打量着四周。只见远藤笠人正躺在病床上,手里是一册日文画报,正用询问的眼神看着自己。房间里的各种陈设,也和其他病房没什么区别,除了一张病床,别的无非就是床头柜、洗手池、衣架之类。远藤笠人见进来的人没有朝自己敬礼,马上觉察到什么,脸上仍然挂着微笑,右手向枕头下伸去。穆立民一个箭步冲过去,一只手捂住他的嘴,另一只胳膊绕过他的下巴,猛地一拧。远藤笠人颈骨折断,整个人软了下去。穆立民把他扶正躺下,又盖上了被子。

"他会把密码本藏在哪里?"苏慕祥和穆立民打量着房间里的每一处角落。

苏慕祥稍一琢磨,说:"我们没时间仔仔细细地找,否则对面的江品禄就会怀疑。我猜,他肯定会把密码本放在一个很容易拿到,但特别不引人注意的地方。"

穆立民点点头,两人攥紧拳头,大脑在飞快地运转着。穆立民看到床头的拐杖,说:"他的骨痛病,已经到了走路都很艰难的程度?"

苏慕祥回想着远藤一家在贤良寺花园中的情形，点了点头。"那么，密码本一定藏在那里！"穆立民指着吊扇说。秦映雪装成的女护士，伸手按了一下墙上的吊扇开关，扇叶刚刚开始旋转，就有一个薄薄的小册子从上面掉了下来，落在病床上。

"立民，你真棒！"秦映雪低声欢叫一声，拿起小册子，递给了苏慕祥。

苏慕祥翻开册子，说："我们还要确认这是真的。我这里有我们的电台前一阵子截获的日军原始电文。"说着，他从怀里拿出一沓纸片，放在床头柜上，按照密码本破译电文。他根据三次原始电文破译后的内容，再对照报纸上报道的日军在武汉前线所采取的军事行动，确定这是一册真实的密码本。"现在，根据今天的原始电文，我们来破译一下。"苏慕祥说着，根据密码本，把逐字破译后的电文写了下来。

这份电报的内容，让他们三人都大吃一惊！日军即将采取的行动，是他们万万没有想到的！苏慕祥首先反应过来，他说："我们必须马上把这份情报送给上级！如果让日军的阴谋得逞，武汉就保不住了！"说完，他把密码本放进怀里，三人走出了这间病房。

江品禄在窗前看到，那两个日本军人和一个女护士一起上了车，发动汽车驶出了协和医院的停车场。"那个女护士大概去向喜多诚一机关长报告远藤笠人的病情吧。"他心想。

此时，煤渣胡同已经清理完毕，被烧成焦黑色的车架被堆在一边，中间的道路被腾了出来。虽然只是窄窄一条，但也够一辆汽车通过了。

汽车在他的视线里消失后，他心里隐隐有些不安的感觉，于是对身旁的手下说:"你们跟我来。"来到远藤笠人的病房外,他先是轻轻敲了几下房门,里面没有任何动静。他朝一个手下使个眼色,这手下马上掏出一根铁丝,捅开了房门。远藤笠人正仰面睡在病床上。他轻轻走到床前,伸手去探远藤的鼻息,只感到指间一片冰凉。

"上当了,关闭城门,去追那三个人!"看着远藤笠人的尸体,江品禄浑身哆嗦起来,接着双腿一软,瘫坐在地上。他的手下蜂拥而出,有人去打电话,有人去开车。

汽车并没有驶进日军驻北平特务机关处,而是向西穿过煤渣胡同,在东安市场门口停下车。按照原定计划,穆立民和秦映雪在这里下车,分头朝西、北两个方向出城,把刚刚破译出的电报内容送出去。苏慕祥则负责吸引日伪军的注意力,驾车向南,经过前门,再出永定门。那些刚刚在煤渣胡同大闹了一番的战友,将在城外接应他。

这时,这场秋雨还在下着,苏慕祥驾驶着这辆日军的军车在雨丝中疾驰。三天前,当他去斋堂镇找到平西纵队时,杨连长刚刚打了一场漂亮的伏击战,缴获了这部军车。

冷雨中,北平的街道上没什么行人,他没用多长时间就来到了前门。但是,就在他即将冲出城门时,车头前方已经拉起了一道铁丝网,城门也已经关闭。

"太君,我们刚刚接到命令,关闭城门,谁都不能出去!"把守城门的是几个治安军士兵,一个头目看他身穿日军中尉制服,马上堆着笑脸迎了上来。

"我开车都被拦住,穆立民和秦映雪出城就更困难了。幸好密码本在穆立民手里,他可以等到开城门后再把密码本送出去。但日军的下一步行动,我必须马上报告给上级!"想到这里,苏慕祥打开车内的一份地图,上面正画着上次日军出城行动的路线图。他呼的一声把地图摊开,指着上面日军出城向平西山区进攻的路线,嘴里发出一连串谁都听不懂的怒吼。几个伪军面面相觑,谁都不敢说话。苏慕祥跳下车,猛地抽了那个伪军头目一记耳光。接着,他又指了指地图,又指向城外大吼着,接着抽出手枪,顶在伪军头目的太阳穴上。这人被吓得发蒙,犹豫了一下,才下令拉开铁丝网,打开城门。

苏慕祥把油门踩到底,驾车出了前门,风驰电掣般穿过大栅栏、珠市口,到了永定门。他远远就看到,那里有一队日本兵正举着步枪把守城门。城门下不但拉起了铁丝网,还有两个用麻袋垒起的工事,里面各有一挺机关枪用黑洞洞的枪口指向城里各处。他一咬牙,在距离城门一百多米的地方停下车,沿着城楼下的台阶往上跑去。那群日本兵怪叫着追了上来。子弹嗖嗖地在他的耳边掠过,他一步没停,一直爬到了永定门城楼上。他顾不得喘口气,又跳上垛口,站直了身体。他望着夜色蒙蒙的城外,只见在不远处的荒野里,出现了三个品字形的亮点。他知道,那就是在城外接应的战友发出的信号!他听到城楼的台阶上,日军的脚步声越来越近。他长长吸了一口气,向空中挥动着自己的右臂。

正在田地里埋伏着的侦察班战士,这时也已经看到永定门城楼垛口上出现了一个人影。侦察班班长拿起望远镜,看到人影正是苏慕祥!

"苏慕祥同志要牺牲了！"他知道，眼前的这种情况下，苏慕祥已经无法出城了，他现在显然是要牺牲自己的生命了！侦察班长心里一阵刺痛，他下意识地紧紧攥住了一把泥土。

日——军——将——在——广——州——登——陆——

在望远镜里，他认出了苏慕祥在半空中用拳头写出的字迹！他轻轻念着，身旁的战士们也已经意识到了什么，有的战士抹了抹眼泪，轻声地跟着他念了起来。

永定门城楼上，就在苏慕祥刚刚写完"广州"时，就听到身后传来一串枪声，接着胸口一阵剧痛，他低头一看，自己穿着的日军制服上破了几个洞，每个洞里都在流淌着鲜血。他紧紧咬着牙，忍着疼痛，坚持写完了"登陆"两字。这时，他听到脚步声已经到了自己身后。接着，他觉得身上一凉，一个闪着寒光、滴着血的刺刀刀尖从胸口露了出来。

"中国必胜！"他这样喊着，用最后一丝力气，从永定门城楼上跳了下去。

"苏班长——"城外的战士，看到了这一切，他们张开手掌，攥紧了泥土、草根，流下了热泪。

"同志们，我命令撤退，把苏慕祥同志用生命换来的情报，尽快报告给上级！"侦察班长说着，在他的带领下，整个侦察班都站了起来，转身跑进了深沉的夜色里。

此时，在城北的德胜门内、城西的阜成门内，已经换成日常装束的穆立民和秦映雪，正站在因为城门关闭无法出城的人群里。他们都知道，自己必须尽快离开城门这一带，因为很快就会有日伪军从煤渣胡同赶到这里搜捕，其中很可能有人和自己打过照面。

第二天一早，穆立民揣好密码本出了天祥泰绸缎庄，就看到门口墙角画着一个紧急接头记号。从这个记号看，接头地点是北城的钟鼓楼。他正要跳上洋车赶往钟鼓楼，却看到路对面有个戴着墨镜和宽檐礼帽的男人在盯着自己看。那人朝自己微笑了一下，摘下了墨镜。竟然是聂壮勋！

一瞬间，穆立民的脑子里转过了无数个念头：军统驻北平情报站不是被一网打尽了吗，他为什么会出现在这里？他是不是被逮捕后叛变投敌了？

聂壮勋朝他招招手，然后戴好墨镜，大步流星地朝东走去。穆立民在后面跟着，两人相隔十多米，一前一后穿过煤市街，到了施家胡同的一处旅社。两人上了楼，到了最靠里的一个房间。进了房间，聂壮勋摘下墨镜和礼帽，说："穆老弟，想不到你本事这么大，这么快就拿到了日本人的密码本。"

穆立民知道这个时候再绕弯子没有任何意义，单刀直入地说："聂处长，听说鬼子查到了贵处在北平的地址，并派了大队人马上门搜捕，贵处损失不小。"

聂壮勋仰头哈哈一笑，说："看你一脸戒备，是担心我被鬼子逮捕，叛变投敌了吧？"穆立民不说话，只是细细打量着他的举止神态。

聂壮勋笑完，脸色沉了下来，说："穆老弟，我不怪你提防我。那天，你我从贤良寺分头把情况禀报给各自上司，我在北平好一顿绕来绕去，确保无人跟踪后，才返回驻地。可是，我远远看到日伪军已经把驻地团团围住，我虽然有心施救，可毕竟不能白白送死。后来，我想起那所院子里有一条密道和外相通，我就从密道潜入院中，恰好救出了马主任。"说着，他把手伸到床下，拽出了一个大号行李箱。他打开行李箱，露出一个被绑得如同粽子一般的人。这人身穿上乘缎料的长衫马褂，嘴里被紧紧地塞了一条毛巾。他紧闭双眼正在昏睡，显然是被人喂了麻药。但穆立民一看便知，此人正是军统驻北平情报站主任马淮德。

穆立民皱皱眉，说："聂处长，你为何把马主任——"

聂壮勋把马淮德拖出来，又在他肋下重重踢了一脚，说："哼，我潜入院子里时，他正在向日本特务求饶，还说什么只要饶他一命，关于军统内部人事关系的各种情报，还有他知道的贵党在北平的地下情报组织，他都愿意说出来。要不是我还指望他帮我做点事儿，我真想当场毙了他！"聂壮勋转向穆立民说，"穆老弟，你把密码本给我，我用微型相机拍下来或者抄一遍就给你。现在国共合作抗日，这么重要的情报，可不能互相藏着掖着。咱们要是不团结的话，只能让日本鬼子高兴！等我用密码本破译了日本人在武汉的行动计划，国军再用这情报消灭大批日军，保卫了大武汉，我一定给你向国民政府请功！"

聂壮勋的话听起来没什么破绽，但穆立民总觉得不太对劲。聂壮勋伸出手，一步步向他越走越近。穆立民正想夺门而出，忽然看到地上的马淮德剧烈扭动起来，瞪着双眼，嘴里还不停发出呜呜声。聂壮勋刚要挥拳打向马淮德的太阳穴，穆立民伸手拦住他，又飞快地拽出了马淮德嘴里的毛巾。

"穆老弟,你别听他的,是他叛变了,是他把鬼子带到驻地的!他留着我不杀,就是为了利用我让你们上钩,还逼我给戴局长发电报,要戴局长派更多特务来北平,他好一一逮捕,向鬼子请功!"这天明明还颇为阴冷,但马淮德一口气说完后,脸上已经满是汗珠。

听到这里,穆立民立刻伸手到怀里摸到手枪,并轻轻拧好了消音器。聂壮勋则俯身佯装去捂马淮德的嘴,却暗暗从绑腿里抽出匕首,冷不防朝穆立民刺了过去。穆立民闪身让过匕首,接着用手枪顶住聂壮勋的胸口,扣动了扳机。

随着一声低沉的枪声,聂壮勋手掌一松,匕首垂直落下,刺进了木制地板,接着他捂着伤口,晃了几晃,倒在地上。穆立民想起他在居庸关的英勇表现,心里一颤,扶起了他。

聂壮勋咧嘴笑了笑,说:"穆老弟,你是好样的。我先要杀你,你才杀我,我不怪你。但是,我要告诉你,我没有叛变,我是中国人,我决不投降日本人……"

穆立民双眼泛红,说:"聂处长,我相信你,你不是叛徒。"

聂壮勋声音越来越低,他用力继续说着:"穆老弟,那天咱们分开后,我知道后面有日本特务跟踪我,我故意没摆脱他,就回了驻地。我就是想借日本人的手,除掉他们。国民党实在太腐败了,我要重建情报站,就必须这样做。我要建立一个由我领导的、干干净净的情报站。我不知道我这样做对不对,但我不是叛徒……"

穆立民扶着他,眼中蓄满了泪水。

"穆老弟,你们共产党是好样的,中国的事儿,还得靠你们……"

说到这儿，他头一歪，一动不动了。

穆立民放下他的尸体，看着房间里的情况，静下心来想了想，先是解开马淮德的绳索，放他离开，然后把聂壮勋的尸体塞进那个行李箱，放回了床下。

穆立民出了旅社，跳上一辆洋车，向北到了那个位于钟鼓楼的紧急接头地点，在那里找到了高志铭。这个地方，每天早上都会有大批经营各种早点的摊贩。这时摊贩们正陆续散去，两人装作遛弯时偶遇，站在钟楼门洞的阴影里闲谈着。穆立民交出了密码本，还把刚才遇到聂壮勋的经过说了一遍。高志铭检查了密码本，确认是真的。接着告诉穆立民，苏慕祥已经牺牲了，牺牲前在永定门城楼上向城外的同志报告了日军的下一步军事行动。目前，上级已经把这份情报通报给了国民政府。至于聂壮勋的尸体，自己会安排别人去处理。

穆立民听高志铭说完，稍稍犹豫了一下，但还是说了出来："高老师，国民政府会相信这份情报吗？"

高志铭没有直接回答他，拍拍他的肩膀，说："立民，日军要在广州登陆的情报，是苏慕祥同志用生命换来的，希望国民政府能够重视，尽早布置，挫败日寇的图谋。一旦日寇在广州登陆成功，就会对武汉守军形成南北夹攻之势，不但武汉会落入日寇手中，我国抗战的有生力量也有被日寇尽数包围歼灭的危险。那样的话，抗战的局面，就非常危急了。"

穆立民含着热泪点点头，高志铭神色凝重地继续说道："立民，日寇入侵以来，已经有大片国土沦丧，在沦陷区，很多同胞不甘当亡国奴，都在向往着延安。北平是全国的文化中心，被日寇占领后，已经有很多文化界人士从北平出发去延安。还有很多知名人士，从全国各地会聚到北平，再从这里去延安。但是，在这两个地方之间，很多地方都是战场，正在进行很激烈的战斗，还有大片的敌占区，日寇、汉奸活动猖獗。很多爱国人士被日寇半路逮捕，关押在一处秘密监狱，他们接下来很可能会被日寇押往日本本土的矿山、工厂中做苦力。为了保护更多的爱国人士顺利抵达延安，上级决定在北平和延安之间，开辟一条敌后交通线。你的下一个任务，就是打通这条交通线，找到被关押的爱国人士，营救出他们，再把他们送往延安！"

高志铭交代完任务就离开了，过了一会儿，穆立民才走出钟楼的门洞。他仍然沉浸在激动中，心想："延安、延安，那么，打通了这条交通线，我也可以到延安了？"这时，一群大雁正排成一个斜斜的"一"，由北向南，掠过钟鼓楼上方北平秋天那碧蓝澄澈的天空。穆立民的目光眺望着雁群，直到它们在自己的视线中消失。在他的想象中，自己仿佛也变成了一只大雁，正挥动着翅膀，向着远方那个神圣而光明的地方，向着那个宝塔山耸立、延河水奔腾的地方，飞去，飞去……

图书在版编目（CIP）数据

珠市口1938 / 邱振刚著. -- 北京：北京联合出版公司, 2024.10. -- ISBN 978-7-5596-7703-7
Ⅰ.I247.5
中国国家版本馆CIP数据核字第20249QD734号

Copyright © 2024 by Beijing United Publishing Co., Ltd.
All rights reserved.

本作品版权由北京联合出版有限责任公司所有

珠市口1938

作　　者：邱振刚
出 品 人：赵红仕
责任编辑：孙世燕
封面设计：柒拾叁号

北京联合出版公司出版
（北京市西城区德外大街83号楼9层　100088）
北京联合天畅文化传播有限公司发行
北京山华苑印刷有限责任公司印刷　新华书店经销
字数：290千字　880毫米×1230毫米　1/32　13.875印张
2024年10月第1版　2024年10月第1次印刷
ISBN 978-7-5596-7703-7
定价：66.00元

版权所有，侵权必究
未经许可，不得以任何方式复制或抄袭本书部分或全部内容
本书若有质量问题，请与本公司图书销售中心联系调换。电话：（010）64258472-800